라이크
Like

팔로우
Follow

리벤지
Revenge

라이크
Like

팔로우
Follow

리벤지
Revenge

엘러리 로이드
장편소설

송은혜 옮김

북로드

주(Zu)에게

일러두기

옮긴이 주는 본문보다 작은 고딕체로 괄호 안에 표기했다.

프롤로그

나는 아마도 죽어가고 있는 것 같다.

지금껏 살아온 인생이 눈앞에 주마등처럼 펼쳐지고, 나는 그걸 꽤 오랫동안 지켜보고 있다.

내 가장 오래된 기억. 1980년대 초의 어느 겨울이다. 손모아장갑, 서툴게 뜬 뜨개 모자, 커다란 빨간색 코트 차림의 나는 엄마가 끌어 주는 파란색 플라스틱 썰매를 타고 뒷마당 잔디밭을 가로지르고 있다. 엄마의 미소는 어딘지 모르게 부자연스럽고, 나는 완전히 겁에 질려 있다. 장갑을 꼈지만 너무나 차가웠던 손, 움푹 패어 있는 땅 위를 지날 때마다 흔들리던 썰매, 장화 신은 발로 엄마가 눈을 밟을 때마다 사각이던 소리까지 그 순간의 모든 것이 지금도 생생하다.

학교에 입학하던 날. 어깨에 멘 갈색 가죽 책가방에 난 작은 플라스틱 창에는 내 이름이 적힌 카드가 꽂혀 있다. '에멀라인'. 남색 무릎 양말은 한쪽이 발목까지 흘러내렸고, 양쪽으로 땋아 내린 머리카락은 서로 길이가 약간 다르다.

열두 살 무렵의 폴리와 나. 우리는 폴리네 집에서 잠을 자려는 참이다. 체크무늬 파자마를 입고 얼굴에는 머드 팩을 바른 우리는 전자레인지 앞에서 팝콘이 익기를 기다리고 있다. 몇 살 더 먹은 우리. 이번에는 폴리네 집 복도에 서서 핼러윈 파티에 갈 채비를 하고 있다. 나는 그 파티에서 첫 키스를 하게 될 참이었다. 폴리는 호박으로 분장했고, 나는 섹시한 고양이 의상을 입고 있다. 어느 여름날의 우리. 우리는 청바지를 입고 닥터마틴 신발을 신고 들판에 양반다리를 하고 앉아 있다. 얇은 어깨끈이 달린 드레스를 입고 목에는 초커를 한 채 고등학교 졸업 파티에 갈 채비를 마친 우리. 폴리와 함께한 추억은 끝도 없이 이어진다. 생각해보니 10대의 중요한 순간마다 내 곁에는 폴리가 있었다. 한쪽 입꼬리만 올라간 특유의 미소를 띠고 어색한 포즈를 취한 채.

여기까지 생각이 미치자 나는 더없이 슬퍼진다.

20대 초반의 기억은 대부분 흐릿하다. 일하고, 파티하고, 술 마시고, 놀러 가고, 여행 다니느라 바빴다. 솔직히 말하면 20대 후반과 30대 초반의 기억도 그렇게 또렷하지는 않다.

그래도 결코 잊을 수 없는 순간들은 있다.

댄과 세 번째 혹은 네 번째 데이트를 하던 날. 우리는 포토 부스 안에 함께 서 있고, 나는 그의 어깨에 손을 올리고 있다. 그는 너무나 잘생겼고 나는 그에게 홀딱 빠져 있다. 우리는 둘 다 바보처럼 활짝 웃고 있다.

우리의 결혼식 날. 혼인 서약을 하다 말고 나는 카메라를 든 친구를 향해 살짝 윙크를 한다. 나에게 반지를 끼워주는 댄의 얼굴은 사못 진지하다.

우리의 신혼여행. 우리는 새카맣게 탄 채 해 질 녘 발리 해변의 야외 바에서 더없이 행복하게 웃고 있다.

우리에게 저렇게 젊고, 행복하고, 순수하던 시절이 있었다는 게 믿기지 않을 때가 있다.

코코가 태어나던 날. 아기는 희끄무레한 태지로 뒤덮인 채 울어대고 있다. 잔뜩 찡그린 작은 얼굴을 처음 조우하던 순간도, 아기를 처음 품에 안아 들었을 때 느꼈던 감정의 무게도 평생 잊을 수 없다.

코코의 네 번째 생일 파티. 코코는 피냐타(파티 때 아이들이 눈을 가리고 막대기로 쳐서 넘어뜨리는, 장난감과 사탕이 가득 들어 있는 통)에서 쏟아진 색종이 조각을 뒤집어쓴 채 깔깔 웃고 있다.

태어난 지 두 주 된 아들 베어의 모습. 활짝 웃고 있는 누나의 품에 안긴 아기는 작은 잠옷도 너무 커 보일 정도로 몸집이 작다.

여기까지 보고 나서야 나는 깨닫는다. 눈앞에 펼쳐지는 광경은 실제의 기억이 아닌 사진의 기억이란 사실을. 모든 날들이 순간에 멈춰진 장면으로만 남아 있다. 모든 관계가, 모든 시절이.

깨달음 뒤에도 장면들은 계속해서 나타난다. 기억의 조각들, 멈춰진 순간들이 끊임없이 떠올라 점점 더 빠른 속도로 뇌리를 스쳐 지나간다.

아기 띠 안에서 울부짖는 베어의 얼굴.

깨진 유리가 흩어진 부엌 바닥.

몸을 웅크린 채 병원 침대에 누워 있는 코코의 모습.

신문의 첫 페이지.

더는 보고 싶지 않은 장면들이 끊임없이 떠오른다. 뭔가 잘못됐다. 정신을 차리고 눈을 떠보려 해도 몸을 움직일 수 없다. 눈꺼풀이 너무 무겁다.

죽는 것보다 사랑하는 이들을 다시 볼 수 없을지도 모른다는 게 두렵다. 그들에게 하고 싶은 말을 영원히 할 수 없게 될까 봐 두렵다. 댄, 사랑해. 엄마, 당신을 용서해요. 폴리, 나를 용서해줘. 베어…… 코코…….

곧 끔찍한 일이 일어나리라는 무서운 예감이 든다.

이 모든 일이 내 잘못이라는 불행한 예감이 든다.

6주 전

1

에미

제가 인스타맘이 될 줄은 정말 몰랐답니다. 꽤 오랫동안 아기를 낳고 싶은지도 확신하지 못했죠. 그렇지만 인생이 생각대로 흘러갔다고 말할 수 있는 사람이 우리 중에 얼마나 될까요?

지금은 말 안 듣는 두 녀석들을 온종일 쫓아다니며 엉덩이를 닦느라 정신없는 애 엄마지만, 5년 전만 해도 '패셔니스타' 소리를 듣고 살았답니다. 피곤해서 눈에 경련이 일어나는 지금의 얼굴은 잠시 잊어주세요. 대충 묶어 올린 물 빠진 빨간 머리도 세련되게 드라이한 머리로 상상해주시고요. 지금은 이렇게 립스틱만 대충 바르고 다니지만, 한때는 저도 완벽한 컨투어링 메이크업과 아이라이너, 그리고 볼드한 귀걸이로 제 정체성을 드러내는 게 취미였죠. 이제 그런 귀걸이를 했다가는 세 살짜리 딸아이가 철봉처럼 사용하겠지만 말이에요. 거기에다 스키니 진과 이쿼먼트(고급스럽고 클래식한 실크 셔츠로 유명한 프랑스 브랜드) 실크 블라우스까지 차려입은 모습을 상상해보시면, 그게 바로 5년 전의 제 모습이랍니다.

패션 잡지 에디터는 제 꿈의 직업이었어요. 곱슬머리, 덧니, 체중 문제로 고민하던 10대 소녀일 때부터 선망하던 일이었거든요. 저는 정말 그 일을 좋아했어요. 제 단짝 친구 폴리에게 물어보면 아시겠지만, 저는 어려서부터 그 일 말고는 하고 싶은 일이 없었어요. 폴리는 정말이지 인내심 넘치는 친구였죠. 허구한 날 모델 포즈를 연습하고, 엄마 하이힐을 신고 집 뜰에서 패션쇼 놀이를 하는 친구의 사진사 역할을 불평 한마디 없이 해주었거든요. 그거 말고도 오래된 〈데일리 메일〉 신문에 딱풀을 발라 우리만의 잡지를 만들며 많은 시간을 보냈죠(물론 편집장은 항상 저였고요).

그렇게 잘나가던 제가 어쩌다 이렇게 되었냐고요? 아이 똥을 치우거나 이유식을 만들다 말고 저 스스로도 같은 질문을 한 적이 한두 번이 아니랍니다. 모든 일이 순식간에 일어난 것 같아요. 펜디 옷을 차려입고 밀라노 패션위크 맨 앞자리에 앉아 있던 제가 어느 순간 정신을 차려보니 트레이닝 바지 차림으로 슈퍼마켓 시리얼 코너에서 야단법석을 떠는 아이를 들쳐 안고 허둥지둥하고 있지 뭐예요.

패션 에디터에서 전업 맘으로 커리어를 바꾸게 된 건 솔직히 말해 우연이었어요. 어느 순간부터 아름다운 모델들이 빼곡하게 실린 종이 잡지에 사람들이 흥미를 잃기 시작하더군요. 독자층이 감소하고 예산이 줄어들면서 패션 에디터로 한창 잘나가려던 때에 저는 직장을 잃었죠. 엎친 데 덮친 격으로 하필 그때 딱 임신까지 했고요.

이런 빌어먹을 인터넷. 너 때문에 직장을 잃었으니 네가 나를 먹여 살려라. 저는 그렇게 생각했죠. 그리고 아이를 키우면서 할 수 있는 일을 찾아보기 시작했어요.

처음에는 '베어풋Barefoot'이라는 닉네임으로 구두 블로그와 브이로그를 시작했답니다. 닉네임을 '맨발'이라는 의미가 있는 베어풋이라고 지은 이유는 블로그에 구두 이야기뿐 아니라 맨정신으로 하기 힘든 진솔하고 시시콜콜한 이야기까지 포스팅했기 때문이었어요. 그런데 예상치 못한 일이 일어났어요. 한동안 적응기를 거치고 나니 어느 순간부터 마음이 맞는 여성들과 실시간으로 소통하는 게 정말 즐겁게 느껴지기 시작한 거죠.

이후 출산을 하고, 수유하느라 소파와 한 몸이 되어 가슴에는 사랑스러운 코코를 매단 채 세상과의 유일한 연결 고리인 아이폰만 들여다보며 보낸 937시간 동안, 인터넷에서 만난 여성들이 저의 숨 쉴 구멍이 되어주었답니다. 처음에는 블로그와 브이로그가 주 무대였어요. 그렇지만 아기를 낳고 키우면서 산후우울증에 빠지지 않게 저를 도와준 건 인스타그램이었답니다. 같은 처지의 아이 엄마들이 달아준 댓글 하나하나가 마치 용기를 주는 구원의 손길처럼 느껴졌죠. 드디어 내 사람들을 찾은 기분이랄까요.

그렇게 구두 블로그는 점점 육아스타그램으로 바뀌게 되었죠. '베어풋'이었던 블로그 닉네임은 '마마베어Mamabare'라는 인스타 계정 이름으로 바뀌게 되었고요. '맨발'에서 '맨엄마'로 이름을 바꾼 이유는 육아의 맨얼굴을 다 드러내 보이면서도 웃을 수 있는 엄마가 되고 싶었기 때문이에요. 5주 전에는 둘째까지 태어나면서 저의 육아 여정은 더 정신없어졌답니다. 그렇지만 무엇 하나 숨기고 싶지 않아요. 해피밀 포장지로 수유패드를 급조한 이야기부터, 아이 그네 태우다가 몰래 캔에 든 술을 꺼내 마신 이야기까지, 저는 언제나 육아의 진실을 있는 그대로 이야기한답니다. 진실에 과자 부스러기가 조금 떨어져 있을지는 모르겠지만요.

우리 같은 사람들을 아니꼽게 바라보는 사람들은 인스타그램을 모든 것이 필터링된 완벽한 허구의 세계라고 깎아내리지요. 그렇지만 케첩을 뒤집어쓰고 커튼을 기어오르는 아이를 종일 쫓아다녀야 하는 애 엄마한테 완벽한 세계를 연출할 시간이 도대체 어디에 있나요? 온라인에서든 오프라인에서든 일이 잘 안 풀릴 때가 있죠. 일이 꼬이고, 음식이 바닥에서 굴러다니고, 모든 게 엉망인 것처럼 느껴지는 날에는 제가 이 일을 하는 진짜 이유를 생각한답니다. 사랑하는 가족요. 또 몇 날 며칠 같은 수유 브라를 입고 나타나도 늘 변함없이 저를 지지해주는 랜선 육아 동지들을 기억한답니다.

제가 '우울한 날들'이란 의미의 #그레이데이스greydays 해시태그 캠페인을 시작한 이유는 바로 여러분입니다. 이 캠페인을 통해 아이를 키우는 여성들이 육아에 관해 진솔하게 소통하고, 오프라인 만남을 통해 육아의 힘든 순간들을 함께 나눌 기회를 만들어보고 싶었거든요. #그레이데이스 굿즈 판매 수익의 일부는 산모의 정신건강에 대한 대화의 물꼬를 트는 활동을 지원하는 데 사용할 예정입니다.

누군가 저의 직업이 뭐냐고 묻는다면 저는 '멀티 엔터테이너 맘'

이라고 대답하고 싶어요. 너무 재수 없는 표현인가요? 옆집 조이스 아주머니는 그런 직업은 듣도 보도 못 했다며 어리둥절해하시죠. 그녀는 제 남편 '파파베어Papabare'의 직업이 뭔지는 단박에 이해하셨죠. 소설가니까요. 그런데 제가 하는 일은요? '인플루언서'라는 단어는 어감이 참 별로인 거 같아요. 그보다는 치어리더? 격려자? 영향을 주는 사람? 글쎄요. 사실 용어가 뭐가 중요한가요? 저는 그저 가족과 함께하는 삶의 모습을 여과 없이 여러분께 보여드리고, 이 활동이 육아에 대해 솔직한 대화를 시작하는 데 기여하길 바라며 저에게 주어진 일들을 열심히 할 뿐이랍니다.

진솔함이 저의 브랜드랍니다. 저는 항상 사실을 있는 그대로 말하니까요.

댄

저건 완전 개소리다.

개소리도 저런 개소리가 없다.

생략과 날조, 그리고 반쪽 진실이 난무하는 에미의 강연은 하도 많이 들어서 이제는 어디까지가 진실이고 어디부터가 거짓인지 나도 헷갈릴 정도다. 일어날 법한 일(그러나 일어나지는 않은 일), 실제로 일어난 일(그러나 완전히 다른 방식으로 일어난 일), 그녀와 내가 (좋게 말해서) 서로 다르게 기억하는 일들이 이리저리 뒤섞여 매끄럽고 그럴듯한 이야기로 짜 맞춰져 있기 때문이다. 그런데 오늘따라 나는 평소와 다를 바 없는 아내의 강연을 들으며, 많은 부분이 나에 대한 것이기도 한 그녀의 이야기 중 얼마만큼이 과장, 왜곡 또는 완전히 날조된 것인지 가늠해보려고 애쓴다.

그러나 3분도 채 지나지 않아 포기하고 만다.

한 가지는 확실히 말해두고 싶다. 나는 아내가 거짓말쟁이라고 말하려는 게 아니다.

미국의 철학자 해리 프랭크퍼트는 거짓말과 개소리의 차이를 다음과 같이 설명한다. 거짓말은 속이려는 의도를 가진 말이지만, 개소리는 진실이나 거짓 자체에 관심이 없는 말이다. 예를 들면 이런 거다. 에미는 해피밀 포장지로 수유패드를 급조한 적이 없다. 그녀는 해피밀 같은 건 입에 대본 적도 없을 것이다. 우리 옆집에는 조이스라는 이름을 가진 사람이 없다. 그리고 10대 시절 에미는 그녀의 친정집에 걸린 사진으로 판단하건대 무척 예쁘고 날씬한 소녀였다.

원래 부부가 결혼해서 함께 살다 보면 공개된 장소에서 배우자가 하는 말을 팩트 체크 해보고 싶은 때가 오는 건지도 모르겠다.

아니면 오늘따라 내 기분이 좀 꼬여 있는지도 모른다.

아내가 능력 있는 인플루언서라는 사실에는 의심의 여지가 없다. 사실 그녀는 그 일을 끝내주게 잘한다. 웨이크필드(영국 잉글랜드 웨스트 요크셔주의 도시)에서 웨스트필드(런던의 최대 쇼핑몰이 있는 쇼핑 중심지)에 이르기까지 전국의 여러 마을 회관, 서점, 커피숍, 공유 오피스에서 아내가 강연하는 모습을 지켜보다 보면 그녀의 소통 능력 하나는 인정하지 않을 수 없다. 그녀의 입에서 나오는 말과 실제 간의 차이가 크다는 걸 잘 알면서도 말이다. 에미는 청중에게서 공감과 웃음을 이끌어내는 법을 잘 안다. 강연 중에 아내가 아이 그네를 밀어주다 말고 몰래 캔 술을 마신다는 대목에 이르자, 뒤쪽에 앉은 한 여자는 웃다가 뒤로 넘어갈 지경이다. 아내는 사람들과 공감대를 형성하는 데 탁월하다. 사람들은 그녀를 좋아한다.

에미의 에이전트는 아내가 이번 강연에서 그레이데이스 캠페인을 은근슬쩍 홍보해준 데에 흡족해할 것이다. 아참, 그냥 그레이데이스가 아니라 '해시태그' 그레이데이스라고 했던가. 오늘 강연장에 입장하면서 푸른색 그레이데이스 캠페인 맨투맨 티셔츠를 입은 사람을 적어도 세 명은 본 것 같다. 등에는 #그레이데이스 문구와 마마베어 로고가 새겨져 있고, 앞에는 '웃으며 견뎌요Grin and Bare It'라는 문구가 새겨져 있는 옷이다. 참고로 마마베어 로고는 두 개의 유방 사이에 아기 머리가 그려진 형상이다. 나는 엄마 곰 인형이 아기 곰 인형을 안고 있는 로고에 한 표를 던졌지만 내 의견은 무시되었다. 이런 강연에 올 때마다 아내는 나도 마마베어 제작 옷을 입는 게 어떠냐고 권유하지만 나는 그때마다 옷이 다른 가방에 들어 있다거나, 아직 건조 중이라거나, 이번에는 절대 잊어버리지 않으려고 계단 위에 꺼내놓고는 깜박했다는 식의 핑계를 댄다. 나에게도 결코 넘을 수 없는 선은 있다. 강연에 온 에미의 팬이나 팔로워가 우리 부부와 함께 사진을 찍은 후 인스타그램에 올릴 게 뻔한데, 유방이 그려진 스웨터를 입은 모습으로 인터넷에 영원히 박제되고 싶은 마음은 추호도 없다.

아직 나에게 위신이 남아 있다고 믿고 싶다.

오늘 밤에도 나는 '응원하는 배우자' 역할을 충실히 수행하는 중이다. 마마베어 굿즈가 담긴 상자들을 택시에서 꺼내 포장을 푸는 것과 사람들이 '마마 굿즈'라는 단어를 아무렇지도 않게 사용해도 소름 돋지 않는 척하는 게 내가 할 일이다. 강연 전에 사람들에게 탄산음료를 따라주거나 컵케이크를 나눠 주고, 누군가가 아내를 붙잡고 너무 오래 이야기하거나 좀 이상해 보이는 사람이 아내에게 접근하면 나서서 아내를 구해 오는 것도 내 일이다. 아기가 울기 시작하면 나는 얼른 무대 위로 뛰어 올라가 에미로부터 아기를 조심스럽게 받아들고 아내가 신경 쓰지 않도록 모든 일을 알아서 처리한다. 이제 5주 된 베어는 아무런 말썽도 부리지 않고 엄마 품에 안겨 조용히 젖을 빠는 데만 집중하고 있다. 베어는 눈앞의 젖에만 관심이 있을 뿐 주변 환경이나 자신이 무대 위에 올라가 있다는 사실은 전혀 눈치채지 못한 듯하다. 강연 말미의 질의응답 시간에 누군가가 둘째 출산이 가정생활에 어떤 영향을 미치는지, 아이를 키우면서도 어떻게 부부간의 열정을 유지할 수 있는지를 물을 때가 있다. 그럴 때면 에미는 웃음을 터뜨리며 나를 무대 위로 불러 대신 대답하게 한다. SNS에 자녀를 안전하게 노출시키는 일에 대한 질문을 받을 때도 마찬가지다. 나는 아내를 대신해 인터넷에 아이들 사진을 올릴 때 우리 부부가 철저하게 지키는 세 가지 '황금률'을 설명한다. 첫째, 절대 집의 위치가 노출되지 않도록 한다. 둘째, 아이들의 목욕 장면이나 옷을 벗은 모습, 용변을 보는 모습은 올리지 않는다. 특히 코코가 수영복을 입은 모습이라든가, 조금이라도 성적으로 보일 수 있는 모습을 올리지 않도록 주의한다. 셋째, 팔로워들을 늘 점검하고 조금이라도 의심스러운 계정은 차단한다. 이상이 활동 초기에 전문가에게 컨설팅을 의뢰했을 때 우리가 받았던 조언이다.

사실 에미가 하는 일에 대해 나는 여전히 약간의 의구심이 있다.

강연 때마다 에미가 하는 이야기, 그러니까 출산 후 힘든 육아의 일상을 공유하고 같은 처지의 엄마들과 소통하고 싶어서 우연히 육아 블로그를 시작했다는 이야기는 안타깝게도 모두 개소리다. 내 아내를 잘 아는 사람은 그녀 같은 사람에겐 우연이란 존재하지 않는다는 걸 잘 안다. 가끔은 에미가 뭔가를 우연히 한 적이 한 번이라도 있는지 궁금할 때가 있다. 나는 에미가 블로그 이야기를 처음 꺼낸 그날을 생생하게 기억한다. 아내가 그날 누군가와 점심 약속이 있다는 건 알고 있었지만 그 상대가 에이전트라는 사실은 아내가 집에 돌아오고 나서야 알았다. 당시 에미는 임신 3개월 차였고, 임신 사실을 우리 어머니께 알린 지 두 주도 채 되지 않았던 때였다. 에이전트라고? 그때까지만 해도 나는 인플루언서들을 전문적으로 관리하는 에이전시가 존재한다는 사실을 몰랐다. 지금에 와 생각해 보면 그건 충분히 추측할 수 있는 일이었다. 잡지사에서 일하던 시절에도 아내는 종종 집에 돌아와 별 시답지도 않은 인플루언서가 사진 포즈를 몇 번 취해주거나, 100단어 미만으로 글 몇 마디를 써주거나, 무슨 행사를 주관하거나, 블로그에 몇 마디 지껄이는 대가로 회사로부터 얼마나 많은 돈을 받아 가는지에 대해 투덜대곤 했다. 아내는 가끔 그런 사람들이 잡지사에 써 보낸 글을 나에게 보여 주기도 했는데, 읽으면 읽을수록 그 글을 쓴 사람이나 읽고 있는 나나 둘 중 하나는 머리가 이상해진 게 틀림없다는 생각이 드는 글이었다. 짧은 문장들. 말도 안 되는 은유들. 현실감을 주기 위해서인지 불필요하게 자세한 세부 사항들. 억지로 짜 맞춘 느낌이 물씬 나는 쓸데없이 정확한 숫자들(482잔의 아이스티를 마셨다든지, 2,342시간이나 못 잤다든지, 27켤레의 아기 양말을 잃어버렸다든지). 말하고자 하는 의도에 부합하지 않는 어색한 어휘들. 아내는 힘들게 소설 같은 걸 쓰느니 나도 이런 글이나 쓰며 먹고사는 게 어떠냐고 말하며 웃었다. 그랬던 그녀였기에 점심 약속에서 돌아와 에이전트와 미팅을 했다고 말했을 때, 처음에는 농담인 줄 알았다. 아내가 하려는 일이 무엇인지 제대로 파악하기까지는 오랜 시간이 걸렸다. 처음에는 구두 협찬이나 좀 받으려나 보다 하고 가볍게 생각했다. 에미가 블로그에 첫 글을 게시하기도 전에 이미 도메인을 구매하고 '베어풋'과 '마마베어'로 인스타그램 계정 등록까지 마쳤을 줄은 꿈에도 몰랐다. 게다가 3년이 지나기도 전에 에미의 인스타그램 팔로워 수가 100만 명을 돌파할 줄은 상상도 하지 못했다.

에미가 에이전트와 계약을 마친 후 가장 처음 들은 조언은 모든 활동이 우연적이고 자연스러워 보여야 한다는 것이었다. 그때까지만 해도 그녀의 에이전트도 나도 자연스러움을 연출하는 에미의 천부적인 재능이 어느 정도인지 알지 못했다.

개소리의 위험성에 대해 열거하면서, 프랭크퍼트는 개소리가 진실의 신성함이나 진실에 대한 인간의 도덕적 의무를 완전히 거부하기 때문에 전통적인 거짓말보다 더 치명적이고 파괴적인 사회적 힘을 지녔다고 말했다. 이런 말이나 해대니 프랭크퍼트의 인스타그램 팔로워 수는 에미보다 훨씬 적을 수밖에 없다.

"진솔함이 저의 브랜드랍니다." 에미는 언제나처럼 이 말로 강연을 마친다. "저는 항상 사실을 있는 그대로 말하니까요."

아내는 잠시 말을 멈추고 박수갈채가 잦아들기를 기다린다. 그리고 의자 옆에 놓여 있던 물컵을 집어 들어 물을 한 모금 마신다.

"질문 있으신가요?" 그녀가 묻는다.

내가 질문 하나 하지.

내가 너에게 복수하기로 마음먹은 날이 바로 그날이었냐고?

그래 맞아, 바로 그날이었어.

그런 생각이야 이전에도 수없이 했지. 내 입장이라면 누구나 그러지 않겠어? 하지만 이제껏 그런 생각은 공상에만 그쳤지. 그런 건 TV에서나 일어나는 일이니까. 도무지 현실성도 없고, 실행하기도 어려운 일이니까.

사람의 생각이란 게 그래. 가끔은 전혀 예상치 못한 방향으로 흘러가거든.

그날, 그곳에 가기 전까지만 해도 난 네 얼굴을 직접 보고 나면 마음이 좀 진정될 줄 알았어. 너를 향한 미움도, 내 마음속 분노도 가라 앉을 거라고 생각했지.

그런데 그건 나만의 착각이었어.

나는 말이야. 결코 폭력적인 사람이 아니야. 쉽게 분노하는 사람도 아니고. 줄을 서 있다가 누가 내 발을 밟아도 항상 먼저 사과하는 사람이야.

난 그저 너한테 꼭 묻고 싶은 게 하나 있었어. 질문 하나면 충분했지. 그래서 그날 거기에 갔던 거야. 그리고 질문 시간에 손을 들고 한참을 기다렸지. 넌 나를 분명히 봤어. 그런데 결국 내 앞의 여자만 지목하더군. 머리 스타일이 예쁘다고 칭찬하면서 말이야. 내 오른쪽에 앉은 여자도 지목을 받았지. 넌 그 여자의 이름까지 알고 있더구나. 그 여자는 질문을 하겠다고 해놓고서는 한참 동안 쓸데없는 자기 얘기만 늘어놓았지.

그러고는 누군가가 질문은 여기까지만 받겠다고 말하더군.

강연이 끝나고도 난 너를 기다렸어. 잠깐이라도 대화를 나누고 싶었거든. 그렇지만 다들 너와 대화하려고 기다리고 있어서 난 주변을 서성일 수밖에 없었어. 저녁 시간 내내 들고 있어서 미지근해진 화이트 와인 잔을 들고 너와 눈을 마주치려고 노력했지. 그렇지만 너는 나와 눈 한번 마주치지 않더구나.

물론 네가 나를 모르는 건 당연해. 군중 속에서 내 얼굴이 네 눈에 띄어야 할 이유는 없지. 우리가 대화를 나눴다 하더라도, 내가 너에게 내 이름과 그 애의 이름을 말했다 하더라도 너에게는 아무런 의미도 없는 이름들이었겠지.

거기서 네 모습을 보고 나서야, 사람들에게 둘러싸여 아무 일도 없다는 듯이 행복하게 웃고 즐거워하는 네 모습을 보고 나서야 깨달았어. 그동안 내가 스스로를 속여왔다는 걸. 과거를 잊지도, 받아들이지도 못했다는 걸. 너를 용서하지 않았고, 앞으로도 영원히 용서할 수 없다는 걸.

그날 밤, 내가 무엇을 해야 할지 분명히 알게 됐어.

이제 남은 건 그 일을 언제, 어디서, 어떻게 실행할지 결정하는 것뿐이었지.

2

댄

많은 사람들이 내가 부럽다고 말한다. 직업이 작가이다 보니 집에서 일할 수 있고 가족과 시간을 많이 보낼 수 있으니 얼마나 좋겠냐고 한다. 사람들은 아무래도 작가를 집에서 놀고먹는 사람이라고 생각하는 것 같다.

오전 6시. 예전에는 이 시간에 기상하곤 했다. 커피를 내려 부엌 식탁에 앉으면 6시 15분 정도가 되었다. 전날 쓴 마지막 두어 문단을 점검하고, 7시 반까지 500단어 쓰기를 목표로 작업을 시작했다. 8시 반이 되면 두 번째 커피를 내릴 시간이었다. 이렇게 속도를 내다 보면 점심시간 전에 그날의 목표 단어 수를 거의 채울 수 있었다. 그러면 오후에는 소설의 다음 내용을 구상하고, 이메일을 회신하고, 기고문 원고료를 독촉하며 시간을 보냈다. 기고문은 주로 저녁이나 주말에 와인 한잔 걸치며 빠르게 써 내려간 것들이었다.

좋았던 시절의 이야기다.

오늘 아침 6시가 조금 넘은 시각, 나는 아무도 깨우지 않기 위해 애쓰며 조심스럽게 아래층으로 내려온다. 가족들이 눈을 뜨기 전에 조금이라도 집필 시간을 확보하기 위해서다(그러나 십중팔구 아래층에 도달하기 전에 누군가의 울음소리나 악 쓰는 소리, 뭔가를 해달라고 요구하는 소리가 빗발치기 시작한다). 맨 아래 계단에 발을 내딛다가 그만 말하는 유니콘 장난감을 밟고 만다. 유니콘은 즉시 마룻바닥을 뛰어다니며 무지개에 관한 노래를 부르기 시작한다. 어둠 속에서 나는 귀를 쫑긋 세우고 숨죽여 기다린다. 기다림의 시간은 길지 않다. 아들 녀석은 그 작은 몸으로 어떻게 그렇게 기차 화통 삶아 먹은 것 같은 소리를 내는지 신기할 따름이다. "미안해." 나는 베어를 나에게 넘겨주는 아내에게 사과한다. "기저귀를 확인해봐야 할 것 같아." 그녀가 말한다. 코코의 방을 지나는데 지금 몇 시냐고 묻는 졸린 목소리가 들린다. "다시 잠들 시간이야." 나는 대답한다.

코코와 달리 베어는 이제 완전히 잠이 깬 상태다. 나는 아기를 부엌으로 데려가 기저귀를 갈아주고 옷을 갈아입힌 후, 입던 옷을 세탁기 위에 있는 바구니 안에 던져 넣는다. 세탁 바구니를 비울 때가 됐다는 생각을 하며 냉장고 옆 소파에 아기와 함께 앉는다. 이후 30분 동안 고래고래 악을 쓰며 우는 아기를 무릎에 앉히고 위아래로 흔들며 우유병을 물려보려고 애쓴다. 간신히 우유를 먹이고 나서 트림을 시키고 아기 띠로 안은 후, 뒤뜰을 왔다 갔다 하며 또 30분을 보낸다. 베어는 그동안에도 고래고래 악을 쓰며 운다. 이쯤 되면 7시가 된다. 이제 아기를 에미에게 넘겨주고 코코를 깨워 아침을 먹일 시간이다.

"세상에, 벌써 한 시간이 지난 거야?" 에미가 물었다. 정확히 한 시간이 지난 시각이다.

정말이지 두 아이를 키운다는 건 진이 빠지는 일이다. 잠을 잘 자는 편인 우리 아이들도 이렇게 힘든데 잠을 안 자는 아이들은 도대체 어떻게 키우는 걸까? 코코는 3~4개월 됐을 때부터 밤잠을 열두 시간씩 깨지 않고 잤으니 나와 에미는 정말 운이 좋았다고 할 수 있다. 코코는 눕히기만 하면 바로 곯아떨어지곤 했다. 우리 부부는 저녁에 모임이 있으면 코코를 이동식 아기 침대에 눕혀 데리고 가서 한쪽 구석이나 옆방에 놔두곤 했다. 그러면 코코는 저녁 내내 깨지 않고 잘 잤다. 지금까지 본 바에 따르면 베어도 누나와 크게 다를 것 같지 않다. 물론 이런 이야기는 에미의 인스타그램 피드에 절대 올라가지 않는다. 거기에는 너무 피곤해서 눈꺼풀에 경련이 일어나고, 다크서클이 생기고, 신경이 날카로워져 있다는 이야기만 가득하다. 브랜드 이미지를 생각할 때 '안 깨고 잘 자는 아이'는 좋은 콘텐츠가 아니기 때문이다. 우리는 다른 부모들에게도 아이가 잘 잔다는 이야기는 하지 않는다.

오전 8시가 조금 넘은 시각, 정확히 말하면 8시 7분에 베어는 첫 낮잠에 들어간다. 코코와 에미는 아직 위층에서 오늘 무슨 옷을 입을지 상의하고 있다. 지난 두 시간 동안 육아 의무를 충실히 수행한 나는 이제 한 시간 반 전에 내린 식어버린 커피를 전자레인지에 데우고, 노트북을 켜고, 오늘 치의 창작 노동을 시작하기에 적절한 마음 상태를 만들어보려 애쓴다.

8시 45분. 어제 쓴 분량을 다시 읽어보고 수정 작업까지 마쳤다. 이제 새로운 분량을 쓸 차례다.

9시 반. 현관문 초인종이 울린다.

"내가 문 열까?" 나는 위층을 향해 소리친다.

지난 45분 동안 나는 총 스물여섯 단어를 썼고, 지금은 그중 스물네 단어를 지울까 말까 고민하는 중이다.

정말이지 방해받고 싶지 않은 기분이다.

"내가 문 연다?"

위층에서는 아무 대답이 없다.

초인종이 다시 울린다.

듣는 이 없는 허공을 향해 나는 신경질적인 한숨을 한번 내쉬고 의자를 뒤로 민다.

우리 집 부엌은 집 뒤편 1층에 있다. 2008년에 산 이 집은 아버지가 돌아가시면서 조금 남겨주신 돈으로 매입했다. 집을 산 직후에는 한동안 친구 몇 명과 함께 살았는데 녀석들 중 부엌을 쓰는 사람은 아무도 없었고, 이곳은 가끔 빨래를 널어두는 용도로만 사용했다. 그때는 부엌에 가구라고는 낡은 소파, 고장 난 시계, 쓸 때마다 물이 새는 세탁기가 전부였고, 리놀륨 바닥은 언제나 끈적거렸다. 뒤로 난 창문으로 보이는 풍경은 플라스틱 골판지 지붕으로 덮인 콘크리트 건물들이 전부였다. 에미와 함께 살게 되었을 때 그녀가 제일 먼저 제안한 일은 부엌에 있는 잡동사니를 모두 내다 버리고 부엌을 정원과 이어지도록 확장해서 요리도 하고 식사도 하고 휴식도 하는 아늑한 공간으로 만들자는 것이었다. 그리고 우리는 그렇게 했다.

똑같은 조지 왕조풍 집들이 서로 어깨를 맞대고 늘어선 테라스 하우스Terraced House(영국에서 많이 볼 수 있는 3채 이상의 주택이 횡으로 붙어 있는 형태의 주거 건물. 공간 활용이 유용하기 때문에 땅값이 비싼 도시 지역일수록 인기가 많다. 타운하우스라고도 한다)의 맨 끝에 있는 우리 집은 지하철역에서 약 800미터 정도 떨어진 곳에 위치해 있다. 맞은편에는 펍이 하나 있는데, 처음 집을 보러 이 동네에 왔을 때 부동산 중개인은 그 펍이 한창 뜨고 있는 곳이라고 나에게 귀띔해주었다. 세월이 흘러 이제 그곳은 뜰 만큼 뜬 후 한물간 곳이 되어버렸다. 예전에는 금요일 밤 문 닫을 시간이 되면 펍 밖에서 종종 싸움판이 벌어지곤 했다. 자동차 위를 구르고 셔츠가 찢어지고 술병이 깨져 나뒹구는 제법 볼만한 싸움이었다. 그러나 이제는 예전의 특색은 다 사라지고 주말에 예약을 안 하면 못 가는 지루한 브런치 카페 같은 곳이 되어버렸다. 메뉴에는 대구 요리나 렌틸콩, 초리소 소시지 같은 고급 재료로 만든 요리들이 가득하다.

내가 가능하면 아침에 집필 작업을 많이 하려고 애쓰는 이유는 정오가 지나면 초인종 소리가 끊임없이 울려대기 때문이다. 에미가 인스타그램에 '코코가 원래 먹던 종합 비타민을 잘 먹지 않네요. 다른 비타민으로 갈아타려고 하는데 추천 부탁드려요', '이런 다크서클도 없애주는 세럼 있을까요?', '우리 집 믹서기가 고장 났네요. 엄마들의 추천 기다립니다'라는 글을 올리기가 무섭게 기업의 홍보 담당자에게서 자사의 물건을 보내주겠다는 연락이 온다. 사실 그게 에미가 인스타그램에 저런 글을 올리는 진짜 목적이다. 오카도(영국의 온라인 식료품 유통업체)에서 주문하는 것보다 싸고 빠르게 물건을 받을 수 있기 때문이다. 이번 주 내내 에미는 머리가 마음에 안 든다는 내용의 글을 인스타그램에 올렸고, 이번 주 내내 여러 회사에서 무료 고데기, 무료 헤어 제품, 무료 샴푸와 컨디셔너 등으로 채워진 리본 달린 상자를 보내왔다.

내가 너무 복에 겨워 이런 불평을 하는 건지도 모른다. 그렇지만 톨스토이가 《전쟁과 평화》를 집필할 때 무료 선물 꾸러미가 들어있는 택배를 받기 위해 5분에 한 번씩 자리에서 일어나야 했다면 과연 그런 대작을 쓸 수 있었을까?

내가 앉은 자리에서 현관문으로 가려면 먼저 계단을 올라 (침실 3개, 욕실 1개가 있는) 2층으로 가서 소파와 TV, 장난감이 있는 거실을 지나야 했다. 나는 신생아용 유아차, 유아용 유아차, 페달 없는 유아자전거, 킥보드, 그리고 옷이 잔뜩 걸려 있는 옷걸이를 비집고 지나다가 아침에 밟았던 유니콘을 또 밟고 욕지거리를 내뱉고 만다. 어제 청소 도우미가 왔다는 사실을 믿을 수 없다. 레고 블록과 신발이 사방에 흩어져 있다. 5분만 신경을 안 써도 집이 이렇게 엉망진창이 되다니. 노벨상을 수상한 대문호 시릴 코널리는 '좋은 예술가가 되는 데 복도에 있는 유아차보다 악랄한 적은 없다'라는 냉소적인 말을 남겼다. 우리 집은 복도에 있는 유아차 때문에 예술은커녕 그 복도도 마음 놓고 지나갈 수가 없다. 나는 유아차 주변을 간신히 지나 현관문 앞에서 잠깐 거울을 보며 머리를 매만진 후 문을 연다.

현관문 앞에는 한 쌍의 남녀가 서 있다. 엷은 금발 머리를 대충 포니테일로 묶어 올린 예쁘장한 젊은 여자는 20대 후반 정도로 보이는데 왠지 낯이 익은 느낌이 든다. 데님 재킷 차림인 그녀는 네 번째로 초인종을 누르려던 참인 것 같다. 옆에 있는 남자는 머리가 조금 벗겨지고 턱수염을 길렀는데 나이는 30대 정도로 보인다. 그들의 발밑에는 큰 가방이 하나 놓여 있다. 남자는 어깨에 가방 하나를 더 메고 목에는 카메라를 걸고 있다.

"파파베어이신가 보군요." 포니테일 여자가 말한다. "저는 제스 왓츠라고 해요."

어렴풋이 귀에 익은 느낌이 나는 그녀의 이름은 그녀와 악수를 하고 나서야 기억이 난다.

맙소사.

그녀는 〈선데이 타임스〉 기자였다.

그 저명한 〈선데이 타임스〉의 기자와 카메라맨이 우리 부부를 인터뷰하러 온 것이다.

제스 왓츠는 나에게 짐 옮기는 것을 도와줄 수 있냐고 묻는다. 나는 당연히 도와주겠다고 말하며 그들 앞에 있던 큰 가방을 들어 올리다가 나도 모르게 끙끙거리는 소리를 내고 만다. 나는 그들을 향해 손짓하며 집 안으로 안내한다.

"들어오세요. 들어오세요."

신생아용 유아차와 유아용 유아차를 비롯한 잡동사니들 사이를 다시 비집고 들어가며 나는 물건이 너무 많아서 죄송하다고 사과한다. 그들을 거실로 안내했지만 거실의 상태는 더 심각하다. 누군가가 주말 신문을 갈기갈기 찢어 여기저기 던져놓았고 TV 리모컨은 바닥을 굴러다니고 있다. 곳곳에 크레용이 나뒹군다. 카메라맨에게 가방을 놓아둘 위치를 알려주려 몸을 돌리는데 기자가 작은 수첩을 꺼내 펜으로 무언가를 메모하는 모습이 보인다.

나는 그들을 향해 인터뷰 약속은 수요일 아니었냐고 물어보려 입을 뗀다. 우리 집 냉장고에 붙어 있는 달력에는 인터뷰 날짜가 수요일로 표시되어 있고, 그 스케줄에 대해 에미와 대화했던 것도 기억하기 때문이다. 그런데 그 말을 하려는 순간 나는 오늘이 바로 수요일이라는 사실을 깨닫는다. 신생아를 키우다 보면 얼마나 쉽게 요일을 잊어버리게 되는지 놀라울 따름이다. 일요일, 월요일에는 뭘 했는지 분명 기억이 난다. 그런데 화요일에는 뭘 했더라? 화요일에 대한 기억은 텅 비어 있다. 현관문을 여는 내 표정도 아마 그랬을 것이다.

"차 한잔 드릴까요?" 나는 묻는다. "커피도 있어요."

그들은 우유와 설탕 두 개를 넣은 커피 한 잔과 혹시 꿀이 있으면 꿀을 살짝 넣은 허브차 한 잔을 달라고 한다.

"에미!" 나는 위층에 있는 아내를 부른다.

〈선데이 타임스〉 기자가 오기로 한 날이 오늘이라는 사실을 아내가 상기시켜주지 않은 게 못내 서운하다. 어제 잠자리에 들면서, 아니면 아침에 아기를 넘겨주면서 한마디 정도는 해줄 수 있지 않았을까. 나는 지금 이틀째 면도도 못 했고 머리도 못 감은 상태다. 양말도 한 짝은 뒤집어 신었다. 오늘 〈선데이 타임스〉 인터뷰가 있는 줄 알았다면 이틀이나 지나 햇빛에 쭈글쭈글해진 〈이브닝 스탠더드〉(무료로 발행되는 영국 런던의 지역 일간지) 대신 좀 더 있어 보이는 책이라도 꺼내놓았을 텐데. 게다가 지금 내가 입고 있는 청남방은 단추가 두 개나 없어졌고 옷깃에는 죽이 묻어 있다. 이런 상태로는 진지한 사람으로 보이기 힘들지 않을까.

〈선데이 타임스〉라니. 거기에 다섯 페이지 분량의 인터뷰가 나간다니. 제목은 '아이 키우는 인플루언서 부부 집 방문기'라고 한다. 나는 내 출판 에이전트에게 연락해서 기사가 언제 나오는지 알려줘야겠다고 생각한다. 딱히 아내의 명성에 묻어 가려는 건 아니지만 어쨌든 에이전트에게 연락해서 나쁠 건 없다. 내가 아직 죽지 않고 살아 있다는 사실을 알려주기 위해서라도.

〈선데이 타임스〉 기자와 카메라맨은 이제 사진을 먼저 찍을지, 아니면 인터뷰를 먼저 할지를 의논하고 있다. 카메라맨은 생각에 잠긴 표정으로 집 이곳저곳을 돌아다니며 채광을 확인한다. "보통은 저쪽 끝에서 사진을 찍더라고요." 나는 도우려는 마음에 온실 쪽을 가리킨다. "이 안락의자에 앉아서 뒤로 정원이 보이게끔 말이죠." 물론 그런 사진에 내가 찍히는 경우는 거의 없다. 가끔, 아주 가끔 코코를 웃게 만들려고 이상한 표정을 짓고 있거나, 아니면 상황을 관찰하는 모습이 가장자리에 찍힐 뿐이다. 오늘처럼 인터뷰가 잡혀 사람들이 집에 들이닥치는 날에는 노트북을 가지고 정원 끝에 있는 작업실에 들어가 틀어박혀 있곤 한다. 그곳은 말이 작업실이지 사실 창고에 더 가깝다. 그래도 전구 하나와 히터가 있긴 하다.

기자는 책장에서 우리의 결혼사진을 꺼내 들여다보고 있다. 사진 속에는 나와 에미, 그리고 아내의 어린 시절 친구이자 신부 들러리였던 폴리가 팔짱을 낀 채 미소 짓고 있다. 불쌍한 폴리. 들러리 드레스를 입고 있는 사진 속 그녀는 정말 불편해 보인다. 에미는 결혼식을 빌미로 폴리의 스타일을 바꿔주고 싶어 했다. 폴리는 옷을 좀 나이 들어 보이게 입긴 했어도 외모는 예쁘장한 편이었는데, 그 전까지는 스타일을 바꿔주겠다는 에미의 제안을 정중하면서도 단호하게 거절해왔다. 에미는 거기서 멈추지 않고 싱글인 폴리를 구제해주고 싶다며 내 하객 중에 미혼이거나 여자 친구가 없는 친구가 있는지 물었다. 결혼식 날, 폴리가 입은 드레스는 정말 멋졌지만, 카메라가 다른 곳을 향하거나 에미가 다른 곳을 보고 있을 때면 그녀가 가디건으로 맨팔과 어깨를 가리거나 하이힐을 벗고 발바닥을 문지르는 모습을 나는 몇 번이나 보았다. 기특하게도 폴리는 결혼식 내내 에미에게 불편한 내색을 전혀 하지 않았다. 피로연에서 우리가 억지로 옆에 앉힌 싱글 친구가 식사 내내 폴리가 아닌 반대편 여자와 이야기해도 그녀는 불평 한마디 하지 않았다.

"댄, 그쪽은 소설을 쓰신다고 들었어요." 우리의 결혼사진을 들여다보던 〈선데이 타임스〉 기자가 사진을 내려놓으며 희미한 미소를 짓는다. 그녀는 내 이름이 익숙한 척하거나 내 글을 어디서 한번 읽어봤다는 식의 뻔한 거짓말도 하지 않을 기세다.

　나는 어색하게 웃으며 그런 비슷한 걸 쓴다고 얼버무리면서 책장을 가리켰다. 책장에는 내가 쓴 책의 양장본과 문고판, 그리고 헝가리어 번역판이 꽂혀 있다. 기자는 양장본을 손가락으로 살짝 기울여 표지만 슬쩍 살펴보고는 곧 손을 뗀다. 책은 가벼운 쿵 소리와 함께 제자리로 돌아간다.

　"흠……." 그녀가 말한다. "언제 출간된 책이죠?"

　나는 7년 전이라고 대답하다가 실제로는 8년 전이라는 사실을 깨닫는다. 8년이라니, 믿을 수가 없다. 물론 아내가 책 뒤표지에 실린 내 저자 사진을 페이스북 프로필 사진으로 그만 쓸 때가 됐다고 부드럽게 충고했을 때는 확실히 충격을 받긴 했다. "정말 잘 나온 사진이기는 해." 그녀는 나를 안심시키며 말했다. "다만 당신 같지가 않아서 그래." 허공에 떠도는 무언의 말은 '더 이상은'이었다.

　불난 데 부채질이라도 하듯 카메라맨이 나를 향해 책 내용이 뭐냐고 묻는다. 이건 작가들이 제일 싫어하는 질문이다. 한때는 그런 질문을 받으면 "한두 마디로 설명할 수 있으면 뭐 하러 책을 썼겠어요?"라고 쏘아붙이거나, "책 내용은 200페이지 정도이고 7파운드 99센트만 내면 아실 수 있습니다"라고 재치 있게 대답하곤 했다. 다행히 이제는 그런 오만방자한 말은 하지 않는다. 나는 카메라맨에게 책 내용은 바닷가재와 결혼한 남자 이야기라고 대답한다. 그는 내 농담에 웃음을 터뜨리고 그를 향한 내 감정도 조금 녹아내린다.

　내 소설은 출간 당시에 꽤 호평을 받았다. 루이스 드 베르니에(전쟁 소설 《코렐리의 만돌린》으로 유명한 영국의 소설가)도 칭찬 일색인 추천평을 써주었고, 〈가디언〉도 '금주의 책'으로 선정해주었다. 〈런던 리뷰 오브 북스〉도 신인 작가치고는 제법 잘 쓴 책이라는 평을 한 바 있고, 〈타임스 문예 부록〉도 호평이었다. 영화 판권도 팔렸다. 책 뒤표지에 실린 가죽 재킷 차림으로 벽돌 벽에 기대어 있는 내 흑백사진은 누가 봐도 전도유망한 작가처럼 보인다.

에미를 처음 만난 건 책이 출간되고 두 주가 지났을 때였다.

창가에 서 있던 그녀를 처음 본 그 순간을 나는 평생 잊지 못할 것이다.

그날은 목요일 밤이었고 킹스랜드 로드에서 친구의 술집 개업 파티가 있던 날이었다. 무더운 여름이라 사람들은 대부분 야외에 나와 있었다. 그날은 술이 무료라고 했지만 내가 도착했을 무렵에는 얼음이 녹은 버킷 안에 빈 와인병만 가득했다. 바에는 사람들이 우글우글 모여 있었다. 그날따라 힘든 하루를 보냈던 나는 다음 날 아침 일찍 일정이 있어서 잠깐 친구 얼굴만 보고 자리를 뜨려던 참이었다. 바로 그때 에미가 내 눈에 들어왔다. 목이 깊게 파인 점프슈트를 입은 그녀는 창가 테이블에 서 있었다. 에미의 머리카락은 지금은 사진발이 잘 받는 선홍색으로 염색했지만, 당시에는 원래 색상인 금발이었고 지금보다 길이가 더 길었다. 그녀는 닭 날개를 손에 들고 먹고 있었다. 내가 그때까지 봤던 그 누구보다도 아름다웠다. 에미가 고개를 들자 우리의 시선이 마주쳤다. 그녀는 약간 의아하다는 표정으로 미간을 살짝 찌푸리며 나를 향해 미소 지었다. 나도 그녀를 향해 미소를 지었다. 그녀 앞의 테이블 위에는 술잔이 하나도 보이지 않았다. 나는 그녀에게 다가가 마실 것을 가져다주겠다고 했고, 그 이후는 누구나 예상할 수 있는 이야기다. 우리는 그날 밤을 함께 보냈고 3주 뒤에는 함께 살게 되었다. 만난 지 1년도 채 지나지 않아 나는 그녀에게 청혼했다.

이후 시간이 상당히 흐른 뒤에야 나는 에미가 안경이나 콘택트렌즈 없이는 거의 장님이나 다름없다는 사실을 알았다. 에미는 나를 만난 지 한참이 지난 후에 그날 꽃가루 먼지 때문인지 눈이 너무 아파서 콘택트렌즈를 빼고 있었다는 사실을 고백했다. 그녀는 자신을 바라보고 있는 흐릿한 분홍색 물체가 자신이 아는 패션 홍보 담당자이겠거니 생각하고 미소 지었던 거였다. 그녀를 만난 지 한참 뒤에 알게 된 또 하나의 사실은 그녀에게 취리히에서 파견 근무 중인 자일스라는 남자 친구가 있다는 것이었다. 내가 자일스의 존재를 알고 놀란 만큼이나 자일스도 자신이 더 이상 에미의 유일한 남자 친구가 아니라는 사실에 놀란 듯했다. 에미와 내가 연인이 된 지 두 주 정도 지났을 때, 자일스에게서 걸려온 전화를 내가 받게 된 어색한 순간이 있었다. 에미를 더 이상 귀찮게 하지 말아달라는 내게 그는 자신이 에미와 3년째 사귀는 중이라고 했다.

그때나 지금이나 진실과 거짓 사이에서 늘 애매한 태도를 취하는 것이 내 아내의 특기다.

대부분의 사람들은 이런 일을 겪으면 매우 언짢아할 것이다. 연애 초반부터 어두운 그림자가 드리운다고 생각할지도 모른다. 그런데 우리는 둘 다 그 일에 크게 개의치 않았다. 주말쯤 되자 이미 그 사건은 농담거리가 되었고, 머지않아 저녁 모임에서 우리 커플의 단골 레퍼토리가 되었다. 우리는 각자의 대사를 충실하게 읊어가며 다른 손님들에게 그 이야기를 떠벌리곤 했다.

"결국 중요한 건 그거 아니겠어요." 에미는 늘 이렇게 이야기를 마무리했다. "댄을 만난 그 순간부터 저는 이이와 결혼할 운명이란 걸 알았어요. 그러니까 그때 제가 다른 사람을 사귀고 있었다는 사실은 별로 중요하지 않았던 거죠. 이미 머릿속으로는 자일스와 헤어진 지 오래였고, 그를 까맣게 잊고 있었는걸요. 다만 그에게 그 사실을 미처 알리지 못했을 뿐이죠." 그녀는 거기까지 말하고 민망한 듯 어깨를 한번 으쓱이고는 수줍은 미소를 지으며 나와 시선을 마주치곤 했다.

그때의 나는 그 모든 게 정말 낭만적이라고 생각했다.

사귄 지 얼마 안 된 커플들이 흔히 그렇듯 당시의 우리는 정말 꼴불견이었다.

내가 어머니에게 전화해서 영혼의 동반자를 만났다며 거창하게 선언하던 순간도 생생하게 기억하고 있다(그때 나는 젖은 머리로 몸은 수건으로 감싼 채 아파트 안을 이리저리 돌아다니며 담뱃불을 찾고 있었다).

에미는 내가 지금까지 만나본 그 어떤 여자와도 달랐다. 이후 시간이 오래 지났지만 사실 지금도 나는 그녀 같은 사람을 만난 적이 없다. 그녀는 아름다울 뿐 아니라 재치있고 똑똑하고 눈치 빠르고 누구보다도 야심만만했다. 그녀와 보조를 맞추려면 항상 최선을 다

해야 했고, 언제나 그녀에게 좋은 인상만 주고 싶었다. 내가 무언가를 인용하면 그녀는 내 말이 끝나기도 전에 그 말의 뜻을 알아들었다. 그녀와 함께 있으면 마치 이 세상에 우리 둘만 있는 것 같은 신비한 느낌이 들었다. 그녀를 만나면 누구든 두 시간도 지나지 않아 자신의 가장 은밀한 이야기까지 털어놓게 되고, 세상을 바라보는 관점이 바뀌게 된다. 우리는 주말을 늘 함께 보내곤 했는데, 하루는 침대에서 보냈고 하루는 펍에서 보냈다. 우리는 적어도 일주일에 세 번은 외식을 했고, 중동식 애피타이저가 나오는 팝업 레스토랑이나 예약도 받지 않는 트렌디한 바비큐 레스토랑 등을 함께 섭렵했다. 수요일 밤이 되면 함께 춤을 추러 갔고, 일요일 오후에는 함께 노래를 부르러 갔다. 암스테르담, 베네치아, 브루게 같은 도시로 짧은 여행도 떠났다. 술이 완전히 깨지 않은 상태로 5킬로미터 마라톤을 뛰러 간 적도 있었는데, 둘 중 한 명이 비틀거리기 시작하자 서로 밀치며 깔깔대고 웃었다. 가끔 외출하지 않는 저녁이면 욕조에 함께 앉아 각자 책을 읽으며 레드 와인을 마셨다. 그럴 때 우리는 가끔씩 와인을 더 따르거나, 욕조에 뜨거운 물을 더 받는 일 외에는 아무것도 하지 않았다.

"인생이 이보다 더 좋을 순 없으니 이제 내리막길밖에 없겠네." 우리는 이렇게 농담하곤 했다.

그 모든 것이 이제는 정말 옛날 일처럼 느껴진다.

에미

영국의 중산층 주부들은 청소 도우미가 오는 날이면 전날부터 정말 바쁘다. 집 안을 뛰어다니며 창피한 물건들을 줍고, 화장실을 대충 한번 닦고, 물건을 한데 모아두며 조금이라도 집이 덜 지저분해 보이게 만들어야 하기 때문이다.

그러나 나는 그렇지 않다. 사실 한 번도 그래야 했던 적이 없다. 물론 우리 집에도 일주일에 두 번 청소 도우미가 온다. 그렇지만 우리 집은 늘 잘 정돈되어 있다. 아이를 낳기 전에도, 아이들이 생긴 후에도 마찬가지다. 나는 아이들이 잠들기 전에 모든 장난감을 치우고 동화책도 제자리에 가져다 놓는다. 물건을 계단 위에 쌓아놓는 일은 없고, 사용한 머그잔도 바로바로 정리한다. 바닥에 놓아둔 양말들은 바로 빨래통으로 직행한다.

그렇기 때문에 촬영 팀이 도착하기 전에는 항상 물건을 좀 어질러두어야 한다. 그렇다고 다 먹은 피자 박스나 더러운 바지 같은 걸 사방에 널어둔다는 뜻은 아니다. 공룡 인형, 레고 블록, 말하는 유니콘, 이틀 지난 신문 정도만 여기저기 놓아두면 충분하다. 무너진 쿠션 요새와 어색한 장소에 떨어져 있는 신발 한 켤레도 잊지 않는다. 적당한 수준의 '어질러놓기'를 구사하는 일은 생각보다 힘들다. 너무 더러우면 롤 모델답지 않고 너무 완벽하면 공감하기 힘드니까. 마마베어는 공감의 여왕 아니던가.

이 모든 작업을 시작하기 전에 제일 먼저 해야 할 일은 간밤에 올라온 SNS 피드를 점검하는 것이다. 나는 매일 아침의 첫 시간을 여기에 할애한다. 두 손 모두를 써야 하고 정신을 집중해야 하는 일이기 때문에 이 시간에는 댄이 베어를 돌봐야 한다. 자신의 아침을 이렇게 시작하는 것에 댄도 불만이 있겠지만 말이다.

인스타그램에 뭔가를 게시하기에 가장 좋은 시간은 아이들이 잠들고 난 저녁 시간이다. 내 계정을 팔로우하는 100만 명의 엄마들은 아이들을 재운 후 남편과 대화해보려고 에너지를 짜내기보다는, 술을 한잔 따른 뒤 휴대폰을 들고 SNS 삼매경에 빠지는 것을 선호한다. 그래서 나는 항상 그 시간에 게시물을 올린다. 마치 가볍고 즉흥적으로 올린 것처럼 보이는 사진과 글이지만 사실 모두 사전에 철두철미하게 준비해놓은 것들이다. 어제 올린 게시물은 노란색 벽에 기대서서 손가락으로 서로 짝이 다른 운동화를 가리키며 민망한 듯이 웃고 있는 내 사진이었다. 가슴에 맨 아기 띠에서는 베어가 큰 소리로 울어대고 있었는데 베어는 그 아기 띠에 들어가는 걸 유독 싫어했다. 글 내용은 잠을 못 자 정신이 몽롱한 채로 맨투맨을 거꾸로 입고 분홍색 나이키와 초록색 뉴발란스 운동화를 짝짝이로 신고 외출했더니, 38번 버스에서 마주친 이스트 런던의 쿨해 보이는 젊은이가 내 의상이 참신하다며 감탄하듯 말했다는 거였다.

이 정도면 충분히 일어날 법한 일 아닌가? 마마베어의 콘셉트는 진솔함이기 때문에 글에는 약간의 진실이 포함되는 게 좋다. 나는 100퍼센트 픽션을 쓰는 데는 영 소질이 없는 것 같다. 소설가는 남편이지 내가 아니니까. 진짜처럼 들리는 그럴듯한 일화를 만들어내려면 실생활에서 얻은 상상의 동력이 필요하다. 그렇게 만들어낸 육아 모험담이 나중에 기억하기에도 좋다. 인터뷰, 토크쇼, 초청 강연 등에서 같은 이야기를 반복해서 말할 때가 많기 때문에 이야기에 모순이 생기지 않도록 늘 주의해야 한다.

어제 올린 게시물에 관해 이야기하자면 사실 쿨한 청년이나 짝짝이 운동화나 대중교통 이야기는 전부 꾸며낸 것이다. 실제로는 카디건을 거꾸로 입고 슈퍼마켓에 다녀올 뻔한 게 전부다.

그 게시물은 팔로워들에게 그들도 수면 부족으로 실수한 적이 있는지 질문하며 끝난다. 팔로워들의 참여를 끌어내고 댓글을 유도하는 전형적인 수법이다. 이런 참여도가 높을수록 브랜드 협찬도 많아지기 마련이다.

이 게시물에 대한 간밤의 팔로워 반응을 확인해보니 밤새 댓글은 687개가 달렸고 디엠은 442개가 와 있다. 나는 모든 댓글에 답글을 달고 메시지에 답장을 보내야 한다. 위험해 보일 정도로 심각한 우울증에 시달리고 있거나 배앓이 때문에 울음을 멈추지 않는 아기 때문에 어쩔 줄 몰라 하는 아이 엄마의 메시지에는 특히 정성과 시간을 들여 따뜻한 답변을 해주려고 한다. 솔직히 말하면 나는 그런 경험을 해본 적이 없어서 무슨 말을 해줘야 할지 막막할 때가 많다. 그렇지만 모든 사람에게서 버림받은 듯한 기분을 느끼고 있을 그녀들을 차마 나까지 모른 척할 수는 없다.

"안녕하세요, 타냐." 나는 답장을 작성한다. "아기들이 밑도 끝도 없이 울어댈 땐 정말 힘들죠? 혹시 이가 나려는 건 아닐까요? 코코도 앞니 두 개가 나올 때 무척 고생했거든요. 얼린 바나나를 씹으면 좀 나아지는 것 같았어요. 이앓이 파우더는 혹시 써보셨나요? 이런 때일수록 엄마도 스스로를 잘 돌봐야 해요. 그러기로 약속할 거죠? 아기가 낮잠 잘 때 같이 잘 수 있나요? 많이 힘들겠지만 타냐는 반드시 이겨낼 수 있어요. 제가 끝까지 응원합니다."

답장을 보내자마자 바로 '읽음' 표시가 뜬다. @tinytanya_1991 계정을 쓰는 아이 엄마는 나에게 메시지를 보낸 후 휴대폰만 계속 들여다보고 있었나 보다. 내가 다음 메시지로 넘어가는 동안 그녀는 벌써 답장을 입력하고 있다.

"당신은 나쁜 엄마가 아니에요, 칼리. 아이가 당신을 사랑하지 않는 것 같다는 생각은 절대 하지 마세요. 누군가와 대화를 좀 하면 좋을 것 같아요. 의사도 좋고, 친정 엄마도 좋고요. 정 안되면 근처 카페라도 가서 직원이랑 수다를 떠는 건 어때요? 상담받을 수 있는 전화번호가 있는 링크도 보내드릴게요."

전송을 눌렀지만 아직 읽음 표시는 뜨지 않는다. 나는 다음으로 넘어간다.

"오 엘리, 정말 고마워요. 지난번 강연 때 오셨던 거 물론 기억하죠. 제가 입은 옷은 보덴 제품이에요. 거꾸로 입었는데도 괜찮아 보였다니 다행이네요."

정신없이 일하다 보니 할당된 시간 내에 댓글 작업을 마치고 샤워까지 했다. 6시 58분 정도가 되자 댄이 침실 앞을 서성이는 소리가 들린다. 그는 남은 시간을 초 단위로 카운트다운하고 있었던 게 분명하다.

오늘은 촬영이 있는 날이기 때문에 평소의 아침 일과 외에도 해야 할 일이 있다. 어떤 옷을 입을지 결정하는 일이다. 화려한 프린트가 있는 원피스, 문구가 적힌 밝은색 티셔츠, 멜빵바지 등이 주를 이루는 마마베어의 의상 콘셉트는 남편의 말에 따르면 손에 인형만 끼지 않았다 뿐이지 어린이 TV 프로그램 진행자 같다고 했다. 오늘따라 의상 고르는 일이 쉽지 않다. 코코를 가졌을 때 찐 6킬로그램이 아직 그대로 남아 있기 때문이다. 그렇다고 바로 출산 전 몸무게인 55사이즈로 돌아갈 순 없다. 그건 마마베어의 브랜드에 맞는 이미지가 아니기 때문이다.

그래서 나는 오늘도 작은 번개무늬가 촘촘하게 프린트된 발랄해 보이는 초록색 치마를 고른다. 노란색 티셔츠에는 '내 초능력은 육아랍니다My Superpower is Parenting'라고 쓰여 있다. 유치하다는 건 나도 알지만 어쩔 수 없다. 이런 문구가 적혀 있는 모녀 커플룩 옷을 많이 협찬받았기 때문에 코코와 내가 가끔 한 번씩은 입어줘야 한다.

꽤 오랫동안 뿌리 염색을 하고 싶어서 별러왔지만 오늘은 촬영이 있고 어제는 강연이 있었기에 아직 하지 않고 있다. 거뭇거뭇해진 가르마와 드라이한 지 이틀 지난 머리를 그대로 놔두고 있는 이유는 너무 세련된 느낌이 나면 팔로워들이 좋아하지 않기 때문이다. 나는 재빨리 머리를 빗질한 다음 옆머리 몇 가닥을 일부러 90도 각도로 뻗치게 만든다. 이번 주 내내 마마베어의 인스타 스토리 주제는 이 뻗친 머리였다("휴! 정말 이 뻗친 머리 어쩌면 좋죠? 저처럼 말 안 들는 머리 때문에 고민하시는 분 계신가요?"). 덕분에 우리 집의 안 쓰는 방 하나는 지금 여러 회사에서 보내준 헤어 제품으로 가득 차 있다. 거기에다 팬틴사로부터 받은 1만 파운드도 있다. 팬틴의 신제품을 통해 내 뻗친 머리 문제는 곧 해결될 예정이다.

물론 마마베어는 본인이 진짜로 사용하는 제품의 광고 협찬만 받는다고 공언하기 때문에 그런 뒷광고를 하려면 사전에 치밀하게 상황 설정을 해야 한다.

아침 내내 코코는 조용히 자기 방에서 아이패드로 꽃과 궁전, 그리고 반짝이가 나오는 동영상을 보고 있었다. 나는 아이의 서랍장에서 내가 입은 티셔츠와 짝을 이루는 "우리 엄마는 초능력자!My Mama has Special Powers!"라는 문구가 적힌 티셔츠를 꺼내 든다.

"코코야, 오늘은 이 옷 어때? 엄마랑 똑같은 옷이야." 나는 코코의 부드러운 금발을 귀 뒤로 넘겨주며 이마에 뽀뽀한다. 아이에게서 베이비파우더 향기가 난다.

코코는 분홍색 헤드폰을 벗고 아이패드를 침대 위에 내려놓으며 고개를 갸우뚱한다.

"엄마, 옷에 뭐라고 쓰여 있는 거야?"

"코코가 한번 읽어볼까?" 나는 미소 짓는다.

"우리…… 엄마는……." 아이는 천천히 읽어 내려간다. "나머지는 모르겠어, 엄마."

"아유, 잘 읽네! 우리 코코는 정말 똑똑하다니까. '우리 엄마는 예쁜 왕관을 쓰고 있어요'라고 쓰여 있네?" 나는 미소 지으며 코코를 침대에서 내려준다. "그게 무슨 뜻인지 알겠어? 엄마가 왕관을 쓴 여왕이면 우리 코코는……."

"공주!" 코코는 까르르 웃으며 좋아한다.

솔직히 말하면 코코가 공주에 집착하는 것은 콘텐츠 제작 면에서는 조금 성가시다. 요즘 엄마들은 분홍색을 좋아하지 않기 때문이다. 요즘에는 딸을 반항적인 페미니스트로 키우는 게 대세다. 안타깝게도 우리 딸은 확고한 공주파라서 울고불고 난리 치는 꼴을 보지 않으려면 그 취향에 맞춰주거나 아니면 약간의 거짓말을 해야 한다. 다행히 코코는 아직 글을 잘 읽지 못한다.

"코코, 이제 엄마는 아주 중요한 일을 해야 해. 그건 아주 비밀스러운 임무야. 코코도 도와줄 거지?" 블루베리를 한 움큼 건네주자 아이는 건성으로 하나씩 입에 넣기 시작한다.

"그게 뭔데, 엄마?"

"그건 바로…… 집 어지르기!" 나는 환호성을 지르며 아이를 안아 올려 아래층으로 뛰어 내려온다.

나는 아이와 함께 벨벳 쿠션으로 탑을 만들었다가 발로 차서 무너뜨리고, 라디에이터 쪽으로 곰 인형 몇 개를 던져놓는다. 원목 마루 위로 그림책을 밀어뜨리고, 나무로 된 직소 퍼즐 조각을 바닥에 흩뿌려놓는 것도 잊지 않는다. 아이가 거실을 어지르며 즐거워하는 모습이 너무 재미있어서 정신없이 웃다 보니 코코의 손에 심지 세 개짜리 딥디크 향초가 들려 있는 게 보인다. 아이는 향초를 두 손으로 집어 들고 벽난로 안으로 던지려는 참이다.

"아가야, 그건 내려놓자. 알았지? 임무는 완료했으니까." 나는 향초를 높은 선반에 올려놓으며 말한다. "이제 위층에 가서 우리 공주 옷에 어울리는 왕관을 찾아볼까?"

코코의 침대 아래 있던 금색 플라스틱 왕관을 찾아 들고 나는 무릎을 꿇고 앉아 아이와 눈을 맞추며 두 손을 잡는다. "오늘 손님이 우리 집에 와서 엄마랑 이야기하고 사진도 찍을 거야. 손님들 오시면 우리 코코 많이 웃어줄 거지? 카메라 앞에서 요술 공주처럼 뱅글뱅글 도는 거야. 어때?"

코코가 고개를 끄덕인다. 초인종 소리가 울린다.

"내려가요!" 앞서 계단을 뛰어 내려가는 코코의 뒤를 따르며 나는 소리친다.

내 에이전트가 이 인터뷰를 하자고 했을 때 나는 조금 긴장했다. 진지한 언론 매체일수록 인플루언서를 취재할 때 '가족을 돈벌이 수단으로 삼는 사람들'로 초점을 맞추는 경우를 많이 보았기 때문이다. 다행히도 〈선데이 타임스〉 편집장은 우리가 제시한 질문 금지 항목에 동의했고, 오늘 인터뷰가 성사되었다. 약속한 시간에 나타난 언론사 카메라맨과 프리랜서 기자는 유쾌한 질문만 던졌고, 대부분은 내가 전에 수백만 번은 대답한 질문들이었다. 이제 기자는 대미를 장식할 마지막 질문을 던진다.

"마마베어가 많은 사람들로부터 사랑받는 이유가 뭐라고 생각하시나요?"

"어머나, 그렇게 생각해주신다니 정말 영광이에요. 제가 사랑받는 비결은, 글쎄요. 아마도 저에게 동질감을 느끼기 때문 아닐까요? 저는 완벽한 척하지 않거든요. 다른 엄마들의 도움을 요청할 때도 많고요. 모든 소통이 쌍방향으로 이루어지도록 늘 노력하죠. 육아는 절대 혼자 할 수 있는 게 아니랍니다. 정말로 마을 전체가 필요한 일이에요. 잠을 못 자 아무 생각도 안 나고, 어딜 가나 땅콩버터 천지이고, 설탕을 너무 먹어서 머리도 띵하지만, 육아라는 한 치 앞도 보이지 않는 이 여정에서 우리에겐 서로가 있다는 사실이 위안이 되는 거죠."

내 인기의 비결이 무엇이냐고? 그건 인플루언서가 내 직업이기 때문이다. 그리고 내가 정말 잘할 수 있는 일을 직업으로 삼았기 때문이다. 100만 명의 팔로워가 정말 우연히 생겨났다고 생각한다면 그건 오산이다.

마마베어 콘셉트가 제대로 자리 잡기까지는 시간이 좀 걸렸다. '베어풋'이라는 콘셉트를 처음 생각해냈을 때만 해도 나는 그게 정말 끝내주는 아이디어라고 생각했고, 열심히 하기만 하면 구두 블로그와 SNS를 통해 잡지사에서 벌던 만큼 수입을 올릴 수 있을 거라고 확신했다. 당시에는 패션 인플루언서가 한창 유행이었고, 그들의 세계가 모두 허구라는 걸 잘 아는 나마저도 거기에 푹 빠져 있었다. 프라다로 도배한 패셔니스타들의 화려한 삶과 내 삶을 비교하면서 얼마나 많은 밤을 보냈는지 모른다. 그들이 맨해튼 한복판에서 횡단보도를 건너는 모습이나 노팅힐의 파스텔색 집들 앞에서 포즈를 취한 사진들을 들여다보느라 내가 잠드는 시간은 점점 더

늦어져갔다. 블로그를 시작하고 나서는 일을 위한 리서치 중이라고 남편에게 핑계를 대곤 했다.

내 에이전트인 아이린은 원래 내가 전에 만들던 잡지에 표지 모델로 자주 등장하던 여배우들을 관리하는 배우 전문 에이전트였다. 그랬던 그녀가 어느 날부터인가 배우들의 매니지먼트를 그만두고 우리 편집장이 표지에 절대 싣지 않으려고 그렇게 발버둥 쳤던 인플루언서들을 맡기 시작했다. 그래서 구두 블로그 아이디어를 처음 떠올렸을 때 나는 그녀에게 연락해 내 천재적인 아이디어를 검토해 달라고 부탁했다. 내 생각을 들어본 아이린은 그건 이미 한물간 트렌드라고 딱 잘라 말했다. 구두 블로그는 이미 레드 오션이 된 지 오래라 사람들의 시선을 끌기에는 턱없이 부족하다는 거였다. 이미 패션계의 거장들이 그 시장을 잠식해서 이제 막 인플루언서로 노하우를 터득해나가고 있던 내가 비집고 들어갈 틈은 없었다. 아이린은 내게 요즘 뜨는 트렌드는 육아와 정신 건강이라고 귀띔해주었다. 그러면서 구두 블로그는 해보면서 감도 좀 익힐 수 있고, 나중에 다른 아이템으로 전환할 때 진솔해 보이는 배경 이야기가 될 수도 있으니 열심히 해보라고 조언했다. 그리고 나중에 내가 신경쇠약에 걸리거나 임신을 하면 다시 자신을 찾아오라고 했다.

4개월 후, 나는 아기의 초음파 사진을 흔들어 보이며 다시 그녀의 사무실을 찾았다.

코코가 태어난 후 나는 내 인스타그램 계정에 민낯처럼 보이는 엷은 화장을 하고 아기를 자랑스럽게 품에 안은 모습, 공원에서 환한 햇빛을 받으며 가족과 행복한 한때를 보내는 모습, 직접 구운 케이크에 알록달록한 설탕 가루를 뿌린 사진을 올렸다. 사진과 함께 올린 글은 대부분 내가 아이를 낳고 얼마나 행복한지, 남편이 얼마나 잘해주는지, 아기가 얼마나 순한지에 대한 내용이었다. 순진하게도 나는 그런 콘셉트가 팔로워들에게 먹힐 거라고 생각했다.

그러나 얼마 지나지 않아 영국 엄마들에게는 그런 콘셉트가 전혀 환영받지 못한다는 사실을 깨달았다. 나라마다 인스타그램에서 인기를 끄는 육아 콘셉트가 조금씩 다르다는 걸 그땐 몰랐던 것이다. 그 전까지 나는 인스타그램에서 멋지다고 생각했던 미국 엄마들의 콘셉트를 열심히 따라 했다. 그녀들은 캐시미어 옷을 즐겨 입고, 대리석 조리대를 언제나 반짝거리게 유지했으며, 아이들에게는 체크 무늬 셔츠와 브랜드 청바지를 입혔다. 그녀들은 모든 사진에 깅엄 필터(저채도에 회색을 강조하고 그레인 효과를 섞는 인스타그램 필터)를 사용해서 약간 빈티지 느낌이 나게 하는 것을 좋아했다. 인터넷 검색을 통해 나는 호주의 날씬하고 자유분방한 엄마들은 니트 비키니를 입고 바닷바람에 곱슬머리를 휘날리며, 햇볕에 까맣게 그을린 금발 머리 꼬마를 옆에 끼고 서핑 보드에 기대어 포즈 취하기를 좋아한다는 사실을 알게 됐다. 스웨덴의 인스타맘들은 머리에 화관을 쓴 채, 회색 펠트 보닛을 씌운 아기를 파스텔색으로 염색한 리넨 위에 올려두고 사랑스럽게 바라보는 모습으로 피드를 채웠다.

이처럼 SNS를 통해 각국의 엄마들이 어떤 콘셉트에 호감을 느끼는지를 파악하는 것은 그리 어려운 일이 아니다. 팔로워 수와 참여도 분석을 해보면 대중이 가장 긍정적으로 반응하는 머리 스타일의 완성도, 글에서 보이는 유머와 진정성의 비중, 아이들의 귀여움 정도, 피드 색상의 일관성과 인위성의 정도 등을 수치로 파악할 수 있다. 이러한 측정 자료를 바탕으로 인플루언서들은 립스틱 농도를 조정하고, 거실을 조정하고, 가정의 모습을 조정하고, 필터를 조정한다.

오랜 조사를 통해 나는 영국인들이 자기 자랑하는 사람을 정말 싫어한다는 사실을 알아냈다. 영국 엄마들이 가장 긍정적으로 반응하는 사진은 인위적이지 않게 예쁜 얼굴과 장난기 넘치는 미소, 무지개 색상, 솔직함이 느껴지는 글, 그리고 딱 포토제닉할 정도로만 어질러져 있는 공간이었다. 영국 엄마들은 슈퍼히어로가 되겠다는 문구가 적힌 비싼 티셔츠를 즐겨 입고, 여성의 능력에 대해 떠들기를 좋아한다. 그러나 막상 달걀 하나라도 능숙하게 삶을 줄 아는 모습을 보여줬다가는 순식간에 수천 명의 팔로워를 잃을 수 있다는 것을, 억대 수익을 내는 영국의 인스타맘이라면 누구나 알고 있다. 그래서 그녀들은 셔츠에 스파게티 소스나 아기의 구토 자국이 묻어 있지 않은 상태로 집 밖으로 나가는 법이 없다. 그리고 적어도 일주일에 한 번은 어린이집에 지각을 하는데, 지각 벌금을 내고 싶은 건 또 아니기 때문에 몇 분 이상을 넘기지는 않는다. 그녀들은 또한 매년 세계 책의 날(유네스코가 책의 중요성을 기리기 위해 매년 4월 23일로 지정한 날. 영국의 아이들은 이날 자기가 가장 좋아하는 책의 등장인물로 분장하고 등교하는 전통이 있기 때문에 엄마들이 사전에 아이 의상을 챙겨야 한다)을 깜빡하는 공통점도 있다.

내가 인스타그램에서 여러 시행착오를 거치며 알게 된 사실은 '진솔한' 모습을 보일 때 팔로워 수도 좋아요 수도 늘어난다는 것이었다. 아이 엄마들을 비하하려는 건 아니다. 그러나 아이 엄마들이 '잘나가는' 다른 엄마의 모습을 별로 보고 싶어 하지 않는 건 분명하다. 비교가 기쁨을 훔쳐 가는 좀도둑이라면, 인스타그램은 삶의 만족감을 좀먹는 밤도둑 같은 존재였다.

그래서 나는 여성들에게 불가능한 모성의 기준을 제시하는 대신 '완벽하게 불완전한' 엄마상을 만들어냈다. 아이를 낳아본 사람은 안다. 가는 곳마다 당신을 판단하고 참견하려는 사람들이 얼마나 많은지를. 그건 마치 도박장이 도박꾼의 눈에만 잘 보이고, 놀이터가 아이 부모의 눈에만 잘 보이는 이치와 같다. 남편, 시어머니, 남을 판단하기 좋아하는 방문 간호사Visiting Nurse(취학 전 영유아의 발달 사항을 체크해주는 영국의 간호사, 혹은 조산사 자격증이 있는 의료인), 도와줄 생각이 없는 식당 종업원 등 눈에 불을 켜고 엄마의 육아 방식을 비난하려는 사람은 도처에 널려 있다. 하지만 나는 그러지 않는다. 내 콘셉트는 '함께 실수하고 고뇌하는 초보 엄마'다. 온갖 비난에 시달리던 아이 엄마들이 나에게 디엠을 보내거나 강연장에서 손을 들고 질문하면 나는 항상 미소와 함께 그들의 모든 선택을 정당화해준다. 나도 똑같이 행동했고 똑같은 감정을 느꼈다고 말해주는 것이다. 아이와 침대에서 같이 잔다고요? 우리 조상님들도 하셨던 전통적인 육아 방식인데 뭐 어떤가요? 그냥 아이와 살 부대끼는 걸 즐기세요. 아이가 고기나 채소를 안 먹는다고요? 그냥 놔두면 크면서 자연스럽게 먹게 될 테니 걱정하지 마세요.

SNS가 완벽을 가장한 허구의 세계에 대한 갈망을 조장한다며 호들갑 떠는 사람들을 보면 나는 솔직히 말해 실소가 나온다. 그들은 로제타석의 상형문자를 해독하기라도 한 양 우쭐대며, 인플루언서의 필터 뒤의 삶은 그다지 멋지지 않다고 지적한다. 이를 주제로 한 소설, 신문 칼럼, 삼류 영화는 또 어찌나 많은지. 온라인상에서 완벽해 보이는 인생의 이면은 사실 무너져 내리고 있으며, 비싼 광고비를 받아내기 위해 겉모습만 간신히 유지하고 있다는 식의 식상한 내용 일색이다. 왜 사람들은 모르는 걸까. 현실은 그 반대일 수도 있다는 걸.

인스타그램에서보다 실물이 더 아름다운 에미 잭슨은 요즘 뜨는 런던 동부 지역에 있는 조지 왕조풍 타운하우스에 살고 있다. 그녀는 급하게 계단을 뛰어 내려오며 우리에게 사과한다. "뿌리 염색도 못 해서 머리가 영 엉망이네요. 둘째가 태어난 이후로는 도저히 시간이 나질 않아서요. 집도 너무 지저분하죠? 청소 도우미 부르기를 할 일 목록에 적어두었답니다. 좀 날씬하게 찍히는 카메라로 가져오셨나요? 요즘 케이크를 너무 먹어서 온몸이 설탕 덩어리네요."

인터뷰를 위해 겨자색 벨벳 소파로 자리를 옮기자 그녀는 맨발을 소파 위에 올리고 그 위에 앉는다. 곱슬곱슬한 금발이 사랑스러운 세 살배기 코코도 옆에서 즐거운 듯 엉덩이를 들썩인다. 태어나던 날부터 에미의 인스타그램 계정에 등장한 코코는 에미의 팔로워들에게는 아주 익숙한 얼굴이다. 신생아인 둘째 베어는 에미의 품에 안겨 있다. "베어bear라는 이름은 아이가 어떤 성품을 갖길 원하는지 목록을 적어본 후, 그 특성들에 가장 잘 부합하는 동물에서 따온 거예요." 태어난 지 이제 5주밖에 된 베어의 사진은 '좋아요' 수가 벌써 200만을 넘었다고 한다. 장난감이 널려 있고 만들기 재료와 크레용으로 어질러져 있긴 해도 거실은 우아하게 꾸며져 있다. 고뇌하는 표정이 매력적인 에미의 남편 댄은 작가다. 그는 바닥에서 벽까지 이어지는 큰 책장 앞에 서서 자신이 쓴 소설책을 펼쳐 보다가 종종 피식 웃음을 터뜨린다.

100만여 명의 팔로워에게는 '마마베어'라는 이름으로 알려진 에미는 영국의 인스타맘 중 처음으로 10억대 연 수익을 기록한 인플루언서다. 마마베어 로고가 새겨진 머그잔을 들고 차를 한 모금 마시며 그녀는 자신이 티타임을 정말 좋아하긴 하지만 그녀를 팔로우하는 다른 엄마들과 마찬가지로 차분하게 앉아 차를 마실 시간이 잘 나지 않는다고 말한다. "아이 엄마가 식지 않은 차를 마신다는 건 스파에서 일주일을 보내는 거나 마찬가지죠." 그녀는 웃으며 말한다. "인스타그램에서 100만 명 이상의 엄마들과 일상을 공유하며 알게 된 사실은 엄마들은 사는 게 다 비슷비슷하다는 거예요. 하루하루 최선을 다해 살 뿐이죠. 어두운 밤을 버티면 어쨌든 아침이 오기 마련이니까요!"

여기까지 읽고 나서 나는 잠시 숨을 가다듬어야 했다. 목구멍에서 뭔가 솟구쳐 오르는 것 같았기 때문이다.

다시 기사로 돌아와 끝까지 읽기까지는 시간이 꽤 걸렸다. 물론 기사에 새로운 정보가 있는 건 아니었다. 이미 다 알고 있는 내용이었고 전에 한 번씩은 들어본 일화였다.

비난조의 기사이기를 은근히 기대했지만, 다섯 페이지짜리 특집 기사였다. 엄마, 아빠, 아들, 딸로 이루어진 네 가족이 아름답게 꾸며진 집에서 비싸 보이는 소파에 앉아 아름다운 거리에서 창으로 흘러들어오는 햇빛을 받고 있는 사진까지 떡하니 실려 있었다. 세상 걱정 하나 없어 보이는 단란한 가족. 이들에게 벌어질 수 있는 최악의 비극이라고 해봐야 누군가가 세탁기에 아기의 빨간 양말 한 짝을 넣는 바람에 아빠의 흰 와이셔츠가 빨갛게 물들어버리는 일 정도일 것이다. 이런 가족은 평생 집 열쇠 말고는 무언가를 잃어버리는 적도 없겠지. 나는 속에서 울컥거리는 무언가를 애써 삼켰다.

국내에서 가장 많은 팔로워를 보유한 가족으로서 느끼는 스트레스가 상당할 텐데도 부부가 서로를 바라보는 눈빛에서는 여전히 깊은 애정이 느껴진다. 에미는 선반 위, 아이들의 모습을 담은 여러 액자 사이에 간신히 한 자리 차지하고 있는 결혼사진을 가리킨다. 사진 속 부부는 환하게 웃고 있다. "좀 오글거리죠? 저도 알아요." 그녀는 소리 내어 웃는다. "그렇지만 정말로 남편을 향한 제 감정은 그때나 지금이나 똑같아요. 댄을 처음 만난 순간부터 제 운명의 상대라는 걸 알았거든요."

"저는 제 가장 친한 친구와 결혼했어요. 세상에서 제일 재미있고 다정하고 똑똑한 남자죠. 가끔은 서로를 미치게 만들기도 하지만요. 그렇지만 인생이란 여정을 함께하고 싶은 사람은 이 사람뿐이에요." 에미는 댄의 어깨에 손을 올려놓으며 말한다.

그때 그것이 내 눈에 들어왔다. 온 가족이 거실에 모여 앉아 찍은 사진이 확대되어 있는 바로 그 페이지였다. 세 개의 알파벳. 소문자 r의 윗부분, d의 끝부분, 한 칸 뛰고 대문자 N의 윗부분. 포즈를 취한 가족의 머리 뒤에 걸린 크고 낡은 거울 옆에는 창문이 있었고, 창문에 걸린 블라인드 너머로 거울에 반사된 글자가 보였다. 그건 그들이 사는 집 맞은편에 있는 펍의 이름이었다. _rd N___.

그거면 충분했다.

3

에미

유명 인플루언서로 산다는 건 이상한 경험이다. 길을 가다가 누군가가 나를 보고 깜짝 놀라거나, 친구를 쿡쿡 찌르며 나를 가리키는 모습을 봐도 이 세상에 나를 아는 100만 명의 사람들이 있다는 사실을 기억해내기까지는 약간의 시간이 걸린다. 처음에는 치마가 팬티에 끼었나 싶어서 어리둥절해하다가, 곧 그들이 보고 있는 건 내 엉덩이가 아닌 마마베어라는 사실을 깨닫는다. 쳐다보는 데 그치지 않고 말을 걸어오는 경우도 많은데, 그냥 어색하게 쳐다만 보는 것보다는 차라리 그게 낫다. 사실 이런 건 불평할 일은 아니다. 친근한 이미지를 가진 인플루언서에게 사람들이 친근하게 말을 걸어오는 건 당연하지 않은가.

오늘은 현관문을 나선 후 에이전트의 사무실에 도착하기까지 나를 알아본 사람이 세 명이나 된다. 가장 처음 나를 알아본 사람은 같은 역에서 탑승한 남자인데, 그는 내가 유아차를 들고 계단을 내려가는데도 도울 생각도 안 하고 물끄러미 쳐다보기만 한다. 그냥 평범한 변태일 수도 있지만 그의 눈빛에서 나는 그가 내 속옷까지 본 사람이라는 느낌을 받는다. #엄마몸긍정^{bodypositivemama} 해시태그 캠페인을 시작한 사람이 누구인지 정말 한 대 때려주고 싶다. 요즘 들어 인스타그램에는 #엄마의몸^{mombods} 사진들이 물밀듯이 올라오고 있는데, 이름 좀 알려진 인스타맘이라면 누구나 '생명을 품었던' 축 처진 배와 튼살을 자랑스럽게 드러내고 포즈를 취한 사진을 올려야 하는 분위기다. 솔직하게 살을 좀 빼고 싶다고 말하는 사람은 아무도 없다.

두 번째로 나를 알아본 사람은 데번에 사는 앨리다. 자신도 인스타맘이 되는 꿈을 품고 있다는 그녀는 멀리서도 나를 알아보고는 옥스퍼드 서커스 지하철역 표지판 앞에서 나와 사진을 찍기 위해 승강장을 뛰어 내려온다. 내 브랜드 이미지에 맞게 원색 계통의 옷을 입고 다니다 보면 군중 속에서 너무 쉽게 눈에 띈다는 단점이 있다. 앨리는 창피해하는 남편에게 휴대폰을 건네주며 사진을 이렇게 찍어라 저렇게 찍어라 명령을 내리고는 매번 구도를 확인한다("좀 더 높이 들고 찍어야지! 지하철 역 표지판이 보이게 못 찍어? 내 신발이 안 나왔잖아!").

"헤이드리언이 태어난 후 처음 남편이랑 주말에 놀러 나온 거예요. 아들인데 이제 두 돌이죠. 에미와 이렇게 우연히 마주치다니 정말 믿을 수가 없어요. 당신은 내 우상이에요. 마마베어 덕분에 엄마로서 자신감을 갖게 되었거든요. 그러니까 아이를 낳았다고 해서

나 자신을 잃어버려야만 하는 건 아니라는 점을 깨달았죠." 앨리는 휴대폰으로 찍은 사진을 끊임없이 확인하면서 속사포처럼 말한다.

"임신 6개월 만에 직장에서 잘린 후 인플루언서가 되어야겠다고 결심한 것도 모두 에미 덕분이에요. 그때 당신을 보며 저는 생각했죠. '이 엄마 좀 봐. 아이를 키우면서도 자신이 원하는 일을 하고 있잖아. 육아를 하면서도 세상을 향해 중요한 메시지를 전하는 강한 여성의 모습이야.' 마마베어 피드는 저한테는 성경이나 마찬가지예요." 그녀는 두 손을 맞잡고 고개를 흔들며 말한다.

여기까지 이르자 베어가 울기 시작한다. 앨리도 곧 울음을 터뜨릴 것만 같다.

"앨리, 정말 고마워요. 그렇지만 저도 성인은 아니랍니다! 정말 미안하지만 이제 가야 할 것 같아요. 베어에게 수유할 시간인데 지하철에서 젖가슴을 내놓는 불상사가 일어나면 안 되니까요. 다음에 저를 태그해주시면 저도 앨리를 팔로우할게요." 나는 미소로 인사하며 빠르게 걸어간다.

세 번째로 나를 알아본 사람은 자신을 캐럴라인이라고 소개한다. 그녀는 개찰구에서 나를 불러 세우더니 자신의 산후우울증에 대해 털어놓기 시작한다. 내가 자신에게 큰 영감을 주었다며, 자신이 경험한 어두운 나날을 이해하는 누군가가 있다는 사실 덕분에 더 이상 외롭지 않다고 말한다. 혼자가 아니라는 믿음 때문에 진짜 미쳐버리거나 어리석은 선택을 하지 않을 수 있었다며 그녀는 핸드백에서 #그레이데이스 텀블러와 #마마베어 휴대폰 케이스를 꺼내 나에게 보여준다.

"항상 기억해요, 캐럴라인. 당신은 최선을 다하고 있어요. 당신의 아기는 자기 엄마가 슈퍼히어로라고 생각한답니다." 나는 그녀를 포옹하며 말한다.

나는 팔 아래에 유아차를 끼고 씩씩하게 지하철 계단을 오르기 시작한다. 꼭대기까지 계단을 세 개 남겨두었을 즈음에야 누군가가 도움이 필요하냐고 묻는다. 나는 재빨리 미소를 지으며 괜찮다고 말한다. 애를 안고 5층에 있는 아이린의 사무실까지 올라갈 일이 더 걱정이다. 국내에서 가장 많은 인스타맘을 보유한 에이전시로서 좀 더 아이들이 접근하기 쉬운 위치에 사무실을 둘 만도 한데, 아이린은 전혀 그럴 생각이 없어 보인다. 사실 아이린은 한 번도 아기에게 관심을 보인 적이 없다. 어쩌면 그녀는 고의적으로 런던의 가장 붐비는 지역에서 가장 높고 좁은 계단이 있는 건물 꼭대기에 사무실을 두고, 고객들이 자녀를 데리고 오는 걸 방지하려 했는지도 모른다.

나는 유아차를 내려놓고 가방에서 손 세정제와 휴대폰을 꺼낸다. 댄에게서 일곱 통의 부재중 전화가 와 있다. 맙소사. 나는 댄이 밥 달라고 울어대는 코코를 앞에 두고, 아이가 좋아하는 페스토 병을 찾아 부엌 찬장 세 개를 번갈아 열어가며 짜증 내는 모습을 떠올린다. 이번엔 또 뭐야, 댄? 채반을 못 찾기라도 한 거야?

짜증을 내는 것도 잠시, 진짜로 뭔가 안 좋은 일이 생긴 건 아닌지 걱정되기 시작한다. 댄이 전화를 받지 않는 시간이 길어질수록 걱정은 공포로 변한다.

댄의 휴대폰 통화 연결음이 계속해서 울린다. 나는 별일 아니라고, 괜히 겁먹은 거라고 스스로를 달랜다.

통화 연결음이 계속된다. 나는 댄이 집 열쇠를 두고 나갔거나 저녁거리 사야 할 게 있는지 물어보려 전화한 게 틀림없다고 생각한다.

통화 연결음은 여전히 울리고 있다. 나는 댄의 호주머니 안에 있던 휴대폰이 잘못 눌려 전화가 걸린 게 틀림없다고, 그래서 그가 내 전화를 받지 않는 것이라고 생각한다. 지금쯤 그는 코코와 놀이터에서 즐겁게 놀고 있을 것이다.

통화 연결음이 울리고, 또 울린다.

펍의 이름. 세 개의 알파벳. 소문자 r, d, 그리고 대문자 N. 평소에 십자말풀이를 잘했던 게 분명 도움이 될 것 같다. 생각해보니 그레이스도 십자말풀이를 좋아했다. 십자말풀이 같은 걸 할 때 신기한 점은 생각이 막혔을 때도, 그래서 종이를 치우고 잠시 다른 일에 열중할 때도, 뇌는 여전히 혼탁한 의식 속에서 연결점을 이어가며 답을 찾아나간다는 것이다. 그리고 몇 시간 후 다시 종이와 연필을 들고 자리에 앉으면 퍼뜩 답이 떠오른다.

그래서 처음에는 자신감 있게 무작정 문제를 풀기 시작했다. 펍 이름의 앞 글자에 r과 d가 들어 있다면 로드Lord(영주나 귀족이라는 뜻으로, 영국의 펍 이름은 왕족과 연관이 있거나 역사적으로 유명한 인물의 이름에서 따온 경우가 많다)가 틀림없다. 앞 단어가 Lord, 두 번째 단어가 N으로 시작하는 여섯 개의 알파벳이라면…… 그렇다면 로드 넬슨Lord Nelson(넬슨 제독이라는 뜻으로 영국의 펍 이름에 많이 쓰인다)이 분명하다.

그때부터 입이 바싹 마르고 심장이 큰 소리로 뛰기 시작한다.

마마베어 인스타그램 계정의 사진과 글, 에미의 인터뷰 기사, 다른 인플루언서들과 함께 한 팟캐스트 대담 등을 통해 나는 오랫동안 에미의 가족이 사는 곳에 대한 정보를 축적해왔다. 그들이 영국 동부 지역에 살고 있고, 집은 웨스트필드 쇼핑센터에서 10분 정도 걸린다는 사실을 알고 있다. 유아차를 끌고 갈 만한 거리에 큰 공원이 있다는 것도, 에미가 잡지사에서 일하던 시절에는 자전거를 타고 운하를 따라 통근했다는 것도 알고 있다. 근처에 지하철역과 테스코 메트로(영국의 유통업체 테스코가 운영하는 슈퍼마켓)가 있다는 것도, 통학 가능한 거리에 두 개의 초등학교가 있다는 것도 알고 있다(에미는 그 학교들 중 하나는 '좋은 학교', 나머지 하나는 '다른 학교'라고 부른다). 에미가 너무 비싸서 이사 갈 수 없다고 투덜거렸던 지역들도 기억하기 때문에 그 지역들은 후보에서 제외할 수 있다. 에미는 집 근처에 웨이트로즈(주로 유기농 식품을 취급하는 영국의 고급 식료품점 체인)가 있었으면 좋겠다고 적어도 두 번 이상은 언급했다. 에미의 집에서 나와 모퉁이를 돌면 주유소가 하나 있다는 것도 알고 있다. 코코가 태어난 지 얼마 안 됐을 무렵, 그녀는 기저귀나 잡지, 급할 때 먹을 초콜릿을 사러 그곳에 가끔 들른다고 했다.

그렇지만 집의 정확한 위치를 알아내기에 그것만으로는 정보가 부족했다. 오늘 그 기사를 보기 전까지는.

구글로 검색해보니 런던에 로드 넬슨이라는 이름의 펍은 여덟 개가 있었다. 세 개는 런던 서부에 있었고, 하나는 남부에 있었다. 하나는 거의 미들섹스(영국의 에식스와 웨식스 중간지대에 있는 옛 행정구역 이름)까지 가야 하는 위치에 있으므로 너무 멀었다.

그렇다면 이제 세 군데 남았다. 구글 거리 뷰를 열어 그중 하나의 우편번호를 입력해보니 제일 먼저 뜨는 사진이 꽤 가능성 있어 보였다. 거리 뷰를 보니 에미 같은 사람이 살 만한 동네 같았다. 모퉁이를 돌면 바로 지하철역이 있고, 걸어갈 만한 거리에 주유소와 테스코 메트로도 있었다. 그렇지만 집의 외관을 보니 영 아닌 것 같기도 했다. 빛바랜 망사 커튼이 쳐져 있고 빨간 광택 페인트칠을 한 현관문이 있는 집에 에미 잭슨이 살 것 같지는 않았다. 그 집의 양옆에 있는 집들도 아닌 것 같았다. 한 집에는 창문에 동물 복지 자선 단체의 이름이 적힌 포스터가 잔뜩 붙어 있었다. 다른 한 집의 정원에는 갈라진 콘크리트 바닥 사이로 잡초가 자라 있었고, 벽돌을 깐 진입로에 차가 주차되어 있었다.

두 번째 로드 넬슨 펍은 아파트 단지에 붙어 있는 건물에 있었다.

세 번째 로드 넬슨 펍은 창문의 모든 블라인드가 닫혀 있었고, 한동안 영업하지 않은 듯한 모습이었다.

예상치 못한 전개에 나는 진심으로 당황했다. 재활용 통에서 〈선데이 타임스〉를 다시 꺼내 와 혹시라도 놓친 디테일이 있는지 살살이 살펴보기 시작했다. 사진은 아까 본 모습 그대로였다. 그들이 사는 집 맞은편에 보이는 건물은 펍이 분명했고, 앞쪽 창문 너머로 보이는 간판의 글씨도 아까 본 그대로였다. 나는 이 상황이 이해가 가지 않았다. 마마베어가 자신이 사는 동네에 대해 일부러 거짓말을 한 걸까? 그동안 말해온 것과는 완전히 다른 동네에 살고 있었던 걸까?

런던에 있는 나머지 다섯 개의 로드 넬슨 펍을 모두 살펴봐도, 에미의 사진에 보이는 펍과는 전혀 달라 보였다. 하나는 공원 맞은편에 있었고, 하나는 이차선 도로를 마주 보고 있었다. 외관도 모두 에미 부부가 사는 집 창문으로 보이는 건물과는 완전히 달랐다.

나는 답답한 마음에 컴퓨터를 끄고 부엌으로 가서 차를 한 잔 끓였다. 벌써 10시가 다 되어가는 시간이었다. 잔뜩 흥분한 상태로 시작한 저녁 시간이 결국 시들하게 끝나고 말았다. 나는 거실로 나가 뉴스를 틀었다. 별 시답지 않는 내용뿐이었다. 나는 TV를 끄고 침대로 향했다.

침대 옆 전등의 불을 끄고, 알람을 맞추고, 내일 아침에 할 일 몇 가지를 생각하고 있는데 불현듯 뇌리를 스치는 이름이 하나 있었다.

로드 네이피어Lord Napier.

어릴 때 살았던 동네의 기차역 맞은편에 로드 네이피어라는 이름의 펍이 있었다.

나는 다시 불을 켜고 컴퓨터 앞에 앉았다. 전원 버튼을 누르고 화면이 켜지길 기다리며 조급한 마음을 감추지 못하고 키보드 가장자리를 손가락으로 두드렸다.

런던에 로드 네이피어라는 이름을 가진 펍은 딱 세 군데뿐이었다. 그중 하나만 런던 동부 지역에 위치해 있었다. 나는 구글 지도를 열어 위치를 검색했다.

그 펍은 지하철역에서 5분 거리에 있었고, 주유소에서 모퉁이를 돌면 바로 나오는 위치에 있었다. 테스코 메트로까지 도보로 갈 수 있었고 운하와도 가까웠다.

나는 그 펍(혹은 맞은편 위치)에서 웨스트필드까지 지하철로 가려면 얼마나 걸리는지 검색해봤다. 센트럴 라인을 타면 정확히 10분이 걸렸다.

나는 거리 뷰를 클릭하고 우편번호를 입력했다. 스크린에 검색 결과가 나타나자 〈선데이 타임스〉를 집어 들고 에미의 인터뷰 사진 속 펍과 스크린에 나타난 펍의 외관을 비교해봤다. 똑같았다. 마우스를 움직여 펍의 맞은편에 있는 집의 모습을 살펴본다. 새 커튼을 단 창문, 어두운 회색으로 페인트칠한 깨끗한 현관문, 블라인드.

안녕, 에미.

댄

전화 받아. 전화 받아. 제발 빌어먹을 전화 좀 받아.

분명히 신호는 가고 있다. 그러나 신호가 울리고 울리다가 결국에는 음성 메시지로 넘어가버린다. 지금쯤이면 에미가 지하철에서 내렸을 시각인데 왜 아직도 통화가 안 되는 걸까?

오, 맙소사.

방금 전까지도 손을 잡고 있던 아이가 갑자기 눈에 보이지 않을 때의 그 느낌은 부모라면 누구나 한 번쯤은 경험해봤을 것이다. 속이 뒤틀리고, 솜털이 곤두서고, 숨통이 조여오면서 맥박이 엄청나게 빨리 뛰고, 아이를 찾느라 사람들의 허리 높이를 미친 듯이 훑어보지만 숨이 턱 막혀버린다. 내 이성은 과민 반응할 일이 아니라고 나를 타이른다. 아이는 아까 지나친 장난감 가게에 있는 무언가를 다시 보러 갔거나, 아니면 순간적으로 자신의 시선을 사로잡은 무언가(포스터, 과자, 아니면 뭔가 반짝이는 것)를 자세히 살펴보러 갔을 것이다. 그러나 마음 한구석에서는 이미 최악의 시나리오가 펼쳐지고 있다.

우리는 올림픽 파크 근처에 있는 웨스트필드 쇼핑몰에 와 있다. 코코와 나는 신발 가게 두 곳을 둘러보고 세 번째 가게에 온 참이다. 코코가 싫어하지 않으면서도 실용적이고 발에 잘 맞는 신발 한 켤레를 겨우 고른 후, 나는 계산을 하고 쇼핑백을 받느라 아이의 손을 잠깐 놓는다. 그리고 아이스크림 먹으러 가자고 말하려고 뒤를 돌아보지만, 코코는 이미 사라진 후다.

처음에는 나도 차분함을 유지한다. 아이는 아마도 신발 진열대 뒤 어딘가에 있을 것이다. 아까 사고 싶다던 발꿈치에 불이 들어오는 반짝이 운동화를 다시 보러 갔는지도 모른다.

이곳은 규모가 큰 가게가 아니고, 목요일 오후라 조용하고 한산하다. 코코가 가게 안에 확실히 없다는 걸 알아차리기까지는 몇 분 걸리지 않는다. 그 시간 동안 내 기분은 약간의 민망함에서 불안함으로, 그리고 불안함에서 완전한 패닉 상태로 급변한다. 가게 안에 있는 두 명의 직원은 지금 손님을 맞고 있지도 않다. 나는 그들이 왜 멀뚱히 서 있기만 하는지 도무지 이해할 수가 없다.

"저랑 같이 있던 여자아이 못 봤나요?" 나는 손을 들어 아이의 키를 표시한다. "어느 방향으로 갔는지 보셨어요?" 직원들은 고개를 흔든다. 가게를 나가려는데 누군가가 쇼핑백을 놓고 갔다고 알려준다. 나는 되돌아가지 않는다.

신발 가게 밖에서도 딸의 모습은 보이지 않는다.

내가 서 있는 곳은 존 루이스 백화점 쪽으로 향하는 3층 에스컬레이터 바로 옆이다. 나는 가장 높은 층에 있는 에스컬레이터로 뛰어 올라간다. 코코가 혼자 에스컬레이터를 타는 모습은 상상도 하기 싫다. 나는 그럴 리가 없다고 스스로에게 되뇐다. 어린아이 혼자 에스컬레이터를 타려고 했다면 그걸 본 누군가가 제지했을 테니까.

가장 가까운 곳에 보이는 에스컬레이터는 모두 비어 있다.

그때 나는 에미에게 처음으로 전화를 건다. 웨스트필드 쇼핑몰에서 코코가 제일 좋아하는 곳이 어디인지 물어보기 위해서다. 이곳에서 아내와 코코가 쇼핑을 할 때면, 쇼핑몰과 쇼핑몰이 상징하는 모든 것을 싫어하는 나는 베어를 유아차에 태우고 공원을 빙글빙글 돌아다니곤 했다. 나는 에미나 코코가 전에 했던 말을 떠올려보려 애쓴다. 코코가 좋아한다던 가게가 어디였더라? 여기에 놀이터가 있다고 했었나? 자주 간다는 곳이 어디였지? 그러나 무엇 하나 떠오르지 않는다. 에미의 휴대폰 신호음은 또다시 음성사서함 메시지로 넘어간다.

지금 나는 분명 미친 사람처럼 보일 것이다. 지나가던 사람들이 나를 곁눈질하거나, 걱정스러운 시선을 보내는 게 느껴진다.

"작은 여자아이 못 보셨어요?" 나는 다시 손으로 아이의 키를 가리킨다. "작은 여자아이 보신 적 없으신가요?"

사람들은 미안한 듯이 고개를 젓거나, 어깨를 으쓱해 보이거나, 안타까운 몸짓을 해 보일 뿐이다. 쇼핑몰 안을 돌아다니는 어린아이가 눈에 띌 때마다 심장이 미친 듯이 요동치다가, 아이가 입은 코트의 색이 다르거나, 키가 다르거나, 성별이 다르다는 사실을 깨달을 때마다 쿵 하고 떨어진다.

내가 무언가 잘못된 결정을 내릴 때마다 소중한 시간이 허비되고 있다는 사실이 나를 괴롭힌다. 저쪽 모퉁이를 돌아가봐야 하나? 그러는 동안 코코가 반대쪽 모퉁이를 돌아 사라지고 있으면 어쩌지? 내가 머뭇거리는 일분일초가 모래알처럼 날아가버리는 기분이다. 코코가 아래층으로 내려가버린 건 아닐까? 엘리베이터 쪽으로 되돌아간 건 아니겠지? 아내가 종종 데려갔다던 놀이 공간으로 갔나? 여기 어디에 실내 놀이터가 있다고 들은 것 같은데 그게 어디지? 이 건물에 있는 건 맞나? 아니면 다른 건물에 있는 걸까? 나는 마법의 성 모양으로 생긴 트램펄린 같은 게 있는 실내 공간을 상상해본다.

나는 다시 에미에게 전화를 건다.

중앙 홀에 홀로 서 있는 내 주변으로 사람들이 각자의 일상을 살아가는 모습이 보인다. 그들은 분통이 터질 정도로 느리게 움직인다. 나는 일단 엘리베이터 쪽을 확인해보기로 하고 그쪽으로 달려 간다. 손을 잡고 걷는 커플을 밀치고 지나간 후, 누군가가 끌고 가는 여행 가방을 훌쩍 뛰어넘는다. 한참 뛰어가다 우연히 상점 창문에 비친 내 모습을 보니 얼굴은 창백하고, 눈은 충혈되어 있고, 정신이 붕괴되기 일보 직전의 모습이다.

어째서 코코를 제지한 사람이 아무도 없는지 이해가 되지 않는다. 쇼핑몰을 걷다 혼자 돌아다니는 세 살배기 여자아이를 본다면 당연 히 어디 가냐고 물어야 하는 거 아닌가? 누군가는 아이를 봤을 것 아닌가? 누군가는 혼자 있는 아이에게 어디 가냐고, 엄마 아빠는 어 디에 있냐고, 보호자는 누구냐고 물어봤을 것 아닌가? 그게 상식 아 닌가?

그건 나만의 생각인가 보다.

나는 아이폰에 코를 박고 길을 걷는 사람을 추월해서 달린다. 그 러다 반대편에서 똑같은 모습으로 걸어오는 사람과 충돌할 뻔한다.

그러나 엘리베이터 쪽에서도 코코는 보이지 않는다. 층수를 알려 주는 화면을 보니 하나는 1층에 있고 나머지 하나는 내가 있는 꼭대 기 층인 4층으로 올라오고 있다. 나는 다시 난간으로 달려가 쇼핑몰 실내를 살펴본다. 여전히 코코는 보이지 않는다. 코코에게 뭔가 끔 찍한 일이 벌어진 게 틀림없다. 신문에서 읽고 몸서리치는 그런 일. 뉴스에서나 들어볼 만한 그런 일.

바로 그때, 코코가 보인다. 아이는 1층 서점 밖에 서 있다.

"코코!" 내가 크게 불러도 아이는 위를 올려다보지 않는다. "코코!"

나는 에스컬레이터 난간을 잡고 계단을 한 번에 서너 개씩 뛰어 내려온다. 거의 몸을 던지다시피 해서 에스컬레이터 위에 나란히 서 있던 젊은 커플 사이를 거칠게 비집고 지나간다. 그들 중 한 명이 나를 향해 혀를 차지만 나는 개의치 않는다.

"코코!" 나는 2층 난간 위로 몸을 내밀며 소리친다. 이번에는 아이가 고개를 든다. 그러나 아직도 나를 보지 못하고 어디에서 목소리가 들려오는지를 찾아 두리번거린다. 나는 다시 큰 소리로 아이를 부른다. 코코는 드디어 내 쪽을 바라보더니 희미하게 웃으며 한쪽 팔을 흔들어 보이고는 다시 서점 진열창 쪽으로 고개를 돌린다. 진열창에는 마법사와 마녀 가족이 나오는 동화책 시리즈의 최신간이 전시되어 있다.

다행이야. 다행이야. 다행이야. 다행이야. 다행이야.

그런데 아이 옆에 함께 서 있는 누군가가 보인다. 어른이다. 정말 다행이다. 이 넓은 쇼핑몰에서 혼자 방황하는 세 살짜리 아이를 보고 도와줄 만큼의 상식과 공동체 정신을 지닌 사람이 있어 천만다행이다. 그들은 나란히 서서 서점의 진열창을 함께 구경하고 있다.

나는 큰 안도감을 느낀다.

각도와 거리 때문에 코코 옆에 있는 사람의 모습은 잘 보이지 않는다. 진열창에 희미하게 반사된 모습 말고는 뒷모습만 보일 뿐이다. 노인들이 즐겨 입는 방수 파카를 입고 있었는데, 분홍색과 보라색이 섞인 파카 색상을 보니 할머니인 것 같다. 그들은 아직도 멀리 떨어져 있지만 나는 벌써부터 죄송하다는 말과 감사하는 말이 목구멍에 차오르는 것을 느낀다.

그때 그들과 나 사이로 기둥이 하나 지나간다. 약 1초에서 2초 정도의 시간이 흐른다.

어느새 코코는 서점 앞에 혼자 서 있다. 나는 순간 이 상황이 이해되지 않는다.

마지막 에스컬레이터를 타고 내려오는 동안 나는 코코에게서 시선을 떼지 않는다. 마치 잠시라도 눈을 떼면 아이가 다시 사라지기라도 할 것처럼. 다행히 내 앞에는 아무도 없다. 나는 넘어지지 않도록 한 손으로 난간을 잡고 최대한 빠른 걸음으로 남은 에스컬레이터 계단을 뛰어 내려온다.

마지막 서너 계단은 그냥 한 번에 뛰어내린다.

끙 소리를 내며 착지한다.

에스컬레이터 끝에서 서점 입구까지의 거리는 약 6미터 정도다. 나는 미끄러지듯 뛰어가 세 걸음 만에 서점 입구에 도착한다.

"아파, 아빠." 코코가 말한다.

나도 내가 아이를 너무 세게 껴안고 있다는 걸 알지만 스스로를 제어할 수가 없다. 아이를 들쳐 안고 뱅글뱅글 돌기 시작한다.

"아빠." 코코가 말한다.

나는 아이를 내려놓는다. 코코는 구겨진 원피스를 매만진다.

아직도 심장이 쿵쾅거린다.

"코코야, 엄마 아빠가 항상 뭐라 그랬니? 혼자 멀리 가면 안 된다고 했지?"

나는 침착하면서도 단호하게, 엄격하면서도 화내지 않는 목소리로 말하려고 애쓴다.

나는 오랜 딜레마에 봉착해 있다. 나를 놀라게 한 아이를 꾸짖고 싶은 마음과 내가 아이를 얼마나 사랑하는지 말해주고 싶은 마음이 동시에 들기 때문이다.

쭈그리고 앉아 아이와 시선을 마주치려고 애쓴다. 육아서에는 코코 또래의 아이와 진지한 대화를 할 때는 그렇게 하라고 나와 있다.

"코코야, 내 말 들려?" 나는 묻는다. "아가야, 다시는 절대로, 절대로, 절대로, 그렇게 해서는 안 돼. 내 말 알겠니?"

코코는 여전히 진열창에 시선을 둔 채 고개만 살짝 끄덕인다.

아이는 안전하다. 중요한 건 그거다. 코코는 안전하다. 에스컬레이터를 내려오면서 본 그 사람이 좀 신경 쓰이긴 하지만…….

밖에는 비가 내리고 있던 모양이다. 방수 파카를 입은 사람이 도처에 있다. 나이 든 사람도 있고 젊은 사람도 있다. 몇몇은 후드를 쓰고 있다. 아무리 주변을 둘러봐도 우리를 주시하고 있는 사람은 없다. 아까 봤던 색상의 파카도 눈에 띄지 않는다. 검은색, 푸른색, 초록색, 노란색뿐이다.

내가 잘못 본 걸 수도 있다는 생각이 든다. 그 사람은 코코 옆에 서 있던 것이 아니라, 우연히 길을 지나가다가 아이와 같은 진열창을 쳐다본 것뿐일지도 모른다. 아니면 빛의 장난이었거나, 뇌가 무언가를 착각했거나, 무언가가 반사된 모습을 잘못 본 것일 수도 있다.

상황이 상황이니만큼, 내가 지금 정교하고 통합적인 사고를 못 한다 한들 누가 뭐라 하진 못할 것이다.

나는 아까보다 오래 코코를 껴안는다. 얼마 못 가 아이는 인내심을 잃고 몸을 꼼지락거리기 시작한다. 그래도 내가 아이를 완전히 놓아주기까지는 시간이 꽤 걸린다.

바로 그때 아이의 손에 무언가가 들려 있는 걸 발견한다.

4

주소 하나만 가지고 누군가에 대해 얼마나 많은 정보를 알아낼 수 있는지 안다면 놀랄 것이다.

챈도스 로드 14번지.

일단 주소를 알아내고 나면 바로 부동산 매물 사이트에 접속해서 집이 마지막으로 얼마에 팔렸는지 확인할 수 있다. 사진도 몇 장 볼 수 있고, 운이 좋으면 평면도도 볼 수 있다. 챈도스 로드 14번지는 2000년 말에 마지막으로 매물로 올라왔고, 매물가는 55만 파운드였다. 에미는 이 집으로 이사하고 나서 인테리어 공사를 한 과정을 개인 블로그에도 자세하게 기술해놓았다. 거기에는 집 뒤쪽으로 온실을 확장한 이야기, 거실의 벽과 가짜 플라스틱 석탄이 굴러다니던 전기난로, 욕실의 카펫, 아래층 화장실 바닥에 깔려 있던 청록색 타일을 모두 철거한 이야기, 그리고 2층 뒤쪽에 있던 방을 아이 방으로 꾸민 이야기가 자세하게 적혀 있었다. 그렇다면 위층 전면에 보이는 화장실 딸린 방이 안방임에 틀림없다. 모든 게 너무 쉽다. 전부 공개된 자료니까. 손가락으로 마우스를 몇 번 클릭하기만 하면 마치 디지털 유령처럼 그 집 안을 마음껏 헤집고 다닐 수 있다. 에미는 툭하면 정원이 더 컸으면 좋겠다고 말하곤 했다. 그 집의 정원을 보니 그럴 만도 하다. 도대체 남편의 작업실을 만들 자리를 어떻게 마련한 걸까.

누군가의 우편번호만 알아낸다면 이제 그들이 자주 가는 커피숍의 위치도 대충 파악할 수 있다. 그들이 거의 매일 아침마다 들르고, 남편이 글 쓰러 가끔씩 간다는 그 커피숍 말이다. 거리 뷰 기능을 사용하면 그들이 아침에 지하철을 타러 가거나, 공원에 갈 때 걷는 길을 직접 따라가볼 수도 있다. 그 집 딸이 다닌다는 어린이집과 거기까지 가는 데 가장 빠른 길이 어디인지도 대략 파악할 수 있다. 에미가 길 가다가 자주 본다는 놀이터와 코코가 과자를 사달라고 자주 조른다는 가게가 어디인지도 금방 알아낼 수 있다.

이건 정말 이상한 느낌이다. 약간 현기증이 날 정도다.

가끔은 물고기들이 놀고 있는 연못을 내려다보고 있는 것 같은 느낌이 들 때가 있다. 예전에 내가 다녔던 학교의 과학관 앞에는 작은 연못이 하나 있었고, 그 안에는 물고기들이 아무런 근심 없이 행복하게 헤엄치며 살고 있었다. 물고기들은 각자 자기 할 일을 하며 일상을 보냈다. 누군가가 언제든지 그들 머리 위로 돌을 떨어뜨리거나, 막대기로 물을 마구 휘저어 평온한 일상을 깨뜨릴 수 있다는 사실은 전혀 모르는 듯했다. 내가 원하기만 언제든지 연못 속에서 물고기 한 마리를 물 밖으로 꺼내 숨이 막혀 죽게 할 수도 있었다. 그러면 다른 물고기들은 꼬리를 황급히 흔들며 연못 속 잡초 사이를 이리저리 헤엄쳐 다닐 것이다. 물론 나는 다른 생명체에게 그런 짓을 할 사람은 아니었다. 진짜로 그러지는 못했을 거다. 나란 사람은.

그런데 이제는 그런 확신이 들지 않을 때가 있다.

학교에 다니던 시절의 나는 정말 착한 아이였다. '예의 바르다.' '친절하다.' 그 시절의 나를 표현할 때 자주 사용되던 말들이다.

요즘 들어 나는 진심으로 두려움을 느낄 때가 있다. 나도 모르게 하게 되는 생각들. 내가 하려고 상상하는 일들. 그리고 점점 변해가는 내 모습. 그 모든 게 나를 정말 두렵게 한다.

댄

그건 정말 흉물스러웠다. 코코의 손에 들려 있는 물건을 보자마자 제일 먼저 든 생각이었다. 내가 본 것 중에 가장 못생기고 더러운 봉제 인형이라고 해도 지나치지 않은 것 같다. 인형의 눈은 금이 갔고, 귀에는 때가 묻었고 누군가가 입으로 빤 흔적도 보인다. 인형의 바지는 끈이 하나 잘려 있다. 입은 수술 자국 같다. 그 인형을 보자마자 나는 아이의 손에서 그것을 낚아채 가장 가까운 쓰레기통에 던져 넣고, 물티슈나 손 세정제를 찾아 손을 닦아주고 싶은 충동을 느낀다.

두 번째로 든 생각은 코코가 사라지기 전에는 그 인형을 들고 있지 않았다는 것이다.

아내와 나는 아이 앞에서는 욕설을 하지 않기로 약속했다. 이 약속을 실수로 어기는 쪽은 주로 아내다. 찬장에서 밀가루 봉지가 떨어져 싱크대 위에 터졌을 때 '제기랄' 하고 외치거나, 공항에 줄을 서 있는 우리 앞으로 새치기한 사람을 향해 '멍청한 놈'이라고 작은 소리로 (그러나 아이의 귀에는 들릴 정도로) 중얼거리거나, 아이가 '얼간이'가 뭐냐고 물으면 우물쭈물 말끝을 흐리는 쪽은 언제나 에미다. 그러나 이번에 실수한 쪽은 나다. 아까 흥분했을 때 분비된 아드레날린이 여전히 내 몸 안을 맴돌고 있는 탓인지도 모른다.

"맙소사, 코코. 그 빌어먹을 인형은 대체 어디서 난 거야?"

아이에게 쌀쌀맞게 쏘아붙이고 나면 늘 곧바로 후회가 뒤따른다. 아이의 두 눈이 커지면서 촉촉해지고 몸이 움츠러드는 게 느껴지기 때문이다. 그때마다 입 밖으로 내뱉은 말을 다시 주워 담을 수 있기를, 공중을 떠다니는 단어들의 울림을 멈출 수 있기를 간절히 바라지만 이미 때는 늦었다. 코코는 뒤늦게 인형을 등 뒤로 숨기려 한다.

"몰라." 아이는 대답한다.

"아빠한테 보여줘."

코코는 마지못해, 그러나 의외로 순순히 인형을 앞으로 내민다.

"고마워." 나는 말한다.

나는 무릎을 꿇고 앉아 인형을 살펴본다. 강아지? 곰? 원숭이? 도대체 정체를 알 수 없는 인형이다. 한때 달려 있었던 것 같은 꼬리는 지금은 뜯어져 없어진 상태다. 인형의 귀에 있는 빨 흔적을 보며 나는 제발 그 흔적이 내 딸이 만든 게 아니길 빈다.

"코코야, 이거 어디서 났어?" 나는 화난 기색을 죽이고 구슬리는 목소리로 아이에게 다시 차분하게 묻는다.

"내 거야." 아이는 대답한다.

"아가야, 아빠 생각에는 이건 코코 인형이 아닌데?"

나는 손가락 두 개로 인형을 집어 들고 다시 묻는다. "코코야, 이거 어디서 났는지 아빠한테 알려줄래? 기억나니?"

코코는 나의 시선을 피한다.

"어디서 주운 거야?"

아이는 대답하고 싶지 않다는 듯이 어깨를 으쓱해 보일 뿐이다.

나는 코코에게 인형을 어디에서 주운 것인지 알려달라고, 그리고 같이 가서 다시 원래 있던 자리에 놓고 오자고 말한다. 이 인형은 다른 아이의 것일 수도 있잖니. 누군가가 떨어뜨렸거나 잃어버린 것일 수도 있고, 누군가의 유아차에서 떨어진 것일 수도 있잖니. 그 아이가 집에 가서 인형이 없어진 걸 알면 기분이 어떻겠니?

"내 거야." 코코는 다시 말한다.

"네 거라는 게 무슨 뜻이야?" 나는 묻는다.

코코는 대답이 없다.

"이 인형을 어디서 났는지 말해주지 않으면," 나는 할 수 있는 한 가장 권위 있고 단호한 말투로 말한다. "바로 쓰레기통으로 들어가는 거야. 알겠니?"

코코는 인상을 쓰더니 고개를 젓는다.

"아빠 말 진짜야." 나는 말한다.

여전히 대답이 없다.

"마지막 기회야." 내가 말한다.

아이는 어깨를 으쓱한다.

나는 쓰레기통에 인형을 집어넣는다.

그건 멍청한 선택이었다. 부모로서 정말 멍청하기 짝이 없는 실수였다. 쇼핑몰을 빠져나가는 내내 코코는 내 손에서 자기 손을 빼내려고 뒤로 몸을 젖히며 발버둥 친다. 지하철 승강장으로 가는 에스컬레이터 위에서도 아이는 발을 질질 끌며 버틴다. 우리가 내릴 역에 도착한 후에는 아이를 아예 안아 들고 걸어야 했다. 사람들이 이상하다는 듯이 쳐다본다. 집까지 2분 정도 남았을 때 에미에게서 전화가 온다. 아내는 수화기 너머로 들려오는 울음소리가 코코인지 묻는다. 나는 그렇다고 대답한 후, 코코가 떼쓰기 시작한 지 10분이 넘었다고 알려준다. 아내는 대체 아이에게 무슨 짓을 했냐고 제일 먼저 묻는다.

"난 아무 짓도 안 했어." 나는 대답한다.

"무슨 일 있었던 거야?" 아내가 묻는다. "부재중 전화가 100만 통이나 와 있었잖아. 무슨 일 있는 줄 알고 정말 놀랐어. 지금 미팅도 취소하고 우버 택시 잡아타고 집에 가는 길이야. 도대체 무슨 일이야?"

"아무 일도 아니야." 내가 다시 말한다. "걱정 안 해도 돼. 이제 괜찮아."

내가 우리의 세 살짜리 딸을 잃어버렸던 오늘 오후 8분 30초가량의 시간에 대해 전화로 이야기하고 싶지는 않다.

집에 가는 내내 나는 코코와의 대화를 다시 떠올려본다. 내가 한 질문, 질문한 방식, 말투 등을 떠올리며 아이에게 다른 방식으로 질문했더라면 더 좋았을까 하고 생각해본다. 집에 가는 내내 내가 에스컬레이터에서 본 게 정확히 무엇인지 기억해내려 애쓴다. 방수 파카의 색이 정확히 무엇이었는지, 그리고 그 사람이 여자일 거라고 생각했던 이유가 무엇이었는지 다시 생각해내려 애쓴다. 파카의 색이 분홍색이고 등 부분의 패치가 보라색이었기 때문인가? 아니면 색상이 반대였나? 그것조차 불확실하다면 도대체 내가 본 것 중에 확실한 게 무엇일까?

기억력이란 게 이렇다 보니, 지금 내 뇌는 실제로 유용한 정보를 기억하고 있다기보다는 조각난 사실을 이어 붙이고 비어 있는 틈새를 상상력으로 채우고 있을 가능성이 크다.

코코에게 무슨 일이 있었던 건지, 어딜 갔던 건지, 왜 혼자 멀리 갔는지를 아무리 물어도 아이는 '서점'이라고 대답할 뿐이다.

20년 정도 흐른 후, 나와 에미가 오늘의 사건을 재미있는 에피소드처럼 이야기하는 모습을 상상하는 건 어렵지 않다. 그때쯤 코코는 작가나 학자, 혹은 출판 에이전트가 됐을 수도 있다. 그때는 이 이야기를 내 부모 노릇과 자격에 대한 불신을 일으키지 않는 선에서 적당히 미화할 수도 있을 것이다. 나나 아내가 코코의 서투른 발음을 흉내 내며 서점을 '떠점'이라고 발음하는 모습도 쉽게 상상할 수 있다. 솔직히 말하면 코코가 길을 잃을 정도로 열광한 곳이 디즈니 스토어나 맥도날드가 아니라 서점이었다는 사실이 은근히 기쁘기도 하다.

그렇지만 지금은 그 봉제 인형 때문에 기분이 영 찜찜하다.

집에 도착한 후, 나는 코코를 부엌으로 데려가 구운 콩을 얹은 토스트를 만들어준다. 코코는 아동용 의자에 앉아 골이 잔뜩 난 얼굴로 음식을 먹는다. 내가 디저트로 요거트를 먹겠냐고 물어도 코코는 세차게 머리를 흔들 뿐이다.

"그럼 이제 목욕할까?" 나는 묻는다.

이 말에는 아예 대답조차 없다.

"코코야, 그…… 곰…… 인형 대신 다른 인형을 사줄게. 더 예쁜 걸로. 그리고 다음에 그 서점에도 같이 가보자."

코코는 의자에서 몸을 돌려 창밖의 정원을 바라보는 척한다. 어느새 잔잔한 비가 내리기 시작했고, 젖은 잎사귀들이 어둠 속에서 반짝인다. 아이는 여전히 부루퉁하게 입술을 내밀고 있다.

"코코야, 너도 밖에서 아무 물건이나 주워 오면 안 된다는 거 알지? 그 물건이 어디에 있던 건지도 모르잖니."

"내 거야." 코코는 또다시 말한다.

나는 미소를 지으며 최대한 이성적이고 차분한 어조로 말한다.

"그렇지만 코코야, 그건 네 것이 아니잖아. 아빠가 사준 적도 없고, 엄마가 사준 적도 없지 않니? 그러니까 아빠가 궁금한 건, 그 인형은 대체 어디서 난 거니?"

나는 코코가 입을 벌려 말을 내뱉기도 전에 아이가 뭐라고 할지 이미 알고 있다.

나는 의자를 꺼내 앉는다. 그리고 코코의 의자를 돌려 나와 얼굴을 마주하게 한다.

"코코야." 내가 말한다. "아빠 장난하는 거 아니야. 아빠 좀 볼래? 아빠 얼굴 좀 봐줘. 그래, 그렇지. 코코야. 아까 그 인형 말이야. 그거 혹시 누가 준 거니? 선물로 준 거야? 기억나니?"

아이는 단호하게 고개를 젓는다.

"아니야?"

아이는 더 세차게 고개를 흔든다.

"그러니까 기억이 나지 않는다는 거야, 아니면 누가 준 게 아니라는 거야?"

"아니야." 코코는 다시 말한다.

나는 자세를 고쳐 앉고 어깨를 편 후 목 뒤를 문지른다. 이제 다른 방법을 시도해볼 차례다.

"코코야." 나는 아이를 향해 말했다. "우리 얼마 전에 왜 거짓말을 하면 안 되는지, 왜 진실만을 말해야 하는지 이야기했던 거, 기억나지?"

코코는 내 시선을 피하며 마지못해 고개를 끄덕인다.

"항상 진실만을 말하는 게 왜 중요한지 우리 얘기했었지?"

코코는 여전히 내 시선을 피하며 잠시 머뭇거리더니 고개를 끄덕인다.

"그러니까 아빠가 다시 한번 물을게. 그 인형 어디서 났니?"

"주웠어." 코코가 말한다.

"주웠다고?"

"주웠어."

그랬군. 나는 생각한다. 다행이야. 스스로에게 말하고 그제야 한 시름 놓는다.

나는 코코에게 인형을 어디에서 주웠냐고 묻고, 아이는 가게라고 대답한다. 가게라고? 내가 묻자 코코는 잠시 머뭇거리더니 생각에 잠긴다. 얼마 후 아이는 그렇다고 대답한다.

"어느 가게?"

코코는 대답하지 못한다.

나는 숨을 크게 한번 들이쉬고 스물까지 수를 센 다음, 이제 목욕할 시간이라고 말한다.

우리는 코코와 정직의 중요성에 대해 자주 대화하지만, 아직 아이는 그 중요성을 충분히 깨닫지 못한 것 같다. 어린이집 선생은 아이와 이런 '진지한' 이야기를 할 때는 부모가 둘 다 참여하는 게 중요하다고 했다. 어린이집 선생에게 이런 이야기를 들은 이유는 코코가 최근 들어 다른 아이들의 가방을 뒤져 물건을 가지고 간 후 선물로 받은 거라고 우기거나, 어린이집 물건을 넘어뜨리고는 자기가 안 했다고 거짓말을 한 일이 몇 번 있었기 때문이다. 코코는 그 외에도 자기 엄마 아빠가 엄청난 부자에 유명인이라고 하거나, 휴일에 엄마 아빠와 달나라에 갔다 왔다는 이야기를 떠벌린다고 했다. 코코의 담임 선생은 우리에게 연락해 코코가 집에서도 그런 행동을 하는지, 혹시 최근에 아이가 속상하거나 불안해할 만한 일이 있었는지 물었다. "코코가 원래 상상력이 좀 풍부해요." 에미는 방어적인 어조로 말했다. "저도 어렸을 때는 그랬는걸요."

나는 아내의 말을 전혀 의심하지 않는다.

결국 우리는 선생을 만나 코코와 함께 둥그렇게 모여 앉아 진지한 대화의 시간을 가졌다. 우리는 아이에게 이야기를 꾸며내거나 과장해서는 안 되며, 거짓말로 사람에게 좋은 인상을 주거나 환심을 사려 해서는 안 된다고 타일렀다. 또한 다른 사람의 물건을 받아내려고 상대방을 속여서도 안 된다고 했다. 대화 내내 코코의 담임 선생은 옆에 앉아 열심히 고개를 끄덕였다.

아내의 직업을 고려할 때 이 상황이 얼마나 아이러니한지 우리 부부가 전혀 깨닫지 못했다고 생각한다면 오산이다. 나는 그래도 기회가 될 때마다 코코의 행동에는 악의가 없었다는 점을 강조했다. 코코는 심술이라곤 전혀 부릴 줄 모르는 아이다. 현실과 상상의 세계를 분간하지 못하는 것도 아니다. 코코는 다만 사람들을 즐겁게 해주고 웃게 만드는 걸 좋아할 뿐이다. 나는 코코가 정말 똑똑한 꼬마라는 걸 강조하려 애썼다. 코코는 반에서 제일 똑똑한 아이일 뿐 아니라, 솔직히 말하면 어릴 때 자신을 가르칠 대부분의 선생들보다도 똑똑할 것이다. 지금 어린이집에서 문제 행동으로 지적하는 일들이 코코에게는 그저 천진난만한 장난인 게 분명했다. 예를 들면 자기 신발을 숨기고 다른 사람들의 신발 짝을 모두 바꿔놓는다든가, 점심시간에 옆 친구와 접시를 바꾸고 친구의 점심도 먹으려는 시늉을 하는 것 말이다.

집으로 돌아와 아이를 재우고 에미와 나는 그날 있었던 일에 대해 이야기하며 웃었다. 그런데 나는 에미가 그날 일에 대해 속으로 엄청나게 화가 나 있다는 걸 느낄 수 있었다. "도대체 자기가 뭔데?" 그 일에 관해 대화를 나눈 지 20분 정도 흐른 뒤에 그녀가 갑자기 말했다. "오늘 그 선생이 우리를 불러놓고 누구한테 훈계한 건지 당신도 잘 알지?"

나는 아내의 마음을 달래주려고 대충 아내가 듣고 싶어 할 것 같은 말로 맞장구쳤다.

"내 직업이 변호사였어봐. 우리한테, 나한테 그딴 식으로 말을 했겠어? 내가 광고 회사를 다녔어도 마찬가지야. 내가 하는 일이 뭔지 알고 일부러 저러는 거야. 코코네 반에는 귀에 피어싱을 한 애도 있고, 아침마다 바지에 똥을 싸고도 한 시간을 그냥 앉아 있는 애도 있고, 소시지 말고는 아무것도 안 먹는 애도 있고, 지난 봄부터 머리에 허연 서캐를 달고 다니는 애도 있는데, 고작 이런 일로 우리를 불러다가 이렇게 죄책감을 느끼게 하는 게 말이 돼?"

"그러니까. 진짜 어이없어." 내가 말했다.

"당신 말이 맞아." 나는 이어서 맞장구쳤다.

"애들은 누구나 그 정도 거짓말은 하잖아?" 나는 덧붙였다. "그러니까 애들이지."

한동안 우리 사이에 약간의 정적이 흘렀다.

나는 코코가 거짓말에는 영 재능이 없어 보이니 다행이라고 말했다. 거짓말을 잘하는 사람은 자신이 지어낸 말을 모두 기억하고, 언제나 일관된 이야기를 유지하는 능력이 뛰어나다. 에미는 그런 일에 천부적이다. 그러나 코코는 그렇지 않다. 아이는 눈 하나 깜빡하지 않고 한 문장 안에 세 가지 모순되는 사실을 말하거나, 방금 내 눈앞에서 한 일도 하지 않았다고 잡아떼기 일쑤였다. 코코는 어떤 행동을 하는 도중에도 자기는 지금 그 행동을 하고 있는 게 아니라고 우길 아이다. 코코는 정말 거짓말을 잘 못한다.

평범한 상황이었다면 나는 언제나처럼 코코의 거짓말을 웃어넘겼을 것이다. 코코가 어린이집 친구들에게 우리 집에 가면 과자로 가득 채운 비밀 방이 있다고 말하거나, 우리 가족이 달나라로 여행을 다녀왔다고 말하는 걸 보면 솔직히 귀엽기만 하다. 코코의 거짓말은 대부분 너무 터무니없고 순수해서 웃지 않을 수 없다.

그렇지만 지금은 평범한 상황이 아니다.

코코를 안전하게 되찾았다는 사실에 대한 안도감이 사라지고 나자, 아이가 사라졌던 8분 30초 동안 무슨 일이 있었는지 몰라 답답하다. 나는 여전히 코코가 왜 사라졌었는지, 어딜 갔었는지, 어떻게 혼자 쇼핑센터 1층까지 내려갔는지 알지 못하는 상태다. 여전히 코코가 그 인형을 어디에서 주웠는지 모른다. 아이를 씻기고 이를 닦아주면서 계속해서 같은 질문을 반복하지만 코코는 여전히 애매한 대답을 하거나, 터무니없는 말을 하거나, 아니면 2분 전에 했던 대답과 전혀 다른 말을 할 뿐이다.

코코에게 혼자 어딜 갔었냐고 물으면 모르겠다는 대답뿐이다. 왜 서점에 갔었냐고 물으면 기억이 안 난다고 한다. 누가 아이를 붙잡으려 했는지, 말을 걸었는지 물어봐도 코코는 하품만 할 뿐이다. 아이는 아무것도 기억이 안 난다고 한다. 아무리 물어도 무엇 하나 알아낼 수 없다. 어느새 코코가 잠자리에 들 시간이 훌쩍 지나 있다. 복도에서 에미가 급하게 신발을 벗고 코트를 계단 난간에 걸어두는 소리가 들려온다.

코코에게서 눈을 떼지 말았어야 했다. 단 1초도 아이에게서 눈을 떼지 말았어야 했는데, 모든 게 다 내 잘못이다. 사실 아이를 잃어버릴까 봐 강박적으로 조심하는 건 늘 내 쪽이었다. 에미가 코코를 임신한 지 3개월 정도 됐을 때, 우리는 함께 영화를 보러 간 적이 있다. 영화는 어떤 변태에게 납치당한 꼬마 아이에 관한 내용이었는데, 나는 영화를 끝까지 보지 못하고 도중에 자리에서 일어나 사람들의 다리와 신발을 넘어 밖으로 나가야 했다. 그 영화는 공포영화도 아니었고 12세 관람가 스릴러에 불과했지만 내겐 정말 끔찍했다. 나는 숨구멍이 막히고 심장이 쿵쾅대서 더는 거기에 앉아 있을 수 없었다. 물론 전날 술을 많이 마셔서 숙취가 심한 상태이긴 했다. 그렇다고 하더라도 이 세상에 저런 미친 변태들이 존재한다는 사실을 머릿속에서 지울 수가 없었다. 정신이상자, 범죄자, 소아성애자들. 에미가 인플루언서 활동을 시작하고 우리 가정의 일상이 인터넷으로 만천하에 공개되기 전에도 나는 이런 강박증에 시달리곤 했다. 그런데 이제는 우리 부부가 SNS로 벌어들이는 수입이 어느 정도인지 아는, 아니 안다고 생각하는 사람들, 우리 가족의 얼굴을 아는 사람들, 우리가 어떤 삶을 사는지 아는 사람들이 온 세상에 넘쳐난다.

코코는 일평생 자기 엄마가 처음 만난 사람도 마치 오랜 친구처럼 반갑고 친근하게 대하는 모습을 보며 자랐다. 그런 아이에게 어떻게 낯선 사람을 경계하라고 가르칠 수 있겠는가?

모든 부부에게는 이야기하다 보면 금방 대화가 과열되거나 말다툼으로 이어지는 껄끄러운 주제가 있다. 건드리면 폭발할 게 분명하기 때문에 둘 다 그 이야기는 최대한 우회하거나 아니면 아예 회피해버린다. 과거에 싸운 기억과 아픔이 너무나 생생해서 자신도 모르게 신경이 곤두서고 방어적이 되기 때문이다.

한번은 공원에 있는 카페에 갔다가 누군가 코코의 사진을 찍는 듯한 모습을 보고 완전히 이성을 잃은 적이 있었다. 또 한 번은 수영장에서 누군가 코코를 쳐다보고 있다고 확신한 적도 있었다. 그런 일이 있고 나면 (그리고 내가 잘못을 시인하고 사과하고 나면) 우리 부부는 언제나 같은 대화의 수순을 밟는다. 우리가 뭔가를 잘못하고 있는 걸까? 우리가 실수하고 있는 걸까? 우리 가족의 안전을 위해 더 할 수 있는 게 있을까? 인터넷에 가족과 삶을 공개한 건 돌이킬 수 없는 어리석은 실수일까? 우리가 코코와 베어를 위험하게 만들고 있는 걸까? 이건 아이들의 정서에 나쁜 영향을 끼치는 일일까? 아이들의 자의식과 세상을 보는 관점을 망가뜨리고 있는 걸까? 장기적으로 아이들을 망치고 있는 걸까? 우리는 나쁜 부모인가?

그렇게 대화는 꼬리에 꼬리를 물고 이어진다. 한쪽이 자책하면 다른 한쪽이 상대방을 안심시킨다. 우리의 행동을 정당화하기 위한 대화가 계속해서 오간다. 우리는 상대방의 논리에서 틀린 점을 지적하고 상대방이 아닌 자신과의 말싸움에서 이기려 한다. 그러다 상대방의 말투나 목소리 톤에 민감하게 반응하고, 점점 더 긴장하고 예민해진다. 방 안의 공기는 점점 더 무거워지고, 싸우든 싸우지 않든 간에 끝없이 이어지는 것 같은 토론의 결론은 언제나 똑같은, 끔찍한 진실이다. 그건 지금 와서 마마베어를 그만두면 지금의 생활 수준을 유지할 길이 없다는 사실이다.

에미

이런 일이 있을 줄 전혀 몰랐다고 하면 거짓말이다.

나는 계약서에 서명하기 전, 아이린과 함께 앉아 인플루언서로 활동한다는 것이 무엇을 의미하는지에 대해 긴 대화를 나눴다. 아이린에게 내 개인 인스타그램 계정(@emmyjackson, 팔로워 수 232명, 모두 실제로 만난 적 있고 이름을 아는 사람들)을 보여주자 아이린은 그 계정의 문제점을 조목조목 짚어가며 설명해주었다. 그녀는 어두운 조명 아래 찍은 브런치 사진, 가끔씩 등장하는 꽃다발과 컵케이크 사진, 현실감이 물씬 느껴지는 친구들의 얼굴, 그리고 최대한 얼굴을 갸름하게 보이려고 볼을 홀쭉하게 만들어 화장실 조명 아래에서 찍은 셀피 같은 것으로 인기를 끌기는 어렵다고 했다. 인스타그램으로 돈을 벌려면 사전에 치밀하게 계획한 해시태그, 콘텐츠 스트림,

화제를 끌 만한 테마, 서로 태그해줄 수 있는 인플루언서 친구들, 그리고 사전에 완벽하게(좀 더 정확히 말하면 완벽해 보이지 않게) 편집해놓은 사진들이 필요했다.

처음 이 일을 시작할 때는 인스타그램 계정 운영이 마치 나만의 잡지를 편집하는 일처럼 여겨졌다. 매번 포스팅을 할 때마다 새로운 잡지 페이지를 꾸민다고 생각하면 될 것 같았다. 그리고 초기에는 정말로 그랬던 것 같기도 하다. 팔로워들이 다는 댓글은 하트나 윙크 같은 이모지가 대부분이었고, 사람들은 개인 메시지를 보낼 수 있다는 걸 잘 모르거나 알아도 굳이 보내지 않는 분위기였다. 서로 저격하고 신랄하게 비판하는 트위터와는 달리, 인스타그램은 예쁜 사진과 웃는 얼굴만 주고받는 친근한 공간이었다.

그러나 미묘한 변화가 나타나기 시작했다. 변화는 너무 천천히 일어나서 처음에는 감지하기 어려울 정도였다. 긍정적인 응원 메시지로만 도배되던 댓글에 언제부터인가 부정적인 내용도 섞여 들어오기 시작했다. 개인 메시지도 조금씩 들어오기 시작했다. 처음에는 한창 모성 호르몬이 충만해진 아기 엄마들이 새벽 4시에 수유하며 보낸 몽글몽글한 메시지가 대부분이었다. 그런데 어느 순간부터 메시지 수가 급격하게 늘어나더니 즉각적인 답장을 요구하는 사람들이 생겨났다. 그들이 보내는 메시지는 가족사진 팔아서 돈 버는 것을 부끄럽게 여기라는 내용부터 내가 사용한 립스틱 색깔이 예쁘다는 내용까지 다양했다. 어느샌가 나에 대한 가십 사이트가 생겨났고, 타블로이드지에는 우리가 진짜 연예인이라도 되는 것처럼 우리의 싸움이나 실수에 대한 기사가 나오기 시작했다.

이 일을 시작하기 전에 나와 댄은 지인들에게 자주 식사 초대를 받던 인기 부부였다. 사람들은 예쁜 패셔니스타 아내와 요즘 뜨는 신인 작가 남편으로 구성된 우리 부부와 친하게 지내고 싶어 했고, 약속이 너무 많아서 초대를 거절해야 할 때도 많았다. 우리는 고심해서 고른 와인 두 병을 들고 방금까지 사랑을 나누다 온 것 같은 모습으로(실제로 그랬던 경우가 많았다) 나타나 저녁 내내 서로의 농담을 대신 끝내주고, 제일 먼저 부엌에 차려진 댄스 플로어에 나가 춤을 추고, 제일 마지막까지 파티에 남아 있곤 했다. 그런데 언제부터인가 우리는 더 이상 그런 자리에 나가지 않게 되었다. 어차피 두 번째 와인병을 열 때쯤 나는 휴대폰을 꺼내 메시지와 댓글을 확인하고, 답장하고 답글을 다느라 바쁠 것이기 때문이다. 생각해보니 어느 순간부터 우리 부부를 향한 초대가 딱 끊긴 것 같기도 하다.

시간이 지남에 따라 인스타그램은 잡지라기보다는 라디오 토크쇼처럼 느껴졌다. 수천 명의 청취자가 언제든지 전화를 걸 수 있고, 아무리 악의적인 말을 퍼붓거나 엉터리 같은 소리를 해도 무조건 방송에 나갈 수 있는 그런 라디오 방송 말이다. 게다가 15초짜리 동영상을 올릴 수 있는 인스타 스토리가 생긴 이후에는 또 한 번 완전히 판도가 달라졌다. 이제 인스타그램은 예전처럼 고심해서 고른 예쁜 사진만 올리는 공간이 아니었다. 인스타 스토리 때문에 나는 이제 밤낮으로 이마에 고프로를 달고 다니고, 화장실에 갈 때도 팔로워들에게 그 사실을 알려줘야 할 것 같은 강박에 시달린다.

가끔 삭제하지 않고 놔둔 내 개인 계정 @emmyjackson에 들어가서 거기에 있는 사진들을 보곤 한다. 그곳에는 아무런 사전 계획 없이 올렸던 사진 97장이 그대로 남아 있다. 과거가 영구히 보존되어 있는 공간이다. 아보카도 토스트를 들고 활짝 웃고 있거나, 공원에서 피크닉 매트 위에 앉아 폴리와 포옹하고 있거나, 에펠탑 밑에 댄과 나란히 서 있거나, 결혼식 날 술을 마시고 있는 내 모습은 이제 스스로도 알아보기 힘들 지경이다. 나는 과거의 자신에게 약간의 질투를 느낀다.

인스타그램의 판이 이렇게 커질 줄은, 그리고 사람들의 삶에 이렇게 큰 영향을 끼치게 될 줄은 아무도 몰랐을 것이다. 인스타그램에는 매일 1억 개의 사진이 올라오고, 사용자 수는 10억 명이 넘는다고 한다. 이런 사실을 떠올릴 때면 정신이 혼미해지곤 한다.

물론 나는 어쩌다가 인플루언서로 먹고살게 된 순진한 아가씨는 아니다. 이 일을 처음 시작할 때 나는 그게 무엇을 의미하는지 잘 알고 있었고, 그건 남편도 마찬가지다. 마마베어 일을 시작하기 전에 나는 남편과 이 일에 대해 충분히 상의했다. 그러나 솔직히 말하면 그때는 나도 남편도 마마베어가 얼마나 빨리 유명해질지, 우리 가족이 얼마나 많은 사람들에게 노출될지, 그리고 그 모든 게 우리를 얼마나 불안하게 할지는 알지 못했다.

어제는 남편이 별일도 아닌 일로 큰 소동을 벌였다.

나는 예전부터 댄에게 코코에게서 단 한 순간도 눈을 떼면 안 된다고 누누이 얘기해왔다. 시어머니에게 아이를 맡길 때마다 내가 노이로제에 걸리는 이유도 바로 그거다. 시어머니가 아이 콧물을 닦아주려고 핸드백을 열어 휴지를 꺼내는 순간, 코코의 자전거가 포장도로를 달려오던 트럭 바퀴 아래 깔리는 상상만 해도 나는 등골이 오싹해진다. 포크를 뚜껑 없는 소켓에 꽂는다거나 50펜스 동전을 입에 넣는다거나 하는, 세 살짜리 아이를 혼자 놔두면 흔히 발생할 수 있는 온갖 일들 외에도 나를 불안하게 하는 건 코코의 얼굴과 이름, 나이, 그리고 가장 좋아하는 음식과 TV 프로그램까지 상세하게 아는 사람이 이 세상에 100만 명이나 존재한다는 사실이다.

어쨌든 댄이 저러는 건 하루 이틀 일이 아니었다. 그가 웨스트필드에서 있었던 일로 심하게 자책하고, 발생할 뻔한 모든 최악의 상황들을 상상하며 야단법석을 피우는 바람에 거기다 대고 나까지 화를 내거나 소리를 지를 수 없었다. 수많은 부재중 전화를 봤을 때, 아이린과의 미팅을 취소해야 했을 때, 남편에게 아이를 맡겼어도 단 몇 분을 안심할 수 없는 현실에 대해 내가 느낀 짜증, 분노, 두려움은 그냥 삼켜야 했다. 나는 화를 내기는커녕 남편의 어깨를 어루만지며 별일 아니었다고, 누구나 겪을 수 있는 일이었다고 말하며 그를 달래야 했다.

물론 내 말이 모두 진심이었던 건 아니다. 어쨌든 남편이 아이를 보는 도중에 발생한 일 아닌가? 나는 남편이 들어 마땅한 잔소리는 하지 않았지만, 그렇다고 해서 내가 그에게 화가 나지 않은 건 아니다. 솔직히 말해서 나는 어떻게 그런 일이 발생했는지 잘 알고 있다. 안 봐도 뻔하기 때문이다. 코코가 사라지던 순간, 그는 분명히 휴대폰을 꺼내 방금 떠올린 소설 아이디어를 적고 있었을 것이다. 그는 어떤 줄거리가 떠오르거나 등장인물들 간의 대화가 생각나면 늘 그렇게 하곤 했다. 그 순간 그가 어떤 표정을 짓고 있었을지도 나는 쉽게 상상할 수 있다. 잔뜩 인상을 쓰고 입술을 오므린 채, 완전히 자기만의 세계에 몰입해 있는 그 표정 말이다.

우리처럼 결혼한 지 꽤 되고 아이를 둘이나 낳은 부부라면 지금 내가 느끼는 분노가 어떤 종류의 것인지 잘 알 것이다. 배우자의 잘못 때문에 하마터면 일이 잘못될 뻔했을 때 느끼는 당연한 분노, 또는 배우자가 마땅히 해야 할 일을 제쳐두고 다른 일을 하고 있다고 생각될 때 스멀스멀 느껴지는 분개심 같은 것 말이다. 게다가 그 마땅히 해야 할 일이란 게 아이를 돌보는 일이라면 더욱 화가 날 수밖에 없는 것 아닌가? 도대체 그가 해야 할 일 중에 그것보다 더 중요한 게 뭐란 말인가?

마찬가지로 댄도 지금 이 순간 일이 이렇게 된 건 모두 내 탓이라고 생각하고 있을 것이다.

어제 부재중 전화를 보고 놀라서 급하게 아이린과의 미팅을 취소한 후, 나는 전화 통화로 미팅을 대체하고 싶었다. 그렇지만 아이린은 반드시 만나서 이야기해야 한다며 단호하게 굴었다. 모유 수유 중인 베어를 놔두고 오래 외출할 수 없었기에 나는 또 베어를 데리고 나와야 했고, 아기가 아기 띠에 들어가는 걸 너무 싫어하기 때문에 나는 우주복 입은 아이를 유아차에 태워 어제의 그 짜증 나는 외출 과정을 이틀 연속 반복해야 했다. 그러나 유아차를 들쳐 메고 다섯 층의 계단을 오르는 일만은 도저히 다시 할 자신이 없었다. 그래서 우리가 미팅을 하는 동안 아이린의 사무실 인턴이 베어가 잠들어 있는 유아차를 밀고 주변을 산책하고 오기로 했다.

솔직히 말하면 나는 아이린의 사무실에 가는 일을 되도록 피한다. 네온 아트가 번쩍거리고, 트레이시 에민(영국의 현대미술을 대표하는 작가 중 한 명으로 주로 정교한 스케치 작품을 선보인다)의 그림이 여기저기 걸려 있고, 값비싸 보이는 중세 모던 스타일의 가구로 치장한 그녀의 사무실을 보면, 그녀가 우리 같은 인플루언서들 연 수입의 20퍼센트를 떼어 가서 얼마나 많은 돈을 벌고 있는지 쉽게 알 수 있기 때문이다. 딱히 아이린의 몸값을 알고 싶은 건 아니지만 유럽에서 가장 많은 수익을 올리는 인플루언서 에이전시를 소유한 그녀는 40명의 직원을 부리고, 리버티 백화점에서 가까운 지역에 사무실을 두고 있으며, 베이스워터에 고급 아파트 하나와 남프랑스에 별장도 한 채 소유하고 있다. 그녀의 수입이 어느 정도인지 짐작하는 건 그리 어렵지 않다.

오늘 나는 기분이 썩 좋지 않다. 어제 댄을 간신히 진정시키고 나서, 저녁 내내 평소보다 더 많게 느껴지는 디엠에 일일이 열정적으로 답변하며 시간을 보내야 했기 때문인지도 모른다. 어제는 유독 음침한 사람들에게서 메시지가 많이 왔다. 이런 사람들일수록 최대한 빨리 답변해줘야 한다. 안 그러면 그들은 불평하는 댓글을 남기거나, 가십 사이트에 마마베어가 요즘 좀 건방져졌다는 글을 작성하고 다닐 게 뻔하다. 그래서 나는 최대한 유쾌하게 그들의 메시지에 답장을 보냈다. 베어풋 블로그 시절부터 따라다니며 내 맨발 사진을 집요하게 요구하는 중년 남자에게는 "하하, 미안해요 지미! 제 발은 이미 막스앤드스펜서 슬리퍼를 신고 잘 준비를 마쳤답니다"라고 답장을 보냈다. 여성의 출산을 주제로 시를 써 보내는 남자에게는 "정말 고마워요, 크리스. 시간 날 때 제대로 음미해볼게요"라고 보냈다. 메시지를 보내는 사람들 중에는 빅토리아 시대 드레스를 입은 코코의 초상화를 그려주고 싶다며 코코가 언제 시간이 되냐고 계속 묻는 여자도 있다.

물론 아이린에게 이런 불평을 해봤자 본전도 못 찾을 줄은 진즉에 알았어야 했다.

"에미, 이 세상에 힘들지 않은 일은 없어요. 그건 그냥 직무상 재해 같은 거죠." 그녀는 웃는다. "어디를 가나 이상한 사람들은 있는걸요. 공무원이나 콜센터에서 일하는 사람들한테 한번 물어봐요."

아이린은 정말 돌려 말하지 않는 사람이다.

어제 무슨 일이 있었는지, 그 일 때문에 나와 댄이 얼마나 충격을 받았는지, 그 일이 부부 관계에 어떤 영향을 미쳤는지 아이린이 자세하게 듣고 싶어 할 리가 없다. 그래서 내 대신 비용을 지불해가며 페이스 박사에게 심리상담을 받게 하는 것이다. 페이스 박사는 인플루언서의 불안한 심리와 악플러의 분노 장애를 전문적으로 상담해주는 틈새시장을 장악한 심리치료사다. 또한 매일 올리는 #마음챙김명상문으로 10만 명의 팔로워를 거느리고 있는 인플루언서이기도 하다. 그녀는 자신의 계정을 통해 #자기돌봄보조제도 판매하고 있다. 아이린의 관리를 받는 인플루언서들은 모두 한 달에 한 시간 이상 페어스 박사에게 상담을 받아야 한다는 조건이 계약서에 명시되어 있다.

그 외에도 아이린은 계약 전 모든 클라이언트에게 성격 테스트를 받게 한다.

"제가 기용하는 인플루언서가 나르시시스트이거나 소시오패스인지 미리 알아보려는 거죠." 성격 테스트를 하는 이유를 묻자 아이린은 웃으면서 이렇게 말했다. "평범한 사람과는 계약하고 싶지 않거든요." 그녀의 말이 농담인지 아닌지는 아직도 잘 모르겠다.

솔직히 이런 심리치료 조항을 둔 것은 우리에게도 아이린에게도 좋은 선택이라고 생각한다. 나는 아이린과 오래 알고 지낸 사이지만, 그녀에게 인간적인 따뜻함은 결코 기대할 수 없다는 사실을 잘 알고 있다. 아이린을 다른 사람들과 구별 짓는 가장 큰 특징은 야망이다. 잡지사에서 처음 만났을 때도 아이린은 제일 핫하고 섹시한 영국 여배우들을 모조리 맡고 있었다. 아이린만 있으면 그녀들과 촬영 스케줄을 잡는 게 어렵지 않았다. 촬영이야말로 잡지를 만들 때 가장 신나는 과정이다. 한 달에 한 번, 세상에서 가장 아름다운 여성들에게 멋진 옷을 입혀 시각적으로 완벽한 환상의 세계를 만들어내는 일은 정말 황홀했다. 나는 비행기를 타고 LA, 마이애미, 머스티크섬 같은 곳으로 날아가 수많은 쿠튀르 의상을 매만지고, 한 부대의 포토그래퍼, 메이크업 아티스트, PR 전문가들과 몇 날 며칠을 함께 일하곤 했다. 그리고 몇 주가 지나면 가판대에서 우리가 만들어낸 작품을 직접 눈으로 확인할 수 있었다.

내가 촬영한 사진을 볼 때, 그리고 잡지에 인쇄된 내 이름을 확인할 때 느끼는 희열은 시간이 지나도 시들해지지 않았다. 사람들이 보고 만지고 행복해하고 소중하게 간직할 수 있는 실제적이고 영구적인 무언가를 만들어냈다는 느낌은 언제나 짜릿했다. 10대 시절의 내가 그랬듯이, 한적한 교외에 사는 한 소녀가 잡지를 사 가지고 와 사진 한 장 한 장을 꼼꼼히 들여다보고, 단어 하나하나를 음미하는 모습을 상상하면 무척 뿌듯한 기분이 들었다. 침대 옆에 잡지를 잔뜩 쌓아두고 반짝이는 페이지를 한 장 한 장 넘겨 아름다운 사람들과 황홀한 장소들, 물건들을 바라보며 단조롭고 따분한 삶에서 잠시나마 벗어날 수 있었던 시간. 물론 나도 알고 있다. 요즘 10대 소녀들은 잡지를 보지 않는다는 걸. 그래서 나도 더 이상 그 일로 먹고 살 수 없게 되었다는 걸.

아이린은 이런 변화를 일찌감치 감지했다. 하루는 같이 술을 마시고 조금 알딸딸한 상태에서 자신이 구상하고 있는 새로운 사업 계획에 대해 들려주었다. "제가 미래를 예측해보니 이제 대세는 SNS예요. 그리고 솔직히 말하면 배우라면 이제 지긋지긋하고요. 워낙 재능들이 출중하다 보니 너무 자기 의견들이 많다고나 할까요. 이제는 돈을 벌려면 인플루언서 시장을 공략해야 해요. 배우들보다 다루기도 쉽고요. 사람 같긴 한데, 사진 속에만 존재하는 사람이니까요."

똑똑한 아이린은 이미 기반이 탄탄한 패션이나 뷰티 분야를 파고들기는 어렵다는 걸 알았다. 그래서 그녀는 틈새 분야를 공략해 자신만의 인플루언서 시장을 개척했다. 나는 그녀의 초기 클라이언트 중 한 명이었다. 처음에는 약간의 속임수를 써서 돈을 내고 가짜 팔로워 계정 몇천 개를 샀지만, 이후에 보유하게 된 팔로워들은 순전히 시간과 노력을 들여 모은 진짜 사람들이다. 나는 다섯 명의 인스타맘을 모아 우리만의 무리를 만들어 인스타그램의 알고리즘을 조작하는 법도 깨우쳤다(서로의 포스팅이 올라오자마자 바로 '좋아요'를 눌러주면, 각자의 팔로워들에게는 우리의 게시물이 가장 먼저 보이는 효과가 있다). 이런 일련의 과정은 기업 CEO가 자사의 주가지수를 관리하는 것만큼이나 철저하고 계획적으로 이루어졌다.

아이린은 끝로에 안경을 벗어 책상 위에 놓더니, 머리카락을 어깨 뒤로 쓸어 넘기며 완벽하게 손질된 눈썹 하나를 들어올린다. 층 없이 가지런하게 잘라낸 칠흑 같은 앞머리가 날카로운 이목구비와 흠 하나 없는 피부를 감싸고 있어 마치 클래런던 필터(인스타그램 필터 중 하나로 명암 대비가 커지며 사진에 약간 차가운 느낌을 준다)를 씌운 것 같다. 물론 실제로 그럴 일은 없다. 마치 자기 약은 절대 입에 대지 않는 마약상처럼 아이린은 SNS에 절대 자기 사진을 올리지 않는다. 그녀는 나에게 앞으로 잡혀 있는 마마베어의 일정 몇 개를 쭉 읊어준다. 화장지 브랜드 촬영 하나, 팟캐스트 출연 하나, 그리고 유 글로우 마마 어워드You Glow Mama Award('빛나는 엄마상'이라는 뜻) 심사 일정이 나를 기다리고 있다.

"참, 지난번에 오디션 본 거 관련해서 BBC3 쪽에 연락해봤는데 아직 결정이 안 났다고 하네요. 계속 확인해볼게요." 아이린이 어깨를 으쓱해 보이며 말한다.

TV 다큐멘터리 프로그램 전문 진행자로 전향하고 싶어 하는 나를 아이린도 지지해준다고는 하지만, 그녀는 내게 스테이시 둘리(영국의 저널리스트이자 TV 다큐멘터리 프로그램 전문 진행자) 같은 재능이 있다고 생각하지는 않는 것 같다. 마마베어로 구축한 팔로워들을 기반으로 언젠가는 에미 잭슨이라는 이름을 걸고 TV 다큐멘터리 프로그램을 진행하는 게 나의 꿈이지만, 아쉽게도 방송국 관계자들의 생각은 아직까지는 아이린과 비슷한 것 같다. 내가 타고난 방송 체질이 아니라는 건 나도 인정한다. 소탈하고 진정성 있는 아이 엄마 콘셉트는 글로 쓸 때는 그럴듯한데, 이상하게도 스크린에서는 좀 억지 같거나 가짜처럼 느껴진다. 카메라 앞에서 순발력을 발휘해야 한다는 부담감 때문인지 자꾸만 시선이 여기저기로 분산되고 말문이 턱 막혀버린다. 그렇지만 인스타그램에서도 처음에는 많이 헤맸지만 결국 해내지 않았던가. 나는 이 일도 장기적으로 보고 도전하는 중이다. 다행히도 오디션은 볼 때마다 조금 덜 끔찍하고 스크린 테스트도 조금씩 나아지는 중이다.

매일 얼굴도 모르는 사람들에게서 온 442개의 디엠에 답장을 보내며 평생을 살 수는 없는 노릇이다.

"한 가지 더 상의할 게 있어요. 다음 달에는 일정이 정말 많은데, 에미 혼자 소화하기엔 좀 벅찰 것 같아요. 게다가 아기도 아직 어리고요. 그래서 에미를 도와줄 개인 비서를 한 명 고용했어요."

내가 거절하려는 제스처를 취하자 아이린은 손을 들어 내 말을 가로막는다. "걱정 마세요. 비용은 회사에서 알아서 할게요. 비서는 사실 이번에 신입으로 들어온 인플루언서예요. 업계 최고로부터 멘토링받을 수 있는 기회라고 하니까 하겠다고 하더라고요. 되게 예쁜 아이예요. 모자를 좋아하죠." 그녀가 말한다. "이름은 윈터예요. 월요일부터 아침 10시까지 에미의 집으로 출근할 거예요."

아이린은 더 이상 논의할 게 없다는 듯 딱 잘라 말한다.

미팅의 마지막 5분 동안 아이린은 내 방송 출연 일정에 대해 이야기한다. TV와 라디오 방송에 게스트로 출연해서 화제가 된 육아 주제에 대해 논란이 되지 않을 만한 조언 몇 마디만 하면 되는 일정이다. 기회가 되면 #그레이데이스 캠페인에 대해서도 몇 마디 언급하면 금상첨화다. '여성의 정신 건강'이 마마베어의 관심 이슈이기 때문이다. 인플루언서들은 원래 자기에 대해 더 이상 할 말이 없으면 평소 관심이 있다고 공언해온 공익사업에 대해 떠들며 시간을 때워야 한다.

솔직히 말하면 정신 건강에 대한 포스팅이 최근 들어 좀 우울하게 느껴지기 시작했다. 최근에는 사람들의 반응도 시원찮고, 브랜드 호감도도 좀 떨어진 것 같다. 게다가 출산 후 나 자신을 잃어버린 것 같다는 슬픈 내용을 포스팅해놓고, 바로 다음 날 새로 나온 샤워젤을 홍보하는 것도 어딘가 좀 어색하다. 그렇다고 정신 건강 캠페인을 아예 그만둘 수도 없다. 내가 구축해놓은 영역에 다른 누군가가 침범해 들어올 수 있기 때문이다. 그래서 아이린과 나는 고민 끝에 #예이데이스yaydays('신나는 나날들'이란 뜻) 해시태그 캠페인을 새로 시작해서 균형을 맞추기로 했다. 대대적인 론칭 이벤트도 기획 중이다. 진정성이 느껴지면서도 진짜 제대로 된 파티를 열어야 했다. 그래야 내 인스타 무리의 A급 인스타맘들이 뒷돈을 받지 않고도 참석할 테니까.

그렇지 않아도 이를 위한 절호의 기회가 다가오고 있다. 바로 코코의 네 번째 생일이다.

5

댄

에미와 나는 말다툼을 자주 하는 편은 아니다. 그녀와 사귄 지 얼마 되지 않아 나는 에미와 싸워봤자 본전도 못 찾는다는 걸 깨달았다. 말다툼을 하든 하지 않든, 에미는 결국 자신이 원하는 대로 한다. 싸우지 않으면 적어도 유령 취급을 받거나 사과를 해야 하는 상황은 피할 수 있다. 게다가 상황이 진정되고 나면 대부분의 경우 나는 그녀가 옳았음을 인정할 수밖에 없다. 내가 사자고 했던 두꺼운 은색 결혼반지? 사지 않길 잘했다. 정말로. 거실의 조명 색? 그것도 에미의 말이 맞았다. 당시에는 어떻게든 내 의견을 관철해보려고 고집 부렸던 수많은 일들이 지금에 와 돌아보면 정말 터무니없다.

결혼 생활이란 끊임없는 타협이라는 말은 정말 맞는 말이다. 그 타협이란 게 50대 50으로 공평하게 이루어지는 건 아니지만 말이다. 에미가 무언가를 결정할 때, 그 결정이 가족 모두에게 미칠 영향을 항상 충분히 고려하지 않는 것 같다는 생각도 든다. 그렇지만 우리는 부부이고, 한 팀이다. 같은 팀이기를 포기할 때 결혼 생활은 더 이상 유지되지 않는다. 만약 내가 원했던 대로 우리가 결혼할 때 직접 혼인 서약문을 작성했다면(에미의 반대로 무산돼서 얼마나 다행인지!) 나는 이런 말들로 서약문을 채웠을 것이다.

그러나 내 딸의 생일 파티에 대해서만큼은 나도 좀 단호해져야 할 것 같다.

여느 때와 마찬가지로, 내가 무언가를 기억해냈을 때쯤 에미는 이미 몇 주 동안 그 일에 대한 계획을 세워둔 상태다. 사실 어머니가 곧 다가올 코코의 생일을 어떻게 할 예정인지 내게 먼저 물어오지 않았다면, 나는 아마 이 이야기를 꺼내지도 않았을 것이다. 나는 아직 잘 모르겠지만 아마 에미가 뭔가 계획을 세워놓았을 거라고 대답했고, 어머니는 웃음을 터뜨렸다. 솔직히 아직도 어머니가 무엇이 웃겨서 웃었는지 잘 모르겠다. 물론 주말에 내가 무엇을 해야 하는지, 내 자유 시간은 언제인지 늘 아내에게 확인받아야 하는 신세가 가끔은 짜증이 나기도 하지만, 내 스케줄 관리는 대부분의 남편들과 마찬가지로 아내에게 전적으로 위임하고 있다. 에미는 나를 대신해서 우리 가정의 모든 대소사를 기억하고, 모임 일정을 관리하고, 시간 계획을 세운다.

그런데 이야기를 들어보니 아내는 코코의 생일에 거창한 행사를 개최할 예정이라고 한다.

"그게 정말 좋은 생각일까?" 나는 그녀에게 물었다.

내가 생각한 딸의 생일 파티는 소박하면서도 친밀하고 가족적인 분위기의 파티였다. 스태프들이 클럽보드를 들고 바쁘게 뛰어다니는 거창한 행사가 되리라고는 생각하지 못했다.

그러나 아내는 에이전트와 함께 파티의 구체적인 계획까지 다 세운 상태이고, 마마베어의 콘텐츠로 적합한 장소, 참석자, 브랜드 파트너까지 섭외해놓았다고 했다. 적절한 장소를 물색하고 여러 군데에서 케이터링 견적을 받으며 오랫동안 이 파티를 준비해왔다고.

"그러니까 인플루언서들을 초대해서 파티를 한다는 거지?" 내가 말한다. "엄청 핫하고 성대한 인스타 파티 같은 거?"

에미는 나를 바라본다.

"초대받은 사람들은 누군데?

아내는 손님 명단을 쭉 읊어준다.

"그렇다면 코코의 어린이집 친구들은? 내 친구들은? 우리 가족은 부르면 안 되는 거야?"

우리 어머니는 어쩔 수 없이 초대해야 할 것 같다고 아내가 말한다. 아니면 상황이 이러니만큼 코코의 생일 가까운 날에 가족이나 친한 친구들 같은 '일반인'들을 초대해 별도로 비공식 파티를 여는 것도 나쁘지 않을 것 같다고 말한다.

"생일 파티를 두 번 하자고?" 나는 묻는다. "영국 여왕처럼?"

에미는 어깨를 으쓱한다.

"그럼 공식 파티에는 그 인스타맘들이 우르르 몰려와서 죽치고 있다는 거지?"

"그래, 댄. 원래 그런 거 알잖아." 에미가 말한다. "전에 다 얘기했던 건데 왜 그래?"

내 딸의 생일을 그 사람들과 함께 보내야 한다니, 도무지 표정 관리가 되지 않는다. 에미의 인스타 무리? 그보다는 에미의 패거리라고 하는 게 어울릴 것 같다. 바닷속 동물 중에 패거리로 움직이는 동물이 무엇인지 아는가? 바로 포식자 범고래다. 그들은 정말 내가 만난 사람들 중 최악이다. 대화 도중에도 끊임없이 상대방 어깨 너머로 다른 것을 보고 있는 사람들. 그 사실을 숨기려고도 하지 않는 사람들. 알고 보면 거울에 비친 자신의 얼굴을 보느라 그러고 있었던 사람들. 상대방의 말이 아직 끝나지 않았는데도 다른 이들과 대화를 시작해버리는 사람들. 쉽게 말해 내가 가장 경멸하는 부류의 사람들이다.

그렇지만 어쩌다 보니 나는 그들과 한 배를 타고 말았다.

요즘엔 내 진짜 친구들보다도 에미의 인스타 무리와 더 많은 시간을 보내는 것 같다. 그러다 보니 내가 정말로 함께 시간을 보내고 싶은 사람들, 나와 공통점이 있는 사람들과는 함께할 시간이 주어지지 않는다.

그 무리에는 에미를 포함해 총 다섯 명의 멤버가 있다. 그중 내가 제일 싫어하는 사람은 해나 백샷이다. 60만 명의 팔로워를 보유한 그녀는 에미와 가장 견줄 만한 라이벌이기도 하다. 해나의 계정 이름은 @boob_and_gang('젖가슴과 무리들'이라는 뜻)이고, 그녀의 스타일 콘셉트는 단발로 자른 금발 머리, 표어가 적힌 티셔츠, 멜빵바지, 빨간 립스틱이다. 전직 조산사였다는 게 그녀의 특이 사항이다. 포스팅 내용은 주로 모유가 흐르는 젖가슴, 갈라진 유두, 그리고 남편 마일스와의 기복 많은 결혼 생활 이야기다(주로 그들의 흑백 결혼사진과 함께 게시된다). 네 명의 자녀(펜턴, 자고, 버티, 거스)를 두고 있으며, 관심 이슈는 공공장소에서의 모유 수유 장려다. 그녀는 이를 위해 공공장소에서 단체로 모유 수유하기 캠페인을 자주 벌인다. 주로 펍이나 레스토랑에서 이루어지지만 한번은 백화점에서 한 적도 있었다. 참고로 해나의 남편은 성깔 나쁜 개자식이다.

그다음 멤버는 벨라 윌리엄스. 계정 이름은 @mumpowerment coach('엄마의 권익 신장 코치'라는 뜻)다. 무리 중 가장 나이가 많은 그녀는 파트타임 헤드헌터로 일하고 있고, 육아는 입주 도우미의 도움을 받고 있다. 벨라는 무리 중 그나마 나와 대화가 잘 통하는 편인데, 워낙 비교군이 별로다 보니 큰 의미가 있는 말은 아니다. 그녀는 홀로 아들을 키우는 싱글 맘이다. 아들 루미의 아빠 이스마엘은 터키인이고 직업은 '페인터'라고 했다. 그 페인터가 화가를 의미하는지, 도장공을 의미하는지는 아직도 잘 모르겠다. 지금은 터키로 돌아갔다고 하는데 나도 전에 한번 만난 적이 있는 것 같다. 벨라는 워킹맘을 위한 인맥 네트워킹 이벤트를 기획하는데, 클라이언트로부터 돈을 엄청나게 뜯어간다. 벨라의 관심 이슈는 사기꾼 신드롬(유능하게 자신의 일을 처리하는 사람이 자신을 사기꾼이라고 생각하는 증후군), 아니 좀 더 정확하게 말하면 '엄기꾼 신드롬'이다. 본인이 스스로 만들어낸 게 분명한 이 용어는 '엄마'와 '사기꾼 신드롬'을 조합한 것으로, 여성이 스스로를 일에도 육아에도 형편없는 사람이라고 생각하며 직장에서도 집에서도 자신의 정체가 드러날까 봐 늘 불안해하는 현상을 표현한 것이라고 한다. 벨라는 자신이 이런 이슈에 관심을 갖는 것이 얼마나 아이러니한지 전혀 깨닫지 못하는 것 같다.

다음 주자는 세라 클라크. 인스타그램 계정 이름은 @the_hackney_mum('해크니에 사는 엄마'라는 뜻). 관심 분야는 인테리어 디자인. 그 외에도 매듭 공예로 만든 바구니, 특이한 디자인의 장신구, 동물 머리를 한 사람들이 옛날식 옷을 입은 그림 등을 파는 소품 가게를 운영하고 있다. 그녀는 한때 운하의 배를 빌려 두세 달 정도 '보트 피플로 살아보기'를 한 적이 있는데, 그때 이야기를 무척 즐겨 한다. 그녀에게는 세 명의 자녀(이졸데, 잰시, 캐스퍼)가 있는데, 한 명은 남자아이임에도 불구하고 세 명 모두 똑같은 머리 스타일을 하고 있다. 재미있는 사실은 그녀와 벨라가 첼트넘 레이디스 칼리지(영국의 명문 사립 여자 고등학교) 동문이라는 거다. 세라의 관심 이슈는 산모 요실금이다. 모성에 관한 금기를 깨보려는 시도는 좋지만, 아무래도 좋은 주제는 남들이 이미 다 가져간 모양이다.

마지막 멤버는 수지 와오다. 계정 이름은 @whatmamawore('엄마가 입은 옷'이라는 뜻). 온라인이든 오프라인이든 그녀는 볼 때마다 색이 다른 안경을 쓰고 있고, 50년대 스타일의 빈티지 원피스만 입는다. 그녀는 나를 열 번 정도 만난 뒤에야 우리가 서로 아는 사이라는 걸 인지했고, 스무 번 정도 만난 뒤에야 내 이름과 직업을 기억했다. 그 후에도 그녀는 종종 내 이름을 '이언'이라고 다른 사람들에게 소개했다. 그녀의 남편은 수염을 길게 기른 조용한 남자였는데, 늘 프랑스 노동자 같은 칼라 없는 재킷을 입고 구석에서 작은 병에 담긴 맥주를 마시고 있었다. 그의 직업이 무엇인지는 불분명했지만 언젠가 도예가라고 들은 것 같기도 하다. 수지의 자녀는 두 명(베티와 에타)이고, 그녀의 관심 이슈는 '자기 몸 긍정'이다.

나는 아내에게 그들을 꼭 다 초대해야 하냐고 물었다.

"우리도 그 친구들 애들 생일 때 다 초대받아 갔었잖아." 에미가 상기시켜준다.

내 말이 그 말이다. 그런 경험은 그 정도로 충분하지 않나? 잰시의 생일 파티는 특히 잊을 수 없다. 우리는 특별히 그날을 위해 화려한 줄무늬와 얼룩무늬로 페인트칠한 좁은 보트에 타고 이즐링턴에서 킹스크로스까지 운하를 따라 왔다 갔다 해야 했다. 그것만 해도 세 시간이 걸렸는데, 그 전에도 아이와 엄마들이 다양한 조합으로 보트 앞에서 사진 찍는 시간을 갖느라 한 시간이 걸렸다. 겨우 배가 출발하자 비가 내리기 시작했는데, 비를 피할 수 있는 공간은 전체 인원의 반만 들어갈 수 있는 크기였다. 나는 얇은 셔츠 차림이었다. 그날은 비가 어찌나 많이 내렸는지 내가 와인을 마시는 속도보다 들고 있던 와인 잔에 물이 차는 속도가 더 빠른 것 같았다. 에인절(런던의 리젠트 운하 근처에 있는 지역으로 쇼핑 및 엔터테인먼트 중심지)을 두 번째로 지날 때쯤, 나는 진지하게 배에서 뛰어내려 그쪽으로 헤엄쳐 갈까 고민했다.

출처가 불분명하긴 하지만 예전부터 전해 내려오는 이야기가 하나 있다. 1787년에 러시아의 예카테리나 여제가 크림반도를 방문했을 때, 그녀의 정부였던 포템킨 왕자가 여러 개의 가짜 마을을 만들어서 여제가 배를 타고 지나가는 길에 세워두었다고 한다. 그는 마치 무대 세트 같은 벽을 세워 마을의 배경을 만든 후, 살이 통통하게 찐 배우들에게 농민 복장을 입혀 풍요로운 땅에서 행복하게 살아가는 백성들의 모습을 연출했다.

나는 이런 파티에 올 때마다 포템킨의 파티 같다는 생각을 자주 한다. 오로지 인터넷에 포스팅할 목적으로 만들어낸 볼거리에 불과하기 때문이다. 아무도 파티 게임이나 음식, 술, 또는 즐거운 시간을 보내는 데에는 관심이 없다. 그 파티의 진짜 주인공은 필터를 씌운 사진들이다. 벽돌 벽 위로 드리운 가랜드, 피냐타를 깨뜨리는 포즈를 취하며 웃는 모습을 연출한 완벽한 스냅사진, 컵케이크 위의 레터링, 거대한 은박 풍선, 행사 전문가가 비눗방울을 부는 모습을 예술적으로 찍은 영상 같은 것들 말이다. 협찬 장소 위치 공개와 계약한 사진 수 채워 올리기는 기본이다. 협찬해준 케이터링 업체, 플로리스트, 메이크업 아티스트, 주류 제공 업체, 행사 진행 업체 등과 사전에 신중하게 합의한 태그와 해시태그의 수에도 각별히 신경 써야 한다. 이런 파티는 물론 업체들 입장에서는 아주 좋은 광고 노출 기회다.

그러나 이런 파티는 진짜로 참석해야 하는 사람 입장에서는 더럽게 재미가 없다.

수지의 초대를 받아 참석한 생일 파티에서 나는 그녀가 음식 사진을 찍기도 전에 크로넛(크루아상 반죽으로 만든 도넛) 하나를 집어 들었다가 따가운 시선을 받았다. 그 눈빛은 지금도 잊을 수 없다.

에미에게 이런 이야기를 해봐야 그녀는 희미한 쓴웃음을 지으며 그런 재미는 20대 때나 찾는 게 아니냐고 할 뿐이었다.

물론 내 말은 아이들한테 재미가 없다는 뜻이었다. 파티에서 즐거운 시간을 보내는 것처럼 보이는 아이 사진을 인스타그램에서 본다면, 그 한 장의 사진을 얻으려고 그 아이가 얼마나 많은 사진을 찍어야 했을지를 생각해봐야 한다. 완벽한 사진 한 장을 연출하기 위해 그 아이가 몇 번이나 웃음을 터뜨려야 했을지, 몇 번이나 신나게 후프를 뛰어넘는 척해야 했을지, 몇 번이나 즐겁게 미끄럼틀을 내려오는 척해야 했을지 말이다. 그 아이는 아이처럼 즐겁게 노는 사진을 연출하느라, 진짜로 아이처럼 놀 수 있는 시간을 허비해버린 것이다.

나는 에미에게 코코의 생일 파티 장소가 어디인지 묻고, 아내의 대답에 나도 모르게 신음 소리를 내고 만다. 에미는 나에게 경고의 시선을 보낸다.

"그럼 당신도 따로 파티를 한번 기획해보든가." 그녀가 말한다.

그래, 그거 좋은 생각이네. 우리의 진짜 친구들, 그리고 코코의 진짜 친구들을 초대해서 진짜 파티를 여는 거다. 특별 제작한 벽화도, 업체가 협찬한 답례품도, 전문 촬영 기사도 다 필요 없다. 셀로판테이프로 풍선 몇 개 붙여놓고, 식탁에는 과자 조금 차려놓고, 어른들은 멀뚱히 서서 술을 마시는 동안 아이들은 색소가 잔뜩 들어간 불량식품을 먹으며 신나게 놀고, 뛰어 다니고, 소리 지르는, 내가 어린 시절 즐겼던 생일 파티를 여는 거다.

코코가 정말 좋아할 게 틀림없다.

에미

인플루언서는 멀리서도 한눈에 알아볼 수 있다. 지금 로드 네이피어 펍 밖에 서 있는 여자애는 인플루언서가 틀림없다. 단추가 앞에 달려 있고 비규칙적인 무늬가 프린트된 노란색 원피스를 입은 그녀는 방금 상자에서 꺼낸 듯한 새하얀 캔버스화를 신고, 털실 방울이 달린 커다란 라탄 가방을 들고 있다. 머리에는 파나마모자를 썼다. 광대뼈에 바른 하이라이터는 너무 과해서 길 건너에서도 눈이 부실 지경이고, 눈썹은 유성 마커로 칠한 것처럼 진하다. 매트하게 바른 누드 립스틱은 태풍이 불어와도 지워지지 않을 것 같다. 밝게 탈색한 머리는 층을 내서 턱 길이로 잘랐다. 그녀가 인플루언서라는 가장 확실한 근거는 바로 주변에서 아이폰을 들고 서성이며 충실하게 사진사 역할을 수행하고 있는 남자 친구다(그녀는 아직 아마추어임이 틀림없다. 프로는 돈을 주고 제대로 된 카메라를 쓰는 포토그래퍼를 고용하니까). 그녀는 포즈 취하기에 아주 심취해 있다. 빙글빙글 돌기도 하고, 머리카락을 만지작거리며 시선을 아래로 향하기도 하고, 한 손으로는 남자 친구의 손을, 다른 한 손으로는 펍의 문고리를 잡고 안으로 들어가는 시늉을 하기도 한다(물론 진짜로 술집에 들어가는 건 아니다. 지금은 오전 9시 반이니까). 물론 로드 네이피어가 사진을 찍기에 꽤 괜찮은 장소이긴 하다. 펍의 외벽 전체를 덮다시피 걸어놓은 꽃바구니들에는 분홍색과 하얀색 꽃들이 흐드러지게 피어 있고 잎사귀들도 보기 좋게 드리워져 있다.

30분 뒤, 초인종 소리에 문을 열어보니 아까 본 그 눈썹이 내 눈앞에 있다. 나는 그제야 아이린이 고용한 개인 비서가 오늘부터 출근한다는 사실을 기억해낸다.

"안녕하세요?" 그녀는 팔찌가 달랑거리는 팔을 내밀며 말한다. "저를 팔로우하시니까 제가 누군지 아시죠? 제 도움이 필요하다고 하셔서 왔어요."

"미안한데 이름이 뭐라고 했죠?" 나는 베어가 깨지 않도록 아기띠를 앞뒤로 흔들며 말한다.

"윈터예요! 와, 집이 정말 좋네요. 피드에서 봤을 때는 늘 어질러져 있는 것처럼 보이던데요. 그리고 에미도 뭐랄까…… 굉장히 세련되시네요. 원래 남색 옷은 잘 안 입으시죠? 보통은 무지개색이나 스마일이 그려진 옷을 입으시잖아요? 우와! 저게 다 에미 앞으로 온 건가요? 진짜 환상적이네요." 그녀는 내가 아직 풀어보지 못한 채 잔뜩 쌓아둔 옷, 화장품 그리고 뉴트리불렛 전동 믹서 같은 것이 들어 있는 쇼핑백 더미를 가리킨다.

"잠시만요. 남친한테 저 잘 도착했으니까 퇴근하고 보자고 메시지 하나만 보낼게요. 베켓은 진짜 최고예요. 저를 엄청 보호하거든요. 베켓한테도 인플루언서 활동을 한번 해보라고 계속 권하는 중인데 지금은 음악에만 집중하고 싶대요." 그녀는 휴대폰 자판을 두드리며 진지한 표정으로 말한다.

나는 그녀가 더 이상을 말을 못 하도록 서둘러 집 안으로 안내한다. 내가 신발을 벗어달라고 부탁하자 그녀는 그렇게 한다. 그렇지만 머리에 쓴 모자만은 온종일 벗지 않는다

집 안을 간단히 둘러보게 한 후, 나는 윈터를 부엌에 앉게 하고 여분의 노트북과 예전에 쓰던 아이폰을 준다. 그리고 업무에 필요한 모든 비밀번호를 알려준다. 곧 아이린에게서 전화가 온다. 그녀는 나에게 앞으로 윈터가 할 일에 대해 알려준다. 윈터는 내 일정을 관리하고, 무엇보다도 내가 바쁠 때(촬영 중이거나, 점심 미팅 중이거나, 론칭 행사 중이거나, 저녁 식사 중일 때) 나 대신 마마베어의 업무를 할 것이다. 솔직히 말해 윈터가 일을 잘할 것처럼 보이진 않는다. 그녀는 조금 전에 계단 밑 창고가 화장실인 줄 알고 들어가려 했다.

다행히 마마베어의 업무를 하는 데는 대단한 기술이 필요하지 않다. 가끔 세금 포함해 45파운드 정도 하는 #그레이데이스 스웨터나 머그잔을 사는 팔로워들에게 보낼 택배 운송장만 인쇄할 줄 알면 된다. 문제는 업무에 시간이 많이 든다는 것이다. 내가 포스팅하는 사진과 글은 모두 적어도 2주 전에 작성된 것들이기 때문에 윈터가 신경 쓸 필요는 없다. 하지만 그녀는 각종 인터넷 커뮤니티를 모니터링하고(아무리 부정적이더라도 모든 피드백은 유용하니까), 마마베어가 받은 디엠에 답장을 보내고, 계정에 달린 댓글에 '좋아요'를 누르거나 답글을 달아야 한다. 그래서 나는 제일 먼저 윈터에게 '마마

베어의 언어 구사법'을 가르친다. 윈터는 수첩을 꺼내 들고 진지한 표정으로 내 말을 경청한다. 나는 인스타그램을 열어 그녀의 계정 @winteriscoming('겨울이 오고 있어'라는 뜻으로 드라마 〈왕좌의 게임〉에 등장하는 스타크 가문의 가훈이기도 하다)을 검색한다. 아직 팔로워 수는 1만 1,000명 정도로 소박하다. 그중에서도 몇천 명은 아이린이 돈을 주고 산 가짜 팔로워일 것이다. 인플루언서 세계에서 봤을 때 윈터는 아직 햇병아리에 불과하다. 그녀는 오늘 아침 로드 네이피어 펍 앞에서 찍은 원피스를 휘날리며 요염하게 시선을 내리깐 사진을 벌써 포스팅했다. 사진 밑에는 "모두들 나를 멜로 옐로Mellow Yellow라고 부르지"(스코틀랜드의 가수 도노반의 노래 가사로 정확한 뜻은 불확실하다)라고 적혀 있다. 알파벳 'o'가 있어야 할 자리에는 꽃 모양 이모지들이 들어 있다.

"자, 제일 먼저 기억해야 할 점은 육아 계정은 좀 다르게 운영해야 한다는 거야. 윈터야 요염한 표정 한번 짓고, 다섯 단어도 안 되는 글만 적어도 반응이 좋겠지. 윈터의 계정에 달린 댓글 한번 볼까? '앞머리가 완벽해요' 아니면 '어머, 신발 너무 예쁘다!' 윈터의 팔로워들이 알고 싶은 건 가방을 어디서 샀나 정도겠지만, 내 팔로워들은 그 가방 안에 뭐가 들었는지까지 샅샅이 보여줘야 만족하거든."

나는 윈터에게 해야 할 일과 하지 말아야 할 일을 설명해준다. 우선 모든 댓글에 '좋아요'를 눌러야 하고, 모든 디엠에는 답장을 해야 한다. 답변은 가끔 길어져야 할 때도 있지만, 가능하면 짧고 가볍게 하는 것이 좋다.

"'지금도 충분히 잘하고 있어요, 엄마!'가 가장 좋은 답변이야. 사실 어떤 격려의 말도 뒤에 '엄마'만 붙여주면 무난하지. 그리고 악플러에게도 충분히, 아니 오히려 더 관심을 줘야 해." 나는 윈터에게 설명한다. "사실 그들이 관심을 더 필요로 하거든."

나는 오랜 시간 공들여가며 악플러들의 심기를 거스르지 않는 기술을 연마해왔다. 악플 다는 사람의 심리를 알아차리기는 사실 어렵지 않다. 그들은 대부분 출산 전의 삶을 그리워하는 여자들, 출산과 육아의 불공정함에 분노하는 여자들일 것이다. 그들은 남편이나 방문 간호사, 신생아 돌보느라 힘들겠다고 말만 할 뿐 실제로는 전혀 도와주지 않는 친구들 대신 나한테 화풀이를 한다. 그들이 육아를 잘 감당하고 있지 못하다는 걸 알아도 상관없는 사람이기 때문이다.

인플루언서로 활동하며 깨달은 교훈이 또 하나 있다. 그건 내가 팔로워들에게 우리는 '같은 처지'에 있다고 늘 말하지만, 우리가 진짜로 같은 처지에 있는 사람들은 아니라는 사실이다. 그러니 SNS에서 자랑질을 해서는 절대로 안 된다. 팔로워들과는 결코 진짜 친구가 될 수 없다. 왜냐하면 일반적으로 친구란 나와 비슷한 사람이어야 하기 때문이다. 친구는 나와 비슷한 수준의 집과 소득과 남편을 가진 사람이다. 나와 비슷한 수의 자녀를 낳고 비슷한 학교에 보낸다. 물론 사람마다 약간의 차이는 있지만, 내 현실 친구들은 대부분 비교적 재정적으로 안정적인 삶을 사는 사람들이다. 이건 내 팔로워들에게 모두 부합되는 조건이 아니다.

그러므로 인플루언서는 자신의 청중을 잘 알아야 한다. 육아 계정을 운영하면서 나는 똑같은 실수를 범하는 인플루언서들을 너무 많이 봐왔다. 잘사는 중산층 백인 여자가 보육료가 비싸다고 징징대는 모습을 보면 하루 벌어 하루 사는 누군가의 기분이 어떨까? 남편이 쓰레기를 내다 버리지 않았다고 투덜대는 모습을 보는 싱글 맘의 심정은 어떨까? 가끔 리들(독일에 기반을 둔 슈퍼마켓 체인으로 영국에서는 저렴한 슈퍼마켓으로 유명하다)에 가서 장을 보는 것도 부담스러운 주부에게 #협찬받은 야채주스를 먹고 배가 아프다고 불평하는 인플루언서의 모습이 과연 매력적으로 보일까?

그러므로 포스팅할 때는 그 누구도 소외감이나 위화감을 느끼지 않을 만한 일화를 사용하는 게 안전하다. 물건을 엎질렀거나, 아이가 똥 폭탄을 투하했거나, 〈페파 피그〉(아기 돼지 가족이 등장하는 영국의 어린이용 애니메이션 시리즈)를 더 보겠다고 울어댔거나, 배탈이 났거나 하는, 아이 엄마라면 누구나 겪어봤을 법한 일들 말이다. 물론 이런 내용에도 조롱하거나 불평하는 댓글을 다는 사람들이 있다. 그런 댓글에도 소중한 피드백 감사드리며 앞으로 더욱 성장해나가겠다고 약속하는 답글을 꼭 달아야 한다.

"'네 모유를 먹어보고 싶다', '네 가족 모두가 불타 죽었으면 좋겠다' 정도로 심한 악플 아니면 일단은 다 답변해줘야 해." 나는 웃으며 말한다.

윈터는 아연실색한 표정이다.

"오 세상에, 그런 끔찍한 사람들이 있는지 몰랐어요. 그런 내용은 한 번도 인스타에 올린 적이 없잖아요?"

"아이린은 그런 일을 크게 키우지 않는 게 좋다는 입장이야. 어차피 무해한 사람들이거든. 그들은 우리를 진짜 사람이라고 보지 않을 뿐이야. 그냥 휴대폰 속 네모난 사진들 안에 존재하는 아바타 같은 거라고 생각하지. 악플러들이 무슨 협박을 하든 실제로는 어떻게 못 할 거란 믿음을 가져야 이 일을 할 수 있어. 그들은 그냥 외롭게 인터넷을 떠도는 좀 안된 사람들일 뿐이야."

그레이스가 인터넷 세상에 심취하기 시작한 건 임신했을 때부터였다. 그도 그럴 것이 인스타그램, 페이스북, 트위터 같은 게 없었으면 그 애는 아마 그 힘든 시간을 버텨낼 수 없었을 것이다. 처음 그레이스가 '자궁경관무력증' 진단을 받았다는 이야기를 들었을 때는 오랜 간호사 경력에도 불구하고 처음 들어보는 병명에 당황했다. 굉장히 희귀한 병이라고 의사도 말했다고 했다. "그러니까 그게 정확히 무슨 의미니?" 나는 너무 걱정스러운 목소리를 내지 않으려고 애쓰며 물었다. "몸은 좀 어떤 거야?" 그레이스와 잭은 그간 아이를 가지려고 온갖 테스트를 받고, 오랜 기다림 속에서 수많은 실망과 슬픔을 견뎌왔다. 그러다가 모처럼 모든 게 잘되어가는 것처럼 보이던 참이었다. 그레이스의 입덧도 그때까지는 심하지 않았고, 임신 초기에 비해 피로도 덜한 것 같았다. 정기 검진을 받기 전까지 그레이스는 자신의 자궁경부에 문제가 있다는 사실을 전혀 몰랐다. 의사는 유전적인 문제라고 했다. 자궁경부가 다른 사람들보다 짧기 때문에 자궁이 너무 일찍 열릴 수 있고, 그만큼 조산할 위험이 높다는 것이었다. "혹시 그래서……?" 내가 말끝을 흐리자 그레이스는 그게 난임의 원인이었을 수 있다고 했다.

의사는 그들이 취할 수 있는 몇 가지 조치가 있다고 말했다. 일반적으로는 자궁경부가 너무 일찍 열리는 걸 방지하기 위해 자궁경부를 꿰매는 수술인 '자궁경부 원형 묶음술'을 받는다고 했다. 굉장히 무섭게 들리지만 생각보다는 간단한 수술이라고 했다. 그레이스는 아이를 지키기 위해 무엇이든 하겠다고 대답했고, 12주 차에 그 수술을 받았지만 별다른 효과는 없었다. 자궁경부가 너무 짧았던 탓인지, 아니면 자궁이 이미 너무 많이 열렸던 탓인지는 명확하지 않았다. 의사는 그 전부터 그레이스에게 장시간 서 있거나 조금이라도 격렬한 활동을 해서는 안 된다고 주의를 주었다.

결국 그레이스는 임신 기간 내내 누워 지내야 했다. 그건 말이 쉽지, 정말 힘든 일이었다. 걷는 것도 운전하는 것도 허락되지 않았다. 자리에서 일어나 차 한잔 마시러 갈 수도 없었다. 그레이스는 아침에 샤워하기 위해 5분 정도 서 있는 것을 제외하고는 온종일 누워서 지내야 했다.

그레이스의 직장은 다행히 그녀의 상황을 이해해주었다. 잭도 훌륭하게 남편 역할을 수행했다. 그레이스가 가장 침울하고 답답한 기분일 때도 잭은 그녀를 웃게 할 수 있었다. 그는 그레이스가 지루하지 않게 시간을 보낼 수 있도록 항상 읽을거리, 볼거리, 할 일을 준비했다. 아내가 있는 위층으로 텔레비전을 옮기고, 방을 예쁘게 꾸며주고, 꽃을 가져다주었다. 요리, 청소, 심부름도 모두 그의 몫이었다. 우리는 그레이스가 잭을 부를 때 흔들 수 있도록 소리 나는 종을 하나 사줘야겠다며 함께 웃곤 했다.

그런 모든 노력에도 불구하고 그녀의 시간은 지루하게 흘러갔다. 지독하게 비참하다고 느낄 때도 있었다. 그레이스의 친구들이 전화를 하고, 이메일을 보내고, 메시지를 남길 때도 있었지만 대부분은 일을 하느라, 자녀와 남편을 돌보느라, 자신들의 일상을 사느라 너무 바빴다. 게다가 그레이스의 친구들 대부분은 여전히 이 동네에 살고 있어서 잭과 그레이스가 이사 간 집까지 운전해 가려면 편도로만 한 시간 이상 걸렸다.

가끔은 잭과 그레이스가 그 먼 시골에 신혼집을 차리지 않았더라면, 그들이 어느 날 고속도로에서 운명적으로 '매매'라고 적혀 있는 표지판을 보지 못했더라면, 그 주말에 집을 보러 가지 않았더라면, 그 집 주변으로 펼쳐진 들판과 농장, 그리고 신선한 공기 속에서 앞으로 낳을 아이들을 키우고 싶다고 생각하지 않았더라면, 지금 그들이 어떻게 됐을까 상상해보곤 한다. 그 집이 정말 멋진 집이었다는 사실을 부정하는 건 아니다. 아름다운 풍경, 큰 정원, 근처에 작은 개울까지 있는 완벽한 그 집을 그레이스와 잭은 멋지게 꾸몄다. 그렇지만 그 집은 교통이 너무 불편했다. 이웃집에 잠시 들르거나 가게에 잠깐 다녀오는 것은 불가능했다. 어디 가는 길에 잠깐 들를 수 있는 위치도 아니었다. 심지어 우체부도 이 집 하나 때문에 차에 진흙을 묻혀가며 길 끝까지 올라와야 한다고 불평하곤 했다. 그래도 나는 가능한 한 자주 딸을 만나러 갔다. 우리는 함께 영화를 보거나 수다를 떨며 시간을 보냈다.

그렇지만 그레이스는 매일 똑같은 벽과 천장의 균열, 목욕 가운이 걸려 있는 문, 침대에서 보이는 창밖의 나무와 하늘을 보며 대부분의 시간을 보내야 했다. 그래서 그레이스는 휴대폰을 보며 많은 시간을 보냈다. 제일 먼저 뉴스를 확인하고 페이스북, 트위터, 인스타그램을 한 바퀴 쭉 돈 뒤, 마지막으로 이메일을 확인했다. 그때쯤 되면 아까는 보이지 않던 뉴스가 새로 올라왔고, 그레이스는 다시 모든 과정을 처음부터 반복했다.

그레이스는 자신이 인스타그램에서 팔로우하는 아이 엄마들에 대해 자주 이야기하곤 했다. 그녀들이 아이 엄마가 겪는 고생, 실망, 고통에 대해 얼마나 솔직하게 이야기하는지, 그리고 그들의 이야기가 자기에게 얼마나 큰 위로가 되는지에 대해. 그들의 이야기를 읽고 나면 그레이스는 덜 외롭고, 덜 고립된 기분을 느낀다고 했다. 마치 그녀의 고통을 이해하는 누군가가 곁에 있는 것처럼 말이다.

그런 의미에서 인터넷은 그녀에게 축복이었다. 혼자라는 건 정말 끔찍할 때가 있으니까.

아주 가끔, 한 달에 두어 번 정도, 그레이스가 더 이상 이곳에 있지 않다는 사실을 잊어버릴 때가 있다. 아침에 알람이 울리기도 전에 눈을 떠서 정신이 아직 몽롱할 때, 아니면 이상한 꿈을 꾸고 나서 그레이스에게 꿈 이야기를 해줘야겠다고 생각할 때, 나는 순간적으로 그레이스가 여전히 곁에 있다고 착각한다. 그러나 곧 그레이스에게 더 이상 어떤 말도 해줄 수 없다는 현실이 나를 깨운다. 그러고 나면 나는 딸에게 하고 싶은 말들을, 이제는 할 수 없게 된 말들을 떠올리곤 한다. 내가 얼마나 그 아이를 사랑하는지. 그 아이가 내 딸이라서 얼마나 자랑스러웠는지. 그 아이가 얼마나 보고 싶은지.

바로 그럴 때 분노가, 진정한 분노가 치밀어 오른다.

6

댄

30대 중후반이 되면, 토요일 오후에 하는 행사에 사람들을 초대하려면 일주일로는 시간이 턱없이 부족하다는 사실을 알게 된다.

코코의 생일 파티를 빌미로 내가 되찾고자 했던 건 처음 이 집을 샀을 때의 내 모습이었는지도 모른다. 친구 월과 벤과 함께 살았던 그때는 매일 밤 퇴근하고 나면 로드 네이피어에 들러 술을 마시곤 했다. 에미와의 두 번째 데이트도, 세 번째 데이트도, 어쩌면 네 번째 데이트도 거기에서 했던 것 같다. 에미와의 관계가 깊어지면서 집에서 친구들을 내보내고 에미와 함께 살게 됐을 때도 우리는 자주 마지막 주문 시간에 맞춰 길을 건넜다. 냉장고에 먹을 게 변변찮을 때는 겉옷도 걸치지 않고 가서 햄버거를 주문하곤 했다. 일요일에는 신문을 들고 점심을 먹으러 가서 오후 내내 있곤 했다.

그러나 코코의 생일 파티 분위기는 그때와는 사뭇 달랐다.

펍에 자리를 예약하기 위해 담당자와 통화한 것이 월요일이었고, 화요일이 돼서야 초대장을 이메일로 발송할 수 있었다. 제일 먼저 받은 두 개의 답장 중 하나는 존재하지 않는 이메일 주소라는 내용이었고, 다른 하나는 부재중 자동 답신이었다. 이후 몇 시간 동안 침묵이 흐르다가 차츰 사과하는 이메일이 흘러 들어오기 시작했다. 내가 초대장을 보낸 50여 명 중 약 스무 명은 토요일에 런던의 다른 지역에서 약속이 있다는 답신을 보내왔다. 그중 반 정도는 기회가 되면 잠깐이라도 들르겠다고 했다. 열댓 명 정도는 주말에 어디 멀리 갈 예정이라 참석이 어렵다고 했다. 한 부부는 18개월 전에 자신들이 두바이로 이사 갔다는 사실을 상기시켜주었다. 생각해보니 언젠가 송별회 초대 이메일을 받고 답장을 못 한 것이 어렴풋이 기억나기도 했다. 세 명은 축구를 보러 간다고 했고, 한 부부는 아기를 낳은 지 얼마 안 되어서, 다른 부부는 만삭이어서 참석이 어렵다고 했다. 나와 비슷한 시기에 첫 소설을 발간했던 작가 친구는 핀란드에서 개최하는 문학 페스티벌에서 자신의 최신작 낭독회를 하기 때문에 못 온다고 답신을 보냈다. 폴리는 일 때문에 참석이 어렵다고 했다. 몇몇은 코코의 생일 파티가 정말 기대된다며, 배우자의 스케줄을 확인해보고 참석 여부를 확실히 알려주겠다고 했지만 이후 감감무소식이었다. 메일 확인만 하고 아예 답장을 안 한 이들도 몇몇 있었다.

결국 파티 당일에 나타난 사람은 고작 열댓 명 정도였다. 그중 두 명은 오후 3시도 되기 전에 다른 아이의 생일 파티에 가야 한다며 부리나케 자리를 떴다.

4시가 되자 펍의 주인이 나를 살짝 부르더니, 우리가 빌린 공간 일부를 개방해야겠다고 했다. 아래층이 너무 붐빈다며 그는 미안해했다.

나는 차마 안 된다고 할 수 없었다.

다행히 아이들은 즐거워 보였다. 풍선을 발로 차기도 하고 뭉개기도 하면서 노는 아이들 사이에서 코코도 다른 아이들처럼 크게 소리 지르며 즐거워했다.

아이들은 아이들끼리 놀고 에미가 손님들에게 케이크를 나눠 주는 동안, 나는 옛 학교 친구인 앤드루와 대화를 나눠야 했다. 버크햄스티드(런던에서 북서쪽으로 26마일 떨어진 도시)에서 아내와 함께 여기까지 운전해 온 앤드루는 예전에 함께 어울리던 친구들이 많이 보이지 않는 게 못내 아쉬운 모양이었다. 그는 나한테 밀시는 오늘 안 오는지, 사이먼 쿠퍼나 그 필 손턴 녀석과는 계속 연락하는지 등을 물었다. 나는 그들과 연락이 끊긴 지 오래였다. 필 손턴은 2003년에 클래펌(런던 남부에 있는 지역)의 클럽에서 마주친 이후로는 한 번도 본 적이 없다. 폭스턴스(영국의 부동산 중개 회사)에서 일한다는 소식이 마지막이었다.

앤드루는 나에게 여전히 작가로 활동하고 있냐고 물었고, 나는 약간 경직된 미소와 함께 그렇게 생각하고 싶다고 대답했다. "지금 쓰고 있는 소설 있어?" 그가 물었다. 나는 여전히 미소를 유지한 채 고개만 끄덕였다. 지난 8년 동안 그 소설을 쓰고 있는 중이었다. 그 사실이 때로는 우리의 결혼 생활에 약간의 긴장이 더해지는 원인이 되기도 했다. 에미는 그 소설을 계속 그렇게 붙들고 있지만 말고 누구한테 보내서 한번 읽어보게 하라고, 정 안되면 자신이 한번 읽어보겠다고 했다. 혹시라도 도움을 줄 수 있는 부분이 있는지 찾아보겠다는 거였다. 요즘 우리 부부는 이 주제에 대해 더 이상 대화하지 않는다.

상황에 이끌려 살다 보니 나는 어느새 이런 신세가 되고 만 것 같다.

솔직히 말하면 20대부터 30대 초반까지만 해도 딱히 돈을 벌어야겠다는 생각은 하지 않았다. 두 번째 책을 어떻게든 빨리 끝내야 한다는 재정적인 압박을 느끼지도 않았다. 케임브리지 대학에서 2학년으로 넘어가던 여름방학 때 아버지가 돌아가셨고, 내가 스물다섯 살이 될 때까지 신탁 기금으로 관리되는 상당한 액수의 돈을 남겨주셨다. 그 계좌에는 어머니가 아버지의 생명보험에서 나온 돈도 입금해두셨다. 나는 이 나이 되도록 사실상 그 돈으로 먹고살았다 해도 과언이 아니다. 많은 부분을 이 집을 사는 데 사용했고, 인테리어 비용으로도 꽤 많은 돈을 썼다. 그래도 남은 돈으로 지난 몇 년간 알뜰하게 잘 살아왔다고 자부한다. 물론 첫 소설의 영화 판권을 팔아 받은 돈도 있었고, 한동안은 그 소설이 진짜 영화로 만들어질 듯 보이기도 했다. 의뢰받은 건 아니지만 혼자 영화 시나리오도 두어 편 썼고, TV 프로듀서들과 미팅도 했고, 단편소설에도 도전해봤다. 돈이나 벌어볼까 하는 생각에 6개월 정도 스릴러 소설을 써보기도 했는데, 에이전트가 읽어보더니 스릴러는 내 강점이 아닌 것 같다고 했다. 내가 그동안 죽어라 써온 내 두 번째 소설에 대해 말할 것 같으면, 솔직히 말해 모조리 다 삭제해버리고 아예 처음부터 다시 쓰고 싶은 마음이 굴뚝같다. 내 노트북에는 도입부만 신나게 써 내려가다 다섯 문단 정도까지만 쓰고 포기한 소설들이 가득하다. 가끔은, 특히 한밤중에 깨어 있을 때는 이제 글쓰기를 완전히 접고 교사나 변호사, 아니면 배관공 일이라도 배워볼까 하는 생각이 든다. 내 남은 저축액은 이제 모두 합해도 1,700파운드 정도가 전부다.

때때로 내가 결코 《그란타Granta》(영국의 유서 깊은 문예지)가 선정한 영국 최고의 젊은 작가들' 중 한 명이 되지 못할 거란 생각에 가슴이 쿵 내려앉을 때가 있다.

이런 우울한 이야기는 아내의 말마따나 '사람들이 공감하기 힘든 콘텐츠'라는 건 나도 잘 알고 있다.

4시 반이 되자 마지막까지 남아 있던 손님들도 겉옷을 걸치고, 아이들을 불러 모으고, 혹시 놓고 가는 물건은 없는지 두리번거리기 시작했다. 에미도 이제 슬슬 자리를 정리할 때가 됐다는 눈빛을 보냈다.

이번 일을 통해 내가 깨달은 교훈은 에미가 나에게 모임이나 파티 계획을 맡기지 않는 데는 이유가 있다는 것이다.

오후 내내 60대 중후반으로 보이는 단정한 옷차림의 백발 노부인이 외투도 벗지 않고 구석 테이블에 앉아서 다이어트 콜라만 홀짝이고 있었다. 그녀는 아이들이 뛰어놀다가 그녀가 앉아 있는 의자 뒷부분을 쳐도 너그러운 미소를 지었고, 코코가 소리 지르며 뛰어다니는 모습을 다정하게 쳐다보기도 했다. 나와 그녀는 눈이 마주칠 때마다 살짝 눈인사를 하며 미소를 주고받았다. 나는 차마 그녀에게 여기가 개인 행사를 위해 빌린 공간이라고 말할 수 없었다. 케이크도 너무 많이 남아서 그녀에게 한 조각 가져다주고 싶을 정도였다.

이와는 반대로 에미가 기획한 코코의 '공식' 생일 파티는 완전히 성공적이다.

당연한 일이었다. 에미가 그렇게 되도록 죽어라 일했으니까.

사람들이 인플루언서에 대해 잘못 알고 있는 상식 중 하나는 그들이 아주 쉽게 먹고산다는 것이다. 사람들은 행사를 기획하고, 잘 나온 사진을 몇 장 건지고, 행사장의 데코레이션과 소품이 사진에 잘 나오도록 세심하게 손보는 일을 별거 아니라고 생각한다. 누구나 마음만 먹으면 쉽게 할 수 있는 일이라고 생각하는 것이다. 그들은 인스타그램을 자주 보지도 않는다. 많아봐야 하루에 대여섯 번 정도 에미가 오늘은 뭘 했는지, 무슨 사진을 올렸는지, 어떤 댓글이 달렸는지 확인하려고 열어볼 뿐이다.

솔직히 말하면 나도 처음에는 그렇게 생각했다. 인플루언서가 하는 일이 그렇게 대단해 보이지는 않았다. 그냥 평소에 외모 관리를 잘하고, 셀피와 음식 사진 찍는 연습을 하고, SNS에 대고 하루에 두어 번 정도 적절히 진부한 말 몇 마디만 지껄이면 되는 걸로 생각했다. 외모가 좀 되고 성격만 무난하면 팔로워는 저절로 생기는 건 줄 알았다. 사생활에 큰 가치를 두는 성향만 아니라면 딱히 성공 못 할 이유가 없다고 생각했다.

정말 말도 안 되는 생각이었다.

사람들이 SNS나 인플루언서에 대해 더 냉소적인 시각을 가져야 한다고 말하려는 게 아니다. 문제는 사람들이 너무 순진한 방식으로 냉소적이라는 것이다.

나조차도 꽤 오랫동안 인스타그램에 올라오는 글의 내용은 별로 중요하지 않고, 누구나 마음만 먹으면 쓸 수 있는 글이라고 착각해 왔다. 너무나 진부한 내용인 데다가, 툭하면 구문이나 철자를 틀리는 그런 글들은 별다른 생각이나 노력이나 전략 없이도 쓸 수 있는 거라고 생각했다.

에미가 하는 일에 대해 어머니와 대화하다 보면 그녀도 그런 지적 허영심이 가득한 말을 종종 내뱉곤 한다. 물론 나는 어머니와 그 이야기를 하는 건 되도록 피하려고 하지만 말이다. "솔직히 말하면 말이다." 어머니는 자주 이렇게 말하곤 했다. "에미가 너 같은 진짜 작가는 아니잖니." 어머니가 하는 말의 의미를 나는 알고 있다. 그건 에미가 나처럼 글을 쓸 때 쉼표 하나를 놓고 오전 내내 씨름한다든가, 문장의 리듬 때문에 고민한다든가, 몇 시간 동안 머리를 짜내 겨우 생각해낸 표현이 두어 페이지 전에 이미 한 번 사용한 표현이라는 사실을 깨닫고 좌절하지는 않는다는 뜻이다. 또한 그건 에미의 독자들은 평범한 사람들이라는 뜻이다. 그들은 아이들의 하교 시간을 기다리며 차에서 잠깐 휴대폰을 확인하는 사람들이고, 자신의 생각이나 느낌을 바로바로 댓글이나 메시지로 알려주는 사람들이다. 그에 반해 나의 독자는, 적어도 내 머릿속의 독자는 플로베르의 환영, 케임브리지에서 나를 썩 재능 있다고 보지 않았던 강사, (대부분 내가 싫어하는) 여러 명의 평론가들, 돌아가신 아버지, 그리고 꽤 오래전에 내 문학 활동을 통해 돈 벌기는 글렀다고 판단한 게 틀림없는 내 에이전트가 모두 섞여 있는 어떤 존재다. 솔직히 말하면 나는 사람들의 공감을 불러일으킬 만한 단어를 찾아내는 에미의 기술이 정말 대단하다고 생각한다(비록 철자는 좀 틀리지만). 그리고 에미는 그 기술을 연마하는 데 정말 많은 시간과 공을 들인다.

사람들은 인플루언서가 하는 일이 정말 '일'이라는 사실을 잘 모른다. 게다가 정말 열심히 해야 하는 일이다. 치밀한 기획 능력도 필요하고, 브랜드 파트너를 언제, 어디서, 어떻게 언급해야 하는지 아는 감각도 필요하다. 팸퍼스, 갭, 보덴 같은 브랜드 이름을 삶의 일부인 양 아주 자연스럽게 언급하되, 한 번 언급할 때마다 수천 파운드를 받아서가 아니라 정말 지금 방금 떠오른 이름인 것처럼 말할 수 있어야 한다. 비록 철자는 좀 틀릴지 몰라도 에미가 아무 전략 없이 그냥 떠오르는 대로 글을 쓴다고 생각한다면 큰 오산이다. 이 사업에는 몇 개월 후, 어쩌면 몇 년 후의 타임라인까지 나와 있는 스프레드시트가 동원된다. 그 원대한 계획에는 아마 나도 모르는 부분이 있을 것이다.

다른 직업인들과 마찬가지로 인플루언서들도 일을 할 때는 평소와는 다른 페르소나를 입는다. 이건 식당에서 일하는 사람이든 학교에서 일하는 사람이든 모두가 마찬가지다. 오늘 같은 행사가 있는 날이면 에미는 바로 일 모드로 돌입한다. 그녀는 포토그래퍼가 사진을 제대로 찍는지 확인하고, 자신과 대화하고 싶어 하는 사람들에게 모두 공평한 기회가 주어지도록 하고(물론 뭔가 대가로 제공할 것이 있는 사람들에 한해), 별 영양가 없는 사람들과 대화하느라 시간을 낭비하지 않도록 적어도 세 걸음은 앞서서 생각한다. 피하고 싶은 사람을 만났을 때 상대가 전혀 눈치채지 못하게 대화 자리에서 빠져나가는 에미의 기술은 정말 대단하다("벨라, 오늘도 너무 예쁘네요. 여기 이 매력 넘치는 루시를 소개할게요! 둘을 소개해주고 싶어서 얼마나 오랫동안 벼르고 별렀는지 몰라요"). 그녀는 새로운 사람을 소개받으면 그들의 말을 경청하며 다음번에 만났을 때 언급할 사항 한 가지만 잘 기억해둔다. 그녀가 그들에게 정말 감명받은 것처럼 느끼게 하기 위해서다. 그것이 그들의 이름을 기억나게 해주는 무엇이라면 금상첨화다. 이 모든 일을 하는 와중에도 에미는 코코에게서 눈을 떼지 않는다. 좀 더 정확히 말하면 코코를 돌봐주기로 한 사람에게서 눈을 떼지 않는다. 그녀는 끊임없이 누가 누구와 대화하는지, 어떤 동맹이 형성되고 있는지, 어디에서 자신에게 유리하게 작용할 수 있는 갈등 관계가 시작되고 있는지 조용히 모니터링하고 있다. 웃기도 하고, 농담도 하고, 사업 이야기를 하기도 한다. 사람들의 말을 경청하고, 그들이 특별한 사람이라고 느끼게 해준다.

나는 그런 아내를 바라보며 진심으로 경외심을 느낄 때가 있다.

에미

나는 이번 행사 준비에 내 결혼식만큼이나 공을 들였다. 데코레이션, 손님 목록, 케이크, 의상 하나하나를 세세하게 점검하고 재검토했고, 인터넷에 공유하기에 가장 적합하도록 모든 부분을 완벽하게 보정하고 조정했다.

물론 이 모든 걸 나 혼자 해낸 것은 아니다. 파티 호스트는 나였지만 #예이데이스 해시태그 론칭 이벤트이자 코코의 네 번째 생일 파티를 위한 협찬 경쟁을 성공적으로 이끌어낸 건 아이린이었다. 덕분에 이번 파티 비용의 대부분을 충당할 수 있었고, 등에는 #예이데이스, 가슴에는 #그레이데이스가 새겨진 가족 티셔츠를 제작하고 판매할 대형 패션 브랜드와 4,000파운드짜리 파트너십도 맺을 수 있었다. 수익금의 일부는 우울증과 싸우는 여성들을 돕는 데 기부할 예정이다.

아이린과 나는 딸의 생일 파티를 이렇게 화려하게 여는 것이 팔로워들에게 위화감을 줄 수 있다는 사실에 대해서도 신중하게 고민했다. 그렇지만 썰렁한 교회 강당에 아이들을 모아놓고 젤리를 곁들인 아이스크림을 먹으며 선물 돌리기^{pass the parcel}(우리나라의 수건 돌리기처럼 둥그렇게 모여 앉아 사탕이나 장난감을 넣은 소포를 음악에 맞춰 옆으로 돌리다가, 음악이 멈추면 소포를 한 겹만 풀어서 나오는 상품을 가져가는 놀이)나 하는 파티에 큰 브랜드 회사가 협찬을 할 리는 없다. 게다가 다른 인플루언서들을 초대하려면 획기적인 이벤트가 필요했다. 그래서 우리는 고민 끝에 이번 파티를 '자선 행사' 콘셉트로 진행하기로 했다. 착하고 귀여운 꼬마 아가씨 코코가 자신의 생일 파티를 통해 우울증에 걸린 엄마들을 도울 수 있다는 사실에 무척 기뻐한다는 내 글에 딴지를 걸 사람은 많지 않을 것 같았기 때문이다.

우리는 이번 행사에 팔로워 수가 10만 명 이상인 인플루언서가 열 명 이상 참석하는 조건으로 협찬 브랜드와 사전 협의를 마쳤다. 내 인스타 무리 네 명의 팔로워 수는 확실했고, 나머지도 거기에서 크게 벗어나지는 않는다. 편집자와 기자 몇 명도 초청 명단에 올라 있다. 명단에는 〈선데이 타임스〉 취재를 했던 제스도 포함되어 있다. 나는 그녀에게 칭찬 일색인 기사를 써주어서 고맙다는 인사를 잊지 않고 할 작정이다. 그 외에도 소수의 햇병아리 인플루언서들을 초대했다.

햇병아리들이 무리지어 활동하는 모습을 보면 약간 무섭기도 하다. 우리 같은 '대어'가 올리는 포스팅에 보는 족족 댓글을 달고 '좋아요'를 누르고, 우리를 인터뷰하려는 목적으로 팟캐스트를 만들기도 하며 어떻게든 우리와 친분을 쌓으려는 그들의 열정과 성공하려는 의지는 높게 사지만, 몇몇은 정말 스토커 같기 때문이다. 우리 중 누군가가 헤어스타일을 바꾸거나, 핫핑크 립스틱을 바르거나, 한정판 나이키 운동화를 신은 모습을 보이면, 그 주가 끝나기 전에 적어도 세 명의 햇병아리들이 똑같은 모습을 하고 사진을 찍어 올린다. 그래서인지 햇병아리들의 모습은 서로 구분하기 어려울 만큼 똑같다. 아이린이 등에 각자의 이름을 새긴 #예이데이스 티셔츠를 미리 손님들에게 보내두었기에 망정이지, 그게 아니었으면 누가 누군지 도저히 못 알아볼 뻔했다.

초대 명단에는 폴리의 이름도 올라가 있다. 댄의 파티에 참석하지 못한 그녀가 이번 파티에는 꼭 코코와 베어를 만나러 오겠다고 답신을 보내왔다. 폴리는 사람이 많이 모이는 파티에는 어떻게든 안 가려고 하는 편이기 때문에 그녀가 온다는 사실은 평범한 일이 아니었다. 우리가 10대였던 시절, 부모가 없는 틈을 타 누군가의 집에서 파티가 열리는 날이면 나는 그녀에게 파티에 어울리는 옷을 입히고 두꺼운 힐을 신겨서 파티에 데려가기 위해 별짓을 다해야 했다. 20대 때도 상황은 크게 다르지 않았다. 파티에 가면 그녀는 잠시 동안 분위기를 즐겼지만, 머지않아 집에 가자고 내 손을 잡아끌곤 했다. 마지막 한 잔이 다섯 잔이 된 후 바닥에 누워버린 나를 바닥에서 떼어내 데리고 나와야 할 때도 많았다. 그런 폴리였지만 그녀는 코코에 관련된 일이라면 항상 성의를 보였다.

1992년에 내가 쓰던 유선 전화번호를 아직도 기억할 정도로 오래된 친구임에도 불구하고, 귀중한 초청장을 폴리 같은 '일반인'에게 낭비하도록 아이린을 설득하는 일은 결코 쉽지 않았다. 아이린이 생각하는 여자들의 우정이란 모두가 읽을 수 있는 인스타그램에 칭찬 글을 올려주는 것이었다.

"꼭 폴리를 초대해야겠어요, 에미? 그냥 학교에서 영어 가르치는 교사라면서요. SNS 계정 하나 없고요. 이런 사람은 협찬사 입장에서 봤을 때는 존재하지 않는 사람이나 마찬가지인 거 알죠? 이 행사장은 75명까지만 수용 가능하다고요." 아이린은 마지못해 명단에 76번째로 폴리의 이름을 연필로 써넣으며 말했다. "그날 아파서 못 오는 사람이 한 명 있기를 바라야겠네요. 그리고 파트너를 데려오는 건 안 돼요." 그녀가 덧붙였다.

폴리는 파트너를 데려올 리가 없었다. 그녀의 남편 벤은 수학 교사이고, 나를 별로 좋아하지 않았다. 초대를 해도 그는 아마 오지 않을 것이다. 그는 내가 폴리에게 좋은 영향을 주는 친구가 아니라고 생각하는 것 같았다. 평소에는 똑똑하고 분별력 있는 폴리가 나를 만나러 나갔다 하면 살짝 취해 낄낄거리며 귀가하곤 했으니 말이다. 그들이 처음 연애를 시작했을 때, 나는 벤과 친해지려 나름대로 노력했다. 일요일 점심 식사에 초대하거나, 댄과 함께 넷이서 바닷가 오두막에서 주말을 보내자고 제안하기도 했다. 그렇지만 그는 그런 제안에 적극적으로 응한 적이 없었고, 폴리는 날이 갈수록 더 모호하고 성의 없는 변명을 내놓았다.

나는 언제나 벤이 내 직업을 탐탁지 않아 하는 느낌을 받았고, 댄은 벤이 그 특유의 단조로운 말투로 그의 취미 생활(카약 타기, 암벽 등반, 호신술)에 대해 자세하게 늘어놓는 이야기를 듣느니 차라리 날씨 좋은 토요일 오후를 이케아 매장에서 보내겠다고 했다. 결론적으로 우리는 부부 동반 모임을 자주 하지 않는다. 솔직히 말하면 요즘 들어 폴리와 둘이서만 만나는 일도 거의 없어졌다. 그래도 그녀는 자신이 내게 얼마나 중요한 존재인지 알 거라 믿는다.

폴리처럼 의리 있고 조심스러운 성품을 지닌 친구를 둔 사람은 많이 없을 것이다.

폴리는 우리 어머니 다음으로 세상에서 나를 제일 잘 아는 사람이다. 때에 따라서는 어머니보다도 나를 더 잘 아는 사람이다. 그녀는 내가 그녀의 메시지를 보고 일주일이 넘도록 답장을 하지 않아도, 전화하겠다고 약속하고서 하지 않아도, 그녀가 보낸 긴 이메일에 키스 모양 이모티콘 두어 개로만 답장을 해도, 한 번도 불평한 적이 없었다. 우연인지 몰라도 폴리는 꼭 내가 지하철역 계단을 내려가고 있거나, 코코에게 저녁을 먹이고 있거나, 베어를 목욕시키고 있을 때만 연락하는 것 같다. 나중에 전화를 했는데 그녀가 못 받은 적도 있고, 다시 전화해야겠다고 마음먹었다가 그냥 잊어버린 적도 많았다.

최근 들어 내가 그녀에게 좋은 친구가 되어주지 못한 건 인정한다. 솔직히 말하면, 최근에 나는 그녀뿐 아니라 그 누구에게도 좋은 친구가 되지 못하고 있다. 그렇지만 생판 모르는 사람들에게 늘 친한 척하면서 먹고사는 입장에서는 진짜 친한 사람들에게까지 쏟을 에너지가 남아나지 않는 것도 사실이다. 삶을 노출시키며 사는 게 일상이다 보니, 가끔씩 혼자 있을 시간이 날 때는 그 누구와도 연락하고 싶지 않다.

나는 원래 오래 만나온 여자 친구들이 많은 편은 아니다. 어렸을 때 발레 학원이나 걸스카우트에서 만나 친해진 후 지금까지 단톡방에서 같이 수다 떠는 친구들도 없고, 나쁜 남자와의 연애나 최악의 직장 상사, 싸구려 모텔에서 함께한 휴가와 싸구려 술을 마시고 숙취 때문에 괴로웠던 추억을 공유한 친구들도 없다. 댄은 이런 나를 신기하게 여긴다. 그는 대학교에서 만난 대여섯 명의 친구들과 아직도 무척 가깝게 지낸다. 그들은 한때 함께 살기도 했고, 지금도 누가 결혼하면 서로 들러리를 서주고, 아이를 낳으면 대부가 되어준다. 비록 일주일 만에 스케줄을 비우고 토요일 오후에 열린 친구 딸의 생일 파티에 참석하지는 못했지만 말이다. 그들의 우정의 비결은 서로에게 무척 솔직하고 우정을 유지하는 방식이 매우 단순하다는 것이다. 만나면 같이 술을 마시고 책, 영화, 팟캐스트에 대해 대화를 나누는 게 전부다. 댄의 친구 중 누군가가 전화를 걸어 회의에서 상사에게 무안을 당했다고 울거나, 아내와 싸웠다고 피노 그리지오 와인을 한 병 들고 지금 당장 만나러 와달라고 문자를 보내는 일은 상상하기 힘들다.

그와는 달리, 여자들의 우정은 대부분의 경우 돌봄이 필요하다. 그것도 아주 많은 돌봄이 필요하다. 솔직히 나는 누군가를 돌보는 것을 좋아하지도 않고, 능숙하지도 않다. 일대일의 만남에서는 더욱 그렇다.

그럼에도 불구하고 폴리와의 우정이 지금까지 유지될 수 있었던 이유는 폴리가 감정 기복이 크지 않고, 주목받기를 좋아하는 스타일이 아니기 때문이다. 그래서 10대 때 우리가 단짝이었을 거라고 생각한다. 조용하고 다른 사람의 기분을 잘 맞춰주는, 엄마가 마트에서 골라준 옷을 입은 폴리와 미니스커트에 플랫폼 운동화를 신고 자신감으로 중무장한 나. 그 이후로도 우리는 크게 변한 게 없다. 폴랫폼 운동화만 제외하면 말이다.

파티장에 제일 먼저 나타난 사람은 폴리다. 남색 랩 원피스와 카디건, 누드색 스타킹, 그리고 플랫 슈즈를 신은 그녀는 누가 봐도 영어 교사 같은 모습이다. 그녀의 복장이 학창 시절 우리가 입었던 교복과 너무 흡사해서 나는 슬그머니 웃음이 난다. 그녀의 손에는 서투른 솜씨로 포장한 곰 인형이 들려 있는데, 포장지 사이로 귀가 하나 삐져나와 있다. 나는 곧바로 그녀에게 달려간다.

"폴리!" 나는 그녀의 목을 껴안으며 말한다. "와줘서 정말 고마워!"

"무슨 말이야, 에미. 코코의 생일인데 내가 당연히 와야지. 댄의 파티에는 못 와서 미안해. 학교에서 아이들 연극 지도를 하는 날이었거든." 폴리는 미소 지으며 말한다. "그렇지만 네가 정말 보고 싶었어. 그래서……"

나는 목소리를 낮추고 그녀의 귓가에 속삭였다. "여기 사람들 조금만 응대해주고 나서 우리 자세히 대화 나누자. 꼭 그렇게 하겠다고 약속할게." 나는 댄이 있는 곳을 가리킨다. 그는 베어가 낮잠을 자고 있는 유아차 근처를 서성이고 있다. 그가 이런 행사에 와서 참여율이 어떻고, 노출도가 어떻고, 도달률이 어떻고 하는 이야기를 듣는 게 얼마나 지루할지 생각하면 때때로 좀 불쌍하다는 생각도 든다. 내가 오늘은 사진에도 찍혀야 하니 셔츠를 다림질해 입으면 어떻겠냐고 말한 이후부터 그는 기분이 좋지 않았다. 오전 내내 그가 다리미판과 씨름하며 발을 쿵쿵거리고 욕을 내뱉는 소리를 들을 수 있었다.

그런 그였기에 폴리를 보면 좋아할 것이다. 그와 대화가 통하는 사람이기 때문이다. 폴리는 곧이어 도착한 청재킷에 형광색 아디다스 운동화를 신은 인스타맘 무리와는 달라도 너무 다르다. 나는 심호흡을 하고 나서 한 명 한 명에게 인사를 건네기 시작한다.

"타비사! 두 주 전에 아기 낳은 거 맞아요? 어쩜 이렇게 멋지죠?" 나는 두 팔을 벌려 그녀를 껴안다가 그녀의 인스타그램 계정 이름 @tabbiebabbies('타비사의 아기들'이란 뜻)가 새겨진 티셔츠가 새어 나온 모유로 젖어 있다는 걸 뒤늦게 눈치챘다. 이제는 내 옷에도 그 모유가 잔뜩 묻어 있다. 나는 엄마들이 콘텐츠를 건질 때까지 아이들이 음식에 손대지 못하도록 뷔페 테이블을 지키고 있는 윈터를 발견하고 방을 가로질러 그녀에게 다가간다.

"내 여분 티셔츠 가져왔어? 이 거대한 모유 자국이 #예이데이스 캠페인 구호와는 영 안 어울리는 것 같아서 말이야." 내가 속삭인다.

"젠장, 정말 미안해요 에미. 깜빡했어요. 지금 가서 가져올까요?" 윈터가 아랫입술 한쪽을 깨물면서 말한다.

"그렇게 해줄래? 우버 택시 잡아타고 왕복으로 다녀오면 금방 갔다 올 수 있을 거야. 내가 지금 예약할게." 내가 말한다.

윈터가 서둘러 자리를 뜬 후, 나는 입구 쪽에 세팅된 포토존을 만족스러운 표정으로 살펴본다. 물방울무늬와 무지개, 그리고 말풍선 안에 #예이데이스라고 적혀 있는 벽화 앞에서 사람들이 옷매무새를 가다듬고 열심히 사진을 찍고 있다. 칼로 자르면 캔디가 쏟아져 나오는 3단 레드벨벳 케이크도 근처에서 대기하고 있고, 코코의 이름 모양으로 만든 거대한 호일 풍선과 유니콘 모양의 피냐타도 천장에 매달려 있다. 한쪽 벽면은 전체가 화사한 분홍색 꽃으로 채워져 있는데 가운데에 노란 장미로 '마마베어'라고 쓰여 있다. 이 꽃 벽은 내 아이디어였는데 막상 실물을 보니 아이린이 경고했던 것처럼 돌아가신 할머니의 장례식에서 본 화환 같았다.

코코는 #예이데이스 티셔츠에 발레리나 스커트를 받쳐 입고 등에는 요정 날개를, 머리에는 소방관 헬멧을 쓴 채 구석 소파에 앉아서 인형을 가지고 놀고 있다. 가끔은 코코가 이런 사치스러운 파티를 너무 당연히 여기게 된 나머지 친구들의 생일 파티에 가서 트램펄린이나 햄 샌드위치를 보고 콧방귀를 뀌지는 않을까 걱정된다. 그렇지만 아직까지 우리 딸은 화려한 파티 장식이나 답례품 같은 것에는 큰 관심을 보이지 않는다. 코코는 그런 것보다는 그네를 타거나 인형을 침대에 재우며 놀기를 더 좋아한다.

인스타맘들이 만족스러운 사진과 스토리로 올릴 만한 콘텐츠를 건질 수 있도록 살피는 근위대 역할을 충실히 수행하고 돌아오니, 폴리가 한쪽 구석에서 〈선데이 타임스〉 기자 제스와 열띤 대화를 나누고 있는 모습이 눈에 들어온다. 그들이 있는 쪽으로 발걸음을 옮기려는데 어머니가 도착하는 모습이 보인다. 술에 잔뜩 취한 데다 늦게 도착했음에도 불구하고, 버지니아의 차림새는 머리부터 발끝까지 손색이 없다. 그녀는 지난 주 내내 런던에 있는 패션 브랜드 협찬사에 전화해서 자신이 입을 의상 샘플을 윈체스터까지 보내달라고 성화를 부렸고, 받은 옷을 몇 번씩이나 교환했다. 그리고 생각나는 뷰티 브랜드마다 전화를 해서 제품을 뜯어냈다("얘, 혹시 반영구 화장이라고 들어봤니? 인스타에 보면 사람들이 눈썹을 엄청 두껍게 그려놓고 사진을 찍잖니? 뭐? 그건 문신이라고? 그게 무슨 말도 안 되는 소리니? 도대체 누가 자기 얼굴에 문신을 새긴단 말이냐?"). 그녀는 홍보 담당자들에게 뜬금없이 전화를 걸어 자신이 '세상에서 제일 유명한 인스타맘'의 엄마 되는 사람이며, 자신이 보유한 팔로워 수만 해도 5만 4,000명이 넘는다고 으스대곤 했다.

웬만한 일에는 눈 하나 깜짝하지 않는 아이린마저 한번은 내게 전화를 걸어 어머니를 좀 자제시킬 수 없냐고 물었다. 하지만 그녀도 잘 알고 있다. 그 누구도 버지니아를 통제할 수 없다는 것을.

그 이유는 아이린이 어머니의 매니지먼트도 맡고 있기 때문이다.

아이린은 요즘 시니어 인플루언서들을 통해서도 꽤 짭짤한 수익을 올리고 있었다. 어머니는 마치 물 만난 고기처럼 SNS를 누비는 중이다. 그녀는 돈이 필요한 것도 아니면서 여기저기 아이폰을 흔들며 "내 딸이 누군지 알아요?"라고 묻고 마치 생존주의자(전쟁 등의 재난에 대비해서 생필품과 비상식량 등을 모아두는 사람)가 비상식량을 확보해두듯이 공짜 물건이나 서비스를 받아내는 데 혈안이 되어 있다. 식사 할인권이나 스파가 있는 호텔의 무료 숙박권 같은 건 기본이고, 한번은 레인지로버 차를 뜯어내려 한 적도 있었다. 그녀의 끈질긴 노력은 놀라울 지경이다. 이렇게 큰 노력과 에너지를 쏟을 줄 아는 사람이 평생 자기 일을 한 번도 가지지 못했다고 생각하면 조금 슬퍼지기도 한다. 그녀의 지능과 미모로 봤을 때, 아버지에게 눌려 살지만 않았어도 그녀는 무엇이든 할 수 있었을 것이다. 나는 어려서부터 절대 어머니처럼 인생을 낭비하지 않겠다고 다짐해왔다.

그러나 아이러니하게도 나와 어머니는 정말 공통점이 많다. 적어도 나라는 사람을 규정하는 대부분의 특징은 모두 어머니를 닮은 것이다. 페어스 박사는 내 성격적 특성 대부분을 어머니의 알코올 의존증과 연결 짓곤 한다. 내가 남을 잘 믿지 못하는 이유? 어머니 때문이다. 갈등이나 대립 상황을 극도로 회피하는 이유? 어머니 때문이다. 그 외에도 버림받는 것에 대한 두려움, 주변의 모든 상황과 사람을 통제하고자 하는 욕구도 모두 어머니 때문이다. 알코올중독자가 가족에게 부정적인 영향을 미친다는 것은 알아내기 어렵지 않지만, 페어스 박사가 모르는 게 있다. 그건 바로 우리 어머니가 굉장한 존재감과 에너지를 지닌 사람이며, 마치 아이들을 끌어 모으는 사탕처럼 주변 사람들을 끌어당기는 매력의 소유자라는 사실이다. 어머니는 종종 사람을 미치도록 짜증 나게 만들긴 하지만, 그럼에도 불구하고 진심으로 미워하기 힘든 사람이다.

샤넬 넘버 파이브 향수와 샤블리 와인 향기를 풍기며 등장한 늘씬한 할머니를 알아본 사람들 사이에서 흥분의 물결이 일어난다. 그녀는 피냐타 앞에서 사진 포즈를 취하는 데 열중한 나머지 포옹하려고 달려오는 손녀딸을 미처 보지 못하고 실수로 아이의 머리를 쳐서 넘어뜨리고 만다. 코코는 몸을 일으켜 먼지를 털고, 작은 이마를 잔뜩 찌푸린 채 아랫입술을 파르르 떨기 시작한다. 이런 사실을 전혀 모르는 어머니는 나를 발견하더니 내 쪽으로 걸음을 옮긴다.

"어머나, 얘야. 나도 그 스커트 살 뻔했잖니!" 그녀가 외친다. "조금 고민하다가 약간 촌스러운 거 같아서 결국엔 안 샀지만 말이다. 아니 근데 너 티셔츠에 그 끔찍한 얼룩은 뭐냐? 참, 우리 예쁜이 코코는 어디 있고?" 그녀는 파티장을 가로질러 꽃 벽으로 걸음을 옮기더니 못마땅하다는 듯이 위아래로 훑어본다. "이건 좀 너무 장례식 같지 않니?"

"엄마, 인사해. 지난번에 우리 가족에 대해 멋진 기사를 써주신 기자님이셔. 그리고 폴리도 기억나지? 예전에 나랑 학교 같이 다녔잖아. 내 결혼식 때 신부 들러리였고."

어머니는 뭔가를 생각해내려는 듯이 반영구 눈썹 사이 이맛살을 찌푸린다.

"아 그래, 폴리. 넌 하나도 안 변했구나. 여전히 예뻐. 넌 모르는 거 같지만 말이다. 예전부터 내가 에미한테 늘 하던 말이 있지. 걔가 좀만 더 꾸미고 다녔더라면 너희 둘 중 예쁘다는 소리를 듣는 쪽은 폴리였을 거라고."

폴리는 어머니를 향해 입술을 꾹 다물고 미소 짓는다. 나는 폴리의 그런 표정을 과거에 자주 봤다. 버지니아는 케이크를 향해 돌진하는 꽃무늬 옷을 입은 아이를 피해 몸을 살짝 옆으로 움직인다.

"나 때는 애들이 이렇게 버릇없지 않았는데 말이다." 그녀는 혀를 끌끌 차며 말한다. "폴리, 오늘 너희 아이들은 어떻게 하고 왔니?"

"아, 저희는…… 그러니까 저는 아직……."

나는 폴리와 벤이 임신 계획을 세우고 있는지 아닌지조차 모른다는 사실을 깨닫고 약간의 죄책감을 느낀다. 화제를 바꾸려고 입을 열려는 찰나, 브랜드 홍보 담당자와 포옹하고 있는 아이린이 시야에 들어온다. 그녀는 나를 향해 뭐라고 입 모양으로 말하며 손짓한다. 운 좋게도 그 순간 윈터가 깨끗한 티셔츠를 들고 도착한다. 나는 폴리의 팔을 잡고 가슴께에 하얗게 말라가는 모유 얼룩을 가리켰다. "폴리, 엄마, 미안한데 잠깐 실례할게요. 케이크 자르기 전에 이 옷부터 좀 어떻게 해야 할 것 같아요."

10분 뒤 돌아오자 폴리는 이미 사라지고 없다.

"엄마, 도대체 애한테 또 무슨 말을 한 거예요?" 농담처럼 던진 말 같지만 사실 나는 진지하다.

버지니아는 상처받은 척한다.

"아니 내가 뭘 어쨌다고 그러냐? 난 아무 말도 안 했어. 우리 둘이 재밌게 이야기하고 있는데 코코가 인형을 가져와서는 폴리에게 엄마 놀이를 하자고 하더구나. 그때부터 표정이 안 좋아지더니 갑자기 자리를 떴어. 금방 울음을 터뜨릴 거 같은 얼굴로 저쪽으로 뛰어가더라고."

버지니아는 폴리가 사라진 방향을 손가락으로 가리킨다.

나는 의심스러운 눈초리로 어머니를 한 번 더 쏘아본다.

"엄마, 진짜 이상한 소리 한 거 아니죠?"

그녀는 자신의 결백을 증명하려는 듯이 가슴에 십자가를 그린다. 덕분에 들고 있던 와인 잔이 위험하게 흔들린다.

"솔직히 말하면 있잖니. 폴리는 예전부터 좀 특이했어."

웨스트필드에서의 일은 일종의 연습 게임이었다. 나 자신을 위한 테스트이기도 했다. 내가 어디까지 할 의지가 있는지, 어디까지 할 능력이 있는지 알아보고 싶었다.

그날 그 아이를 그냥 데려가버릴 수도 있었다. 그건 너무 쉬운 일이었다. 그날의 모든 과정은 너무나 순조로워서 스스로도 놀랄 지경이었다. 나는 집에서 지하철역까지, 지하철 승강장에서 지하철 안까지 그들의 뒤를 따라갔다. 지하철 안에서 우리는 서로 마주 보고 앉았다. 댄은 〈메트로〉지를 읽고 있었고, 코코는 아빠의 휴대폰으로 뭔가를 보고 있었다. 한번은 코코가 고개를 들었다가 나와 눈이 마주치자 얼굴을 살짝 찌푸리기도 했다. 내가 환한 미소를 지어 보이자 아이는 다시 휴대폰으로 시선을 돌렸다.

에미를 엄마로 둔 아이는 아무래도 이런 사람들의 시선이 익숙할 터였다. 자신의 얼굴을 알아보고, 몸을 돌려 자신의 얼굴을 빤히 쳐다보는 낯선 사람들을 마주치는 게 일상일 테니까. 물론 60대 노인인 나는 그와는 반대의 처지다. 나는 3일 내내 로드 네이피어 펍의 구석 자리에 앉아 온종일 커피 한 잔이나, 차 한 잔, 아니면 샌드위치 하나를 앞에 두고 그들이 그곳에 드나드는 모습을 지켜봤다. 에미가 현관문 앞 계단 위로 유아차를 옮기느라 낑낑대는 모습과 부부 중 한 명이 아침에 코코를 어린이집에 데려다주고 다른 한 명이 오후에 아이를 데리고 귀가하는 모습, 그리고 그 집에 엄청난 양의 택배가 도착하는 모습도 지켜봤다. 그래도 나를 의심스럽게 쳐다보는 사람은 아무도 없었다. 3일 내내 사람들이 내 옆자리에 앉아 웃고 떠들고 술을 마시고 식사를 했지만, 그들 중 절반은 내가 옆에 있다는 사실도 모르는 것 같았다.

그건 댄도 마찬가지였다.

그가 코코를 데리고 커피를 사려 스타벅스 줄에 서 있었을 때, 나는 그들로부터 두 사람 뒤에 서 있었다. 그가 서점에 자신의 책이 입고되어 있는지 확인하느라 어슬렁거렸을 때(그의 책은 입고되어 있지 않았다), 나는 바로 옆 통로에서 그들을 지켜봤다. 그가 코코를 데리고 레고 가게를 둘러봤을 때, 나는 창가에 전시된 해적선을 살펴보는 척했다. 그들이 프레첼을 사서 푸드 코트에 앉았을 때, 나는 한 부스 떨어진 자리에 앉아 있었다.

코코의 신발을 사러 세 번째 가게에 들어갈 때쯤 댄은 피곤한 기색이 역력했다. 그는 온종일 5분에 한 번씩 휴대폰으로 시간을 확인했는데, 이제는 더 자주 그러고 있었다. 하긴, 그럴 만도 했다. 점원이 코코의 발에 맞는 사이즈를 찾아 가져오는 데 한참이 걸렸고, 카드 리더기에 문제가 있는지 결제도 바로 되지 않았다.

코코는 가게 입구에 서서 걸을 때마다 뒤꿈치가 반짝반짝 빛나는 운동화를 구경하고 있었다.

"그 신발 너무 예쁘지?" 내가 말했다.

코코는 고개를 들지 않았다.

"이것 좀 보렴." 나는 말했다. "이게 저기 바닥에 그냥 떨어져 있었지 뭐니? 그래서 내가 생각했지. 어떤 작은 여자아이가 이 인형을 가지고 놀다가 떨어뜨렸을까? 혹시 네 거 맞니?"

코코는 나와 인형을 번갈아 쳐다봤다. 그리고 잠시 뭔가를 생각하는 듯했다.

"맞을 수도 있는 것 같아요." 아이는 결국 이렇게 대답했다.

그레이스는 그 인형을 정말 좋아했다. 오랜 세월 동안 몇 번이나 세탁해야 했는지 모른다. 그 인형은 버스 바닥에 떨어지기도 했고, 웅덩이 안에 빠지기도 했고, 자전거 앞 바구니에서 떨어진 후 진흙투성이 타이어 자국으로 뒤덮인 적도 있었다. 그레이스가 성장해서 독립한 후에도 나는 그 애가 집에 오는 날이면 침대 위에 그 인형을 꼭 놓아두곤 했다. 우리는 언젠가 그레이스의 아이가 그 인형을 가지고 놀게 될 거라고 농담을 하곤 했다. 코코에게 그런 의도로 그 인형을 주려고 한 건 아니었다. 적어도 의식적으로 그런 건 아니었다. 그렇지만 어린 그레이스처럼 코코가 그 인형을 품에 안고 있는 모습을 보니, 세 살이 된 알리사가 그 인형을 안고 있는 모습을 상상하니, 모든 상황이 아이러니하면서도 소름 끼칠 만큼 딱 맞아떨어지는 듯한 기분이 들었다. 마치 그 인형이 이제야 제자리를 찾은 것처럼.

내가 코코의 손을 잡고 줄지어 선 상점 사이를 지나가는 동안, 그리고 에스컬레이터를 타고 내려가기 위해 코코를 안아 드는 동안 우리를 유심히 보는 사람은 아무도 없었다. 나와 눈이 마주친 유일한 사람은 곤히 잠든 아기를 태운 유아차를 밀고 가던 노부인이었다. 그녀는 나에게 연대의 의미가 담긴 미소를 지어 보였다. 나도 미소로 그녀에게 화답하려는 순간 갑작스러운 상실감, 분노 그리고 고통이 가슴을 옥죄었다. 나는 결코 이런 추억을 만들 수 없다는 사실을 깨달았기 때문이다. 나는 손녀딸을 돌봐주며 함께 즐거운 오후를 보내거나, 놀이터에 데려가거나, 그네를 태우며 아이가 신나서 소리 지르는 모습을 지켜보거나, 아이가 혼자 처음으로 용감하게 미끄럼틀을 타고 내려오는 모습을 볼 수 없을 터였다. 이런 추억을 만들 기회를 영원히 빼앗기고 말았다. 나도, 손녀딸도.

나는 서점 창문 앞에 코코와 그 인형을 놔둔 채 돌아섰다. 거기에 놔두면 아이 아빠가 결국엔 찾으러 올 것 같았기 때문이다.

원래 내 계획이 그것이었다. 30분 정도, 길어야 한 시간 정도만 그들에게 겁을 주고 싶었다. 그래서 아이를 데리고 잠시 사라졌다가 그들이 찾을 수 있는 안전한 곳에 놔두고 올 생각이었다. 나는 그들이 잠시라도 그 기분을 느껴보길 원했다. 사랑하는 사람을 다시는 볼 수 없을까 봐 마음 졸이는 그 끔찍한 기분을 느껴보길 바랐다. 불안. 자책감. 속이 뒤집힐 것 같은 공포. 그 모든 걸 그들이 느껴보길 원했다. 내가 경험한 것, 그레이스가 경험한 것을 그들도 경험하게 하는 것. 내가 원한 건 그게 다였다.

그런데 어느 순간 나는 마음이 바뀌었다.

에스컬레이터를 타고 내려가는 동안, 코코가 내 품에 편안하게 몸을 기대는 것이 느껴졌다. 아이는 내 옷깃에 머리를 파묻더니, 내가 입은 겉옷의 단추를 만지작거리며 자신이 오늘 갔던 곳들에 대해, 그리고 생일 날 받을 선물에 대해 끊임없이 조잘댔다.

"너는 정말 복이 많은 꼬마 아가씨구나." 나는 코코에게 말했다.

코코가 자신에게 무슨 일이 벌어지고 있는지 알 리가 없다. 솔직히 말해 평소보다 더 어두운 기분에 사로잡힐 때면 나는 그 아이를 데려가 안전하지 않은 곳에 놔두고 오는 상상을 한 적도 있다. 이 말이 얼마나 끔찍한지 나도 잘 안다. 예전 같았으면 누군가의 이런 고백에 나도 소름이 돋았을 것이다. 그런 생각을 할 수 있다는 것 자체가 끔찍하다고 생각했을 것이다. 복수심에 눈이 멀어 상대방에게, 혹은 무고한 사람에게 해를 끼쳐봤자 해결되는 것은 없으며 예전으로 돌아갈 수도, 자신의 고통을 멈추게 할 수도 없다는 걸 모를 만큼 성숙하지 못한 자신에게 크게 실망했을 것이다. 그러나 나는 이제 변해버린 걸지도 모른다. 그 사건 이후 내 안의 무언가가 풀려난 것을, 내가 더 이상 예전의 내가 아니라는 것을 오랫동안 느껴왔다. 한번은 의사의 권유로 애도 상담(사별이나 사랑하는 사람의 상실로 인한 심리적, 정서적 문제들을 규명하고 해결하는 상담)을 받기도 했다. 나는 상담사에게 그 일이 일어난 후부터는 스스로가 더 이상 온전한 사람도, 현실의 사람도, 평범한 사람도 아닌 것처럼 느껴진다고 말했다. 가슴에 생겨버린 큰 구멍에서 무언가가 끊임없이 새어 나가고, 다른 무엇이 그 자리를 채우고 있는 것 같았다.

코코를 품에 안은 채 부드럽게 뛰는 맥박을 느끼며, 어린 시절 그레이스의 머리를 감겨주었던 것과 똑같은 샴푸 향을 맡을 수 있을 정도로 가까이 있는 코코의 머리에 얼굴을 대고, 나는 스스로에게 질문했다. 나는 정말로 이 일을 할 수 있는가? 정말로 아무 죄 없는 아이를 해칠 수 있는가? 이 아이가 누구인지, 아이 엄마가 누구인지, 그녀가 나에게 어떤 짓을 했는지 알고 있는 나로서는 그 순간 확신할 수 있었다. 나는 당장이라도 아무런 양심의 가책 없이 이 아이를 에스컬레이터 밖으로 던지거나, 발코니에서 떨어뜨리거나, 달려오는 차 앞으로 밀어버릴 수 있었다. 그날 내가 그렇게 하지 않았던 이유는, 아무런 해도 입히지 않고 그곳에 아이를 두고 사라졌던 이유는 오직 하나다. 그건 내가 순간 겁을 먹어서도, 동정심을 느껴서도, 스스로의 결정에 의심이 들어서도 아니다.

그건 내가 에미 잭슨과 그녀의 가족을 위해 훨씬 더 끔찍한 계획을 세워두었기 때문이다.

7

댄

파티에서 돌아온 우리는 집에 도착하자마자 누군가가 우리 집에 침입하려 했다는 사실을 알게 된다. 차를 몰고 거의 집 근처까지 왔을 때, 어디선가 침입 방지 경보음이 울려 퍼지는 소리가 들린다. 내가 "이런, 우리 집은 아니겠지?"라고 말하자 휴대폰을 보고 있던 에미가 고개를 든다.

"이게 무슨 소리야?"

나는 라디오를 끈다. 뒷좌석에는 베어와 코코가 둘 다 카시트 안에서 곤히 잠들어 있다. 거리 끝에 있는 우리 집이 가까워질수록 경보음 소리는 점점 더 커진다. 맞은편 집에 사는 남자가 자기 집 현관에 나와 서 있는 것이 보인다. 좀 더 멀리 사는 이웃 두어 명도 도로에 나와 있다.

"경찰은 이미 불렀어요." 차에서 내리는 나를 향해 그들 중 한 명이 소리친다.

집 앞쪽에는 침입을 시도한 흔적이 없다. 현관문에 달린 반투명 유리에는 깨진 흔적이 없고, 집 안의 창문도 모두 닫혀 있다. 나는 집 옆의 빈 공간에 설치된 출입문도 확인해보지만 그 역시 잘 잠겨 있다. 문 너머에 뭔가가 있는지 확인하려고 껑충 뛰어보지만 아무 것도 보이지 않는다. "경보음이 울린 지 얼마나 됐죠?" 나는 주변에 서 있는 사람들 중 한 명에게 묻는다.

그는 어깨를 으쓱한다.

"글쎄요. 한 30분 정도 됐나?"

경보기를 끄고, 걱정과 호기심 어린 눈빛으로 기웃거리는 이웃들을 집으로 돌려보낸 후, 우리는 코코와 베어를 재우고 재빨리 상황 파악에 나섰다. 윈터가 에미의 여벌 티셔츠를 가지러 집에 들렀을 때만 해도 아무런 침입 흔적이 없었던 것을 보면, 침입은 오후 3시 이후에 일어난 게 틀림없었다. 에미가 우버 택시 영수증에서 확인한 시각이었다. 침입자는 출입문을 넘어 정원을 통해 뒷문으로 들어온 것 같았다. 나는 뒷문의 유리가 깨진 부분에 마분지를 대고 테이프를 붙이고, 문 안쪽 손잡이를 끈으로 묶은 후 거실에서 스툴을 가져와 문 앞을 막았다. 그리고 다시 집 안 이곳저곳을 돌아다니며 위치가 바뀌거나 없어진 물건이 없는지 확인했다. 그러나 없어진 건 아무것도 없었다. 진흙이 묻은 발자국도 없었고 거실이나 부엌도 원래 모습 그대로였다.

한참이 지나 겨우 나타난 경찰은 최근 들어 동네에 빈집을 노리는 도둑이 많아졌다며, 대부분은 전자기기나 현금을 노리는 청소년들의 소행이라고 했다. 경찰은 우리에게 없어진 물건이 있는지 묻는다.

나는 내가 아는 한 도난당한 물건은 없는 것 같다고 대답한다. 유리창이 깨진 뒷문과 부엌 바닥에 떨어져 있던 깨진 유리 조각을 찍어둔 사진이 있다고 말하며 휴대폰을 꺼내 보여준다. 경찰은 심드렁한 얼굴로 그 사진들을 넘겨 본다.

"운이 좋으셨군요." 그가 말한다. "경보음 때문에 겁먹고 도망갔나 봐요."

나는 경찰에게 범인을 잡을 확률이 어느 정도 되냐고 묻고, 그는 요즘에는 이 정도로 경미한 절도 사건은 수사조차 잘 하지 않는 게 현실이라고 대답한다. 그는 정 걱정되면 방범용 카메라를 달아보라고 조언한다. 범인들은 대부분 카메라가 있는 걸 보면 범행을 포기한다고도 했다. 경찰은 귀중품을 잘 보이는 곳에 두지 말라는 말과 함께 종이를 꺼내 범죄 참조 번호^{crime reference number}(영국에서는 경찰에 범죄를 신고하면 경찰로부터 범죄 참조 번호를 부여받는다. 향후 수사 진척에 대한 문의는 그 번호를 통해 이루어진다)를 하나 적어주고는 사라진다.

나는 이 사건이 단순히 절도를 목적으로 한 침입이 아닐 수도 있다는 생각을 떨쳐버리려 애쓴다. 혹시나 이 집 주인이 누구인지 잘 알고, 우리의 오늘 오후 일정을 훤히 꿰고 있는 누군가가 우리 집에 침입하려 했던 게 아닐까. 그가 출입문을 넘어와 뒤뜰을 어슬렁거리다가 화분을 던져 뒷문 유리를 깨고 들어왔을 때는 그렇게 늦은 시간도 아니었다. 나와 에미가 파티장에서 나와 아이들을 차에 태웠을 때도 하늘이 완전히 어두워지기 전이었다.

나는 너무 피해망상적인 생각에 빠지지 않도록 스스로를 진정시킨다.

우리가 그간 세워두었던 규칙들과 에미가 그 규칙을 얼마나 철저하게 준수하는지를 떠올린다. 에미는 우리 집의 정확한 위치를 노출시키는 글이나 사진은 결코 올리지 않는다. 나는 정신을 가다듬으려고 노력한다. 내가 상상하는 일은 으리으리한 저택에 사는 프리미어 리그 축구 선수 같은 사람들에게나 일어날 법한 일이다. 일반적인 도둑이 마마베어를 알 리도 없을뿐더러 우리 집에는 그들이 노릴 만한 물건도 없다. 도둑이 요거트 묻은 장난감, 미용 제품, 크지도 않은 텔레비전, 오래된 노트북 컴퓨터 세 대 같은 것에 눈독 들일 리가 없지 않은가. 게다가 내가 쓰는 노트북은 너무 낡고 구려서 지난번에 커피숍에 갔을 때는 누군가가 비웃는 모습을 본 것 같았다. 엄청 세련된 커피숍도 아니었고, 그냥 코스타(영국에 본사를 둔 커피 체인점)였는데도 말이다.

내가 집 수색을 마친 후, 에미도 집 안을 다시 둘러보며 혹시 내가 놓친 건 없는지 살핀다. 그 와중에 점점 확실해진 건 에미는 기본적인 전자제품을 제외하고는 자신이 무슨 물건을 소유하고 있는지조차 잘 모른다는 사실이다. 그건 아마 자신이 돈을 지불하고 산 물건이 별로 없기 때문일 것이다. 아직 뜯지 않은 택배가 몇 개 없어진 것 같기도 한데 그중에 뉴트리불렛 믹서도 있는 것 같다고 그녀는 말한다. 선물받은 귀금속들을 그릇에 넣어두었는데 몇 개 없어진 것 같다고도 한다. 굽갈이를 하려고 현관에 내놓았던 버버리 부츠가 사라진 것 같다고, 솔직히 말하면 수선 집에 부츠를 가져갔는지, 그랬다면 어느 수선 집에 맡겨놨는지도 잘 기억이 안 난다고 한다. 2,000파운드짜리 아크네(스웨덴의 패션 브랜드) 양가죽 재킷은 생각해보니 6개월 전에 택시에 놓고 내린 것 같다고 한다.

에미가 인터넷으로 우리가 들어놓은 보험 약관을 확인하는 동안 나는 마음을 진정시키지 못하고 집 안을 이리저리 돌아다니며 계단 아래 창고나 아래층 욕실 안에 누가 없는지 다시 확인한다. 누군가가 가장 적당한 시간에 침입하려 했다는 사실은 끔찍하다. 게다가 네 살배기와 신생아가 있는 집에 도둑이 들었다는 사실은 정말 생각도 하기 싫을 만큼 최악이다. 나는 집 안을 샅샅이 청소하고 닦아내고 싶은 충동에 사로잡힌다.

한편으론 그놈을 현장에서 잡아 직접 족치고 싶은 마음도 있다. 집 안을 돌아다니며 어떻게 그놈으로부터 집을 지킬 수 있을지를 생각하며 온갖 함정을 상상해본다.

이번 일은 어머니께 말씀드리지 않기로 마음먹는다. 에미의 직업을 처음 이야기했을 때 어머니의 첫 반응은 그 일이 잘못될 수 있는 온갖 가능성을 나열하는 것이었다. 그거 정말 안전한 일이니? 나중에 후회하지 않을 자신 있니? 코코가 나중에 커서 정치인이 되고 싶어 하면 어쩌려고 그러니? 아이가 나중에 부모가 자기 사진을 허락도 없이 인터넷에 마구 올린 걸 원망할 수도 있지 않니? 나는 어머니에게 웬만한 사람들은 다 페이스북에 가족사진쯤은 올린다는 사실을 상기시키고, 그 말을 하는 어머니조차도 집에 누가 오기만 하면 가족 앨범을 꺼내서 사진 보여주는 걸 좋아하지 않느냐고 되물었다. "이제 그만해요, 어머니." 그래도 뭔가 꺼림칙하다는 듯이 말을 이어가려는 어머니에게 결국 이렇게 말해야 했다.

에미와 나는 양가 어머니들이 서로 얼마나 정반대인지에 관해 이야기하며 함께 웃곤 했다. 내 어머니 수는 사려 깊고, 화를 잘 돋우고, 마음씨는 따듯하지만 눈치가 좀 없는 편이다. 그녀는 우리에게 행여 방해가 될까 봐 늘 행동을 조심하고, 우리가 도움이 필요할 때는 언제나 손길을 내민다. 나는 어머니가 왜 가끔 에미의 신경을 건드리는지 충분히 이해할 수 있는데, 나도 어머니가 짜증 날 때가 많기 때문이다. 그녀는 언제나 가장 불편한 시간에 전화를 했고, 지금 좀 바쁘다고 말해도 자신이 할 말을 끝까지 다 하고서야 전화를 끊었다. 가끔 통화 도중에 잠깐 수화기를 내려놓고 다른 방에 갔다 와도 전혀 눈치채지 못했다. 그녀는 자신의 감정을 잘 숨기지 못했는데, 특히 우리가 하는 어떤 일이 마음에 안 들거나 우리가 코코를 양육하는 방식이 못마땅할 때는 더욱 그랬다.

그리고 장모님에 대해서 말할 것 같으면…… 그녀는 악몽 그 자체다.

에미

뭔가가 잘못되었다고 느끼면 사람들은 늘 엄마 탓을 한다. 그렇지 않은가?

하지만 내 경우 누군가를 탓해야 한다면 그건 아버지다. 아버지야말로 진실의 가장과 왜곡을 우리 가족의 특징으로 만든 인물이다. 아버지에게는 거짓말을 예술의 경지로 승화하는 능력이 있었는데, 특히 바람을 숨기는 그의 기술은 너무나 능수능란해서 감명받지 않을 수 없었다. 그는 똑똑하고 유머가 넘쳤고 사람을 끄는 매력이 있었다. 나는 그런 아버지를 무척 닮고 싶어 했고, 그래서 그의 비밀을 지켜주고 그의 거짓말에도 동참했다. 죽음이 갈라놓을 때까지, 부유할 때도 가난할 때도 늘 어머니와 함께하겠다던 그의 서약이 거짓말이었냐고? 그는 그렇게 생각하지 않을 것이다. 아버지가 다른 사람들을 어떻게 대하는지 오랫동안 지켜봐온 나는 그가 단지 상대방이 듣고 싶어 하는 말을 하는 사람이라는 걸 안다. '거짓말로 호감을 사는 게 진실을 말하고 미움받는 것보다 낫다.' 이게 그의 인생철학이었다. 그는 변신에 능하고 사람들의 기분을 맞춰줄 줄 알았다. 본심을 들키고 뒷덜미를 잡힐 때까지는 말이다. 그는 상대방이 원하는 건 무엇이든 해줄 수 있는 사람이었다. 아빠나 남편 노릇을 제대로 하는 것만 빼면.

어머니가 아버지와 비서의 관계를 의심했을 때도, 그는 어머니가 스스로에게 의부증이 있다고 믿게 만들었다. 물론 나는 진실을 알고 있었다. 토요일 오전이면 섹시한 속옷과 향수를 사러 나가던 아버지와 자주 동행했기 때문이다. 나는 어머니에게 이 모든 것에 대해 침묵하는 대가로 바비 인형이나 하리보 젤리를 얻었다. 아버지가 최근 사별한 지인과 불륜 관계를 맺었을 때도 아버지는 슬픔에 빠진 지인의 아내가 마음껏 울 수 있도록 어깨를 빌려주었을 뿐이라고 우겼고, 그들의 관계를 의심하는 어머니를 이상한 사람으로 몰고 갔다. 그러나 그들이 밤늦게 속삭이며 통화하는 걸 여러 차례 엿들은 나는 아버지가 그 여자에게 빌려준 건 어깨만이 아니라는 사실을 잘 알고 있었다.

이런 아버지와 함께 살았으니 어머니의 음주 문제는 그녀의 잘못만은 아니다. 그녀가 의사나 교사와 결혼했더라면, 아니면 자신의 법학 학위와 좋은 머리를 이혼 조정 합의서를 검토하는 것 외의 다른 일에 활용했더라면, 엄마 노릇을 훨씬 잘했을지도 모른다. 그러나 자신의 아름다운 외모를 미끼로 돈 많고 오만한 은행가와 결혼한 어머니는 자신의 결혼 조건을 사전에 충분히 인지하고 있었는지도 모른다. 어쩌면 그녀는 의식적으로 선택했는지도 모른다. 자신이 행복하기를 진심으로 바라는 남편과 자신의 불행을 표현할 권리가 있는 '진짜 인생'을 비싼 자동차, 옷, 여행 같은 '라이프스타일'과 맞바꾸기로. 어쩌면 그녀는 아버지와 결혼하면서 맡게 될 자신의 임무가 완벽한 가족을 연출하는 무대 감독이라는 것을, 그리고 심지어 내 앞에서도 그 가면을 절대 벗어서는 안 된다는 것을 충분히 알고 있었는지도 모른다.

어린 시절 나는 친구 집에 놀러 가면 그들의 어머니가 자식을 어떻게 대하는지 유심히 지켜보곤 했다. 폴리네 집에서 저녁을 먹는 날이면 가족들이 서로 껴안고, 키스하고, 그날 있었던 일에 관해 즐겁게 이야기하는 모습을 기억해두려 애썼다. 나는 그들을 질투했다기보다는 관심을 가지고 지켜본 관찰자에 가까웠다. 가장 아름다운 가족의 순간들을 머릿속에 저장해두었고, 그것들을 토대로 내가 원하는 '어머니상'을 만들어냈다. 그 어머니는 나를 위해 발레 레슨을 예약하고, 피아노 학원에 데려다주고, 내가 끈적끈적한 손으로 붙잡아도 전혀 개의치 않았다. 그녀는 매일 밤 나를 침대에 눕혀주고 이마에 키스해주었다.

아버지가 자신보다 훨씬 어린 모델과 열애에 빠져 드디어 어머니를 떠났을 때도, 어머니는 지금껏 살아온 우리의 삶이 끝나버렸다는 사실을 그 누구에게도, 심지어 나에게도 인정하지 않았다. 그래서 우리는 그냥 이사를 하고 다른 곳에서 새 삶을 시작했다. 재산 분할로 받은 돈이 그녀의 고통을 완화하는 데 큰 도움이 되었을 것이다. 어머니는 아마도 아버지가 없는 삶이 더 행복했을 것이다. 아버지도 그랬을까? 그건 나도 알 길이 없다. 그가 떠난 이후로 한 번도 만나지 못했으니까.

나는 지금껏 숨도 쉬지 않고 말을 쏟아내고 있었음을 깨닫는다.

"그래서 그 일에 대해 어떤 느낌이 드나요?" 페어스 박사가 묻는다.

"지금은 아무 느낌도 들지 않아요." 나는 가벼운 말투로 말한다. "벌써 25년이나 지난 일인걸요. 아버지는 어딘가에서 잘 살고 계실

거예요. 어머니도 정신이 맑은 동안에는 즐겁게 잘 살고 계신 것 같고요."

"어린 시절 당신의 가족이 행복했다고 생각하세요? 그리고 지금 에미의 가족은 행복한 것 같나요?" 그녀가 묻는다.

"네, 그럼요." 나는 망설임 없이 대답한다. "정말 행복해요. 물론 최근에 도둑이 들었던 건 유감이죠. 누군가 우리 물건을 꺼내고 만졌다는 것도 불쾌하고요. 그래도 보험을 들어놓았으니 다행이죠. 그리고 누구나 한 번씩은 겪는 일 아닌가요? 그 일 이후로 며칠 불안에 시달리긴 했어요. 우리가 안전하다고 생각했던 모든 것들이 사실은 얼마나 취약한지 다시금 깨닫는 계기가 되기도 했고요. 그때 우리가 집에 없었다는 사실에 감사할 뿐이에요."

페어스 박사는 그 사건에 대해 동정심을 표한다. 그러나 그녀의 말투에서 내가 질문을 의도적으로 피해 갔다고 생각하는 걸 알 수 있다.

"그 얘기는 앞으로 좀 더 해볼 필요가 있는 것 같아요." 그녀가 말한다. "조금 있다가 그 얘기를 더 하도록 하죠. 그렇지만 지금은 우리가 얘기하던 주제에 좀 더 집중해보면 어떨까 해요."

"좋아요." 나는 말한다.

"그럼 아까 했던 질문을 다시 해볼게요. 에미의 성장 과정이 가족에 대한 감정에 어떤 영향을 미쳤나요?"

"그건 쉬운 질문이네요. 저는 가족을 만들고 싶지 않았어요." 나는 딱 잘라 말한다. 절대로. 절대로. 절대로. 나는 조랑말이 갖고 싶었던 적도 있었고, 발레리나가 되고 싶었던 적도 있었다. 짧긴 했지만 한동안 고스족처럼 하고 다닌 적도 있었다. 그렇지만 단 한 번도 아기가 갖고 싶었던 적은 없었다.

"남편도 그랬나요?" 그녀가 묻는다.

"남편은 저를 만나고 5년 동안 혼자 아빠 오디션을 보면서 지냈죠." 나는 예전 기억을 떠올리며 웃음을 터뜨린다.

남자들은 정말 그러지 않는가? 처음에는 댄의 그런 모습이 사랑스러웠다. 우리가 갓 연애를 시작했던 시절부터 댄은 주변에 어린 아이만 있으면 자신이 아이를 정말 잘 돌본다는 사실을 내게 보여주려 무척 애쓰곤 했다. 함께 참석한 결혼식에 아이들이 와 있으면 내가 와인 잔을 집어 들기도 전에 그는 몸을 굽히고 아이들과 눈을 마주치며 업어주겠다고 나섰다. 화장실에 다녀오는 부부를 위해 아이를 안아주고, 슈퍼마켓에서 유아차를 끄는 사람에게 먼저 말을 걸고 아이가 몇 살이냐고 물었다. 나는 그가 사람들에게 우리는 '아직' 아이가 없다고 말하는 걸 몇 번이나 봤다.

물론 그는 부모가 된다는 것이 무엇을 의미하는지 전혀 모르고 있는 게 분명했다. 한번 아이를 낳으면 결코 예전처럼 살 수 없다는 무거운 압박감도 그는 이해하지 못했다. 부모는 아기가 통잠을 자기 시작한 이후에도, 이제는 내 몸 하나만 건사하면 되는 존재가 아니라는 사실에 단 하루도 밤에 발 뻗고 잘 수 없다는 사실을 그는 몰랐다.

코코가 아직 갓난아기였던 시절을 나는 여전히 기억한다. 그가 온종일 글을 쓰는 동안 나는 아기를 재우기 위해 유아차를 끌고 공원을 배회하거나, 너무 지루해서 눈물이 날 것 같은 아기 마사지 클래스에 다녀오며 시간을 보내야 했다. 그렇게 하루를 마치고 아이를 재우고 나면 나는 부엌에서 저녁 식사를 만들고, 그는 싱크대에 걸터앉아 휴대폰 사진을 들여다보곤 했다. 이건 코코가 트림하는 모습이야. 이건 웃고 있는 모습 같지? 이건 내가 입힌 옷인데 어때? 작은 펭귄 같지? 댄은 반은 자신이고 반은 나인 작은 인간을 우리가 만들어냈다는 사실에 감격해서 어쩔 줄 몰라 했다. 물론 그러고 나서 잠자리에 들면 밤중 수유와 새벽 기저귀 담당은 내 차지였다.

그러니 내가 출산을 미룰 만도 하지 않은가? 내가 10대 소녀일 때부터 어머니는 임신이란 게 얼마나 쉽게 이루어질 수 있는지, 인생 망치기 싫으면 얼마나 몸조심을 해야 하는지 귀에 딱지가 앉도록 이야기했다. 그녀는 어쩌다 만난 남자와 실수로 아기를 가질 만큼 명청한 짓을 한다면 친정 엄마의 도움 따위는 기대하지 말라고 했다. 내가 처음 성관계를 가진 건 대학생 때였다. 남자 친구와 나는 콘돔과 피임용 다이어프램을 둘 다 사용했고 살정제까지 충분히 뿌린 후에 함께 밤을 보냈다. 댄은 나의 이런 임신공포증(그가 사용한 명칭이다)에 대해 잘 알고 있었고, 그 일로 자주 나를 놀리기도 했다. 열정이 불타오르던 연애 초기에 그는 나와 관계를 가질 때마다 삽입 직전에 피임약을 챙겨 먹었냐고 묻곤 했다. 내 대답은 언제나 '예스'였다.

결혼식을 앞두고 목표 몸무게를 달성하기 위해 피임약을 잠시 끊었을 때(나는 피임약 때문에 마지막 몇 킬로그램이 안 빠진다고 생각하고 있었다), 댄은 '모험 삼아' 콘돔 없이 한번 해보자는 제안을 하기 시작했다. 나는 아주 가끔, 술에 많이 취한 날에는 그 모험에 동참하기도 했다. 함께 주말 여행을 가면 그는 여행 내내 "바닷가에 아이랑 같이 오면 정말 즐겁겠지?" 같은 말을 해댔고, 자신의 어린 시절 가족 여행 이야기를 들려주기도 했다. 그런 날이면 그는 콘돔 사는 걸 깜빡하고 호텔방으로 돌아올 때가 많았다.

그러던 어느 날, 결국 일이 터지고 말았다.

임신 테스트기의 파란 줄을 보는 순간 나는 아이를 낳을 생각이 전혀 없다는 걸 깨달았다. 댄과 나는 2년을 만났으니 아기를 낳아도 될 만큼 충분히 오래 함께했고, 결혼식 날이 되어도 티가 날 만큼 배가 나오진 않을 터였다. 그러나 댄이 아빠가 되기를 간절히 바라는 만큼이나 나는 엄마가 되고 싶지 않았다. 나는 일을 하고 싶었고, 여행을 하고 싶었다. 아름다운 옷을 입고, 값비싼 핸드백을 메고, 멋진 곳에서 호사스러운 음식을 먹고 좋은 와인을 마시며 재미있는 이야기를 하는 사람이 되고 싶었다. 아이를 낳는다고 댄이 포기할 게 있던가? 수술을 위해 병원에 갈 때는 폴리가 동행해주었다.

일단 수술을 마치고 나니 더할 나위 없는 안도감이 몰려왔다. 스스로에게 허락한 유일한 감정이 그것뿐이었기 때문인지도 모른다. 사실 나도 잘 모르겠다.

두 번째 때는 혼자 갔다.

첫 번째 때보다 머뭇거리는 시간이 조금 더 길긴 했지만 그렇게 힘든 결정은 아니었다. 나와 같은 결정을 내린 사람들은 평생 죄책감을 느끼며 애도하며 살아야 한다는 사실을 나도 알고 있다. 그렇지만 나는 의식적으로 작은 세포 덩어리에 불과한 그 존재들에 대한 죄책감이나 슬픔을 차단하기로 결심했다. 가끔 인스타그램에서 나와 같은 결정을 내렸던 여자들이 자신이 여전히 겪고 있는 아픔에 관해 쓴 글을 읽을 때면 나도 모르게 죄책감에 사로잡히기도 한다. 하지만 나는 되도록 그 생각을 아예 하지 않으려고 애쓴다. 그것은 내가 의식적으로 자극하지 않기로 작정한 내 정신의 일부였다.

나의 비밀을 댄이 안다면 그는 다르게 느낄지도 모르겠다.

페어스 박사의 얼굴은 무표정하다. 벽에 붙어 있는 건강 보조제 포스터에 그려진 그녀의 거대한 얼굴도 마찬가지다. (페어스 박사와의 상담이 내 계약 조건 중 하나라는 걸 전에 말했던가?)

페어스 박사가 완전히 사기꾼이라는 건 아니다. 비록 자신이 개발한 오메가3 마음챙김 보조제를 나에게 너무 자주 권하고, 자신이 출연한 테드엑스 강연이나 자신이 쓴 〈선데이 타임스〉 베스트셀러 이야기를 지나치게 자주 하긴 하지만 말이다. 벽에 걸려 있는 그녀의 각종 자격증들을 보면 진짜 전문가는 맞는 것 같다. 그렇지만 정기적으로 그녀의 사무실이 있는 메릴본 지구까지 와서, 지하 상담실에 앉아 한 시간 동안 내가 느끼지도 않는 감정에 대해 대화를 나누는 게 내겐 너무나 고역이다.

"그렇다면 에미가 결국 아기를 낳기로 결심한 계기는 무엇이었나요?"

나는 어깨를 으쓱한다.

"상황이 바뀐 거죠, 뭐." 나는 이렇게 대답한다. "이제야 때가 된 것 같았다고 할까요."

좋아요 17,586개

the_mamabare 정말 이렇게 빨리 지나가버릴 수 있나 싶죠? 세월도, 눈물도, 내가 잘하고 있나 하는 두려움도 말이죠. 그렇지만 이 작은 인간들은 우리가 땀을 좀 흘려도, 완전히 녹초가 되어 흐느적거려도, 온종일 누군가의 엉덩이에 깔렸던 것 같은 옷을 입어도 개의치 않죠. 이렇게 사방이 잿빛 같은 #그레이데이스를 보내고 있다가도, 어느 순간 기적처럼 구름이 걷히면서 유니콘처럼 반짝이는 순간이 찾아올 때가 있습니다. 저는 그런 날을 #예이데이스라고 부르고 싶어요. 스스로가 슈퍼히어로처럼 느껴지고, 육아의 길을 함께 걸어가는 동지들이 당신의 유능한 조수처럼 느껴지는 그런 날에는, 매일의 작은 승리를 기념해야 한다는 사실을 일깨워주는 친구들과 함께하면 어떨까요? 코코의 네 번째 생일인 오늘이 저에게는 바로 그런 날이랍니다. 사랑과 케이크와 정말 소중한 몇몇 친구들과 함께한 오늘, 저는 여러분의 #예이데이스 이야기를 듣고 싶어요. 댓글로 여러분의 이야기를 들려주시고, 여러분의 육아 동지들을 태그해주세요. 당첨되신 분들께는 1,000파운드가량의 상품권을 드립니다 #예이데이스 #엄마파워 #코코의네번째생일 #광고 그들은 모두 그 파티에 모여 있었다. 에미의 인스타 무리들. 그들이 지난 48시간 동안 인스타그램에 올린 내용은 온통 이 파티에 관한 것뿐이었다. 무슨 코치를 한다는 엄마, 해크니에 산다는 엄마, 모유 수유 운동을 하는 엄마와 처음 보는 엄마가 샴페인 잔을 하나씩 들고 머리를 뒤로 젖히며 크게 웃고 있다. 그들이 공룡 분장을 한 아이를 데리고 포즈를 취한 사진도 있다. 다른 사진에는 페이스 페인팅을 한 아이들이 카메라를 향해 손톱을 내밀고 으르렁거리고 있다. 나는 인스타그램 피드에 뜨는 사진들 중 몇 개를 클릭해서 한참 들여다보다가, 다시 에미의 계정을 눌러 거기에 새로 올라온 사진이 있는지 확인한다. 이것을 반복하며 하루를 보낼 수도 있을 것 같다. 아니, 며칠을 그렇게 보낼 수도 있다. 그러다 보면 그들이 모든 것을 사전에 신중하게 계획해서 포스팅한다는 사실을 알게 된다. 해시태그의 글귀, 보란 듯이 서로의 게시물에 '좋아요'를 누르고 댓글 남기기, 서로의 계정을 홍보하고, 언급하고, 태그하기. 그들은 언제나 서로 동일한 주제와 메시지로 포스팅을 한다. 오늘의 주제는 여성 간의 우정과 서로 돌봐주는 육아 동지의 중요성임이 틀림없다. 먼저 스타트를 끊은 건 마마베어다. 그녀는 이렇게 좋은 친구들이 있다는 것이 얼마나 행운인지에 대한 글과 함께 대여섯 명의 인스타맘들이 서로 팔짱을 끼고 어깨 너머로 서로를 바라보고 있는 사진을 올렸다. 그 후 2분도 채 지나지 않아 사진 속 인물들 모두가 그녀의 사진에 '좋아요'를 누르거나 댓글을 단다.

그런데 그 사진에는 이상한 부분이 하나 있다.

그건 그 사진 속 인물 중 에미의 결혼식에 참석한 사람이 없다는 사실이다. 에미가 결혼식을 올린 건 5년 전이었다. 난 그녀가 몇 개월 전 기념일에 포스팅한 결혼식 사진을 봤다. 그런데 그 사진 안에는 내가 그동안 봐왔던 얼굴이 하나도 없었다. 물론 신랑의 얼굴은 알아볼 수 있었다. 그렇지만 교회 계단 위에 서서 행복한 미소를 짓고 있는 부부 주변에 모여 있는 대여섯 명의 젊은 하객 중에 낯익은 얼굴은 단 한 명도 없었다. 에미의 드레스 자락을 든 키 큰 여자가 신부 들러리인 듯했는데, 나는 에미가 그녀에 대해 언급하는 것을 단한 번도 보거나 들은 적이 없다.

아무리 생각해도 이건 좀 이상하다는 생각이 든다. 뭔가 의심스럽기까지 하다.

그 사건이 일어난 이후 그레이스가 가장 견디기 힘들어했던 건 소중하게 생각했던 친구들, 평생 함께할 거라고 생각했던 친구들이 그녀와 관계를 끊어버린 것이었다.

그레이스는 친구들을 정말 좋아하고 냉장고에 항상 친구들의 사진을 붙여두는 아이였다. 친구들과 놀러가서도 술은 입에도 대지 않고 운전을 도맡아 했다. 모두가 안전하게 귀가했는지 확인하는 것도 그녀의 몫이었다. 친구의 생일을 잊어버리는 일도 없었다.

그런데 우리가 손녀딸의 부고를 보낸 후 장례식에 나타난 사람은 절반도 되지 않았다.

물론 노력하는 친구들도 있었다. 특히 초반에는 몇몇이 시간을 내서 그녀를 만나러 오기도 했다. 그렇지만 그 시간들은 언제나 어색하게 흘렀다. 그레이스는 친구들이 말실수를 하거나 자신을 속상하게 할까 봐 조심스러워하는 게 느껴진다고 했다. 대화 사이마다 긴 침묵이 흐르곤 했고, 그레이스는 친구들이 자주 시계를 들여다보는 것을 눈치챘다.

이건 그레이스에게 너무 가혹한 일이라고 나는 언제나 생각했다. 그레이스는 남편 조지가 죽은 후 홀로 남은 나에게 무슨 말을 해야 할지 아는 유일한 사람이었다. 그녀는 어떻게 해야 상실감에 빠져 삶의 의미를 잃은 나를 기운 나게 할 수 있는지 알았다. 남편이 생전에 그랬던 것처럼 재미있는 이야기나 농담으로 날 웃게 만들거나, 아빠는 내가 남은 인생을 자신을 향한 그리움과 슬픔으로만 허비하기를 원하지 않을 거라고 말해주었다. 때와 분위기가 적당할 때는 남편이 나를 짜증 나게 만들었던 사소한 일들을 상기시켜주기도 했다. 그러나 대부분의 시간에 그녀는 그저 손을 내밀어 내 손을 꼭 잡아주었다. 그럴 때면 그레이스도 그를 그리워하고 있다는 것을 알 수 있었다.

그런데 막상 그레이스가 형언할 수 없는 슬픔과 상실감에 빠져 있을 때 엄마인 나는 그녀에게 그렇게 해줄 수 없었다. 나는 하는 말마다 그녀를 더 짜증 나고 화나게 했고, 그 사실은 나를 깊은 절망으로 빠뜨렸다. 나는 그레이스에게 함께 외식을 하거나, 영화를 보거나, 그냥 볼일이라도 보러 외출하자고 자주 권했지만 그녀는 매번 그러고 싶지 않다고 대답할 뿐이었다. 그녀는 자신이 기분 전환을 하러

나간다는 것 자체가 부적절할 뿐 아니라, 남들이 보기에도 좋지 않을 거라고 했다. 밖에 나갈 때마다 누군가가 자신을 비판하는 듯한 느낌이 든다고 했다. 누군가 자신을 곁눈질하다가 시선을 돌리거나, 자신이 다가오면 갑자기 하던 말을 멈추는 걸 자주 느꼈다. 한번은 길 건너편에서 누군가가 자신을 향해 뭐라고 소리를 지른 것 같다고 했다. 나는 그럴 리가 없다고, 지나치게 예민하게 생각하는 거라고 말했다.

그 일은 그레이스와 잭의 관계에도 큰 짐이 되었다.

한번은 차를 몰고 그들을 보러 간 적이 있었다. 늦은 11월의 어느 일요일이었는데, 온종일 해가 나지 않는 음울한 날이었다. 우리는 점심을 먹기로 했었고, 나는 디저트로 먹을 케이크를 가지고 가던 참이었다. 그들의 집으로 향하는 진입로로 차를 몰고 들어가는데 잭의 차가 길 한편에 서 있었다. 가까이 다가가자 잭이 운전석에 웅크리고 있는 모습이 보였다. 그는 운전대에 양쪽 팔을 교차한 채 머리를 숙이고 있었는데, 더 가까이 다가가자 그의 어깨가 떨리는 것이 보였다. 고개를 든 그의 얼굴은 눈물범벅이었다. 나는 그대로 차를 몰고 그를 지나쳐 그들의 집으로 향했다. 진입로의 자갈 위로 차가 움직이는 소리를 들은 그레이스가 현관문을 열어주었다. 우리는 그릇이 테이블 위에 준비되어 있는 부엌으로 함께 들어갔고, 그레이스는 이미 만들어둔 음식을 그릇에 담았다. 20분 정도 지난 후 우리가 음식을 거의 다 차렸을 때, 잭이 안으로 들어와 내게 인사한 후 테이블에 앉았다. 우리는 함께 식사하는 내내 아까의 일에 대해서는 한마디도 하지 않았다.

살다 보면 내 삶에 찾아온 사람들이 너무 빨리, 너무 쉽게 가버린다고 생각될 때가 있다. 젊었을 때는 주변 사람들이 영원히 그 자리에 있을 거라고 생각했지만 말이다.

처음에는 나와 조지가 있었다. 그 후에는 나와 조지, 그리고 그레이스가 있었다. 그 후에는 나와 조지, 그레이스와 잭이 있었다. 그 후에는 나와 그레이스, 잭과 알리사가 있었다. 그 후에는 나와 그레이스, 그리고 잭이 있었다. 그 후에는 나와 그레이스가 있었다. 그리고 이제는 나만 남았다.

8

에미

"유 글로우 마마 시상식 담당자 홀리 씨 맞나요? 안녕하세요. 에미 잭슨이에요. 10분 정도 늦을 것 같아서 연락드렸어요. 집에 일이 좀 있었거든요. 제 헤어랑 메이크업은 신경 안 쓰셔도 돼요. 잠을 못 자 부스스한 얼굴에 땅콩버터 묻은 모습이 원래 제 콘셉트거든요." 내 웃음소리에 옆 좌석 카시트에서 졸고 있던 베어가 눈을 뜬다. 코코는 윈터에게 맡긴다 쳐도 시간 맞춰 모유 수유를 해야 하는 신생아까지 그녀에게 맡길 수는 없었다.

오늘 하루의 시작은 순조롭지 못했다. 우선 아침에 눈을 뜨자마자 누군가가 인터넷 가십 게시판에 코코가 다니는 어린이집 이름과 주소를 올린 사실을 알게 되었다. 이 소식을 알려준 사람은 아이린이었다. 그녀와 통화할 때 옆에 있던 댄은 내 표정을 보고 뭔가 심상치 않은 일이 일어난 걸 눈치챘다. 아이린에게 상황 설명을 듣는 내내 댄은 걱정이 가득한 표정으로 곁에 서서 '무슨 일이야?'라고 소리

없이 몇 번을 물었다.

아이린의 요청으로 바로 삭제된 그 게시물에는 나를 향한 독선적인 비난이 가득했다고 한다. 내가 애는 온종일 어린이집에 맡겨놓고 '진짜 엄마'인 척하는 뻔뻔한 인간일 뿐 아니라, 정작 아이들과 시간을 많이 보내지도 않으면서 가족을 앞세워 돈을 버는 데만 혈안이 되었다는 것이다. 물론 인터넷에 한번 올라온 내용은 바로 삭제해도 영원히 사라지지 않는다. 게시판 운영자는 작성자 정보를 조회해봐도 신규 가입자라는 것 말고는 아무것도 확인할 수 없다고 했다. 인정하고 싶지 않았지만, 그 이야기를 듣는 순간 작성자는 아무래도 같은 어린이집 아이 엄마 중 한 명일 거란 생각이 들었다.

그 엄마들이 내 험담을 한다는 건 익히 알고 있었다. 그녀들은 어린이집 앞뜰에 삼삼오오 모여 서서 수다를 떨곤 했는데, 내가 대문 안으로 들어서면 순간 분위기가 싸해졌다. 면전에서는 언제나 상냥하게 굴었지만, 그들 중 몇몇은 온라인에서 나에 대한 소문을 퍼뜨리고 다니는 게 분명했다. 저들 중 한두 명은 프로필 사진도 팔로워도 없는 익명 계정으로 내 아이들에 대한 못된 댓글을 다는 악플러일지도 모른다. 그러지 않으리란 법이 어디 있는가? 몇몇은 분명 내 계정을 팔로우하지 않고 몰래 엿보고 있을 것이다. 그러다가 친구들과 술을 몇 잔 걸친 날에는 '같은 어린이집에 다니는 엄청나게 재수 없는 인플루언서 애 엄마' 사진을 보여주겠다며 휴대폰을 꺼낼 것이다. 그러고는 눈을 동그랗게 뜨고 기업 등록소 사이트에 들어가서 내 사업 계정을 검색해봤다며 이렇게 말할 것이다. '이 여자가 돈을 얼마나 많이 버는지 알아? 어떻게 애들을 팔아서 돈 벌 생각을 하는지 몰라. 이것 봐. 코코가 울고불고 떼쓰는 사진까지 그대로 올려놨잖아. 애가 나중에 왕따라도 당하면 어쩌려고? 아니 이미 왕따인지도 모르지. 애들이 얼마나 잔인할 수 있는지 너희들도 알잖아.'

내 생각에는 애들보다 애 엄마들이 더 잔인한 것 같다.

물론 우리 가족의 얼굴이 워낙 많이 알려져 있다 보니 게시물 작성자는 전혀 모르는 사람일 가능성도 있다. 동네에서 우연히 우리를 본 사람일 수도 있고, 내 계정에 댓글을 남겼는데 윈터가 달아준 답글이 만족스럽지 않아 복수하고 싶은 마음에 내 정보를 캐낸 팔로워일 수도 있다. 그가 누구든 간에 코코의 안전을 위해, 그리고 얼마 전 주택 침입 사건으로 신경이 잔뜩 곤두서 있는 댄을 위해 즉각적인 조치를 취해야 했다.

그래서 오늘은 코코를 윈터에게 맡기고 나오는 수밖에 없었다. 그 어린이집에 아이를 다시 보낼 수는 없었고, 댄은 오늘 편집자와 정말 중요한 미팅이 있다며 절대 약속을 취소할 수 없다고 했다. 시상식에 코코를 데려가려고도 해봤지만, 아이가 절대 안 가겠다고 완강하게 버텼다. 떼쓰기 모드로 들어가기 일보 직전인 네 살배기와 시도 때도 없이 울어대는 신생아를 데리고 내가 취할 수 있는 조치에는 한계가 있었다.

내 개인 비서가 설마 코코를 죽이기야 하겠냐마는 윈터에게 아이를 맡긴다는 건 이상적인 대안은 아니었다. 시상식 담당자와 통화한 90초 남짓한 시간 동안 윈터에게서 메시지가 다섯 개나 도착해 있었다. 코코가 퍼시 피그(영국의 천연 과일 젤리)를 먹겠다, 손가락 페인팅을 하겠다, 〈퍼피 구조대〉(북미에서 방영하는 어린이 애니메이션) 동영상을 더 보겠다고 계속 고집을 부리는데 어떻게 해야 하느냐는 내용이었다.

'오늘 날씨도 좋잖아. 아이 데리고 공원에라도 다녀와.' 택시가 어느덧 행사 장소에 다 와가고, 나는 빠르게 답장을 보낸다. 폴리에게서도 왓츠앱 메시지가 와 있다. 나는 일단 손을 흔드는 모양과 키스하는 모양의 이모지로 답장을 보낸 후, 메시지 내용은 나중에 천천히 읽어봐야겠다고 생각한다.

코코가 평상시에 다루기 힘든 아이는 아니다. 그런데 최근 들어 내 휴대폰에 집착하기 시작한 건 사실이다. 어떤 때는 사진을 찍어달라고 조르며 온갖 포즈를 취하고 마음에 드는 사진을 찾아보며 즐거워하는가 하면, 어떤 때는 내 손에서 휴대폰을 빼앗으려 애쓰며 "엄마! 폰 말고 나를 좀 봐! 나를 봐! 나를!"이라고 소리를 질렀다. 아이에게 그런 말을 들으면 나도 물론 죄책감을 느낀다. 그래도 기분에 따라 극단을 오가는 아이의 태도는 나를 무척 혼란스럽게 한다.

윈터가 예상보다 개인 비서 역할을 잘해주고 있었지만, 그녀에게 메리 포핀스 역할까지 기대할 수는 없었다. 윈터는 사실 '자녀'라는 개념도, 사람들이 아이를 낳는 이유도 이해가 잘 안 가는 눈치다. 그녀는 사진 포즈를 취할 때 유용한 소품인 모자를 다루듯 아이를 대했다. 그러고 보니 시어머니가 나에 대해 비슷한 말을 하는 것을 우연히 들은 적이 있다.

나는 립스틱을 덧바르고, 마치 선루프로 택시에 기어 올라탄 사람처럼 머리카락을 헝클어뜨렸다. 그리고 얼굴에 에비앙 미스트를 몇 번 뿌린 후 휴대폰의 동영상 촬영 버튼을 눌렀다.

"아이 엄마가 외출하기 전 명심해야 할 몇 가지 주의 사항을 알려 드리겠습니다. 첫째는 아예 외출할 생각을 하지 말 것. 둘째는 아이를 돌봐줄 사람을 사전에 확실하게 구해놓을 것. 두 번째를 명심하지 못하면 이렇게 땀과 기름으로 번질번질해진 얼굴로 외출할 수밖에 없죠. 이것 좀 보세요." 나는 손끝으로 뺨을 한번 쓸어준 후, 촉촉해진 손가락을 화면 앞에 가져다 댔다. "물광 피부와 개기름의 차이가 정확히 뭘까요? 민망하네요. 뭐 꼭 제 얘기는 아니고요.

그리고 셋째. 행사에 갈 때는 항상 여벌의 의상을 준비할 것. 현관을 나서는 순간 누군가가 당신한테 요거트 묻은 입으로 뽀뽀를 해댈 테니까요. 애 엄마가 한번 외출하려면 기본적으로 옷을 세 번은 갈아입어야 하죠? 오늘 저는 파티 드레스 위에 #예이데이스 티셔츠를 입어봤는데 어떤가요? 봐줄 만하죠? 앗! 도착했네요."

어느새 런던 서부 지역의 회원제 클럽이자 부티크 호텔인 '더 컵하우스'에 도착했다. '인플루언서 엄마와 광고왕 아빠'를 대상으로 서비스를 제공한다는 캐치프레이즈를 내거는 장소답게 이곳은 아이를 출산한 젊은 엘리트들의 사교 클럽처럼 꾸며져 있다. 벽에는 성 중립적인 슈퍼히어로가 세련된 색감의 회색 페인트로 그려져 있고, 천장에는 구름 모양의 네온사인이 걸려 있다. 방 하나는 전체가 밀레니얼 핑크색 볼풀장으로 꾸며져 있다. 바닥에는 아이를 낳아본 적이 없는 사람들이 아이 선물용으로 사기 좋아하는 희끄무레한 원목 장난감이 감각적으로 흩어져 있다. 유아차를 세워두고 안으로 들어가자 파스텔색 점프슈트 차림에 손에는 클립보드를 든 여직원들이 나를 알아보고 서둘러 행사장 안으로 안내한 후 대기실로 데려간다.

대기실에 들어서자마자 아이린이 보인다. 나의 인스타맘 무리 다섯 명 중 네 명이 오늘 시상식의 수상자로 선정되었는데, 아이린은 그것을 자축하기라도 하듯이 새옷으로 보이는 벨벳 재질의 붉은색 구찌 슈트를 한껏 차려입고 있다. 나는 내 낡은 아이다스 운동화를 한번 내려다보며 한때 패셔니스타로 잘나갔던 과거를 잠시 그리워한다.

대기실에는 인스타맘 무리도 모두 도착해 있고, 나는 그들을 향해 엄지를 들어 보인다. 해나는 '최고의 캠페인 맘' 상을 받았고, 나는 진심으로 그녀를 축하해준다(물론 악플러들은 스스로 냉장고에서 우유를 꺼내 따라 마실 정도로 성장한 아이를 데리고 공공장소에서 모유 수유를 하는 게 무슨 캠페인이냐고 비아냥거리겠지만 말이다). 유행에 휘둘리지 않는 세련된 감각을 지닌 수지는 '베스트 드레서 맘' 상을 받았고, 벨라는 '최고의 보스 맘' 상을 받았다. 이번 수상으로 벨라는 자신이 운영하는 '엄마도 할 수 있다' 커리어 코칭 프로그램 수강료를 더 올려 받을 수 있게 되었다.

분홍색 아크릴 받침대에 금색 기저귀가 달린 상패를 들고 포즈를 취하는 그녀들을 바라보며 나는 묘한 자랑스러움을 느낀다. 사람들은 우리가 하는 일을 비웃고 우리가 돈 버는 방식을 비판하지만, 우리가 뭔가 대단한 일을 해낸 것만은 분명하다. 우리는 육아와 비즈니스라는 두 마리 토끼를 잡았고, 경험담과 셀피만 가지고도 거대한 사업을 만들어냈으며, 가족사진과 15분짜리 동영상으로 거액의 돈을 벌어들인 여자들이었다. 큰돈을 버는 것에는 관심이 없고 간간이 공짜 제품이나 여행 지원금을 받는 정도에 만족하는 이류 삼류 인스타맘들은 결코 우리를 따라올 수 없을 것이다. 그들이 아마추어 배우라면 우리는 오스카상을 받은 대배우였다.

"에미, 이제 왔군요. 오늘 못 오는 줄 알았어요. 코코는 어디 있나요?" 아이린이 묻는다.

"윈터가 잠시 봐주고 있어요." 나는 무대를 의식해 낮은 목소리로 속삭인다. "어쩔 수가 없었어요. 코코가 죽어도 오기 싫다고 해서요." 아이린의 표정을 보니 윈터에게 아이를 맡긴 걸 현명한 선택으로 여기지 않는 게 분명하다. "도대체 왜 시터를 고용하지 않는지 모르겠다니까요." 그녀는 답답하다는 듯 말한다. "그래요, 알아요. 댄은 코코가 또래의 '평범한' 아이들과 어울리며 현실감각 있는 아이로 자라기를 바라죠."

이 말을 하는 아이린의 말투에서 약간의 비아냥이 느껴진다. 솔직히 말하면 나도 가끔은 댄이 코코를 시터가 아닌 어린이집에 맡기려는 이유에 대해 냉소적인 생각을 할 때가 있다. 코코가 어린이집 종일반에 가 있으면 댄이 조용한 집을 독차지하고 소중한 집필 시간을 더 많이 확보할 수 있다는 데까지 생각이 미치기 때문이다.

그때 아이린이 얼굴을 찌푸리더니, 내 티셔츠 어깨 부분에 묻어 있는 무언가에 시선을 고정한다.

"그런데 베어가 지금 에미 옷에 토한 건 알고 있죠?" 그녀는 맞춤형 호피 무늬 아기 띠 안에 만족한 표정으로 누워 있는 아들을 가리킨다. 그 순간 내 이름이 호명된다. 나는 어깨를 한번 으쓱해 보이고는 활짝 웃으며 무대에 올라 연단에 서서 관객을 향해 손을 든다.

"먼저 베어의 토 비상 사태에 대해 사과드립니다." 나는 내 어깨를 가리키며 말한다. "그렇지만 아들 녀석 덕분에 육아에 대한 완벽한 비유 하나가 떠오르네요. 사방에서 똥 폭탄이 날아오고, 아기의 토사물이 견장까지 튀어 올라도, 언제나 우리의 자리를 꿋꿋이 지키는 것, 그게 바로 엄마의 숙명 아닐까요? 제 말에 모두들 공감하시죠?" 나는 일부러 과장된 몸짓으로 가방에서 가제 수건을 꺼내 옷에 묻은 얼룩을 최대한 닦아낸다. 관중은 그런 나를 향해 환호를 보낸다.

"과연 완벽한 엄마란 무엇일까요? 그걸 누가 알까요? 그리고 사실 그게 중요할까요? 저도 완벽한 엄마가 아니고, 제가 만나본 그 누구도 완벽하지는 않았는걸요. 우리는 그냥 사람일 뿐이죠. 우리는 결코 잡을 수 없는 두 마리 토끼를 쫓으며 필요한 모든 일을 해내고, 필요한 모든 역할을 해내고, 필요한 모든 걸 제공하려 애쓰는 평범한 엄마들일 뿐이죠. 우리는 아이가 울어도 웃음을 잃지 않고, 아이가 악을 쓰며 떼를 부려도 끝까지 정신줄을 놓지 않으려 애쓰며, 매일 매 순간 그들의 필요를 우리의 필요보다 더 우선시하며 살고 있죠. 행여 아이의 무릎이 긁히기라도 하면 우리는 곧바로 따뜻한

품과 소독약을 내어주고, 온종일 일하고 돌아와서도 아이 밥을 차려내죠. 악마처럼 울부짖는 아이를 위해 소파 밑에 있는 반짝이 천사 날개를 찾아주는 것도 우리의 몫이고요. 그러면서도 우리는 이 순간이 잠시만 멈추기를 바라죠. 왜냐하면······." 나는 잠시 눈을 감고 베어의 머리에 키스한다. "······이 순간은 결코 영원할 수 없으니까요." 앞 열에 앉은 여자가 고개를 세차게 끄덕이며 눈물을 훔치는 것이 보인다.

"이런 모습 모두가 좋은 엄마의 모습 아닐까요? 그 외에도 엄마들은 무수히 많은 희생을 하며 살죠. 오늘 우리는 그 희생을 기리기 위해 이 자리에 모였습니다. 제가 #예이데이스 캠페인을 시작한 이유도 바로 그것입니다. 가족을 위해서라면 무엇이든지 해내는 엄마들. 우리에게 영감을 주는 엄마들. 훌륭한 성취를 해낸 엄마들. 더 많은 이들에게 주목받아 마땅한 엄마들. 워킹 맘, 초보 맘, 전업 맘, 다문화 맘, 아빠의 역할까지 동시에 해내는 엄마들. 이들 모두를 기리는 오늘 이 자리에서 '올해의 맘 상'을 받게 되어 정말 영광스럽게 생각합니다. 그렇지만 저는 여러분 모두를 대표해서 이 상을 받았을 뿐입니다. 한 치 앞도 알 수 없는 이 여정에서 우리 엄마들은 하나니까요."

에미 잭슨이 '올해의 맘 상'을 받았다니. 지나가던 개가 웃을 일이다. 이건 농담이 틀림없다. 에미는 제정신이 아닌 게 틀림없다. 도대체 누가 이런 끔찍한 농담을 재미있다고 생각하는 걸까? 이런 상의 심사는 대체 누가 하는 걸까? 도대체 누가 어디에 모여서 누구는 최고의 초보 맘이고, 누구는 올해의 맘이고, 누구는 최고의 할머니라고 결정하는 걸까? 후보를 추천하는 사람들은 누구인가? 이 시상식은 물론 SNS로도 생중계되는 중이다. @the_hackney_mum과 @whatmamawore는 벌써 자기들이 생각하는 완벽한 맘이 무엇인지 한마디씩 보탠 상태다.

게다가 이 나라에서 언제부터 엄마를 '맘'이라고 부르기 시작했던 말인가?

그레이스야말로 정말 훌륭한 엄마였다. 나는 그녀가 엄마 역할을 정말 잘해낼 거란 걸 알고 있었다. 그녀는 자주 "엄마, 내가 엄마 노릇을 정말 잘할 수 있을까? 아무래도 소질이 없으면 어떡하지?"라고 묻곤 했다. 그러면 나는 "그게 무슨 소리니? 너는 정말 잘할 거야"라고 말해주곤 했다. 알리사가 태어나던 날, 그레이스는 아기가 너무 예쁘고, 소중하고, 아기에 대한 책임감이 너무나도 막중하게 느껴져서 아기 얼굴을 들여다보고 또 들여다보느라 한 잠도 못 잤다고 했다. 훌륭한 엄마란 무엇이냐고? 그건 훌륭한 아빠란 무엇인지와 같다. 좋은 부모란 어떤 상황에서도 아이를 최우선으로 생각하는 사람이다. 자신의 상황이 될 때만, 사진 찍기 좋은 기회일 때만, 혹은 자신의 기분이 내킬 때만 아이에게 잘해주는 게 아니다. 또한 좋은 부모는 자신의 편리가 아니라 무엇이 아이에게 최선인가에 따라 선택하고, 생각하고, 필요할 때는 '안 돼'라고 말할 수 있다. 좋은 부모는 아이를 걱정하고, 아이에게 마음을 쓰고, 기쁨과 공포 사이에서 끊임없이 줄타기한다. 좋은 부모는 스스로 올바른 결정을 내렸는지, 그 결정이 정말 누구를 위한 것인지 매일 스스로에게 끊임없이 묻는다. 좋은 부모는 매일, 매시간, 한밤중에도, 자신이 어디에 있든 간에, 다른 무슨 일이 있든 간에, 언제나 부모 노릇을 한다. 그것이 그레이스가 훌륭한 엄마였던 이유다.

물론 에미의 육아 방식은 이와는 사뭇 다르다.

그녀의 방식은 '괜찮을 거야. 와인이나 한 잔 더 마셔'로 축약할 수 있다. 에미의 육아 방식은 엄마가 아침에 5분 더 잘 수 있는 수법이나 다른 일을 할 수 있도록 아이를 다른 데 정신 팔리게 만드는 비법 등으로 이루어져 있다. 에미의 방식은 술집에 못 가고, 새벽 3시까지 칵테일을 못 마시고, 세련된 장소로 여행을 떠나거나 거실에서 섹스를 할 수 없다는 사실에 불평을 늘어놓는 것이다. 그녀의 육아 조언이란 '그 정도면 됐어', '그릇에 시리얼만 부어줘도 우리는 훌륭한 엄마야', '욕조 안에서 익사하지 않았으면 됐지 뭐', '어떻게 하면 육아로 돈을 벌 수 있을까', '애들을 조용히 시킬 수만 있다면 온종일 감자칩 좀 먹이면 어때. 어차피 유기농인데' 같은 말들로 이루어져 있다.

그런데 그레이스와 에미 중 누가 육아로 상을 받았는지 보라. 이들 중 누가 다른 사람들에게 육아 조언을 하며 돈을 벌고 있는지 보라. 이런 말이, 이런 생각이 얼마나 나쁜 것인지 알고 있지만, 그래도 가끔은 그런 생각이 든다. 이 세상에는 아이를 키울 자격이 없는 사람들도 있다고.

댄

편집자와 함께 하는 점심 식사는 지난 몇 년간 조금씩 꾸준히 처음의 화려함을 잃어가고 있었다. 처음 책을 쓰고 출판 계약서에 서명한 (그리고 팩스로 보낸) 이후 편집자와의 점심 식사가 처음 시작되었다. 우리가 처음 식사한 곳은 개릭 극장 맞은편에 있는 고급 레스토랑이었다. 그곳에는 하얀 앞치마를 두른 웨이터들과 접기 힘들 정도로 빳빳한 냅킨, 그리고 두꺼운 카드에 요리 이름이 구불구불한 글씨체로 양각된 메뉴판이 있었는데, 그건 마치 결혼식 피로연장 밖에 걸려 있는 좌석 배치도 같았다. 그날 나는 메추라기 요리를 주문했다. 그 자리에는 내 담당 편집자는 물론이고, 출판 에이전트와 출판사 직원 몇 명도 동석했다. 그들은 내가 하는 농담마다 크게 웃었고, 내 책에 대한 기대가 얼마나 큰지 끊임없이 이야기했다. 그들 중 한 명은 자신이 잠자리에서 내 원고를 읽다가 웃음을 터뜨리는 바람에 남자 친구가 뭐가 그렇게 재밌냐고 물으며 내 원고를 읽었고, 이제는 둘 다 내 팬이 되었다고 말했다. 마케팅 부서에서도 내 책에 대한 기대가 크다고 했다.

식사를 마친 후, 우리는 다 같이 출판사 사무실에 들렀다. 그들은 계속해서 책상 앞이나 칸막이 안에 앉아 있는 직원들을 불러 나에게 인사시켰다. 책이 출간된 후, 몇 번의 점심 식사들이 이어졌지만 메뉴는 점점 간소해져갔다. 인원도 나와 내게 새로 배정된 편집자 단둘이었고, 그는 사무실 점심 식사 시간이 끝나기 전에는 돌아가야 한다며 각각 와인 한 잔과 애피타이저, 그리고 메인 코스 하나 씩만 시키자고 했다. 우리는 내 차기작의 진척 사항에 대해 대화를 나누었다. 이런 점심 식사 자리가 두어 번 더 이어진 후, 나는 와인을 주문하는 사람이 이제 나밖에 없다는 사실을 깨달았다. 얼마 지나지 않아 우리는 애피타이저도 더 이상 주문하지 않게 되었다. 이후 그 편집자도 퇴사하고, 새로운 편집자가 내게 배정됐다. 그녀와의 첫 대면식은 피자 익스프레스(영국의 대중적인 피자 전문점)에서 이루어졌다. 그녀는 내 첫 책을 읽었거나 내 차기작에 특별한 관심을 갖고 있다는 기색은 보이지 않았다. 식사 시간의 절반은 그녀가 약혼남과 크리스털 팰리스(수정궁이 있었던 런던 남부 근교 지역의 명칭)에 사려고 계획 중인 새 주택에 대해 이야기하며 보냈다. 그게 벌써 18개월 전이다. 우리는 그 이후 한 번도 함께 식사한 적이 없다.

내 이야기에서 쏠쏠함이 느껴지는가? 그렇다면 그건 사실이다.

그랬던 편집자가 갑자기 꼭 만나고 싶다고 연락을 해왔다. 그녀는 다음 주 월요일이 어떠냐고 물었고, 나는 일정표도 보지 않고 별일 없다고 대답했다. 뭐 어떤가. 아내도 업무 미팅을 잡을 때 나와 매번 상의하지 않는다. 편집자는 오후 1시에 킹스크로스역 근처에 새로 생긴 인도 타파스를 파는 식당에서 만나자고 했고, 나는 흥미로운 곳 같다고 이메일 답장을 보냈다. 내 답장을 받은 후에야 그녀는 지금 집필 중인 소설을 주말에 읽어보고 오겠다며 보내달라고 했다.

그 이메일을 읽는 순간 차가운 공포가 엄습해 내 속을 꽉 움켜쥐는 것이 느껴졌다. 지난 몇 년간 내 소설은 극히 일부만 사람들에게 보여주었다. 집필을 처음 시작했을 때는 그날 작업한 분량 중 가장 마음에 드는 부분을 에미에게 읽어주기도 했다. 초반에는 에이전트와도 자주 새 작업 이야기를 나누었고, 샘플로 몇 장을 보내주기도 했다. 그녀는 조심스럽게 긍정적인 평을 하면서도, 더 읽어보기 전에는 의미 있는 피드백을 주기는 어렵다고 말했다. 그게 5년 전의 일이다.

분명히 해두고 싶은 건 내가 딱히 창작의 슬럼프에 빠진 건 아니라는 점이다. 그렇다고 내가 게으른 것도 아니다. 나는 온종일 컴퓨터 앞에 앉아 빈 스크린만 멍하니 쳐다보고 있거나, 속옷 차림으로 뒹굴면서 과자나 먹으며 시간을 허비하지 않는다. 사실 나는 작가치고는 꽤나 부지런하고 성실한 편이다. 내가 지난 몇 년간 쓴 글의 분량만 따지면 벌써 소설 네다섯 권은 완성하고도 남았을 것이다. 내 문제점은 쓴 글을 대부분 지워버린다는 것이다.

첫 소설을 쓴 작가들이 잘 모르는 점이 하나 있다. 그건 첫 소설이 가장 쓰기 쉽다는 사실이다. 그때의 당신은 아직 젊고 오만하다. 어느 날 퍼뜩 떠오른 아이디어 하나를 가지고 그날 저녁 책상에 앉아 글을 쓰기 시작한다. 그렇게 써 내려간 글이 왠지 꽤 괜찮게 느껴진 당신은 계속해서 글을 써 나가고, 주말까지 5,000단어, 월말까지 2만 단어를 쓴다. 그쯤 되면 친한 친구들 몇 명에게 원고를 한 번씩 보여줬을 것이다. 그들의 환호와 격려에 힘입은 당신은 계속해서 집필을 해나간다. 그러다 어느 날, 당신은 드디어 그 책을 끝낸다. 집필을 끝냈다는 것 자체에 당신은 스스로가 너무나 자랑스럽다. 당신은 출판 에이전시에 그 원고를 한번 보내보기로 한다. 에이 전시에서 그 원고가 마음에 든다는 답변이 오자 당신은 너무 행복 해서 며칠 동안 콧노래를 부르며 돌아다닌다. 그러다 드디어 어느 출판사에서 출판 제의가 들어온다. 당신도 모르는 사이에 당신은 작가, 진짜 작가, 출판을 앞둔 작가가 되어버린 것이다. 그러나 두 번째 책을 쓰는 건 이와는 전혀 다르다. 우선은 책을 한 권 다 썼다 는 자체가 더 이상 성과처럼 느껴지지 않는다. 어느 날에는 마음에 드는 글을 몇 문장 써내기도 하지만, 첫 책에서 이미 써먹은 문장과 너무 비슷한 건 아닌지 고민되기 시작한다. 그렇지 않은 날에는 첫 책의 내용과 너무 이질적인 건 아닌지 걱정된다. 그러다 보면 집필 기간은 점점 늘어가고, 시간이 길어질수록 부담감은 커지기만 한 다. 그리고 당신을 향한 모두의 기대가 점점 더 짐짝처럼 무겁게 느 껴지기 시작한다.

나는 그동안 써두었던 원고를 정리해서 금요일 5시에 편집자에 게 보냈다. 늦어서 미안하다는 내용의 이메일과 함께였다. 주말 내 내 그녀가 내 원고를 잘 받았다는 답장을 보냈는지 확인하지만, 그 녀에게서는 아무런 소식도 없다. 나는 한 번 더 이메일을 보내 그녀 가 내 원고를 잘 받았는지 묻고 싶은 충동에 시달린다. 보내는 김에 원고가 어떤지 그녀의 의견도 묻고 싶다. 그러나 가까스로 그런 마 음을 억누른다.

그리고 보면 육아와 집필을 병행하며 사는 것에는 좋은 점도 있 는 것 같다. 이런 일 하나하나에 집착하기에는 생각해야 할 다른 일이 너무나 많다는 점이다.

오늘 아침, 코코를 어린이집에 보낼 수 없다는 사실은 분명했다. 아니, 다시는 그 어린이집에 보내지 않을 생각이다. 이건 상당히 난처한 상황이었는데, 우리가 사는 지역에서는 믿을 만한 보육시설을 찾기가 정말 어렵기 때문이다. 게다가 하필 오늘 같은 날 이런 일이 발생한 건 나에게도 에미에게도 좋은 상황이 아니었다. 나는 에미에게 점심 때 편집자와 식사 약속이 있다는 사실을 상기시킨다. 그녀는 나에게 오늘 유 글로우 마마 시상식이 있다는 사실을 상기시킨다. 나는 어머니에게 전화를 건다. 어머니는 80세 이웃 노인인 데릭이 오늘 병원 검진이 있는 날이라 자신이 차로 병원까지 태워다 주었다가 다시 집으로 데리고 와주기로 약속했다고 말한다. 나는 에미에게 장모님께 전화를 해보면 어떻겠냐고 묻는다. 잠깐이긴 하지만 에미는 그 제안을 진지하게 고려해보는 듯하다. 그것만 봐도 우리가 얼마나 절박한지 알 수 있다.

내 휴대폰이 울린다. 어머니가 보낸 문자다. 우리 집에 4시까지는 도착할 수 있으니, 그거라도 도움이 된다면 오겠다는 내용이다. 솔직히 말하면 그때는 너무 늦다.

이러는 내내 코코는 온 집 안을 돌아다니며 물건을 발로 차고, 발꿈치로 홱홱 돌아서고, 땅이 꺼져라 한숨을 내쉬면서 왜 친구들이 있는 어린이집에 가면 안 되냐고 성화를 부리고 있다. 코코는 이미 엄마를 따라 그 시상식에 가지 않겠다고 선언한 상태다. 에미가 같이 가자는 말을 꺼내자마자 코코는 얼굴을 잔뜩 찡그리더니 이를 드러내며 머리를 세차게 흔들어서 하마터면 중심을 잃고 벽 쪽으로 넘어질 뻔한다. "코코야, 조심해야지." 나는 아이가 벽에 이마를 찧지 않도록 붙잡으며 말한다.

"싫어." 코코는 불규칙하게 발을 구르며 단호하게 말한다. "싫어, 싫어, 싫어, 싫어."

윈터가 우리 집에 출근했을 때는 코코가 본격적인 떼쓰기 모드에 돌입하기 일보 직전이었다.

"제가 코코를 봐줄까요?" 결국 윈터가 겁에 질린 표정으로 마지못해 제안한다. 에미는 정말 그래도 되겠냐고 윈터에게 되물으면서도 나와 시선을 마주치며 이것이 옳은 결정인지, 나중에 후회할 일은 아닌지 묻는다. 나는 어깨를 으쓱하는 것과 최대한 비슷한 효과를 내는 표정을 지어 보인다. 아무리 윈터라 해도 샌드위치 몇 개 싸서 네 살짜리 아이를 바로 근처에 있는 공원에 데려갈 수는 있겠지.

우리는 윈터에게 몇 번이나 고맙다고 말한 후, 각자 서둘러 집 밖으로 달려 나간다.

나는 간신히 약속 시간에 맞춰 식당에 도착한다. 물론 그러기 위해 지하철역까지 정신없이 뛰고, 킹스크로스역에 내려서는 식당까지 잰걸음으로 서둘러야 했다. 다행히 나를 맞이하는 편집자의 표정은 매우 밝고 들떠 있다. 그녀는 나를 향해 손을 크게 흔들어 보이더니, 웨이터가 나를 테이블로 안내하는 동안 환한 미소를 띠고 기다린다. 내가 테이블에 도착하자 그녀는 나를 껴안기까지 한다.

"댄." 그녀는 미소를 띤 채 고개를 한쪽으로 약간 기울이고 나를 위아래로 훑어본다.

웨이터가 내 의자를 뒤로 빼주고, 나는 자리에 앉는다.

"너무 오래간만이죠?" 편집자가 말한다.

나는 그렇다고 대답한다. 내가 보낸 원고가 마음에 든 걸까? 확실한 점은 그녀가 지난번에 만났을 때보다는 훨씬 상냥하다는 것이다. 그날 그녀는 약속 시간보다 늦게 나타나서는 45분 뒤에 사무실로 돌아가야 한다며 식사 내내 손목시계만 들여다봤다. 그런데 오늘 다시 만난 그녀는 마치 다른 사람 같다. 아니, 내가 다른 사람이 된 것처럼 행동한다. 내 마음속에 희망 비슷한 것이 솟아나기 시작한다. 그녀는 자신이 어떤 애피타이저를 주문할지 이야기하더니, 디저트는 꼭 먹어야 하니 메인 요리는 가벼운 것으로 먹겠다고 한다. 이 식당은 원래 디저트가 유명하다고 그녀는 귀띔한다. 그러더니 아직 업무 시간이긴 하지만 혹시 와인 한잔 하겠냐고 묻고는, 내가 마시면 자신도 마시겠다고 한다. 나는 그녀가 마시면 나도 마시겠다고 한다. 그녀는 웨이터를 부르더니 메뉴판의 꽤 아래쪽에 적혀 있는 와인을 가리킨다.

점심 식사는 유쾌하게 이어진다. 우리는 출판사에 최근 있었던 조직 개편과 인사에 대한 이야기를 조금 나누다가, 출판계의 최신 트렌드에 대한 이야기로 넘어간다. 그녀는 출간을 앞둔 소설 중 내 마음에 들 만한 작품이 몇 편 있다며 나에게 꼭 보내주겠다고 한다.

디저트 메뉴를 볼 때쯤 돼서야 편집자는 에미 이야기를 꺼낸다. 그녀는 자신이 마마베어의 팬이라고 밝히더니, 그녀의 글이 정말 재밌고 신선하고 현실적이라고 한다. 마마베어의 진솔함이 너무나 매력적이라는 것이다. 나는 아내의 문체가 나오는 완전히 반대라 매력적인 거 아니냐고 농담을 던진다. 그녀는 희미하게 웃는다. "요즘 에미의 팔로워 수가 어느 정도 되나요?" 그녀가 묻는다. 나는 최근에 확인한 숫자를 천 단위로 반올림해 알려준다. 편집자는 에미가 소설이나 회고록을 쓰는 걸 생각해본 적이 있는지 묻는다. 나는 아마도 없는 것 같다고 대답하고 와인을 길게 한 모금 마신다. 그녀는 정말로 생각 없냐고 재차 묻는다. 에미에게 천부적인 소질이 있다면서, 아내가 마음만 먹으면 사람들이 정말 좋아할 책을 쓸 수 있을 것 같다고 말한다. 그리고 아내에게 한번 얘기해보라고 하더니, 자신은 언제든지 그녀와 만나 아이디어를 들어볼 의향이 있다고 한다.

이쯤 되니 에미와 책을 내고 싶은 거면 왜 그녀가 아닌 나를 점심 식사에 초대했는지 묻고 싶다.

혹은 그녀에게 그토록 깊은 영감을 준 에미 잭슨이 내 아내라는 사실을 언제 알게 됐는지 묻고 싶다. 그녀는 에미 잭슨이 대충 휘갈겨 쓴 글 몇 편에 사진을 잔뜩 실은 얇은 책을 어머니날에 맞춰 출간하는 것이 내가 근 10년을 마음과 영혼을 갈아 넣어 쓴 소설보다 상업적으로 더 흥미롭다고 생각하는 게 분명하다.

나는 울고 싶기도 하고, 웃고 싶기도 하고, 소리를 지르고 싶기도 하다.

그러는 대신 아내에게 한번 물어보겠다고 말한다. 편집자는 만족스러운 표정이다. 디저트는 무엇으로 하겠냐고 묻는 그녀에게 나는 생각보다 입맛이 별로 없다며 디저트는 사양하겠다고 대답한다.

계산서를 기다리는 동안 그녀에게 방금 생각난 것처럼 내가 보낸 원고는 어땠는지 묻는다. 그녀는 아직 차분하게 읽어볼 시간이 없었다며 사과한다.

밖으로 나오니 비가 내리고 있다. 나는 우버 택시를 부르기 위해 주머니에서 휴대폰을 꺼내다가 윈터에게서 왓츠앱 메시지가 하나 와 있는 것을 발견한다.

사고가 났어요.

9

에미

윈터가 남긴 음성 메시지는 너무 빠르고 당황한 목소리라 알아듣기 힘들 정도다. 처음 몇 초간은 흐느끼는 소리만 이어지다가, 지금 코코와 병원에 와 있으니 당장 그곳으로 와달라고 한다. 이어서 누군가에게 그들이 지금 와 있는 병원 이름이 무엇인지 묻는 소리가 들린다.

사고예요, 에미. 코코. 응급실. 지금 바로 오셔야 해요.

아이가 없는 사람은 이런 말을 들었을 때 부모가 느끼는 감정을 결코 전부 이해할 수 없다.

시상식에서 뛰쳐나와 택시를 잡으려고 거리에서 한 팔을 머리 위로 흔들면서도 나는 윈터가 남긴 음성 메시지를 몇 번이고 반복해서 듣는다. 무슨 일이 있었던 건지, 코코는 괜찮은 건지 단서를 찾아내기 위해서다. 동시에 나는 믿지도 않는 신과 흥정한다. 내가 죽어도 좋으니 코코는 무사하게 해달라고, 그 아이에게 일어난 일을 차라리 나한테 일어나게 해달라고 기도한다. 이런 상황에서 부모라면 으레 하는 말처럼 들리지만, 실제로 이런 일을 겪으면 진심으로 그렇게 생각하게 된다.

그리고 보면 나는 우리 두 아이가 행복하고 건강하다는 사실이 얼마나 감사한 것인지 잊고 살 때가 많다. 특히 아이 방에 아무렇게나 놓여 있던 작고 뾰족한 공주 왕관을 실수로 밟거나, 코코가 동화책을 한 번만 더 읽어달라고 마구 떼를 쓸 때면 더욱 그렇다. 그렇지만 코코나 베어에게 무슨 일이 일어날 수도 있다는 생각은 나 자신에게 일어날 수 있는 그 어떤 일보다 더 고통스럽게 느껴진다. 내아이. 내 첫 아이. 고통이나 두려움이 무엇인지도 모르던 때부터 내품에 안겼던 아기. 코코가 아직 신생아였던 시절, 댄과 나는 아기의 손톱을 잘라주다가 그만 실수로 아기의 손끝을 손톱깎이로 집어버린 적이 있었다. 그때 들었던 아기의 놀란 비명과 작은 손가락 끝에서 초승달 모양으로 번져 나오던 피, 아기가 난생처음 겪는 고통이 우리의 잘못 때문이라는 걸 깨달았을 때의 느낌을 지금도 생생하게 기억한다.

또 한 번은 놀이터에서 놀던 코코가 나에게 자랑하려고 놀이기구의 높은 곳까지 올라가 빙글빙글 돌다가 떨어진 적이 있었다. 그때 코코는 넘어지면서 턱을 봉에 찧는 바람에 윗입술이 찢어지고 말았다. 아이의 표정은 기쁨과 설렘에서 고통과 슬픔으로 순식간에 변했고, 나는 아이의 고통을 내가 겪는 것처럼 고스란히 느낄 수 있었다. 코코가 아프고 열이 나던 밤, 아이를 당장 응급실로 데려가야 할지, 아니면 그냥 자게 놔둬야 할지 몰라 발만 동동 구르던 기나긴 밤들도 생생하게 기억하고 있다. 코코에게 무슨 일이 일어났다는 말을 듣자, 과거의 그 모든 순간들이 동시에 나를 엄습하는 것 같다. 무슨 일이 일어났는지, 사고의 심각성이 어느 정도인지 모른다는 사실이 더 고통스럽다.

근방에 택시가 보일 때마다 열심히 손을 흔들어보지만, 접근해오는 택시마다 불이 꺼져 있고 안에는 승객이 타고 있다. 가장 가까운 우버는 17분 거리에 있다. 겨우겨우 빈 택시를 잡아타고 나서도 교통체증 때문에 20분을 차 안에서 보낸다. 택시 안에서 윈터에게 계속 전화를 걸어보지만 그녀는 받지 않는다.

베어를 태운 유아차를 밀며 나는 응급실 앞에 줄 서 있는 사람들을 빠르게 스쳐 지나간다. 제일 먼저 보이는 간호사를 붙잡고 당장 우리 딸이 있는 곳으로 데려가달라고 소리친다.

"진정해요, 애기 엄마. 애기 이름이 코코 잭슨인가요? 애기는 괜찮아요. 일단 이쪽으로 오세요." 간호사는 나를 복도로 이끈다. 그녀가 내 팔에 손을 얹고 나서야 나는 내가 온몸을 떨고 있다는 사실을 알아차린다.

"애기 엄마, 들어가기 전에 잠깐 숨 한번 돌려요." 간호사가 작은 테이블 위에 있던 탄산음료를 플라스틱 컵에 따라주며 말한다. "얼굴이 너무 창백해서 아이가 보면 놀라겠어요." 나는 간호사에게서 상황 설명을 들으며 심호흡을 몇 번 하고는 연한 오렌지 맛이 나는 탄산음료를 벌컥벌컥 들이켠다.

병실 안으로 들어서자 코코가 베개에 편안하게 기댄 채 윈터의 휴대폰으로 〈바다 탐험대 옥토넛〉(영국의 어린이 채널에서 방송하는 TV 애니메이션)을 보고 있는 모습이 시야에 들어온다. 윈터는 간식을 사러 간 모양인지 자리에 없고, 코코의 오른쪽 손목에 붕대가 감겨 있다. 코코의 모습을 보자마자 나도 모르게 웃음을 터뜨린다.

"아가야, 대체 무슨 사고를 친 거니?" 나는 허리를 숙여 아이의 이마에 키스하며 묻는다. "엄마가 얼마나 놀랐는지 알아?"

"엄마, 윈터도 엄마처럼 휴대폰만 보고 있었어. 그래서 나를 보게 하려고 그네 타고 높이 올라갔어. 그리고 윈터가 잘 볼 수 있게 그네 위에서 일어났는데 떨어져서 손을 부딪쳤어." 코코가 설명한다. "일부러 그런 건 아니야. 사고였어." 나는 코코가 스스로를 은근히 자랑스럽게 여기고 있고, 첫 병원 나들이를 무척 즐기고 있음을 느낄 수 있다.

그때 윈터가 돌아온다. 손에는 자판기 전체를 턴 것처럼 과자가 잔뜩 들려 있다. 그녀는 나를 보더니 엄청나게 혼날 것을 예상했는지 그 자리에서 발걸음을 멈춘다. 눈은 붉게 충혈되어 있고, 마스카라가 볼을 따라 흘러내리고 있다.

"정말, 정말 미안해요 에미. 저도 어떻게 된 건지 모르겠어요. 코코가 그네를 타고 있었는데 순식간에 땅으로 떨어졌지 뭐예요. 휴대폰은 진짜 아주 잠깐 본 거였어요. 정말이에요. 그리고 제…… 제가……." 윈터는 말을 더듬더니 끝내 울음을 터뜨린다.

"간호사 말로는 어디가 부러진 것 같진 않대요. 그래도 혹시 모르니 엑스레이를 찍어봐야 한대요. 그리고……." 윈터는 눈물 콧물을 다 쏟느라 더 이상 말을 잇지 못한다.

나는 그녀에게 한 소리 하려고 택시에서부터 준비한 말을 입 밖으로 꺼내보려 하지만 왠지 모르게 말이 나오지 않는다.

"맙소사, 윈터, 그렇게 울 것까진 없잖아. 코코는 괜찮아. 그렇지, 아가야?" 내가 말한다. 오히려 내가 윈터를 위로해야 하는 분위기임을 깨닫고 약간의 짜증을 느낀다.

나는 들썩이는 윈터의 어깨를 두 팔로 감싼다.

"우리가 코코를 봐달라는 부탁을 한 게 잘못이었어. 그건 원래 윈터의 일이 아니었잖아."

"그것 때문이 아니에요, 에미. 아니, 그것 때문이긴 한데…… 그것 때문만은 아니에요. 제가 휴대폰을 보고 있었던 이유는…… 제가 주의가 산만해졌던 이유는…… 베켓이 저를 차버렸어요. 지금은 음악에만 집중하고 싶다지 뭐예요. 지금은 전혀 다른 걸 생각할 정신적 여력이 없대요." 그녀는 나에게 휴대폰을 흔들어 보이며 울부짖는다. "저는 어떻게 해야 하죠? 저는 이제 어디에서 살아야 하나요?"

세심하고 배려 넘치는 뮤지션 베켓이 윈터에게 디엠으로 그들의 관계가 끝났음을 통보하고 집에서도 나가달라고 했다는 거였다. 언뜻 보니 그가 보냈다는 디엠은 엄청나게 길다. 거의 시 한 편을 쓴 모양이었다. 나는 의사가 다시 올 때까지 꼼짝없이 윈터의 연애 상담을 해줘야 하는 상황임을 깨닫는다. 유아차에 잠들어 있는 베어를 한번 확인하고, 윈터가 가져온 과자 더미에서 코코가 몰티저스

초코볼 한 봉지를 고를 수 있도록 해준다. 코코는 멍하니 목덜미를 쓰다듬으며 과자를 입 안에 넣는다.

"이리 와봐." 나는 침대 끝에 앉아 윈터에게 내 옆에 앉으라고 손짓한다. "무슨 일 있었어? 둘이 싸운 거야?"

"아니에요, 에미. 바로 그게 문제예요. 저는 우리 사이에 무슨 문제가 있는지도 몰랐거든요. 우리는 원래 싸우지도 않아요. 우리는 서로에게 완전히 빠져 있거…… 아니, 빠져 있었거든요. 이 상황이 도무지 이해가 안 돼요. 저는 이제 어떻게 해야 할지 모르겠어요." 그녀는 딸꾹질을 하기 시작하더니 나에게 휴대폰을 내밀어 보여준다.

나는 베켓이 보냈다는 그 징징거리고, 유아론적이고, 자의식 충만한 메시지를 다 읽을 자신이 없다. 그러나 어쨌든 그가 말하고자 하는 요점은 빨리 파악할 수 있었다. 그러니까 문제는 윈터가 자신의 커리어에 집중하기 시작하면서 '예술가'인 자기에게 충분히 관심을 주고 있지 않다는 것이었다. 게다가 윈터가 내 개인 비서 일을 시작한 이후로는 더더욱 거기에만 정신이 팔려 자기를 잘 돌봐주지 않는다는 게 그의 불만이었다. 최근 들어 윈터가 자신의 공연에도 몇 번이나 오지 않았고, 디제잉할 때도 늦게 왔으며, 한번은 예약되어 있는 협찬 콘텐츠 때문에 자신의 앨범 사진을 그녀의 인스타그램 피드에 올려주지 않았다고 했다. 그리고 솔직히 말하면 같이 살면 자신이 창작에 전념할 수 있도록 윈터가 요리 같은 집안일도 좀 더 해주지 않을까 기대했었다고 한다.

맙소사. 이런 얼간이 같은 녀석을 봤나.

"윈터, 지금 세상이 끝난 것 같은 기분이라는 거 잘 알아. 나도 20대 때에는 이런 일을 수도 없이 겪었지만, 그건 결국 잘된 일이었어. 이건 그냥 연습이라고 생각해. 네 마음을 아프게 하는 섹시한 얼간이들일 뿐이야. 이런저런 사람들을 만나다 보면 자신이 정말 원하는 게 무엇인지, 필요한 게 무엇인지 깨닫게 돼. 내가 보기엔 윈터는 나와 많이 비슷해. 윈터에게 필요한 사람은 윈터와 경쟁하려는 사람이 아니라 언제든지 윈터를 지지해줄 수 있는 사람이야. 윈터가 하고 싶어 하는 일이라면 그게 잘 이해되지 않더라도 윈터를 지지해줄 사람, 윈터가 잘나가고 사람들의 칭송을 받더라도 위협을 느끼지 않는 그런 사람 말이야." 나는 그녀의 무릎을 살짝 잡으며 말한다. "내 말을 믿어, 윈터. 세상에는 멋진 남자들도 많아. 성공한 여성을 만나더라도 그녀의 성공이 자신을 보잘것없어 보이게 하거나 빛을 잃게 만든다고 생각하지 않는 남자들 말이야."

윈터는 눈물을 닦아낸다. "에미와 댄 이야기죠? 맙소사. 두 분을 그런 식으로 생각해본 적은 없어요. 그냥, 그러니까, 부모라고만 생각했죠." 그녀는 의외라는 표정으로 나를 쳐다보며 말한다. 윈터가 머릿속으로 나와 댄의 젊은 시절을, 자신과 비슷한 나이의 우리 모습을 그려보려고 노력하는 게 느껴진다.

아니, 근데 그게 그렇게 상상하기 어려운 일이란 말인가?

"언젠가는 그런 사람을 만날 거야." 나는 그녀의 팔에 손을 올려놓으며 말한다. "윈터가 스스로를 특별하다고 느끼도록 최선을 다하는 사람, 이 세상에 여자는 윈터 하나밖에 없는 것처럼 바라보는 사람, 윈터의 말에 귀를 기울이고 웃어주고, 윈터가 사랑받을 자격이 있다는 걸 알고 제대로 사랑해주는 사람 말이야. 윈터도 댄 같은 남자를 만날 수 있어."

내 마지막 말에 왜인지 윈터가 다시 흐느낀다. 나는 그녀에게 휴지를 내밀고, 그녀는 그것을 받아 눈가를 닦은 후 코를 푼다.

"맙소사." 그녀는 우는 소리를 내뱉는다. "정말 낭만적이네요. 그런데…… 문제는…… 우리가 지금 사는 집은 베켓의 부모님이 소유한 집이에요. 저도 인플루언서 활동에 전념하기 위해 직장을 그만두긴 했지만 아직 돈을 벌지는 못했어요. 지금 빚도 너무 많아서 신용카드 청구서를 보는 게 두려울 정도고요. 다들 쉽게 돈을 벌 수 있다고 했는데. 아이린은 처음부터 돈을 엄청 벌 수 있는 것처럼 이야기했다고요. 물론 협찬받는 물건은 많죠. 그렇지만 정말 원하는 물건이 아니잖아요? 색상이 마음에 안 드는 가방, 사이즈가 안 맞는 옷 같은 거요. 게다가 이 모자들은……." 윈터는 코끝을 찡그린다. "어떤 건 정말 너무 끔찍해서 이베이에서도 안 팔린다고요. 공짜 옷만 가지고는 식비나 집세를 충당할 수 없어요. 게다가 인스타에 그럴듯한 사진을 올리려면 여행도 가야 하고, 여자 친구들이랑 브런치를 먹으러 가서 강황라테나 스무디볼 같은 비싼 메뉴도 시켜야 하고, 소품으로 큰 꽃다발 같은 것도 사야 하고, 머리랑 화장에도 항상 신경 써야 하고, 옷도 매번 다르게 입어야 하고, 게다가…… 저는 제대로 된 카메라도 없다고요." 그녀의 코에는 거품이 맺히고 턱에서 눈물이 뚝뚝 떨어진다. "다른 사람들은 모두 올림푸스 펜으로 사진을 찍는다고요!" 그녀는 이 불공평한 상황을 믿을 수 없다는 듯이 큰 소리로 울부짖는다.

그때 의사가 코코를 체크하기 위해 병실에 도착하고, 나는 드디어 윈터에게서 벗어날 수 있다는 사실에 그에게 키스라도 하고 싶은 심정이다. 윈터를 마지막으로 한 번 더 포옹하고 집으로 보낸다. 의사는 코코의 손목이 부러지지 않은 것이 거의 확실하지만 다시 한 번 확인해보고 싶다며, 곧 간호사가 코코를 엑스레이실로 데려갈 테니 그때까지는 마음 편하게 기다리라고 한다.

나는 가방에서 아이패드와 헤드폰을 꺼내 코코에게 넘겨주고, 코코는 다시 〈바다 탐험대 옥토넛〉을 보려고 편한 자세를 취한다. 베어는 여전히 잠들어 있다. 휴대폰을 꺼내 확인해보니 댄에게서 여러 통의 부재중 전화가 와 있고, 폴리에게서도 부재중 전화가 한 통 와 있다. 나는 댄에게 모든 게 괜찮다는 메시지를 보내고, 폴리에게도 지금 코코가 병원에 와 있으니 나중에 전화하겠다는 메시지를 보낸다. 폴리는 바로 도와주러 오겠다고 답장을 보낸다. 자신이 베어를 봐주거나, 아니면 저녁거리나 갈아입을 옷이라도 가져오겠다는 것이다. 나는 코코가 손목을 가볍게 삔 것뿐이라며 괜찮다고 그녀를 안심시킨다.

"코코야." 나는 말한다. "지금 입고 있는 옷이 진흙투성이니까 엄마가 나가서 갈아입을 옷 좀 사 올게. 5분만 얌전하게 있어, 알았지?"

나는 유아차에 베어를 태운 후 병원에 있는 기념품 가게로 향한다. 코코에게 맞는 사이즈의 옷이라고는 흉물스럽고 비싸기만 한 페파 피그 잠옷뿐이다. 나는 잠옷을 집어 들고, 코코가 깁스를 하게 되면 그 위에 공주 그림이라도 그릴 수 있도록 사인펜 몇 개도 함께 구매한다. 병실로 돌아오니 코코는 아이패드에 뺨을 댄 채 곤히 잠들어 있다. 그 모습을 바라보고 있자니 가슴에 따뜻한 기운이 번진다. 잠든 코코는 다 큰 여자아이가 아니라 다시 아기가 된 것 같은 모습이다. 그런 감정에 잠시 취해 있는데, 다른 생각 하나가 슬며시 떠오른다. 나는 조심스럽게 코코의 얼굴 밑에 있는 아이패드를 치우고, 침대 주위에 커튼을 치고, 옅은 하늘색 병원 담요를 아이의 턱 밑까지 덮어준다. 그리고 잠시 머뭇거리다가 아이의 사진을 한 장 찍는다. 그다음에는 아이의 작은 손을 잡은 내 손을 찍고, 다음에는 아이 옆에 누워 꼭 껴안은 모습을 한 번 더 찍는다.

물론 이 사진을 포스팅할 생각은 없다. 다만 보험으로 가지고 있으려는 것뿐이다. 그동안 스캔들에 휘말렸던 다른 인플루언서들을 지켜보며 내가 깨달은 사실 하나는 일이 잘못됐을 때는 팔로워들의 주의를 분산시키는 게 최고의 전략이라는 것이다. 먼저 사람들이 비난하는 일에 대해 신속하게 사과하고, 최대한 빠른 시일 내에 개인적으로 겪고 있는 힘든 일에 관한 게시물을 올리는 게 상책이다. 애가 아파서 병원에 입원해 있다는데, 그 아이 엄마를 계속 비난할 만큼 간 큰 사람은 그리 많지 않다.

댄

내가 메시지를 확인한 때는 에미가 이미 병원에 도착해서 상황 정리를 끝낸 후였다. 나는 그녀에게 차를 돌려서 병원으로 가야 할지 묻는다. 그들이 있는 병원이 어디인지 다시 묻는 나를 우버 기사가 백미러로 쳐다보는 것이 느껴진다. 에미는 코코가 손목을 살짝 뺀 것뿐이니 그럴 필요 없다며, 곧 집으로 돌아가겠다고 한다. "집으로 갑시다." 나는 운전사에게 말한다. "처음 말씀드린 주소로요."

집에 돌아와 보니 현관문의 보조 잠금 장치가 풀려 있다. 윈터에게 그 부분에 대해 특히 주의를 주었는데도 말이다. 침입 사건 이후 나는 현관문의 이중 잠금 설정, 침입 방지 알람 설정, 외출할 때 불 켜두기 같은 것에 평소보다 더 신경 쓰고 있다. 나를 소름 끼치게 하는 건 누군가가 우리 집에 침입했을 뿐 아니라, 그가 사전에 동네를 조사하고 다니며 우리 집을 지켜보고 있었을지도 모른다는 생각이다. 그리고 언제든 또 침입을 시도할지도 모른다는 생각이다.

알람을 끄기 위해 가보니 이미 꺼져 있다.

"집에 누구 있어?"

집 안에 발을 들여놓는 순간 누군가가 있다는 것을 느낄 수 있다. 어떻게 느낄 수 있는지는 잘 모르겠다. 일종의 동물적인 감각일 수도 있고, 기압의 차이일 수도 있다.

"윈터?"

아무런 대답이 없다. 부엌에서 인기척이 느껴진다.

"에미?"

부엌에서 들려오던 소리가 멈춘다. 나도 움직임을 멈추고, 숨을 죽인다. 누군가 부엌 찬장을 닫는 소리가 들린다. 서랍이 열리는 소리 같기도 하다.

나는 세 걸음 만에 부엌 입구에 도착한다. 곧바로 큰 소리를 지르며 도둑을 제압할 준비를 한다. 무섭지 않은 건 아니지만 왠지 모를 의협심에 살짝 흥분되기도 한다. 나는 손톱이 손바닥을 파고들 정도로 주먹을 꽉 쥔다.

부엌에서는 어머니가 샌드위치를 만들고 있다.

어머니는 나를 보더니 움찔 놀란다.

나는 인상을 풀고, 아무렇지도 않은 표정을 지으려 애쓴다.

"왔니?" 그녀가 말한다. "괜찮은 거야?"

나는 그제야 어머니에게 오시지 않아도 된다고 전화드리는 걸 깜빡했다는 사실을 깨닫는다.

"배가 너무 고파서 음식 좀 꺼내 먹었는데, 괜찮지?" 그녀가 샌드위치를 한 입 베어 먹으며 묻는다.

나는 당연히 괜찮다고 말한다. 그녀는 데릭을 병원에 데려갔다가 다시 집까지 데려다주고 바로 여기로 오느라 온종일 식사할 시간이 없었다며 사과한다.

"코코는 너랑 같이 있었니?"

나는 잠시 망설이다가 대답한다.

"아뇨, 코코는 저랑 있지 않았어요, 엄마. 놀라지 마세요. 코코도 오늘 병원에 다녀왔어요."

어머니는 입 안에 있던 음식을 꿀꺽 삼키고 먹던 샌드위치를 내려놓은 후, 손가락으로 앞에 놓인 접시를 살짝 밀어놓았다.

"뭐라고?"

"별일 아니었어요. 코코를 봐주던 사람이 애를 공원에 데려갔는데 잠깐 다른 데 정신이 팔린 사이에……."

어머니는 누가 코코를 봐주고 있었는지 묻는다.

나는 그녀의 질문에 대답한다. 그녀는 조심스럽게 아랫입술에 묻은 빵 부스러기를 털어낸다.

"그러니까, 윈터가 누구니?"

내가 윈터는 에미의 개인 비서라고 설명한다.

"그럼 에미는 어디에 있었던 게냐?"

"시상식에 갔었어요. 저는 편집자랑 점심 약속이 있었고요."

설명을 하면 할수록 어머니의 표정이 더욱 굳어진다.

"코코는 지금 어느 병원에 있니?"

나는 이 질문에 대답하지 않는다.

"코코는 방금 퇴원했고 멀쩡해요, 엄마."

나는 코코가 지금 집에 오고 있으니, 곧 괜찮은 걸 확인할 수 있을 거라고 말한다.

어머니는 늘 그렇듯 자신을 탓한다. 내가 여기에 왔었더라면, 데릭에게 다른 사람한테 운전을 부탁해보라고 말했더라면, 일이 이렇게 되지는 않았을 텐데. 나는 어머니의 잘못이 아니고, 아무 일도 일어나지 않았으며, 모든 게 괜찮을 거라고 그녀를 안심시키려 애쓴다.

"그렇지만 무슨 일이 있을 수도 있었잖니?" 어머니는 계속해서 말한다. "코코가 괜찮아서 정말 다행이다마는, 인터넷에 이상한 사람이 오죽 많아야 말이지. 이 사실이 알려지면 또 얼마나 말들이 많겠니? 에미에 대해서, 에미의 양육 방식에 대해서 정말 끔찍하고 불공평한 말들만 해댈 거다."

어머니가 걱정하는 것 중에 하나는 에미의 직업의 불안정하다는 점이다. 그 세계가 얼마나 경쟁이 치열한지, 유료 광고나 브랜드 파트너 등 (아이린의 표현에 따르면) '팔로워를 돈으로 바꾸는 데 필요한 모든 것'이 얼마나 필사적인 투쟁을 요하는 일인지에 대해 어머니는 자주 걱정한다. 그리고 우리가 이 일을 언제까지 할 수 있을지에 대해서도. 아이들이 학교에 입학할 때까지? 아이들이 온종일 수업을 듣는 나이가 되면 어떻게 할 거니? 아이들이 에미가 쓴 글의 내용을 읽고 이해하는 나이가 되면 어떻게 할 거니?

우리는 코코를 현실감각 있는 아이로 키우려고 정말 최선을 다한다. 아이에게 누군가가 공짜로 물건을 주거나, 어딜 가든 사람들이 알아보거나, 낯선 사람들이 다가와 친근하게 구는 것이 평범한 일이 아니라고 늘 이야기해준다. 나는 코코에게 내 어린 시절 이야기도 자주 들려주고("아빠 때는 말이야, 아이폰도 아이패드도 없고, 아무 때나 틀 수 있는 만화영화도 없었다고!"), 세상 모든 사람이 우리처럼 살 수 있는 건 아니라고, 사실 이 나라에서도 우리처럼 살 수 있는 사람이 많은 건 아니라고 이야기해준다. 일주일에 한 번은 온 식구가 휴대폰을 치우고 함께 저녁을 먹으며 대화하는 시간을 가지려고 하고, 아이들을 재우기 전에는 모두 함께 동화책을 읽기도 한다. 지난 크리스마스에는 온갖 회사들이 코코에게 어마어마한 양의 선물을 보내왔지만(햄리스사는 원목으로 만든 흔들 목마 두 개를 보내왔고, 다른 회사들도 코코의 몸집만 한 고급 곰 인형과 내 작업실의 절반만 한 장난감 집을 보내왔다), 우리는 그중 몇 개만 창고에 넣어두고 나머지는 기부하거나 다른 사람들에게 나눠 주었다. 우리는 마마베어로 벌어들인 수익을 언제나 신중하게 사용하려고 노력한다.

그렇지만 이 모든 게 순식간에 신기루처럼 사라져버릴 수 있다는 어머니의 말도 일리가 있긴 하다.

물론 아이린이 물어다 주는 일 중 일부는 노동량에 비해 수익성이 큰 것처럼 보이는 게 사실이다. 마마베어사(마마베어는 사업자등록까지 되어 있는 엄연한 회사다)의 회계 장부를 보면 사업도 잘되어가는 것처럼 보인다. 그렇지만 한때 잘나갔던 인플루언서들에게 어느 날 갑자기 닥친 일에 대한 이야기를 듣거나 관련 기사를 읽으면 불안해질 수밖에 없다. 최근 〈가디언〉지 기사에 따르면, 어떤 인플루언서는 단 5분 만에 팔로워를 몽땅 도둑맞았다고 한다. 누군가 그녀의 계정을 해킹해서 계정 이름과 비밀번호를 바꿔버린 거였다. 그리고 그걸로 끝이었다. 인스타그램 측에서는 어떠한 도움도 주려 하지 않았고, 그녀의 계정은 아무도 찾을 수 없게 되어버렸다. 자신의 팔로워 기반을 구축하기 위해 몇 년을 투자했음에도 불구하고, 그녀의 계정은 하루아침에 없는 계정이 되어버린 것이다.

우리가 코코의 안전을 위해 최선을 다하고 있는가, 우리가 아이들을 심리적으로 안정된 환경에서 양육하고 있는가, 아래층에서 지금 들려오는 저 소리가 전에 왔었던 그 도둑이 아닐까 하는 생각 말고도 나를 잠 못 이루게 하는 생각이 하나 있다. 그건 단 한 번의 잘못된 행동, 단 한 번의 실수, 단 한 번의 선택, 단 한 번의 어설픈 도덕성 과시가 지금까지 이뤄온 모든 것을 순식간에 물거품으로 만들어버릴 수 있다는 생각이다. 초청 강연, 인터뷰, 캠페인, 이 모든 게 하루아침에 사라질 수도 있는 것이다. 실제로 그런 운명을 맞은 인플루언서들이 존재한다. 심지어 어떤 이는 단 하룻밤 만에 완전히 몰락했다. @justanothermother('평범한 엄마'라는 뜻)를 기억하는가? 아마 기억나지 않을 것이다. 1년 반 전만 해도 그녀는 에미와 비등비등한 팔로워 수를 자랑하던 파워 인플루언서였다. 어쩌면 에미보다 팔로워가 더 많았는지도 모른다. 그녀는 TV 광고에 출연하고, 팸퍼스로부터 큰 규모의 협찬을 받고 있었으며, 아침 라디오 토크쇼 진행자로도 활약하며 정말 잘나갔었다. 한순간의 선택으로 그 모든 것을 물거품으로 만들기 전까지는. 시골에서 귀여운 외모의 쌍둥이 형제를 키우며 살았던 그녀는 아이들이 진흙 묻은 장화를 신고 농장을 뛰어다니거나 물웅덩이에서 노는 목가적인 장면을 사진으로 찍을 기회가 많았다. @justanothermother의 콘셉트는 따뜻하고 건전하면서도 상냥한 주부였다. 그러던 어느 날 밤, 와인 한 잔을 앞에 놓고(아마 첫 잔은 아니었을 것이다) 여느 때와 마찬가지로 그날 들어온 디엠에 답장을 하던 그녀는 그날따라 힘든 하루를 보내서였는지, 아이들이 잠을 안 자고 많이 보채서였는지, 뭔가 안 좋은 소식을 들어서였는지, 유난히 심한 악플에 시달려서인지, 아무튼 알 수 없는 이유로 갑자기 자제력을 잃고 말았다. 아니, 완전히 이성을 잃었다고 하는 게 더 맞을 것이다. 그녀는 악플러들을 향해 자신의 솔직한 심정을 말하기 시작했다. 그들이 그녀에게 했던 행동을 그대로 되돌려준 것이다. 그녀는 욕설을 섞어가며 악플러들을 변태, 패배자, 병신이라고 불렀다. 그들에게 음침하게 남의 계정이나 엿보지 말고 빌어먹을 자기 인생이나 살라고 충고했고, 왜 그렇게 지질하게 사냐고 쏘아붙였다. 그날 그녀가 '보내기' 버튼을 누른 후, 자신이 악플러들의 허를 찌른 것에 대해 얼마나 통쾌함을 느꼈을지는 충분히 상상할 수 있다. 누군가와 말다툼을 하다 보면 심한 말을 내뱉고 나서도 나중에 후회하지 않을 자신이 있다고 생각하는 것처럼 말이다.

그러나 15분 정도가 지나자 인스타그램, 트위터, 그리고 맘 커뮤니티에 그녀가 쓴 글의 캡처본이 올라오기 시작했다. 세 시간 정도 지나자 낚시성 제목을 단 인터넷 신문 기사가 하나둘씩 올라오기 시작했다. 다음 날 아침이 되자 그녀의 '욕설 폭발 사건'은 메일 온라인(영국의 황색언론 타블로이드 신문 〈데일리 메일〉의 웹사이트)에 대대적으로 보도되었다. 욕설이 담긴 디엠 메시지의 캡처본과 그녀의 인스타그램 사진들도 함께였다. 그날 오후가 되자 그녀가 랜드로버 차에 타는 모습이 찍힌 파파라치 사진과 함께, 그녀가 팸퍼스와 계약 해지

수순을 밟았다는 내용의 기사가 올라왔다. 라디오 진행 여부도 불투명하다고 했다. 그 기사가 올라온 지 얼마 안 되어 그녀는 결국 라디오에서 퇴출되었다. 이후 그녀는 인플루언서가 되기 전의 삶으로 돌아간 것으로 추정된다. 그것이 여전히 가능했다면 말이다. 내가 마지막으로 확인했을 때 그녀의 인스타그램 계정은 삭제된 상태였다. 그건 인플루언서들이 어떤 이유에서든 비난을 받거나 관심을 더 받고 싶을 때 종종 쓰는 수법인 '여러분 미안해요. 잠시 인스타그램을 떠나 힐링의 시간을 가지려고 합니다'라는 말을 동반한 공백 기간이 아니었다. 그건 계정을 영구히 삭제하고 교사나 변호사처럼 다른 먹고살 길을 찾아 떠난 사람의 뒷모습이었다.

그게 벌써 1년 반 전의 일이다. 그 전까지만 해도 우리는 행사장에서 마주치면 서로 인사하는 사이였다. 그녀는 두어 번 정도 협찬 경쟁에서 에미와 마지막까지 맞붙기도 했다. 나는 그녀의 아이들 얼굴도 알고 있고, 그녀의 부엌이 어떻게 생겼는지도 자세하게 묘사할 수 있다.

한번은 그녀에게 이메일을 보내 안부를 묻는 게 어떠냐고 에미에게 물은 적이 있다. 내 그런 제안에 진심으로 황당해하며, 도대체 왜 그런 짓을 하겠냐고 되묻던 아내의 표정을 나는 지금도 기억하고 있다.

이 병원에서만 23년을 일했다. 사람들은 나만 보면 이 말을 반복한다. 마치 나에게 상기시켜주려는 듯이. 나는 지난 23년을 같은 병원의 같은 부서에서 일했고, 마지막 10년은 같은 보직에서 일했다. 직장의 젊은 동료들은 그 사실이 잘 믿기지 않는 모양이다. 솔직히 말하면 나도 그 사실이 잘 믿기지 않을 때가 많다.

은퇴하는 것이 아쉽지는 않았다. 중환자실 간호사로 일한다는 건 정말 힘든 일이었으니까. 내 직업이 무엇인지, 아니 무엇이었는지 알게 된 사람들이 가장 처음 하는 말이 보통 그 말이다. 정말 힘들었겠다는 말. 그러면 나는 정말 긴장되는 일이긴 하다고 대답하곤 했다. 큰 수술을 마친 환자가 병실로 돌아와 제일 먼저 마주하게 되는 얼굴이 나였으니까. 그곳에서 두려움과 혼란, 고통 속에 빠져 있는 사람들을 온종일 대해야 했으니까. 나의 근면함과 경험, 그리고 뭔가 잘못되었을 때 즉시 알아챌 수 있는 감각에 그들의 삶과 죽음이 달려 있었으니까.

그 자체만으로도 꽤 대단한 일 아닌가? 모두가 그런 일을 하고 있지는 않으니까. 자신의 직업이, 자신이 매일 하는 업무가 실제로 생명을 살린다고 말할 수 있는 사람은 많지 않을 것이다.

수십 년간 간호사로 일하면서 내가 살린 생명과 신이 나에게서 빼앗아 간 생명을 생각하다 보면, 가끔은 나에게도 공평해질 권리가 있는 게 아닌가 하는 생각이 든다. 아주 약간만이라도 말이다.

가끔은 거울 속의 내 모습이 너무 낯설 때가 있다. 도대체 이런 끔찍한 생각을 하는 저 사람은 누구인가.

지금까지 내가 미치지 않도록 나를 지탱해준 건 내 일이었는지도 모른다. 남편이 죽었을 때, 알리사를 잃었을 때, 그레이스를 잃었을 때도 나는 매일 출근해서 다른 사람의 고통과 상처에 집중해야 했다. 그것이 내게 하루하루를 버틸 수 있는 원동력이 되었는지도 모른다. 중환자실에 있다 보면 우울해하거나 자기 성찰을 할 시간이 많지 않다. 자신의 문제를 깊게 생각할 시간도 많지 않다.

물론 생각하지 않는다고 해서 내 안의 슬픔과 상처, 분노가 사라지는 것은 아니었다. 정년퇴임을 앞두고 나는 동료들에게 송별회는 하고 싶지 않다고 누누이 얘기했다. 퇴임하기 몇 주 전부터 인사말이나 풍선, 케이크 같은 것이 있는 파티는 별로 내키지 않는다고 기회가 될 때마다 표현했다. 나는 좋은 일이 있을 때도 사람들에게 주목받는 것을 부담스러워하는 편이다. 게다가 퇴임 직전 몇 달간은 특히 사람들의 눈에 띄고 싶지 않은 나름의 이유가 있었다.

그런 나의 노력에도 불구하고 그들은 기어코 파티를 열었다. 그것도 서프라이즈로. 물론 나는 전혀 놀라지 않았다. 마지막 교대 근무를 마치고 손을 씻고 나오는데 누군가가 7층 대회의실에 잠깐만 들러달라는 메시지를 보냈다. 그것을 본 내 심장이 쿵 하고 내려앉았다. 나는 회의실 문을 열기도 전에, 수많은 사람들이 어둠 속에서 기다리고 있다가 내가 들어서는 순간 불을 켜며 '서프라이즈!'라고 외치리라는 걸 알았다. 그리고 모든 것은 내 예상대로였다. 그들은 돈을 모아 꽃과 초콜릿, 은퇴에 관한 농담이 적힌 머그잔과 정원용품 같은 것을 내게 선물로 주었다. 돌아가며 송별 인사말도 했는데, 내가 '친절하고' '사려 깊고' '인내심 많고' '상냥하고' '너그럽다'고 했다. 내가 저기압이었던 적도 없고, 화를 낸 적도, 누군가에게 차가운 말을 쏘아붙이거나 싫은 소리를 한 적도 없다고 했다. 나는 그들의 얼굴을 하나하나 들여다보며 생각했다. 당신들이 알았더라면.

당신들이 빌어먹을 진실을 알았더라면.

10

댄

시작부터 모든 게 엉망인 날이 있다. 오늘 아침이 그렇다. 베어가 평소와 다르게 새벽 4시 반부터 일어나 울어댄다. 내가 아기 방으로 건너가 기저귀를 살펴보고 아기를 진정시키지만, 15분 정도가 지나자 다시 울음소리가 시작된다. 이번에는 에미가 건너간다. 이후 30분 동안 에미가 베어를 안고, 흔들고, 나지막한 목소리로 속삭이며 재우려고 애쓰는 소리가 벽 너머로 들려온다. 그러나 그녀가 베어를 내려놓는 순간 아기는 다시 악을 쓰며 울기 시작한다. 코코의 방에서 무슨 일이냐고 묻는 짜증 섞인 목소리가 들려온다. 시간은 벌써 5시 15분이다. 오늘은 에미가 촬영이 있는 날이다. 나는 내가 아기를 몇 시간 보겠다고 말한 후 자리에서 일어난다.

베어가 태어나기 전에는 신생아를 키운다는 게 어떤 느낌이었는지 잊어버렸던 것 같다. 단 한 순간도 쉴 틈 없이 이어지는 걱정거리와 할 일의 연속. 부부 관계가 좋을 때도 육아는 정말 힘든 일이다.

잠을 잘 못 자면 나는 짜증이 잘 나고, 움직임도 둔해진다. 이는 결코 좋은 조합이 아니다. 나는 일어나자마자 아래층 부엌으로 내려가 찬장 문을 열고 베어의 우유병을 꺼내놓은 후, 몸을 돌려 냉장고에서 무언가를 꺼낸다. 그리고 다시 몸을 돌리다가 아까 열어둔 찬장 문에 이마를 찧고 만다.

위층에서 에미가 무슨 일이냐고 소리친다. 나는 아무 일도 아니라고 소리쳐 대답한다. 에미는 그럼 왜 욕설을 하냐고 묻는다.

아까 찬장에서 꺼내둔 우유병이 보이지 않는다. 방금 꺼내두었는데 홀연히 사라져버린 것만 같다. 결국 싱크대 위에 있는 우유병을 다시 찾는 데 또 5분이 걸린다. 바로 코앞에 있었는데도 말이다.

이제 배가 고플 대로 고픈 베어는 짜증스럽게 징징대기 시작한다.

이런 아침이면 아버지 세대의 남자들은 어떻게 그토록 육아에 참여하지 않고도 잘 살 수 있었는지 신기하게 느껴진다. 우리 아버지가 내 기저귀를 간 적이 있었던가? 한 번 정도 있었다는 것 같다. 아주 엉망이긴 했지만 말이다. 내가 듣기로 그는 뒷문 옆에 있는 기저귀 쓰레기통에서 냄새가 난다며 늘 불평했다고 한다. 그가 가장 아끼는 양복(내 상상 속에서 그 옷은 바지통과 옷깃이 넓은 아크릴 재질의 양복이다)을 입고 출근하다가 실수로 그 쓰레기통을 쓰러뜨리고 밟았다는 이야기는 몇 번 들었다. 그렇지만 그가 한밤중에 일어나 나에게 우유병을 물렸다든가, 나를 재우기 위해 유아차를 밀었다든가 하는 이야기는 한 번도 들은 적이 없다. 어머니 없이 아버지와 단둘이 놀이터에 간 기억도 없다. 이건 50년대도 아닌 80년대 초반의 이야기다. 어머니도 대학을 나왔고,《여성, 거세당하다》(영국의 영문학자이자 작가인 저메인 그리어가 1970년에 출판한 국제적 베스트셀러. 여성주의 운동의 중요한 텍스트가 된 책이다)도 읽었을 만큼 교육받은 여성이었으며, 정규직으로 일하고 있었다. 그럼에도 불구하고 저녁 식사 준비는 언제나 어머니 차지였다. 그 시절의 남자들은 어떻게 그렇게 살 수 있었는지 의아할 따름이다.

8시 15분이 되자 에미와 코코가 일어나 촬영 때 입을 의상을 고르기 시작한다. 나는 이미 녹초가 되어 있다.

누군가 아이 봐줄 사람을 구해야 했다. 그것도 빨리.

에미가 두 아이를 데리고 촬영하러 다녀오는 동안 나에게 맡겨진 여러 임무 중 하나는 아이를 봐줄 도우미를 구하는 것이다. 육아 도우미 전문 업체의 협찬을 받아보려는 에미와 아이린의 시도가 수포로 돌아가고, 인스타그램에서 공개 오디션을 통해 도우미를 구해보자는 아이린의 아이디어를 내가 단칼에 거절한 후, 우리는 이제 전통적인 방식으로 도우미를 찾아보기로 한 참이었다. 아이린의 아이디어가 아마도 반쯤 농담이었던 것을 감안하면 내가 다소 예민하게 반응한 걸 수도 있다. 에미는 차가운 눈초리로 나를 바라보더니 말했다. "그럼 자기가 한번 구해보든가."

그녀는 말을 마치자마자 침실로 들어가더니 물건을 거칠게 이리저리 옮기고 서랍을 큰 소리 나게 닫았다. 나는 발소리를 쿵쿵대며 부엌으로 내려와 차를 한 잔 끓인 후 노트북 컴퓨터를 열었다. 20분 정도 흐른 뒤, 나는 침실 안으로 머리를 들이밀고 육아 도우미 전문구인구직 사이트에 가입했다고 알려주었다. 그날 저녁, 우리는 와인 한 잔을 앞에 놓고 TV 앞에 나란히 앉아 구인 신청서를 함께 작성했다. 우리 가족에 대한 소개와 우리가 원하는 조건 등에 대한 내용이 주를 이뤘다.

에미가 베어를 준비시키고 코코는 부엌 식탁에 앉아 아이패드로 만화영화를 보는 사이, 나는 어제 가입한 구인구직 사이트에 접속한다. 밤새 일곱 명에게서 답장이 와 있다. 나는 제일 먼저 이력서에 이상하게 긴 공백이 있는 사람과 자기소개서에 오타가 세 개나 있는 사람을 후보군에서 제외한다. 보라색 머리에 코걸이를 하고 약간 사시인 것처럼 보이는 사람도 제외한다. 편견이 심하다고 나를 욕해도 상관없다. 그래도 아직 괜찮아 보이는 이력과 인상을 가진 사람이 네 명이나 남아 있다. 그중 세 명은 환하게 웃고 있고, 한 명은 진지한 표정이다. 웃고 있는 세 명 중 한 명은 스물두 살, 한 명은 마흔다섯 살, 나머지 한 명은 60대 중반이다. 내가 스물두 살짜리를 고른다면 에미가 어떤 반응을 보일지 뻔하다. 마흔다섯 살은 자기소개서에 자신이 '영적인 사람'이라고 적어놓았다. 결국 나는 사이트에 접속한 지 10분 만에 제일 적합한 사람을 고르는 데 성공한다. 애너벨 윌리엄스, 64세, 에딘버그 출생, 현재 런던에 거주하고 있으며 육아 도우미 경험은 30년. 그녀의 모습이 어떻냐고? 어리석은 짓을 용납하지 않는 엄격한 유모 같은 모습이다. 성실하고 신뢰할 만하며 웬만한 일에는 동요하지 않는 사람 같다. 딱 우리가 찾는 사람이다. 그녀는 우리가 원하는 자격증과 추천서를 모두 갖추고 있었고, 일도 바로 시작할 수 있다고 자기소개서에 적어놓았다.

아주 잘했어, 댄.

나는 '승인'을 클릭하고, 사이트가 시키는 대로 대면 인터뷰를 원하는 시간대를 고른다.

에미에게 내 성공담을 은근슬쩍, 그러나 의기양양하게 이야기할 생각에 벌써부터 들뜬다.

그러나 2분 후 날아온 자동 메시지가 우리가 거절되었음을 알려준다. 사유는 적혀 있지 않다.

주전자 물이 끓기를 기다리며 이제 어떻게 해야 할지를 생각하고 있는데 윈터가 나타난다. 늘 그렇듯 오늘도 지각이다. 집에 아무도 없을 것이라고 생각한 듯 발소리를 크게 내며 집 안으로 들어오던 그녀는 나를 보더니 흠칫 놀란다. 그리고 인사를 한 후 시계를 흘끗 보더니 이렇게 늦은 줄 몰랐다며 놀라는 척한다. 그녀는 들고 있던 스타벅스 종이컵을 부엌 식탁에 내려놓고 코코에게 팔은 어떤지 묻는다.

"이제 괜찮아요." 코코는 아이패드에서 고개를 들지 않은 채 대답한다.

일이 정말로 꼬이기 시작한 것은 그때부터다.

겉옷을 벗고 부엌 조리대에 나와 대각선으로 마주 앉은 윈터는 휴대폰을 충전시키고 커피를 한 모금 마신다. 그러고는 내게 자신이 사용하던 노트북 컴퓨터가 어디 있는지 묻는다.

나는 그녀에게 마지막으로 노트북을 본 게 어디냐고 묻는다.

그녀는 충전기가 여러 개 꽂혀 있는 조리대 모퉁이를 가리킨다.

바로 그 순간, 에미가 베어를 안고 부엌에 들어온다(베어는 아기 곰 같은 옷을 입고 있다).

"왜 그래?" 그녀가 묻는다.

나는 그녀에게 상황을 설명한다.

이후 30분간 우리는 윈터의 노트북이 없어진 게 확실한지 확인하기 위해 온 집 안을 뒤진다. 윈터가 이리저리 어슬렁거리며 세탁 바구니나 빵 보관함처럼 노트북이 있을 리 만무한 곳들을 둘러보는 동안 나는 놀이방에서 장난감, 퍼즐, 책 등이 들어 있는 상자 안을 모두 확인한다. 에미는 위층 침실을 확인하고 있다.

노트북은 사라진 게 분명하다. 얼마 전에 우리 집 안에 들어왔던 도둑이 가져간 게 틀림없다. 도둑이 들었던 날 바로 다음 날은 주말이었고, 어제는 코코가 다치는 바람에 윈터는 노트북을 사용할 겨를이 없었다. 나와 에미는 그 노트북을 전혀 사용하지 않기 때문에 오늘이 되기까지 아무도 그것이 없어진 사실을 눈치채지 못했던 것이다.

에미가 아이린에게 전화를 걸어 상황을 설명하는 동안 나는 별일 아니라고 스스로를 타이른다. 그 노트북은 그렇게 비싼 것도 아니었고, 내용물도 모두 암호로 보호되어 있었다. 아마도 마약중독자일 그 도둑은 그걸 가지고 가서 초기화한 후 어딘가에 팔아 넘겼을 것이다. 아이린은 노트북은 회사에서 다른 것으로 교체해줄 테니 그냥 경찰에 신고하고 보험 청구 자료만 업데이트하라고 한다. 이번 일은 사실 윈터의 잘못도 아니다. 외출하기 전에 노트북을 서랍 같은 곳에 넣어두지 않은 내 잘못이다.

에미가 전화를 끊었을 때는 이미 촬영에 한 시간 넘게 늦은 상태였다. "자, 그럼 이렇게 하자." 그녀가 나와 윈터를 향해 말한다. "댄, 당신이 경찰서랑 보험사에 전화할 수 있지?"

"물론이야." 내가 말한다. "그렇지 않아도 그러려고 했어."

"윈터?"

윈터는 그제야 휴대폰을 내려놓는다.

"아이린이 곧 다른 노트북을 택배로 보내줄 거야. 그러니까 여기에서 그냥 계속 일하면 돼. 알겠지? 사용자 이름이랑 비밀번호는 이전과 동일하니까 노트북만 도착하면 바로 일 시작할 수 있을 거야."

윈터가 어리둥절한 표정을 짓는다.

"왜 그래?"

윈터는 비밀번호가 문제라고 대답한다.

"외워두지 않았어?"

그녀는 고개를 젓는다.

"저는 비밀번호를 항상 적어두거든요." 그녀가 말한다. "모두 적어놨었어요. 에미가 알려준 비밀번호 전부요."

"적어두다니, 어디에?"

"포스트잇에요."

"그걸 어디에 붙여두었는데?"

윈터가 질문에 대답한다.

"미치겠네, 정말." 에미가 말한다.

"진짜 죄송해요." 윈터가 말한다.

이 세상에는 미안하다는 말로도 해결되지 않는 문제가 있다.

에미

전부. 다.

모든 비밀번호가 전부 다 그 포스트잇에 적혀 있었다.

게다가 혹여 잃어버리기라도 할까 봐 그 포스트잇을 그 빌어먹을 노트북 스크린에 붙여놓았다고 한다.

그 말은 누군가가 지난 사흘 동안 마마베어가 생성한 모든 자료에 무제한으로 접근할 수 있었다는 말이다. 그 노트북뿐 아니라 데스크톱과 클라우드에 저장되어 있는 수천 장의 사진, 이메일, 계약서까지 모두 다. 집을 나서면서 나는 댄과 윈터에게 오후 동안 그 노트북으로 접근할 수 있는 모든 자료를 목록으로 만들라고 지시했다. 거기에는 노트북에 저장된 자료뿐 아니라 나와 댄의 휴대폰에 있는 사진들, 마마베어가 받았던 모든 디엠, 문자, 왓츠앱 메시지, 여권 사본, 코코의 생일 파티에 초대했던 인원 명단까지 모든 게 포함된다.

오늘은 정말 이런 일을 처리할 물리적인 시간이 없다. 아니, 이 일에 대해 생각할 시간도 없다. 나는 할 수만 있다면 윈터를 죽이고 싶은 심정이다. 정말이다. 시간이 없기에 망정이지, 시간만 충분했다면 정말 죽이고 말았을지도 모른다.

왜 하필 오늘 이런 일이 터지는 걸까.

택시를 잡아타고 촬영장으로 향하면서 나는 아이린에게 다시 전화를 건다. 그녀는 자신이 댄과 윈터에게 어떻게 일처리를 해야 할지 알려주겠다며 나를 안심시킨다. 그리고 잠시 생각한 후 말한다.

"아무래도 내가 직접 가보는 게 좋겠어요." 일단 바꿔야 할 비밀번호도 많고, 이 일을 알려야 할 사람도 많기 때문이란다. 그녀는 나에게 기분이 어떤지 묻고는, 오늘 촬영이 얼마나 중요한지 상기시킨다. 그녀는 촬영 팀이 내가 조금 늦는 것은 크게 마음 쓰지 않을 거라고 말한다. 도착하는 즉시 내가 마마베어 역할을 충실하게 수행하기만 한다면 말이다.

나는 그녀에게 걱정하지 말라고 말한다. 우리 부모님 밑에서 성장하며 내가 일찍부터 배운 것은 현실이 힘들 때 개인적인 문제와 공적 임무를 구분해서 대응하는 법이었다.

아이린이 굳이 상기시켜주지 않아도 내가 이번 촬영에 참여하게 된 것이 얼마나 운이 좋은 일인지는 잘 알고 있다. 이번 촬영은 어머니날을 맞아 유명한 휴지 브랜드 회사가 기획한 #엉덩이닦아주기대장을위해tothebottomwiperinchief 해시태그 캠페인을 위한 것이었다. 듣기에는 별거 아닌 것 같지만 이 업계에서 이건 굉장한 성취다.

이번 건은 아이린에게도 사업적으로 큰 도약이라 할 수 있었다.

그녀는 이번 촬영에 나뿐만 아니라 우리 인스타 무리 다섯 명 모두와 우리의 어머니들, 그리고 아이들까지 함께 출연시키는 데 성공했다. 우리 무리가 각자 개성이 뚜렷한 멤버들로 구성된 건 결코 우연이 아니다. 비록 에너지는 좀 달리지만, 우린 스파이스 걸스(영국의 전설적인 걸 그룹으로 다섯 명의 여성 멤버로 구성되어 있다)를 표방하는 카피 밴드의 멤버들처럼 모든 대중의 입맛을 어느 정도 맞출 수 있다. 해나는 대지의 어머니 같은 독특한 이미지를 가지고 있고, 벨라는 권익 신장 캠페인에 능하고, 세라는 소상공인을 대표하며, 수지는 매력적인 빈티지 스타일을 뽐낸다. 멤버들의 어머니들은 더더욱 각양각색의 배경을 가진 사람들이지만, 솔직히 말해 내 어머니만큼 인플루언서의 삶에 완벽하게 적응한 사람은 없다.

어머니는 한 시간 전부터 나에게 왜 아직도 오지 않느냐는 문자를 보내고 있다.

내가 잡지사에서 일하던 시절, 어머니는 내 직업에 대해서도, 그리고 헤지펀드 매니저가 아닌 소설가를 남편으로 택한 것에 대해서도 늘 탐탁지 않게 여겼다. 그러나 인플루언서로서의 내 성공이 그녀에게 많은 떡고물을 떨어뜨려줄 수 있다는 사실을 깨달은 이후, 어머니는 이제 내 직업을 누구보다도 자랑스럽게 여긴다. 인스타그램에서 시니어 인플루언서로 활동하는 것은 그녀의 성향과 기질에 너무나 완벽하게 맞아떨어지는 일이었고, 어머니의 SNS 활동이 마마베어의 브랜드 확장에 상당히 도움이 된 것도 사실이다.

요즘 들어 그녀의 피드에 점점 더 자주 등장하는 온갖 유료 광고들(주로 주름 방지 크림, 새치 커버용 염색약, 전통적인 패션 브랜드의 코트 같은 상품이 올라오는데, 어머니는 '할머니 브랜드'만 협찬이 들어온다며 무척 속상해한다) 사이로 어머니가 자신의 육아 경험담과 육아 조언을 늘어놓는 모습을 보면 나는 경이로움을 느낀다. 어린 나에게 동요를 불러주고 함께 케이크를 구우며 즐거운 한때를 보내던 시절을 그리워하는 어머니의 감상적인 글을 읽다 보면, 당사자인 나마저도 내가 정말로 그런 목가적인 유년기를 보낸 것 같은 착각에 빠지곤 한다.

여섯 살 된 내가 앞니 빠진 곳을 손가락으로 가리키고 있는 사진을 가족 앨범에서 찾아낸 어머니는 그 사진을 자랑스럽게 인스타그램에 올렸다. 그녀가 내 베개 밑에 50펜스짜리 동전과 손글씨로 동시를 적은 종이를 놓아두었다는 긴 글도 함께였다. 그러나 나에게는 어머니가 숙취로 짜증을 부리다가, 이빨 요정이 오지 않았다고 우는 나에게 5파운드짜리 지폐를 던져줬던 기억밖에 없다. 지난 크리스마스에 어머니가 올린 감동적인 글에 의하면 나는 열세 살이 되도록 산타클로스의 존재를 믿었는데, 그 이유는 어머니가 매년 크리스마스마다 우리가 루돌프를 위해 꺼내놓은 당근에 이빨 자국을 남기고, 현관문 앞에 산타의 발자국 모양으로 설탕을 뿌려두는 것을 잊지 않았기 때문이다. 그러나 크리스마스에 대한 내 유일한 기억은 어머니가 산타를 위해 꺼내놓은 브랜디를 벌컥벌컥 마시고, 크리스마스 요리를 다 태워버리고, 여왕의 크리스마스 연설이 잘 안 들린다며 나에게 "쉿!" 하고 외치던 것이다. 그때 봤던 와인 자국이 선명한 어머니의 이를 나는 아직도 기억하고 있다.

어머니가 그래도 손자 손녀에게는 잘한다고 말할 수 있다면 좋으련만, 딱히 그렇지도 못한 게 사실이다. 어머니가 코코와 포옹하거나 웃거나 함께 생일 케이크 촛불을 끌 때는 오로지 인스타그램에 올릴 사진을 찍을 때뿐이다. 어머니가 인간관계를 맺는 방식을 보면, 그녀는 페어스 박사가 말하는 '누군가 봐주는 사람이 있어야만 의미를 느끼는' 유형의 전형이다. 그건 그녀가 인플루언서 활동을 하기 전에도 마찬가지였다. 어머니는 코코를 만났을 때 아이와 무언가를 실제로 함께 하기보다는, 카드놀이 클럽 친구들에게 보여줄 사진을 찍는 데 더 관심이 많아 보였다. 그녀는 단 한 번도 그냥 안부를 묻기 위해 전화를 하거나 손주들이 보고 싶다며 갑자기 찾아온 적이 없다. 그녀야말로 나에게 가정이란 원래 겉과 속이 다른 법이라고 가르쳐준 장본인이다. 물론 나도 언제나 겉과 속이 같은 건 아니지만, 나는 적어도 그러려고 노력은 한다.

내가 코코와 베어를 데리고 스튜디오에 도착했을 때는 어머니가 우리와 함께 입장하려고 밖에서 한 시간 넘게 기다린 후였다. 그녀는 우리에게 왜 늦었냐고 묻지도 않고, 내가 눈치를 준 후에야 겨우 코코에게 인사를 건넨다. 할머니의 관심에 환하게 웃으면서 좋아하는 딸의 얼굴을 보니 네 살 무렵의 내 모습이 떠올라 마음이 아프다.

스튜디오 안으로 들어서자 1미터에 달하는 거대한 두루마리 휴지가 우리를 맞이한다. 어머니는 그것을 보며 호들갑스럽게 말한다. "어머나 얘야, 설마 이런 똥 같은 일에 우릴 부른 거냐?" 그녀는 자신의 농담이 재미있어 죽겠다는 듯 웃어대지만 브랜드 홍보 담당자는 웃지 않는다. 오늘 촬영할 스튜디오는 세트 전체가 거대한 화장실처럼 꾸며져 있다. 아까 본 것과 같은 거대한 두루마리 휴지들 외에도, 왕좌처럼 꾸며진 커다란 변기와 유아용 변기 몇 개가 군데군데 놓여 있다. 인터뷰는 그 변기에 앉아서 진행할 예정이었는데, 거기에 앉아서 우리가 인터뷰 때마다 하는 뻔한 대사("육아는 세상에서 제일 힘든 일이고, 엄마가 되는 일보다 위대한 일은 없으며, 친정 엄마는 내 가장 친한 친구이자 나에게 뭐든지 할 수 있다는 것을 가르쳐준 롤 모델이다")를 읊어주면 된다고 한다. 할머니들과 엄마들이 인터뷰하는 동안 아이들은 휴지 뭉치들 사이에서 강아지처럼 뒹굴며 행복하게 노는 모습을 연출하면 된다.

이게 촬영 감독이 구상한 연출 콘셉트인데, 그는 아무래도 아이들을 키워본 경험이 없는 것 같다.

현실 속의 열두 명의 아이들은 미라처럼 휴지로 온몸을 꽁꽁 싸맨 채 정신없이 세트장을 뛰어다니고 있다. 아직 어린 베어만 메이크업 아티스트의 귀여움을 받으며 그녀의 품에 안겨 있다. 아이들은 뷔페 테이블에서 초코빵을 몰래 훔쳐 먹은 터라 당분으로 흥분이 최고조에 달한 상태다. 아이들의 고함 소리 때문에 귀가 찢어질 정도로 아프지만, 부모들은 최대한 그 소리를 무시하며 뷔페 테이블을 돌고 아보카도 토스트를 먹으며 과장된 몸짓으로 서로 인사를 나눈다. 그 모습을 영상으로 찍어 인스타 스토리에 올려야 하기 때문이다.

"세라, 얼굴에서 광채가 나네요. 내가 자기를 친자매처럼 생각하

는 거 알죠? 오늘 온종일 같이 있을 생각을 하니 너무 신나요!" 벨라
는 세라를 향해 허공에 대고 키스하며 스스로의 모습을 촬영한다.

나는 #예이데이스 굿즈로 만든 머그잔을 가지고 커피머신으로
향한다. 아이린은 굿즈를 팔 기회를 결코 놓치지 않는다. 세라도 그
쪽으로 향한다. 혼자 남겨진 세라의 어머니는 할 수 없이 곁에 있는
수지 와오와 대화를 나눈다. 수지가 말을 할 때마다 그녀의 귀에 걸
린 거대한 귀고리가 세라의 어머니가 쓰고 있는 이중초점 안경 근
처에서 위태롭게 흔들린다. 나에게 다가온 세라는 자연스럽게 휴대
폰을 꺼내고 나는 머그잔을 들어 건배하는 시늉을 하면서 머리를
뒤로 젖히며 웃는다. 세라는 그 사진을 즉시 인스타그램에 올린다.
"기적입니다. 아이 엄마가 커피를 식기 전에 마시다니요!"

이런 일련의 과정에는 기술이 필요하다. 엄청난 고급 기술이라고
할 수는 없지만, 이것도 일종의 기술임에 틀림없다.

변기 왕좌에 앉아 포즈를 취할 차례가 되어 나는 베어를 안아 들
고 코코를 불러 무릎에 앉으라고 한다.

코코는 싫다고 대답한다.

스태프 중 한 명이 코코에게 다가가 나와 베어가 앉아 있는 왕좌
를 가리키며 코코를 달랜다.

그러나 코코는 팔짱을 낀 채 우리에게 등을 돌리고 웅크려 앉아
꼼짝도 하지 않는다.

나는 사람들의 시선을 의식하며 참을성 있는 미소를 잃지 않으려
노력한다. 베어를 어머니에게 넘겨주고 코코에게 다가간다.

"아가야." 내가 부른다.

코코는 여전히 대답이 없다. 우리를 주목하는 수많은 눈과 귀를 의식하며 나는 아이와 시선이 마주치도록 웅크리고 앉는다. 코코의 아랫입술이 파르르 떨리고 있다.

"아가야, 왜 그러니?"

코코는 알아들을 수 없을 정도로 작은 목소리로 뭐라고 속삭인다.

"코코야, 무슨 말인지 잘 안 들려. 뭐라고 말한 거야?"

"엄마, 나 이거 하기 싫어. 부끄럽단 말이야."

"애야, 코코가 뭐라고 하는 거냐?" 어느새 베어를 메이크업 아티스트 중 한 명에게 다시 넘겨준 어머니가 소리친다. "다들 기다리니어서 오라고 해."

"잠깐만요, 엄마." 나는 최대한 밝은 목소리를 유지하려 애쓰며 말한다.

"코코야, 기억 안 나니?" 나는 코코에게 묻는다. "이거 재미있을 거 같다고 우리 얘기했었잖아. 이 큰 의자에 같이 앉아서 엄마랑 할머니에 관한 웃긴 이야기도 하고 말이야. 기억나지? 엄마랑 같이 연습했던 거."

오래전 마마베어 활동을 처음 시작했을 때, 나와 댄은 우리 딸이 거절 의사를 분명히 표현할 수 있을 만큼 크면, 그리고 더 이상 이 일을 하고 싶지 않다고 말한다면 우리도 당장 이 일을 그만두기로 약속했다. 모처럼 둘만의 데이트를 즐기던 어느 날 밤, 우리는 그 이야기를 하며 맹세의 악수까지 나눴다. 만약 그런 일이 발생한다면 더 이상 핑계 대거나 변명하지 않기로 나는 그에게 약속했다.

　그렇지만 막상 아이를 키워보니, 아이에게 하기 싫은 일도 하게 만드는 게 부모의 역할 중 하나라는 사실을 깨닫게 되었다. 기저귀 차야 해. 겉옷 입어. 욕조로 들어가. 욕조에서 나와. 약 먹을 시간이야. 우유는 끝까지 다 마셔야지. 이 닦자. 이제 잘 시간이야. 이런 것들 말이다. 아이가 하기 싫어하는 일을 전혀 강요하지 않는다면, 우리는 결코 제시간에 집을 나설 수 없을 것이고, 아이는 온종일 공주 옷을 입고 초콜릿을 먹으며 어린이 채널이 나오는 TV 앞에서 꼼짝하지 않으려 할 것이다.

　그런 콘텐츠로는 결코 인기를 끌 수 없다.

　나도 어린 시절에 하기 싫은 일을 억지로 해야 할 때가 많았다. 어른들이 식사하는 동안 꼼지락거리지 않고 잘 앉아 있어야 했고, 누군가 나에게 질문하면 신속하고 명확하게 대답해야 했다. 부모님이 사람들을 초대해 파티를 여는 날이면 돌아다니며 모든 손님에게 인사해야 했다. 그때 들었던 남자들의 굵은 목소리와 여자들의 날카로운 웃음소리, 머리 높이에서 맴돌던 담배 연기, 내가 싫어하는 내색을 해도 매번 기어코 내 이마에 끈적끈적한 입맞춤을 하던 매캐한 숨결의 손님을 나는 아직도 기억하고 있다. 우리는 매년 휴가철이 되면 프로방스에 있는 별장에서 두 주를 보내곤 했는데, 나는 그곳에 가는 게 끔찍하게 싫었지만 결국 매번 끌려갔다. 침대에 누워 옆방에서 부모님이 싸우는 소리를 듣다 보면 어느새 문이 쾅 닫히고 접시가 깨지는 소리가 들려오곤 했다. 일곱 살이 되던 해에는 기숙학교로 떠나야 했고, 첫 학기를 마치고 돌아와보니 어머니는 돌보기 귀찮다는 이유로 내 애완 기니피그를 다른 사람에게 줘버렸다고 했다.

그런 어린 시절을 보낸 것이 내 성격에 안 좋은 영향을 미쳤을까? 물론 그랬을 것이다. (페어스 박사가 시키는 대로) 내가 나의 깊은 내면까지 들여다본다면, 어른이 된 지금도 내가 어두운 집에 혼자 있기 무서워하는 이유는 어렸을 때 손님이 오면 어머니가 나를 방 안에 가둬두었기 때문일 것이다. 어머니는 손님을 접대하는 동안 내가 자꾸 아래층으로 내려오는 걸 귀찮아했다. 내가 사람들의 환호에 목말라하는 이유는 분명 어린 시절 부모님이 둘 다 칭찬에 무척 인색했기 때문일 것이다. 둘 중 한 명이 가끔 나에게 잘했다는 의미로 고개만 한번 끄덕여도 내 마음은 기쁨으로 벅차오르곤 했다. 사람들은 이렇게 깔끔하고 명확하게 떨어지는 심리학적 분석을 좋아한다. 그렇지 않은가?

내가 댄 같은 남자를 남편으로 선택한 심리학적 이유를 밝혀내는 데는 대단한 분석이 필요하지도 않다. 내가 그와 결혼한 이유는 그가 나를 떠나지 않을 거라 확신했기 때문이다. 어린 시절의 나와 어머니는 아버지에 대해 단 한 번도 그런 확신을 가질 수 없었다. 내가 그런 어머니의 불안을 알고 있었던 이유는 그녀가 밤마다 내 방에 들어와 말했기 때문이다. 그녀는 내 머리맡에 앉아 조심스럽게 와인 잔을 침대 옆 탁자에 내려놓고, 옆방에 있는 아버지에게 들릴 만한 목소리로 자신의 불안을 나에게 털어놓곤 했다. 그저 맘 편하게 잠들고 싶었던 나는 그게 정말 싫었다. 물론 어머니를 그렇게 만든 사람도 그녀의 어머니였을 것이다. 할머니는 단 한 번도 어머니를 제일 좋아하는 딸이라고 말한 적이 없었고, 어머니가 제일 예쁘지도, 제일 똑똑하지도 않다는 걸 다양한 방식으로 표현하곤 했다. 할머니는 어떤 이유에서인지 몰라도(그 일화를 아무리 반복해 들어봐도 그 이유가 무엇인지는 정확히 파악할 수 없었다) 우리 부모님의 결혼식 날에 끝까지 차에서 내리길 거부했다고 한다. 모피 코트를 차려입은 할머니는 결혼식이 열린 교회로 올라가는 길 끝에 세워둔 차 안에 앉은 채 모두가 기다려도 끝까지 차에서 내리지 않았다. 할아버지가 아무리 창문을 두드리고 이성적으로 생각하자고 애원해도 소용이 없었다.

어쩌면 나는 나쁜 엄마가 될 수밖에 없는 혈통을 타고났는지도 모른다. 어쩌면 우리는 모두 그런 진실을 마주하는 게 두려워서 '가장 당신다운 모습이 최고의 엄마의 모습입니다', '모든 엄마는 칭찬받아 마땅해요'와 같은 메시지에 열광하는지 모른다. 그러나 진실은 모든 엄마가 슈퍼히어로는 아니라는 것이다. 아이를 낳기 전에 못돼 처먹었던 여자가 아이를 낳았다고 해서 갑자기 성녀가 되는 건 아니다. 아이를 낳은 여자도 그냥 사람일 뿐이다. 어떤 엄마는 친절하고 온화하고 희생적이다. 어떤 엄마는 늘 화가 나 있거나 짜증을 부리고 아이를 낳은 게 실수였다고 생각한다. 어떤 엄마는 매일 최선을 다하며 하루하루를 견디고, 어떤 엄마는 아이를 재우고 술 한잔 할 수 있는 저녁 7시 30분만 기다리며 그저 시간만 꾸역꾸역

때운다. 어떤 엄마는 자신이 의외로 육아를 좋아한다는 사실을 깨닫기도 하고, 어떤 엄마는 그 반대이기도 하다. 어떤 엄마는 훌륭하고, 어떤 엄마는 엄마 될 자격이 없다. 그리고 우리 대부분은 그 사이 어딘가에 있다.

지금 이 순간, 코코가 이 광고를 찍고 싶어 하지 않는 건 분명하다. 그렇다고 해서 내가 슈퍼히어로처럼 아이를 번쩍 안아 들고 우리는 이 일을 그만두겠다고 선언한 후, 스튜디오에서 성큼성큼 걸어 나와 부드러운 햇빛이 내리비치는 초원을 향해 아이의 손을 잡고 걸어가는 일은 일어나지 않을 것이다. 그건 코코가 차에 타자마자 마음이 바뀌었다며, 도로 촬영장으로 가겠다고 집에 가는 내내 운전석 뒤를 발로 찰 것이기 때문만은 아니다. 그건 이 장소와 장비들을 대여하고 이 사람들을 모두 모아 음식을 대접하는 데, 그리고 세트와 조명과 그 외 모든 것들을 준비하는 데 얼마나 많은 돈이 들어갔는지 가늠조차 안 되기 때문이다. 집을 나설 때 목도리를 하느냐 마느냐만 가지고도 몇 번을 이랬다저랬다 하는 네 살짜리 아이의 변덕에 우리 가족의 재정적 미래를 걸 수는 없는 노릇이다. 내가 지금 모든 걸 걷어차고 이 촬영장을 떠날 수 없는 이유는 또 하나 있다. 그건 우리가 지금 여기에서 나가면 다시는 이 세계에 발을 들여놓을 수 없다는 사실을 잘 알기 때문이다.

이 사실을 나만큼이나 잘 알고 있는 세트장의 모든 사람이 숨죽이고 이 상황을 지켜보고 있다. 그들도 알고, 나도 안다. 아무것도 모르는 사람은 코코뿐이다.

결국 나는 벼랑 끝에 선 워킹 맘이라면 누구나 하게 되는 선택을
한다.

코코에게 지금 엄마가 하자는 대로 하면 집에 가는 길에 맥도날
드에 들러서 먹고 싶은 걸 마음껏 먹게 해주겠다고 말한다. 그곳은
이제껏 코코가 가고 싶어 해도 우리가 단호하게 안 된다고 해왔던
곳이다. 나는 그 외에도 코코에게 잠자리에 들기 전에 원하는 만큼
아이패드를 볼 수 있게 해주겠다고 한다.

코코는 이 제안을 놓고 잠시 고민한다.

"장난감 들어 있는 해피밀 사줄 거야?" 그녀가 묻는다.

"약속해!" 나는 코코가 해피밀을 어떻게 아는지 궁금해하면서 대
답한다.

우리는 변기 왕좌에 각자 자리를 잡고 앉는다. 나와 어머니가 왕
좌 위에 나란히 앉고 베어는 내 무릎에, 코코는 어머니의 무릎에 앉
는다. 감독이 촬영을 시작한다. 나는 우아한 말투와 확신에 찬 제스
처를 취한다. 감독이 내게 어머니에 대한 질문을 하자마자 나는 손
을 뻗어 어머니의 팔에 올려놓는다. "이 여성은⋯⋯." 카메라를 응
시하는 내 눈가에 눈물이 조금 맺힌다. "⋯⋯제 모든 것이에요. 저
의 반석이자, 등대 같은 존재죠." 나는 잠시 말을 멈춘다. 이 장면이
바로 감독의 오케이 사인을 받을 것을 예감한다. "바로 우리 엄마예
요." 나는 말을 끝맺는다.

촬영용 조명 너머 어딘가에서 박수가 쏟아진다.

다음은 어머니 차례다. 그녀가 아이린이 써준 대본대로 이야기하

232

고 있다는 걸 알면서도 나를 특별하고, 아름답고, 똑똑한 딸이라고 말하는 대목에선 나도 모르게 따뜻한 행복감이 밀려오는 걸 느낀다. 그런 스스로의 모습에 살짝 짜증이 난다.

그때 누군가 감독의 귓가에 대고 뭐라고 속삭이고, 그는 갑자기 "컷!"이라고 외친다.

"꼬마 아가씨 표정이 너무 뚱한데 표정 좀 피고 다시 한번 갑시다." 감독이 지친 한숨을 내쉬며 말한다.

이 일을 성공적으로 마치려면 기본적으로 세 가지 준비물이 필요했다. 그중 두 가지는 손쉽게 구할 수 있었지만 나머지 하나는 머리를 조금 굴려야 했다.

나처럼 중환자실에서 오래 일한 사람은 진정제 사용의 실체에 대해 잘 알 수밖에 없다. 나는 환자의 맥박을 재고, 산소포화도를 확인하고, 호기말 이산화탄소 농도를 재고, 기도가 깨끗한지, 링거가 제대로 삽입되었는지, 카프노그래프와 비위관은 제대로 작동하고 있는지, 그 안에 무언가 걸리거나 뒤틀리거나 갇히거나 막힌 것은 없는지 확인하며 지난 23년을 보냈다. 그 긴 세월 동안 내가 배운 것은 무언가 잘못되었을 때 바로 감지할 수 있는 기술이었다.

사람의 목숨은 붙여놓은 채로 의식만 잃게 만드는 일은 생각처럼 쉽지 않다. 주말 범죄 드라마나 할리우드 영화에 나오는 것처럼 사람한테 무작정 약물을 주입하고 묶어두었는데, 며칠 후 그 사람이 몽롱하지만 멀쩡한 상태로 정신을 차리는 일 같은 건 현실에서는 일어나지 않는다. 약물이란 게 그렇게 작용하지 않기 때문이다. 우선 투여량을 잘못 설정해서 과다 투여가 발생하면 호흡곤란이 일어날 수 있고, 심하면 심장박동이 멈출 수도 있다. 또한 어쩌다 손에 넣은 진정제를 대량으로 투여하면, 예를 들어 수면제 한 움큼을 나이톨(일시적 불면증 완화 작용이 있는 항히스타민제로 일반의약품으로 분류된다)과 함께 삼킨다면, 혹은 수면제를 가루로 빻아서 누군가의 와인 잔에 몰래 넣는다면, 신체는 흔히 거부반응을 보인다. 다시 말해 토하게 되는데, 의식이 없는 상태에서 구토하면 질식사할 가능성이 높다. 예전에 가족이 함께 TV를 볼 때면, 악당이 약리학적으로 무엇을 잘못하고 있는지, 그리고 왜 저들의 수법이 실패할 수밖에 없는지 끊임없이 지적하는 나 때문에 남편과 그레이스가 짜증을 내곤 했다.

그들의 기대에 부응하기 위해서라도 나에게는 이번 일을 잘 마쳐야 할 의무가 있는지도 모른다.

병원에서 일하면서도 필요한 모든 물품을 손에 넣기는 쉽지 않았다. 간호사실에서 창고 열쇠를 슬쩍해다가 집에 갈 때 외투 밑에 간단하게 벤조디아제핀 한 상자만 숨겨서 가지고 나오면 되는 문제가 아니었다.

프로포폴을 구하는 건 별문제가 아니었다. 이렇게 쉬워도 되나 싶을 정도였다. 프로포폴은 수술 전후로 매우 자주 사용되는 약물이기 때문에 늘 자물쇠 달린 보관함에 넣어둘 수 없다. 나는 기회가 될 때마다 소생용 트롤리에서 프로포폴을 꺼내 핸드백에 쑤셔 넣어두었다가 병원을 빠져나왔다. 너무 간단해서 심장 박동 수 하나 빨라지지 않았다. 물품 창고에서 볼펜 몇 개를 훔쳐 달아나는 기분이었다.

산소호흡기와 마스크는 보관 창고에서 꺼내 운동용 가방에 넣고 개인 사물함에 며칠 넣어두어야 했다. 그러다 야간 근무를 하던 날, 주변에 사람이 별로 없을 때를 기다렸다가 가지고 나와 차에 실었다. 나를 본 그 누구도 이상하다는 생각은 하지 않는 듯했다. 두어 명 정도가 퇴근 잘하라며 인사를 건넸을 뿐이다. 차에 실을 때 약간 둔탁한 소리가 났지만, 그 소리를 들을 만큼 가까이에 있는 사람은 아무도 없었다.

의약품 주입 펌프는 내가 원한다면 병원에서 몰래 가지고 나올 수도 있었지만 그냥 인터넷으로 구매했다.

미다졸람(전신마취제로 사용하는 약물)을 구하는 건 또 다른 문제였다. 근육이완제, 항불안제, 진정제로도 사용하는 약물이다 보니 돈을 주고 치료 목적이 아닌 용도로 손에 넣으려는 사람들이 있기 때문이었다. 우리 병원에서도 미다졸람을 사용할 때마다 서명하게 했으며, 그것을 보관하는 의약품 냉장고에는 비밀번호가 걸려 있어서 특정인만 접근이 가능했다.

그렇지만 사용자가 미다졸람을 꺼내서 늘 다 사용하는 것은 아니다. 예를 들어 당신이 마취과 의사이고, 환자를 진정시키는 데 10밀리리터의 미다졸람만 필요하다고 해보자. 그렇다고 하더라도 당신은 여전히 표준인 50밀리리터 약병을 가져와 사용할 것이다(아니면 나 같은 간호사를 시켜 가져오게 할 것이다).

그리고 성실한 의사라면, 부지런한 팀이라면, 쓰고 남은 40밀리리터의 미다졸람을 신경 써서 폐기 처분할 것이다.

조금 덜 성실하고 조금 덜 부지런한 의사라면 간호사가 알아서 폐기 처분하게끔 할 것이다.

그들이 나에게 정년퇴직 기념 파티를 열어준 그날 밤, 나는 필요한 모든 것을 이미 갖추고 있었다.

11

에미

사랑하는 내 친구,

전화도 하고, 문자도 여러 번 했었지만, 네가 얼마나 바쁜지 잘 알아. 그냥 이
야기 좀 하고 싶어서 연락했었어. 코코의 생일 파티 때 잠깐이라도 이야기할
수 있지 않을까 기대했는데 그때도 넌 너무 바쁘더라. 내가 그날 기분이 좀
가라앉아 있던 게 미안했어. 혹시 눈치챘어? 넌 항상 상대방의 기분을 잘 눈
치채고, 적절한 말을 할 줄 알잖아. 그래서 네가 내 기분을 눈치채긴 했지만
적절한 타이밍이 아니라 아무 말도 하지 않은 게 아닐까 생각하기도 했어.

사실 그때가 적절한 타이밍이 아니긴 했지.

사실 너한테 오랫동안 털어놓고 싶은 이야기가 있었어. 이야기할까 말까 오
래 망설였어. 바보같이 들리겠지만 좀 부끄럽기도 하고, 창피하기도 했거든.

그렇지만 이제는 이야기해야 할 것 같아. 네가 모르는 내 삶의 큰 부분이, 나
자신의 큰 부분이 있다는 게 더 이상은 견딜 수 없어. 이걸 부정하면 할수록
내가 품었던 그 작은 생명들의 존재 자체를 부정하는 것만 같아. 그들의 존

재는 마치 지금도 살아 있는 것처럼 나한테 중요한데도 말이야.

나 그간 유산을 세 번 했어, 에미. 그런데 그 고통과 죄책감, 그리고 절박함이 아무리 시간이 지나도 없어지질 않아.

기분이 좋다가도, 아니 좋진 않아도 가슴이 저릴 정도로 슬프진 않은 기분이었다가도 어느 순간 갑자기 견딜 수 없을 만큼 큰 슬픔이 몰려오곤 해. 우리 가족이 될 수 있었던 아이 세 명이 그냥 사라지다니. 첫 번째 유산은 임신한 지 12주 만에 일어났어. 계류유산이라고 하더라고. 피도 나지 않았고, 아무 감각도 느낄 수 없었어. 우리 부부는 손을 잡고 기대에 부푼 마음으로 첫 검진을 받으러 갔었지. 아기의 심장 소리를 들을 생각에 무척 행복했어. 그런데 아무 소리도 들리지 않았어. 초음파를 해주는 사람들의 표정은 또 어찌나 무정하던지. 그 사람들은 이런 걸 매일 보니까 그런 거겠지? 그때 난 수술을 해야 했어.

그러다가 또 한 번 아이를 잃었어. 노퍽(영국 잉글랜드 동부에 있는 주)에 주말을 보내러 가서 해변을 걷는데 갑자기 피가 비쳤지. 그렇게 두 번째 아이를 보냈어. 세 번째 아이도 20주 만에 보내야 했어.

왜 자꾸만 유산이 되는지는 아무도 모른다고 했어. 날 제일 힘들게 하는 건 헛된 희망이야. 테스트기에 파란색 줄이 보일 때마다 스멀스멀 생겨나는 그 희망은 아무리 없애버리려 해도, 한밤중이면 내 꿈에 나타나서 아기를 안고 누워 있는 기분이 어떨까 상상하게 만들어. 도대체 어떻게 말을 꺼내야 할지 몰라 지금까지 너에게 아무 말도 하지 못했어. 어쩌면 이런 기분을 표현할 수 있는 말이란 건 아예 존재하지 않을지도 몰라. 내가 너에게 지금 하고 있는 이 말들도 올바른 표현이 맞는지 잘 모르겠어. 내가 아는 사실은 내가 할 수 있는 건 다 해봤다는 거야. 어쩌면 가장 오래된 친구인 너에게 이 모든 걸 다 털어놓는 게 유일한 치유의 길인지도 몰라.

우리가 사는 지역에서는 시험관 아기 시술 지원을 전혀 해주지 않는다는데. 우리는 그 비용을 댈 만한 여력이 없어. 게다가 또다시 생명을 잃는 마음고생을 할 자신이 없어. 난 어떻게 해야 할까? 이게 정말 끝인 걸까? 영원히?

내가 너에게 왜 이런 메일을 쓰고 있는지 나도 잘 모르겠어. 차라리 만나서 이야기하면 이렇게까지 두서없지는 않을 것 같은데. 네가 정말 보고 싶어. 우리 만나서 커피나 술 한잔 할 수 있을까?

지금 난 내 가장 친한 친구가 정말 필요해.

폴리가

나는 심호흡을 한번 한 후, 폴리의 메일에 답장을 입력하기 시작했다가 곧바로 삭제한다. 그 이메일을 다시 찬찬히 읽기 시작한다. 나는 지금 공원을 향해 걸어가는 중이고, 모유에 취한 베어는 아기 띠 안에서 졸고 있다. 베어가 태어나기 전에는 신생아가 깨어 있는 시간이 얼마나 적은지 잊어버렸던 것 같다. 먹고, 트림하고, 졸고. 그리고 또 먹고. 나는 캐시미어 비니를 쓴 채 내 턱 밑에 잠들어 있는 아기의 작은 머리를 응시한다. 내 가슴에서 아기의 심장 박동이 느껴진다. 베어가 없다면, 코코가 없다면 어떤 느낌일까. 나는 폴리의 심정을 헤아려보려 애쓴다. 베어의 머리에 입 맞추고, 폴리가 나에게 차마 말하지 못했던 아픔과 고통을 상상해본다.

나는 동시에 마음속에서 느껴지는 희미한 감정 하나를 억눌러보려 애쓴다. 비록 약간의 양심의 가책이 동반되긴 하지만, 내가 폴리를 향해 느끼는 감정은 분명 질투심 비슷한 것이다.

학교 동창들이 나와 폴리의 지금 모습을 보면 뭐라고 할까 종종 궁금해지곤 한다. 자존감이 높은 날에는 그들이 100만 명의 팔로워를 거느리고 육아계에서 높은 인지도를 자랑하는 나를 부러워할 거라고 생각한다. 그러나 자존감이 낮은 날에는 그들이 마마베어가 누군지 알지도 못할뿐더러, 인스타그램에서 유명하다는 건 마치 모노폴리 보드게임에서 백만장자가 되는 것과 비슷하다는 생각이 든다. 그들은 그런 나보다는 교외에 예쁜 집이 있고 명문 사립학교 교사로서 안정된 직장을 가지고 있는 폴리 부부를 더 멋지다고 생각할 것 같다.

아이러니하게도 나는 종종 폴리를 부러워했던 것 같다. 그녀가 가진 것, 혹은 가지지 못한 것, 무엇보다도 편안하고 복잡해 보이지 않는 그녀의 삶을 부러워했다. 그렇지만 아이 엄마라면 누구나 한 번쯤은 아이 없는 삶을 상상해보지 않는가? 만약 아이가 없었더라면 나는 지금 #그레이데이스 밋업meetup(인플루언서가 오프라인에서 팔로워들과 만나 대화를 나누는 이벤트)에 가고 있지는 않을 것이다. 아이가 없었더라면 지금쯤 나는 《보그》의 편집장으로 일하면서 부커상을 수상한 작가와 결혼하지 않았을까. 아니, 뭘 하든 간에 이 빌어먹을 레깅스와 슬로건 문구가 적힌 티셔츠 차림으로 빽빽한 구름이 착 가라앉은 하늘 아래 쓰레기가 바람에 휘날리는 황량한 공원을 아기 띠를 매고 걷고 있진 않을 것이다. 나는 정말 내 인생이 이렇게 풀릴 줄은 몰랐다. 대부분 그렇지 않은가? 그 세 번째 술잔을 기울일까 말까, 그 남자에게 전화번호를 줄까 말까, 그가 전화했을 때 전화를 받을까 말까, 그와 사랑에 빠질까 말까, 그의 아기를 낳을까 말까. 그리고 언제 낳을까. 20대에 했던 자잘한 선택들이 어느새 쌓이고 쌓여 내 삶을 옥죄는 감옥이 되어버렸다.

물론 폴리에게 이런 이야기를 하진 않을 것이다. 그렇지만 당장은 그녀에게 무슨 말을 해야 할지 떠오르지 않는다. 이런 상황에 해줄 수 있는 적절한 말이란 게 존재하기는 할까? 나는 인스타그램에서 온갖 꼴을 다 봤다. 아이가 생기지 않아 고민하는 여자에게 쏟아지는 온갖 멍청하고, 무식하고, 무신경한 조언들. 적어도 임신은 되니까 다행이잖아요? 입양은 생각해봤나요? 침은 맞아봤나요? 엽산을 드셔보셨나요? 고기를 끊어보셨나요? 요가를 해보셨나요? 장미 수정 에그(케겔 운동을 하는 데 사용하는 계란 모양의 돌. 서구권에서는 원석을 이용한 테라피, 명상, 요가 등이 활성화되어 있다)를 질 속에 넣고 꽉 조여보셨나요? 나는 폴리에게 모든 게 잘될 거라는 말로 안심시켜줄 수도 없다. 왜냐하면 이 세상에는 그냥 임신이 안 되는 여성들이 분명 존재하기 때문이다. 모든 일이 결국에는 다 잘 풀리는 건 아니다.

게다가 폴리는 이모지 하나와 적당한 몇 마디 말로 때울 수 있는 팔로워가 아니다. 폴리에게 급하게 메시지를 작성하다가 말실수를 하거나 건성으로 듣기 좋은 말만 하고 싶지는 않다. 제대로 생각하고 마음을 담은 메시지를 보내고 싶다. 나는 폴리의 메일에 중요 표시를 해놓고 휴대폰을 가방에 집어넣는다. 현실 세계의 에미 잭슨이 인터넷 세계의 마마베어로 변신하는 데 약간의 시간이 걸릴 때가 있다. 내 본성인 냉소적인 태도를 좀 죽이고 내 안의 공감 능력을 최대한 증대해야 하기 때문이다. 그뿐 아니라 사립학교에서 익힌 고급 억양도 좀 둥글둥글하게 만들어야 한다. 나는 크게 심호흡을 한 후, 쇼를 시작할 준비를 한다. 왜냐하면 오늘 만날 사람들에게 나는 록스타나 다름없기 때문이다.

#그레이데이스 해시태그 캠페인을 론칭한 후, 팔로워들과 오프라인 만남을 통해 좀 더 긴밀하게 소통하기 위해 이런 밋업을 기획했다. 이 캠페인을 시작한 지 좀 됐는데도 참여율이 생각보다 저조한 걸 보면 내가 포스팅을 할 때 뭔가 놓치고 있음을, 내 글에서 진정성이 느껴지지 않고 있음을 직감할 수 있다. 솔직히 말하면 우울증과의 싸움에 대한 글을 쓰는 게 나에게는 쉽지 않다. 불쾌하고 바람직하지 않은 감정은 어떻게든 속으로만 억누르라고 교육받고 자랐기 때문이다. 그렇지만 어떻게든 해내야 했다. 사람들은 나와 같은 여자들이 자신의 곪은 상처를 건드리고 또 건드려서라도 읽을 만한 콘텐츠를 생성해내길 기대한다. 나와 같은 여성들은 스스로의 불안증과 낮은 자존감, 삶의 실패를 풍부한 자원 삼아 팟캐스트나 인스타그램 게시물을 만들어내는 데 당연히 능할 것이라고 생각한다. 그런 능력을 타고나지 못한 나는 팔로워들을 직접 만나 그들의 이야기를 듣고, 그들이 자신의 감정을 표현하기 위해 사용하는 단어들을 직접 들어본 후에야 진정성 있게 그런 글을 쓸 수 있는 방법을 조금씩 터득했다.

그 과정에서 내가 알게 된 점은 그런 글을 쓸 때는 내용을 최대한 모호하게 써야 한다는 것이다. 글에서 왠지 모를 스트레스와 왠지 모를 슬픔, 왠지 모를 상실감만 느껴지면 충분했다. 세부적인 내용을 최대한 배제해야 사람들이 자신의 감정을 이입할 수 있다. 그건 별자리 운세나 로르샤흐 검사와 비슷한 원리였다. 팔로워들은 내 글을 자기 상황에 맞게 해석한 후, 자신의 어려움을 극복할 수 있는 자양분으로 삼았다. 그래도 나는 내가 쓰는 글과 한 달에 한 번씩 갖는 이런 오프라인 만남이 그들에게 정말로 도움이 되는 것을 느낀다. 우리는 어느새 함께 공원을 걸으며 각자의 산후우울증, 월경전증후군, 시험관 아이 시술에 대한 이야기를 털어놓는 동지가 되었다.

공원 입구로 들어가자마자 얼굴에 피곤한 기색이 역력한 아이 엄마가 유아차를 밀며 내 옆을 따른다. 유아차 안에는 아기가 잠들어 있고, 뒤쪽 버기보드(유아차 뒤에 붙이는 보조 발판)에도 한 아이가 서 있다. "에미! 에미 맞죠? 저는 로라예요. 전에 울프를 낳고 출산 휴가 중일 때 에미의 행사에 몇 번 참석했었는데 기억하실지 모르겠네요." 그녀는 손에 쥐여준 바나나를 으깨버리며 감자 칩을 내놓으라고 소리 지르는 세 살배기 소년을 가리키며 말한다.

"저 녀석과 둘째 로자까지 둘을 데리고 혼자 외출한 건 오늘이 처음이에요." 그녀는 숨을 헐떡이며 말을 이어간다. "다들 둘째는 키우기 쉽다고 하던데, 저는 왜 이리 힘들까요? 첫 애를 낳고 외상 후 스트레스 장애로 고생하긴 했지만, 두 번째는 모든 게 좀 능숙해질 줄 알았거든요. 그런데 뭐 하나 제대로 해내는 게 없네요. 그동안 에미와 정말 대화하고 싶었어요. 에미라면 제 심정을 이해할 것 같았거든요."그녀의 눈에 눈물이 그렁그렁 차오른다. 이대로 내버려두면 그녀는 곧 흐느끼기 시작할 것이고, 나는 적어도 5분은 그녀의 등을 두드리며 위로하는 데 시간을 써야 할 판이다.

나는 함께 걸으며 그녀의 어깨에 내 어깨를 부드럽게 갖다 댄다. "물론 당신을 기억해요, 로라. 세상에, 울프가 벌써 이렇게 자랐네요. 지금 코코랑 같은 나이겠어요."나는 울프의 머리를 쓰다듬으려 하지만 아이는 고개를 홱 돌려버린다.

"로자랑 베어도 동갑이에요. 누가 보면 제가 일부러 그런 줄 알 거예요. 부담스럽게 만들려는 건 아니지만, 전부터 꼭 에미에게 말하고 싶은 게 있었어요. 제 심정을 이해하는, 저와 같은 처지의 누군가가 있다는 게 얼마나 큰 위로가 되는지 몰라요."그녀는 실밥이 다 풀려 떨어지기 일보 직전인 카디건 단추를 만지작거리며 말한다. "가끔은 에미가 제 영혼을 들여다보고 있는 것만 같아요."

한때는 예뻤을 로라의 얼굴에는 임신성 기미가 크게 자리 잡고 있고, 다 빠져버린 머리는 가늘게 다시 자라는 중이다. 아기가 들어 있던 배는 여전히 부풀어 있다. 그녀는 마치 사타구니를 칼로 베었다가 스테이플러로 다시 붙인 사람처럼 어기적거리면서 걷는다. 정말인지 애를 낳는다는 건 여자에게 너무나 잔인한 일이다.

"그런 말을 들으니 정말 행복하네요."나는 고개를 살짝 기울이며 그녀의 손을 꼭 잡아준다. "제 이야기가 누군가에게 위로가 된다는 사실이 감동스럽네요. 당신은 지금 그대로 충분해요, 로라. 이 사실을 기억해요."

로라는 카디건 소매로 눈가를 훔치며 고개를 끄덕인다. 내 앞에
서 있는 로라와 나를 팔로우하는 100만 명 이상의 여성들 사이에는
공통점이 있다. 그들은 모두 자신의 진짜 모습을 잃어버린 것처럼
느낀다. 대중매체도, 남편도, 친구도, 그 누구도 아기를 낳은 후의
진짜 현실은 알지 못한다. 매일매일, 온종일, 아기의 토사물과 똥과
먹다 남은 이유식을 치우며 산다는 것이 어떤 기분인지 그들은 모
른다. 지루함으로 미칠 것 같아서, 조금이라도 일상에 활력을 불어
넣기 위해 내일은 다른 걸 해보려고 매일 밤 머리를 짜내는 심정을
모른다. 매일 가는 놀이터나 발 냄새 나는 실내 놀이터가 아닌 곳,
빵 한 조각 시켜놓고 코코아를 바닥에 흘리며 자리만 차지하는 당
신과 당신의 징징대는 아기를 그다지 반기지 않는 카페가 아닌 다
른 곳을 찾아 헤매는 심정이 어떤지 그들은 결코 알 수 없다.

물론 그런 일상을 겪고 있는 아빠들도 있을 것이다. 그렇지만 그
들은 나를 팔로우하지도, 이런 #그레이데이스 밋업에 참여하지도
않는다. 예전에는 그게 이상하다고 생각했지만 이제는 그 이유를
안다. 댄이 베어를 유아차에 태우거나 코코를 킥보드에 태우고 길
을 걸을 때 사람들의 반응이 어떤지 보면 그 이유를 짐작할 수 있다.
친절한 미소, 칭찬, 끄덕이는 고개, 윙크, 치켜세우고 인정해주는 제
스처. 아무리 서툴고 어색하고 마지못해 하는 기색이 역력해도, 남
자는 아주 기초적인 육아만 해도 박수갈채를 받는다. 반면에 여자
가 아이를 데리고 걸으면 아무도 눈길을 주지 않는다. 그 여자가 뭘

가 잘못하고 있는 듯 보일 때를 제외하면 말이다.

나는 원래 이기적이고 냉소적인 사람일지도 모른다. 그렇다고 해서 마마베어가 사회에 유익한 일을 하고 있지 않은 것은 아니다.

나는 이 여성들과 눈을 마주치고, 그들의 이야기를 들어주고, 그들의 마음을 헤아려준다. 나는 그들을 비판하지 않고, 그들이 자신을 좀 덜 비판하도록 독려한다.

그리고 그들은 그런 나를 사랑한다.

댄

사실 내가 감사해야 할 사람은 우리 어머니다. 그날 코코를 공원에 데려간 사람이 우리 어머니였으니까. 그날 어머니는 우연히 옆에 앉아 있던 여성과 대화를 나누게 되었고, 간호사 출신인 그 여성이 지금은 육아 도우미로 일하고 있다는 사실을 알게 되었다. 그 여성은(그녀는 자신을 '도린 메이슨'이라고 소개했다) 긴 머리칼을 날리며 시소를 타고 있는 소년을 가리키며, 자신이 돌보고 있는 아이가 9월에는 학교에 입학하기 때문에 이제 새로운 일자리를 찾아야 한다고 말했다. "어머나." 우리 어머니가 말했다. "이것 참 기막힌 우연이네요."

어머니는 도린이 사는 곳이 어딘지 물었고, 도린이 대답한 동네는 우리 집에서 도보로 15분 정도 떨어진 곳에 있었다. 그곳은 어머니가 코코를 데리고 자주 갔던 곳이었고, 그곳에 있는 작은 놀이터에서 코코를 그네에 태운 적도 많았다. 어머니는 도린이 아이와 놀아주거나 대화하는 모습, 과거에 돌봤던 아이들에 대해 이야기하는 모습을 보면 그녀가 아이들을 진심으로 좋아한다는 걸 알 수 있다고 했다. 도린은 지금도 그 아이들에게 생일 카드를 보내고, 크리스마스에는 아이들에게서 카드를 받는다고 했다. 어머니는 도린이 굉장히 침착하면서도 현실감각이 있어 보이는 사람이라고 했다.

나는 어머니에게 도린의 전화번호를 받아두었길 바란다고 말했다.

신뢰할 만하면서도 터무니없이 비싸지 않은 보육시설을 찾는 게 얼마나 어려운지 직접 해보지 않은 사람은 모른다. 요즘 같은 시대에, 게다가 우리 동네처럼 부유한 맞벌이 부부가 많이 사는 지역에서도 이 문제가 쉽게 해결되지 않는다는 사실이 믿기지 않는다. 돈을 좀 쓸 의향만 있다면, 약간의 조사를 통해 몇 가지 현실적인 선택지를 찾을 수 있어야 하는 것 아닌가?

그러나 현실은 그렇지 않다.

나는 정말 노력했다. 열심히 인터넷을 뒤지고, 이메일을 보내고, 주변 사람들에게 물어봤다. 근처의 어린이집에 모두 전화해봤고, 한 곳은 직접 둘러보러 갔다. 약속한 시간에 그곳에 도착해 초인종을 눌렀는데 아무런 대답이 없었다. 문을 밀어보니 그냥 열렸다. 좋은 징조는 아니었다. 실내 복도에는 어른 허리 높이에 작은 말뚝들이 주르륵 박혀 있었고, 그 위에 아이들의 겉옷이 걸려 있었다. 그 밑에는 아이들의 장화가 줄 맞춰 놓여 있었다. 그때 계단 꼭대기에서 한 꼬마가 모습을 드러내더니 플라스틱 스푼을 빨면서 나를 내려다보았다. 그러고는 곧 어디론가 휙 사라져버렸다. 왼쪽 방에서 아이 울음소리가 들려왔고, 건물 전체에서 삶은 양배추 냄새가 났다.

더 이상 볼 것도 없었다.

이제는 대기를 걸어놓은 다섯 군데의 어린이집에서 연락이 오기를 기다리는 수밖에 없다. 그들은 결원이 나면 연락을 주겠다고 했지만, 아무리 빨라도 내년 초는 되어야 결원이 날 것 같다고 했다. 나는 은근히 에미의 이름을 언급하며 아내의 유명세를 이용해보려고도 했지만, 억양이 센 영어를 구사하는 담당자는 에미의 이름 철자가 어떻게 되냐고 되물을 뿐이었다.

에미가 어린이집 알아보는 건 잘돼가냐고 물었을 때, 나는 알아서 하고 있으니 걱정 말라고 호언장담했다. 그게 벌써 사흘 전의 일이다. 코코는 친구들이 보고 싶다면서 예전에 다니던 어린이집에 언제 갈 수 있냐고 틈날 때마다 묻는다. 코코에게 아빠랑 할머니랑 집에 있는 게 재미없냐고 묻자, 미안한 듯 어깨를 으쓱해 보인다.

나는 결국 도린에게 전화를 건다. 바로 전화를 받은 그녀는 오후에 면접을 보러 올 수 있다고 한다. "코코는 몇 살인가요?" 나는 코코의 나이를 알려주고, 그녀는 코코를 빨리 만나보고 싶다고 말한다. 그녀는 우리가 서로 성향이 잘 맞고 서로의 조건을 잘 이해하는 게 우선이라고 말한다. "물론이지요." 나는 제발 모든 일이 잘 풀리기를 빌며 대답한다. 내가 그녀에게 우리 집 주소를 알려주고, 그녀는 받아 적는다.

다행히 그녀와 코코는 만나자마자 서로 죽이 잘 맞는 것 같다. 내가 도린이 원하는 대로 설탕을 두 스푼 넣은 차를 가지고 돌아오니, 도린은 어느새 땅바닥에 두 손과 무릎을 대고 엎드려 코코와 놀아주고 있다. 둘은 정말로 즐거워 보인다. 내가 돌아온 인기척을 느낀 도린은 소파의 팔걸이를 잡고 일어나고, 우리는 대화를 나누기 시작한다. 코코는 누가 시키지도 않았는데 도린 옆에 앉더니 몸을 웅크리며 그녀에게 몸을 기댄다.

"정말 사랑스러운 아이예요." 코코가 놀잇감을 찾아 거실 반대편으로 사라지자 도린이 말한다. "이름도 너무 예쁘고요."

"아내가 지어준 이름이에요." 나는 기회가 될 때마다 이 사실을 꼭 밝히곤 한다.

도린이 나에게 자신의 시급을 알려주고, 나는 합리적인 금액 같다고 말한다. 우리가 어린이집에 내던 돈보다 조금만 더 내면 되는 금액이었다. "현금으로 드리는 게 좋을까요?" 내가 묻자 그녀는 수표도 괜찮다고 대답한다. "아참." 그녀는 방금 생각났다는 듯이 말한다. "생각난 김에 이것도 여쭤보면 좋겠네요. 코코한테 알레르기는 없나요?" 나는 꽃가루가 많이 날리는 여름에 코를 조금 훌쩍이는 것말고는 없다고 대답한다. 우유, 땅콩, 페니실린, 모두 괜찮다. 도린은 다행이라고 대답하더니, 요즘엔 워낙 알레르기가 있는 아이들이 많아서 걱정이라고 말한다. 그녀가 지금 돌보고 있는 아이 스티븐은 조개류에 알레르기가 있어서 늘 신경 쓰고 있다고 한다. 그녀는 자신이 스티븐의 어머니가 준 응급약을 언제나 소지하고 다닌다면서, 혹여 자기 잘못으로 아이에게 무슨 일이 생긴다면 도저히 견딜 수 없을 것 같다고 말한다.

나는 그녀의 말에 고개를 끄덕인다.

찻잔을 입에 가져다 대던 그녀가 책장으로 시선을 돌린다.

"저랑 아내의 직업이 궁금하시죠?"

도린은 어깨를 살짝 으쓱해 보인다.

"책과 관련된 일인가요?" 그녀가 묻는다.

내가 작가라고 말하자 그녀는 그럴 줄 알았다는 듯이 고개를 끄덕인다. 에미의 직업을 설명하는 일은 좀 더 까다롭다. 내 설명을 열심히 듣던 그녀는 "그런데 인스타그램이 뭔가요?"라고 묻기도 하고, 휴대폰으로 인터넷을 쓸 수 있다는 사실에 놀라움을 표현하기도 한다. 그녀는 자신에게도 조카딸이 만들어준 페이스북 계정이 있다고 말한다.

도린은 내일부터 출근하기로 한다. 내일은 그녀가 반나절만 코코를 봐주기로 하고, 나는 그녀에게 오전 8시에 오면 에미를 만날 수 있다고 알려준다.

"정말 기대되네요." 그녀가 말한다. "내일 또 만나자, 코코야."

코코는 고개를 들고 미소를 지으며 손을 흔든다.

"내일 또 만나요!" 코코가 말한다.

도린을 보낸 후 나는 시간을 확인한다. 아내는 어디에 있는 걸까? 공원에서 한다는 행사는 벌써 끝날 시간이 지났고, 이제 곧 코코의 간식 시간이 다가오고 있다. 나는 아내에게 빨리 좋은 소식을 전해주고, 그녀의 반응을 보고 싶은 생각에 마음이 들뜬다.

오늘은 전반적으로 성공적인 하루를 보냈다는 생각이 든다. 우선 나는 코코를 윈터나 우리 어머니에게 맡기는 것이 아닌, 제대로 된 보육 대책을 세우는 일을 책임감 있는 어른답게 잘해냈다. 또 하나 나를 안심시킨 것은 우리 집에서 얼마 떨어지지 않은 집에도 이틀 전에 도둑이 들 뻔했다는 소식이었다. 우리 집에서 노트북을 훔쳐 달아난 도둑에 대한 내 공포심은 이제 거의 사라졌다.

그 일이 있은 후, 부부 관계에 문제가 생긴 건 놀랄 만한 일은 아니었다. 나는 그들이 고난을 함께 극복하기 위해, 서로를 돕기 위해 최선을 다했다는 걸 안다. 물론 그들 중 누구도 자신들이 그 일을 극복할 수 있을 거라고 생각하진 않았다. 둘 중 누구도 그 일을 잊고 싶어 하지 않았으니까. 장례식 내내 그레이스와 잭은 서로 부둥켜안고 있었다. 사인을 밝히기 위한 조사를 받는 중에도 그들은 서로의 손을 꼭 잡았다. 변호사가 그들이 준비한 진술서를 읽는 동안, 그레이스는 정장을 입은 잭의 어깨를 꽉 움켜잡았다. 검시관은 '사고사'로 그 사건을 종결했다.

부부 사이에 문제가 생긴 건 그 이후였다. 장례식을 마치고 사람들이 모두 돌아간 후, 그들은 이제 남은 인생을 둘이 함께 살아가야 한다는 현실에 직면했던 것이다.

그레이스가 좀 이상해졌다는 걸 처음 눈치챈 사람은 나도 잭도 아닌 내 친구 앤지였다. 그녀는 그레이스와 그렇게 잘 아는 사이도 아니었다. 어느 토요일 아침, 나는 앤지를 만나 쇼핑가에 있는 커피숍 창가 테이블에서 커피를 마시고 있었다. 그런데 창문 밖으로 그레이스가 지나가는 모습이 보였다. 나는 이상하다고 생각했다. 그날 그레이스가 운전해서 여기까지 온다는 이야기를 전혀 한 적이 없었기 때문이다. 나는 그녀가 친구들과 갑작스럽게 브런치 약속이라도 잡았나 보다고 생각했다.

그레이스를 알아본 앤지는 나에게 그녀가 맞는지 물었고, 처음에 나는 그럴 리 없다고 대답했다. 그러나 앤지가 가리키는 방향에 서 있는 사람은 분명 그레이스였다. 내가 창문을 두드리며 부르자, 그레이스는 고개를 들어 나를 보더니 희미하게 웃었다. 내가 안으로 들어오라고 손짓하자 그녀는 잠시 머뭇거리는 것 같았다. 나는 시간이 한참 흐른 뒤에야 그 시간에 그레이스가 시내를 배회하고 있었다는 게 얼마나 이상한 일인지 깨달았다. 그때 나는 모든 엄마들이 그러듯 그레이스가 며칠째 머리를 감지 않은 것을 눈치챘고, 또 모든 엄마들이 그러듯 그 말을 입 밖으로 꺼낼까 말까 망설였다. 그러나 그레이스는 정신이 완전히 다른 데 있는 것 같았다. 워낙 생각할 게 많은가 보다 하고 나는 대수롭지 않게 여기려고 했다. 그레이스는 살도 좀 빠진 것 같았지만, 나는 최근에 그녀가 식욕이 별로 없다는 걸 알고 있었다. 그리 놀라운 일도 아니었다.

앤지가 내게 그레이스가 요즘 자신을 잘 돌보고 있는지 묻고 나서야 나는 딸의 정신 상태에 의문을 가지기 시작했다. 그녀의 정신이

건강한 건지 의심이 들기 시작한 것이다. 그레이스는 대화 도중에도 몇 번이나 허공을 바라보며 아무 말도 하지 않았다. 물론 앤지가 재치 넘치는 대화 상대는 아니다. 그녀는 최근에 병원 검진을 받으러 갔는데 주차하기가 얼마나 힘들었는지에 대해 지루한 이야기를 이어가고 있었다. 그래도 평상시의 내 딸이었다면, 착하고 친절하고 마음이 넓은 그레이스였다면, 듣는 척이라도 했을 터였다. 그러나 그레이스는 갑자기 자리에서 홱 일어서더니 화장실에 다녀오겠다고 했다. 그리고 자리에 돌아와서는 이제 그만 집에 가야겠다고 말했다. 그녀는 나에게 전화하겠다고 말하면서도 앤지에게는 인사조차 제대로 하지 않았다.

그날부터 그레이스의 이상한 점들이 눈에 들어오기 시작했다. 집에 찾아가면 그녀는 자주 잠옷 차림이거나, 음식 얼룩이 묻은 옷을 입고 있거나, 방금 침대에서 일어난 것 같은 모습이었다. 출근도 제대로 하지 않는 듯했고, 냉장고를 열어보면 화이트 와인 한 병과 상해버린 우유 말고는 아무것도 없을 때가 많았다.

용기를 내서 잭에게 이 이야기를 꺼내자, 잭은 자신들의 일이니 참견하지 말라고 했다. 잭과 그레이스가 각방을 쓴다는 사실을 실수로 내게 말한 건 잭이 아니라 그레이스였다. 나는 한참 후에야 그레이스가 아기방 바닥에 담요를 깔고 잔다는 사실을 알게 되었다.

잭에게 별거하자고 말한 건 그레이스였다. 그녀는 잭을 볼 때마다 마음이 아프다고 했다. 그들이 죽은 아기가 아닌 다른 것에 관해 이야기할 때마다 그녀는 죄책감을 느꼈다. 모든 걸 자신의 잘못으로 여겼고, 잭 또한 그렇게 말하지만 않을 뿐 같은 생각일 거라고 여겼다. 그 사실이 영원히 자신을 아프게 할 것이라고 생각했다. 그녀는 잭이 자신에게 손을 댈 때마다 움찔 놀랐고, 그가 방으로 들어올 때마다 얼굴에 긴장한 기색이 역력했다. 잭은 그레이스가 온종일 미지근한 욕조 물에 몸을 담그고, 무표정한 얼굴로 휴대폰만 들여다보고 있다고 말했다.

잭은 짐을 싸서 집을 나가면서, 그것이 임시적인 별거라고 생각했다. 그레이스에게 혼자만의 시간이 필요하다면 그는 그렇게 해줘야겠다고 생각했다. 그들이 다시 얼굴을 맞대고 미래에 대한 이야기를 나눌 수 있게 될 때까지 기다리겠다고 생각했다. 그는 집에서 30분 밖에 떨어지지 않은 친구 집에서 당분간 지낼 생각이었다.

그렇지만 일주일은 두 주가 되고, 두 주는 한 달이 되었다. 잭은 나에게 그레이스가 전화를 받지 않고 문자를 보내도 답을 하지 않는다고 말했다.

그리고 어느 날 아침, 그레이스는 전화기 너머로 내게 아무렇지도 않게, 그러나 아주 단호한 목소리로, 잭과 이혼하기로 결심했다고 말했다.

12

에미

"참, 말씀드린다는 걸 깜빡했네요. 아이린이 전화했었어요." 낮잠에 든 베어를 아기방 침대에 눕히고 아래층으로 내려온 지 몇 분이 지나서야 윈터가 말한다. 나는 요기를 하려고 먹을 것을 만드는 중이었고, 그녀는 부엌의 아일랜드 식탁에 앉아 휴대폰을 보며 입술을 쭉 내밀거나 베레모를 고쳐 쓰는 중이었다.

"그랬구나." 나는 시계를 흘낏 바라보며 대답한다.

"무슨 TV 프로그램에 관한 용건으로 전화했다고 했어요."

"그래?"

윈터는 고개를 끄덕인다. 나는 미소를 띠고 기다린다. 그러나 침묵만 이어질 뿐이다.

"메시지 안 남겼어?" 결국 내가 묻는다.

"아참." 윈터는 잠시 멈추었다가 말한다. "그리고 바로 전화 달랬어요."

아이린은 꼭 필요한 경우가 아니면 절대 전화하지 않는다. 이메일, 왓츠앱 메시지, 디엠 같은 건 수시로 보내지만, 직접 전화를 하는 경우는 거의 없다.

아무래도 BBC3 프로그램 진행자 면접에서 탈락한 것 같다. 아이린은 나에게 그 이야기를 하려고 전화한 게 틀림없다. 그러니 별다른 메시지도 남기지 않은 게 확실하다.

나는 왜 매번 이렇게 희망을 갖는지 모르겠다. 아이린과 나는 벌써 이런 상황을 수도 없이 겪었다. 수많은 카메라 테스트, 대본 읽기, 그리고 기다림. 첫날에는 면접관들의 친절한 태도와 면접을 정말 잘 본 것 같은 기분에 종일 가슴이 설렌다. 나는 부푼 마음으로 온종일 휴대폰을 가까이 두고 전화가 오길 기다린다. 둘째 날이 되면 조금씩 불안해지기 시작한다. 자꾸만 더 잘하거나 좀 다르게 했으면 좋았을 것들, 말하지 않았으면 좋았을 것들이 떠올라 괴롭다. 그렇게 셋째 날, 넷째 날이 지난다. 그리고 마침내 나도 정말 잘하긴 했지만 결과적으로 다른 사람이 선정되었다는 연락이 온다. 내가 정말 잘했지만 그 사람이 나보다 더 잘했다는 것이다. 어떤 때는 나보다 나이가 더 많은 사람을 원한다고 했고, 어떤 때는 나보다 더 젊은 사람을 원한다고 했다. 어떤 때는 나보다 더 개성이 강한 사람을 원한다고 했고, 어떤 때는 나보다 개성이 좀 약한 사람을 원한다고 했다. 나에게 개인적인 불호가 있는 건 아니란다. 다만 내 머리 스타일이나 내 옷이나 내 얼굴이나 내 목소리나 내 성격이 마음에 들지 않을 뿐이란다.

빌어먹을. 빌어먹을. 빌어먹을. 빌어먹을. 다 꺼져버리라지.

"괜찮아요?" 윈터가 묻는다. "제 콤부차라도 좀 드실래요?"

"아니야, 윈터. 때로는 7파운드짜리 청량음료를 마셔도 위로가 되지 않는 일들이 있단다." 나는 이를 갈며 억지웃음을 지어 보인다.

요즘 들어 내가 깨닫기 시작한 게 하나 있다. 한밤중에 잠이 깨어 미래에 대해 고민할 때 나를 가장 괴롭히는 생각이기도 하다. 그건 내가 지금의 삶에서 영원히 탈출할 수 없을 거란 생각이다. 내가 아무리 머리를 굴리고 계획을 세워봐도, 아무리 기저귀 가방 론칭 행사에 열심히 쫓아다니고 행여 엘리베이터에서 마주칠까 두려운 여자들을 진심으로 좋아하는 척해도, 엉덩이 크림이나 물티슈, 프로마주 프레(요거트와 식감이 비슷한 숙성 과정을 거치지 않은 생치즈)나 생선 스틱 같은 걸 열심히 광고해도, 징징거리거나 헛소리투성이인 메시지에 정성스럽게 답장을 해도, 결국 내가 정말로 원하는 그 일은 따낼 수 없을 것이다. 내 커리어는 또다시 막다른 골목에 다다른 것이다. 더 이상 물길이 없는 강 끝으로 열심히 노를 저어 갔다고 말할 수도 있다. 게다가 이번에는 다른 직종으로 갈아타기도 쉽지 않다. 왜냐하면 나는 〈러브 아일랜드〉(영국에서 시작해 큰 인기를 끈 연애 서바이벌 프로그램)나 〈엑스 팩터〉(영국의 음악 오디션 프로그램) 같은 프로그램에 출연했던 사람들처럼 어느 정도 인지도는 있으나 그것으로 계속해서 먹고살기에는 턱없이 부족한, 애매한 사람이 되어버렸기 때문이다. 이제는 일반인으로서 평범한 삶을 살아가려 해도 큰 부끄러움을 감수해야 한다. 어쩌면 이제 완전한 일반인의 삶으로 돌아가는 건 불가능할지도 모른다. 내가 다른 일을 한다 해도, 아마 스타벅스에서 일한다고 놀림받는 옛 아침 드라마 배우 같은 신세가 될 것이다.

잡지 산업이 망하기 직전에 그 업계를 빠져나온 전력이 있는 나는 이런 일의 장기적인 전망이 어떤지 누구보다 잘 알고 있다. 와일 E. 코요테(애니메이션 〈루니 툰〉에 등장하는 캐릭터)가 나오는 만화영화를 본 적 있는가? 코요테는 벼랑 끝에 이를 때까지 자신의 모든 것을 바쳐가며 맹렬하게 달린다. 그러다 문득 밑을 보고는 그 아래 아무것도 없다는 걸 깨닫는다. 나는 그 코요테의 기분이 어떤지 정확하게 알고 있다.

SNS든 대중매체든, 대중을 상대로 일해본 경험이 있는 사람은 누구나 아는 사실이 있다. 이 인플루언서라는 직업을 평생 유지할 수 없다는 사실이다. 한때 유용한 정보가 많았던 트위터에도 지금은 서로의 문법을 지적하고 페미니스트를 욕하기 바쁜 성난 중년 남자들만 남아 있다. 저스틴 비버처럼 되고 싶어 하는 청소년들이 한때 장악했던 마이 스페이스처럼, 인스타그램도 언젠가는 몰락할 것이다. 팔로워들은 곧 우리의 정체를 알아차릴 것이다. 진짜 육아 동지라도 되는 양 친근하게 굴지만, 우리는 사실 그들에게 필요하지도 않고 그들의 기분을 좋게 만들어주지도 못할 물건들을 비싸게 팔아먹는 영업꾼에 불과하다. 게다가 콘텐츠도 문제다. 육아 계정을 계속 운영하기 위해 내가 2년에 한 번씩 출산을 한다 해도 결국에는 한계에 도달할 수밖에 없다. 댄이 두 번째 소설을 언제 완성할지 알 수 없는 상황에서 우리 부부는 장기적인 계획이 필요했다. 그래서 나는 휴대폰 매체에서 거실에 있는 큰 스크린 매체로 옮겨 타기 위해 계속 준비해온 것이다.

SNS 인플루언서에서 TV 프로그램 진행자로 전향하는 것이 나에게는 가장 합리적인 선택지 같았다. 그건 자연스러울 뿐 아니라 운명적인 대안처럼 느껴지기도 했다. 그래서 나는 지난 몇 년 동안 아이린을 졸라 최대한 많은 스크린 인터뷰에 참여했다. 카메라 앞에 서는 법을 연습하고 싶었기 때문이다. 그 결과 나는 〈뉴스나이트 Newsnight〉(BBC의 뉴스 및 시사 프로그램)에서 〈루즈 우먼Loose Women〉(영국 ITV에서 방영하는 프로그램. 네 명의 여성 진행자가 출연하여 정치, 시사, 연예 뉴스 등 다양한 주제에 대해 토론한다)에 이르기까지 다양한 TV 프로그램에 육아 전문가 자격으로 출연할 수 있었다. 성공의 정도는 조금씩 달랐다. 아이린은 오디션이나 캐스팅 담당자와의 미팅도 잡아주었다. 인스타그램에 스토리 기능이 생긴 게 약간의 도움이 되기도 했다. 다비나 매콜(영국의 유명한 TV 프로그램 진행자)의 저런 버전이라도 되려면 좀 더 많은 연습과 오디션 장소가 필요했기 때문이다. 솔직히 말하면 나는 아이린과 나의 바람만큼 방송을 잘하지는 못한다. 그러나 경험이 쌓일수록 조금씩 실력이 늘어가는 중이다. 아이린이 배우들을 관리하던 시절의 인맥을 동원해 목소리 코치를 소개해줬고, 그 덕분에 나는 발음을 뭉개는 습관을 고칠 수 있었다. 아이린이 소개해준 동작 코치는 내 어색한 손 움직임을 교정해주었고, 미디어 트레이너(언론과 적절히 커뮤니케이션하는 법을 가르치는 전문가)는 눈을 부릅뜨는 습관을 고쳐주었다.

그동안 돈을 받고 방송에 몇 번 출연하긴 했다. 〈칠드런 인 니드〉(BBC에서 겨울마다 진행하는 모금 캠페인. 스카프로 한쪽 눈을 가리고 있는 것이 특징인 펏지 베어가 마스코트다)의 한 코너에 출연해서 펏지와 함께 치실 사용법을 가르치는 영상을 찍은 적도 있고, 〈앤티크 로드 트립〉(BBC에서 방영하는 프로그램. 출연자들은 시골 마을의 빈티지 마켓이나 앤티크 숍을 방문하고, 발견한 골동품에 대해 전문가의 감정을 듣거나 직접 구매에 참여하기도 한다) 인플루언서 특집에 출연한 적도 있다. 프로그램의 정식 진행자로 캐스팅될 뻔했던 적도 몇 번 있었지만, 결국에는 모두 무산됐다. 아이린은 아마도 BBC3 채널에서 방영하는 다큐멘터리 진행자 섭외 건으로 전화한 것 같다. 코코가 태어나던 해부터 꾸준히 이야기가 나왔던 그 프로그램은 사실 벌써 다섯 번이나 오디션을 봤고, 매번 긍정적인 피드백을 받았다. '임신의 어려움'을 주제로 한 프로그램이었는데, 제작진은 매번 진행 방식을 놓고 수정에 수정을 거듭했다. 제작진과 우리 사이에 한동안 가벼운 대화와 본격적인 협상이 이어졌지만 얼마 안 가 모두 잠잠해졌고, 이후로는 한동안 이 프로그램에 대해 연락받은 것이 없었다.

마지막으로 그 제작진에게서 연락을 받아 오디션을 보러 갔을 때는 전문 배우들을 동원해서 스크린 테스트를 진행했다. 여자 배우는 가슴 아픈 유산 경험담을 자세하게 털어놓는 역할을 맡았고, 남자 배우는 옆에서 그녀의 손을 잡고 조용히 눈물을 흘리는 남편 역할을 맡았다. 그들이 혼이 실린 연기를 펼쳐 보이는 동안 나는 그저 그들의 이야기에 적절하게 반응하고, 즉석으로 몇 가지 질문을 던지기만 하면 됐다. 그런데 어쩐 일인지 나는 적절하게 분위기를 맞추는 데 계속 실패했다. 스스로 느끼기에도 내 목소리는 가짜 같았고 불안하게 흔들렸다. 처음에 몇 번 NG를 냈을 때는 모두가 격려해주었고, 배우들도 힘내라며 위로해주었다. 감독도 내 긴장을 풀어주려고 이런저런 조언을 해주었다. 내가 다섯 번째 NG를 내자 사람들은 몰래 손목시계를 확인하기 시작했다. 내가 아홉 번째 NG를 냈을 때는 촬영장에 있던 모든 사람이 내가 합격하지 못할 거라는 사실을 알고 있었다.

나는 심호흡을 한번 하고는 통화 버튼을 누른다. "얘기하세요. 나쁜 소식이 뭐죠?" 나는 한숨을 내쉰다.

"에미, 그 반대예요. BBC3에서 전화가 왔는데 지금 최종 후보가 두 명이고, 그중에 한 명이 에미라고 해요."

아이린의 말뜻을 완전히 알아차리기까지는 약간의 시간이 걸린다. 나는 또 떨어졌을 거라는 확신이 너무 강했던 나머지, 아이린의 말을 끝까지 듣기도 전에 내가 그들의 기대에 부응하지 못해 아쉽다는 말을 어떻게 세련되게 할 수 있을까 머리를 굴리던 참이었다.

"최종 후보 두 명 중 한 명이라고요?" 내가 묻는다.

"최종 후보가 마마베어와 @ivfandangels('인공수정으로 태어난 아기 천사'라는 뜻)라고 해요. 저야 에미가 될 게 확실하다고 말하고 싶지만, 솔직히 브랜드 이미지로만 봤을 때 저쪽이 좀 더 유리한 건 사실이죠. 그래도 팔로워 수로만 봤을 땐 에미가 훨씬 우세해요."

아이린의 말은 틀리지 않다. @ivfandangels도 팔로워가 20만 명 정도 되지만, 내 팔로워 수와는 경쟁이 되지 않는다.

"문제는 이거예요. 그쪽에서도 이 부분을 확실하게 전해달라고 하네요. 프로그램 진행 방식을 또 한 번 바꾸겠대요. 제작진이 원하는 진행자는 자신의 개인적인 이야기를 풀어놓을 수 있는 사람이래요. 진정성이 느껴지는 휴먼 스토리 콘셉트로 프로그램을 이끌어갈 수 있는 사람 말이죠."

빌어먹을. 그럴 줄 알았다. 그렇다면 나는 망했다. @ivfandangels는 삶 자체가 비극적인 휴먼 스토리니까. 그녀는 아이의 생일이 다가올 때마다 여섯 개의 빈 의자를 꺼내놓고, 아이의 컵케이크 옆에 다섯 개의 컵케이크를 늘어놓고 촛불을 켠다. 그리고 감각 있는 조명으로 그 사진을 찍어 인스타그램에 올린다.

아이린은 제작진이 오디션은 볼 만큼 봤다며 최종 2인에게 마지막으로 동일한 테스트 과제를 부여했다고 알려준다.

"제작진이 간단한 동영상을 하나씩 찍어서 보내달래요. 왜 본인이 꼭 이 프로그램을 진행해야 하는지를 설명하는 내용으로요. 자신의 경험을 진심을 담아 털어놓으면 좋겠다고 하네요."

"자신의 경험을 진심을 담아서요." 나는 아이린의 말을 반복한다.

"아참, 그리고 영상은 오늘 5시까지 보내달라고 했어요. 현실감 있고 생생한 모습을 담게 하려고 일부러 촉박하게 잡은 것 같아요. 괜찮겠어요?" 그녀가 묻는다.

"문제없어요." 나는 쾌활하게 대답한다. "늦어도 5시까지는 보내겠다고 전해주세요."

베이비 모니터를 통해 아기방에서 반쯤 깨서 낑낑거리는 베어의 목소리가 들려온다. 곧바로 칭얼거리는 소리와 웅얼거리는 소리가 이어진다. 이럴 수가. 벌써 낮잠에서 깼단 말인가?

나는 시간을 확인한다. 오후 5시까지는 정확히 한 시간 남았다. 마치 시간이 모래처럼 손가락 사이로 빠져나가는 것 같은 상상을 멈출 수 없다. 이번 일을 따내기 위해 수년간 내가 들인 공과 시간, 그리고 에너지와 희생을 떠올린다. 어느 날 TV를 켰는데 화면 속에서 @ivfandangels가 강가에 서서 시를 읽고 있거나, 슬픈 표정으로 병원 복도를 걷고 있는 모습을 보게 된다면 어떤 기분이 들지 상상해본다.

아기방에서 들려오던 낑낑거리는 소리가 어느덧 본격적인 울음소리로 변해 있다. 베어는 이제 완전히 잠에서 깼다.

나는 심호흡을 하고는 휴대폰에서 이메일을 열어 검색창에 폴리의 이름을 입력한다.

댄

도대체 이게 뭔가? 도대체 누가 이런 끔찍한 짓을 한단 말인가? 나는 스스로에게 반복해서 묻는다.

인터넷에 사생활을 노출하며 살다 보면 반드시 겪게 되는 일이 있다. 어느 날 지인 중 누군가가 당신이 놓쳤을 수도 있는 당신에 관한 불쾌하거나, 비열하거나, 기분 나쁜 인터넷 게시글이 어디에 있는지 알려주는 것이다. 별로 알고 싶지 않은 불쾌한 서평이라든가, 트위터에서 내 책에 대해 벌어지고 있는 부정적인 토론이라든가, 에미의 경우 '마마베어가 요즘 살이 쪘는가'를 주제로 댓글이 이어지고 있는 가십 게시판 글이 어디 있는지를 굳이 링크를 보내 알려주는 할 일 없는 인생들이 꼭 있다.

이번에 나쁜 소식을 전하는 역할을 열성적으로 해준 사람은 수지와 오다. 그녀는 세 줄짜리 왓츠앱 메시지를 보내면서 끝에 속상하고 화난 표정의 이모지를 잔뜩 넣어놨다. 그래도 그녀는 자신이 이 모든 상황에 잔뜩 신이 나 있고, 은근히 우리의 불행을 통쾌해하고 있음을 완전히 숨기지는 못한다.

나는 코코에게 《굿 나이트 스토리스 포 레벨 걸스Good Night Stories for Rebel Girls》(세상에 맞서는 소녀들에 대한 이야기를 담은 동화책)를 읽어주고 침대에 눕혀 재운 참이었다. 어머니를 비롯해 여러 사람들에게서 하도 많이 선물받아 집에는 똑같은 책이 열두 권 정도 굴러다니고 있다. 나는 코코에게 키스하고 잘 자라고 인사한 후, 아래층으로 내려와 냉장고에서 맥주 하나를 꺼내서 아일랜드 식탁에 앉아 노트북을 열었다.

몇 시간 전에는 에미가 들어와 자신의 기쁜 소식을 알려주었다. 나는 그녀가 최종 2인이라면 분명 그 프로그램 진행을 맡게 될 거라고 말했다. TV 프로그램 진행자라니. 그냥 내레이션만 하는 것도 아니고, 여러 패널 중 한 명으로 출연하는 것도 아니고, 고정으로 진행을 맡게 된다니 정말 대단하다. 프로그램 제목에 그녀의 이름도 들어가냐고 묻자, 에미는 제목은 아직 정해지지도 않았으니 너무 앞서가지 말자고 했다. 우리는 서로의 눈을 바라본다. 그녀의 눈이 환하게 빛나고 있다. "당신이 맡게 될 게 확실하다는 걸 우리 둘 다 아는 거 같은데." 내가 말하자 그녀는 내숭 섞인 미소를 지으며 대답한다. "내가 말해줄 수 있는 건, 난 정말 최선을 다했다는 거야." 나는 앉은 자리에서 바로 그 프로그램의 PD가 누구인지, 누가 제작을 위탁한 것인지 등을 검색해보다가, 결국 그 프로그램과 관련된 모든 인물을 구글에 검색해본다. 검색 결과를 보니 대단한 사람들이 많은 것 같다. 나 같은 TV 문외한도 들어본 적이 있거나 〈가디언〉지 리뷰에서 읽어본 기억이 나는 유명한 프로그램 제작에 참여했던 사람들이다. 에미가 아이들이 잘 자고 있는지 확인하러 위층으로 올라간 뒤에야 나는 그 프로그램의 내용이 무엇인지 물어보지 않았음을 깨닫는다.

에미가 위층에서 아직 내려오지 않았는데 그녀의 휴대폰이 진동한다. 나는 그쪽을 흘끗 쳐다본다.

그리고 그 순간, 마치 세상이 무너진 것 같은 기분을 느낀다.

인터넷에 존재하는 온갖 역겹고 끔찍한 사람들 중에 내가 제일 이해하기 힘든 부류가 바로 롤 플레이role play(인스타그램에 익명으로 계정을 만든 후 가상의 캐릭터나 연예인 같은 실제 인물의 사진을 올리며 역할극을 하는 것. rp라고 줄여서 칭하기도 한다)를 하는 사람들이다. 그들은 롤 플레이를 의미하는 해시태그 #rp를 사용할 때도 있지만, 수많은 해시태그 맨 끝에 슬쩍 배치해서 사람들이 보지 못하게 하는 경우가 많다. 그런 사람들이

유독 싫은 이유는 그들이 지질하고, 예의 없고, 도덕적으로도 바람직하지 않기 때문만은 아니다. 도대체 그게 왜 재미있는지 전혀 공감이 가지 않기 때문이다. 그들은 마치 유튜브에 어리석고, 웃기지도 않고, 위험하기만 한 장난(예를 들면 양동이에 들어 있던 토사물을 마신다든가, 쇼핑몰에서 행인들을 향해 물풍선을 던지다가 두들겨 맞는다든가 하는)을 찍어 올리는 사람들 같다. 자살로 자식을 잃은 부모나 학교 총기 범죄 생존자에게 악플을 다는 사람들 같기도 하다. 혹은 이번에 개봉한 〈스타워즈〉 영화에 출연한 유색인종 여배우에게 배역이 전혀 어울리지 않는다며 증오로 가득한 메시지를 보내는 사람들 같다. 그런 데서 느끼는 쾌감의 근원 자체가 나는 이해되지 않는다. 다른 사람 자녀의 사진을 도용해서 가상 계정을 만들고, 그 가족에 대한 이야기를 만들어내는 것이 도대체 뭐가 재미있다는 말인가? 이건 진짜 사람, 진짜 아이의 사진이다. 꼭 부모가 아니더라도 이런 걸 보면 누구나 본능적으로 이건 아니라고 느끼지 않을까?

수지가 에미에게 보낸 메시지는 그녀가 인스타그램에서 코코의 사진으로 도배된 사칭 계정을 우연히 봤다는 내용이었다.

에미의 휴대폰 비밀번호가 코코의 생일이란 걸 아는 나는 곧바로 휴대폰을 집어 들고 잠금을 해제한다. 그리고 수지가 보낸 링크를 누른다.

제일 먼저 뜨는 건 코코가 내 손을 잡고 어깨 너머로 카메라를 돌아보고 있는 사진이다. 나는 그날을 명확하게 기억하고 있다. 건조하면서도 화창했던 늦여름의 어느 날이었고, 공기에서는 약간의 가을 기운이 느껴졌다. 낙엽이 떨어지기 시작해서 도로 가장자리에 쌓여 있었다. 그게 기억나는 이유는 코코가 길을 걷다 말고 웃으면서 낙엽 위를 콩콩 뛰어가던 모습을 기억하고 있기 때문이다. 우리는 어린이집 옆에 있는 건널목에 서서 교통 통제원이 차를 세워주길 기다렸고, 코코는 운전자들을 향해 통통한 손을 흔들어 보였다. 그날은 코코가 어린이집의 새로운 반에 들어가는 첫날이었고, 나는 코코에게 선생님 말씀 잘 듣고 새 친구들과 즐거운 시간 보내라고 말해주었다. 그러고는 어린이집에서 코코가 노는 모습을 잠시 지켜보다가 조용히 빠져나와 근처 스타벅스에 앉아서 혹시 모를 어린이집의 전화를 기다렸다. 코코가 놀라거나 울고 있다고 하면 바로 돌아가서 달래줄 생각이었다. 그러나 그런 일은 일어나지 않았고, 나도 어린이집으로 돌아가지 않았다. 코코는 새로운 담임 선생님이나 친구들에게 전혀 겁먹지 않았다. 그날 오후 내가 데리러 가자 코코는 벌써 집에 갈 시간이냐며 깜짝 놀란 표정을 지었다.

사칭 계정에 올라와 있는 글 내용은 '우리 예쁜 딸 로지'가 밤에 잘 못 잔다는 내용이다. 정말 열받는 점은 그 글에 온갖 사람들이 동정 어린 댓글이나 자신들이 아기를 어떻게 재웠는지 조언하는 댓글을 잔뜩 달아놓은 것이었다.

우리 딸의 진짜 사진을 도용해 가짜 이름을 붙여주고는 거짓 이야기를 꾸며내서 내 딸의 사생활을 침해하고 다른 사람들을 속여먹는 모습을 보니, 부아가 끓어오르다 못해 폭발할 지경이다.

나는 그 사진 아래에 직접 댓글을 쓰고 싶은 충동에 휩싸인다. 온갖 욕지거리를 섞어서 이 끓어오르는 분노를 모두 쏟아놓고, 다시는 이런 짓을 못 하게 만들고 싶다. 그들이 한 짓이 어떤 일인지 깨닫게 해주고 싶다. 그들이 진짜 사람을 가지고, 진짜 사람의 감정을 가지고 장난치고 있다는 사실을 알게 해주고 싶다. 경찰에 신고했고 곧 변호사로부터 서류가 날아올 거라고 말해주고 싶다.

그때 아래층으로 내려오는 에미의 발소리가 들린다. 그녀는 잠옷 차림으로 얼굴에 팩을 붙인 채 1층으로 내려온다. 머리는 위로 틀어 올려 묶은 상태다. 에미는 싱크대로 가서 물을 한 잔 따른 후 내가 앉아 있는 쪽으로 다가온다.

"오늘 별일 없었어?" 그녀가 묻는다.

나는 뭐라고 대답해야 할지 몰라 휴대폰 화면을 턱으로 가리킨다.

"뭐야?" 그녀가 묻는다.

"저거야." 내가 말한다.

"저게 뭔데?" 그녀는 한 손으로 수건을 매만지며 다른 손으로 내게서 휴대폰을 받아 든다.

"수지 와오가 보고 당신에게 알려주려고 메시지를 보냈대." 내가 말한다.

"응, 그래?" 그녀가 말한다.

휴대폰을 보는 에미의 표정은 무표정하다. 그녀는 사진 몇 개를 클릭해보고, 조금 아래로 스크롤하더니 나에게 휴대폰을 다시 건네준다.

"지금 아이린에게 전화할게." 그녀가 말한다.

나는 그녀에게서 시선을 거두지 않은 채 고개를 젓는다.

"그게 아니야, 에미." 내가 말한다.

"아이린한테 전화하지 말라고?"

"인터넷에서 코코를 완전히 지워버리라고." 내가 말한다. "코코, 아니 우리 아이 둘 다 저 빌어먹을 인터넷에서 지워버리라고."

에미는 심호흡을 한다. 나는 그녀가 뭐라고 할지 이미 알고 있다. 이런 일은 인플루언서에게만 일어나는 일이 아니라고. 인터넷에 아이 사진을 한번이라도 올린 사람은 누구나 당할 수 있는 일이라고. 인터넷은 그냥 가상 세계일 뿐 진짜가 아니라고 그녀는 말할 것이다. 에미가 인터넷에서 받은 비난을 아무렇지도 않게 떨쳐버리는 모습을 보며 나는 예전부터 놀라움을 금치 못했다. 그녀는 그녀를 좋아하지 않거나, 증오하거나, 그녀가 나쁜 사람이라고 떠들어대는 사람들, 그녀의 외모와 옷차림, 글을 쓰는 방식과 육아 방식에 대해 자신의 불타는 의견을 개진해야만 직성이 풀리는 생판 모르는 사람들을 완전히 무시해버릴 수 있었다.

그렇지만 이번 일은 다르다. 이건 분명히 다른 문제였다. 나는 그녀가 혹시라도 내 말의 요점을 못 알아들을까 봐 손가락으로 휴대폰 화면을 쿡 찌르고 싶은 유혹을 느낀다. 이건, 우리 아이의 일이다.

"계속 읽어봐." 내가 말한다. "한번 보라고. 사진이 얼마나 많은지 알아? 빌어먹을, 끝도 없어. 누군지 몰라도 이 사람은 완전히 미친 놈이야."

그녀는 한숨을 내쉬며 내 옆에 앉는다. 그녀에게서 아직 따뜻한

269

샤워의 온기가 느껴진다. 그녀는 읽기 시작한다. 스크롤을 내리다가 잠시 읽기를 멈춘다. 다시 스크롤을 내린다. 틈틈이 그녀의 입술이 일그러지고, 콧구멍이 벌렁거리는 게 보인다. 휴대폰의 창백한 빛이 그녀의 얼굴을 비춘다. 그녀의 눈에 반사된 단어들이 보인다.

그녀는 갑자기 모든 행동을 멈추고 휴대폰을 테이블 위로 집어던진다. 마치 그 물건을 곁에 두는 것조차 견딜 수 없다는 듯이. 그녀는 두 손으로 입을 가리고 다리를 접어 무릎을 꿇고 앉는다. 나는 그녀를 향해 손을 내밀지만 그녀는 아무런 반응도 없다.

"왜 그래?" 내가 묻는다.

그녀는 눈을 크게 뜬 채 고개를 젓는다.

"왜 그래?" 내가 다시 묻는다.

나는 노트북을 집어 들고 열어보고 싶은 충동을 느낀다. 노트북이 있는 쪽으로 가려는데 에미가 내 손목을 잡는다.

"댄." 그녀가 말한다.

"응." 내가 말한다. "도대체 왜 그래? 사람 놀라게 하지 말고 어서 얘기해봐."

"저 사진들."

"저 사진들이 뭐?"

"저 사진들 중에, 그러니까 저 사칭 계정에 최근에 올라온 사진들 말이야."

"그래." 나는 그녀가 말을 이어가길 바라며 대답한다.

"인터넷에 한 번도 올린 적 없는 사진들이야."

얼마 전에 나는 그를 우연히 보았다. 잭. 그레이스의 잭. 나는 막 그들이 살던 집에 다녀오던 길이었다. 그 집에 가서 잔디를 깎고, 생울타리 밖으로 뻗어 나온 가지를 정리하고, '매매'라고 적어놓은 간판 주변으로 자란 잎사귀를 다듬고, 건물에 별다른 문제는 없는지 확인하고 돌아오는 길에 우유와 신문을 사러 순환도로에 있는 큰 마트에 들렀다. 잭은 일주일 치 장을 보는 중인 것 같았다. 그는 물건이 잔뜩 쌓여 있는 카트를 밀면서 한 손으로는 휴대폰을 보고 있었다. 그에게는 이제 새로 낳은 아이가 있다. 남자아이다. 새 아내 혹은 새 여자 친구가 있다. 그들이 함께 찍은 사진은 잊을 만하면 한 번씩 페이스북 피드에 올라왔다. 생일 파티. 동물원 나들이. 전에는 그 사진을 보면, 그의 행복해 보이는 얼굴과 행복해 보이는 가족사진을 보면 화가 났었다. 한동안은 그의 소식을 '숨기기' 처리하거나 아니면 아예 친구를 끊으려고도 했었다. 도대체 왜 항상 저렇게 웃고 있는 걸까? 이해가 되지 않았다. 그는 자신의 죽은 딸, 잃어버린 아기는 전혀 생각나지 않는 걸까? 잃어버린 아내도? 그러다가도 나는 곧 생각했다. 이건 그냥 SNS일 뿐이야. 아무도 울어서 퉁퉁 부은 눈으로 콧물 흘리는 모습을 인터넷에 올리지 않는다. 사랑하는 사람의 죽음을 애도하는 느리고, 지루하고, 포토제닉하지 않은 순간들을 사진으로 올리는 사람이 어디에 있겠는가? 버스를 타고 이동하거나, 엘리베이터를 타거나, 그냥 길을 걷다가도 갑작스럽게 심장을 찌르는 것처럼 찾아오는 고통의 순간을 어떻게 SNS에 올릴 수 있겠는가? 그 사람을 생각나게 하는 무언가와 마주쳤을 때, 그 사람을 향한 상실감에 시달릴 때, 이제는 영원히 할 수 없는 말들이 있다는 사실을 깨달았을 때, 함께 나눴던 추억을 가진 사람이 이제 이 세상에 나밖에 남지 않았다는 현실을 깨닫는 순간 느끼는 그 감정을 어떻게 인터넷에 공유할 수 있겠는가?

우리가 느끼는 슬픔은 단지 한 사람의 죽음으로 인한 게 아니었다. 아기 알리사가 죽었을 뿐 아니라, 알리사가 될 수 있었던 사람도 죽었기 때문이다. 알리사는 초등학교에도, 대학교에도 가지 못할 것이며, 남자 친구를 사귀거나, 결혼을 하거나, 아이를 낳지도 못할 것이다. 알리사가 좀 더 크면 주려고 했던 은으로 된 세례용 십자가 목걸이는 영영 주인을 만나지 못할 터였다. 나중에 알리사에게 그녀가 얼마나 작았었는지 보여주려고 그레이스가 보관해두었던 신생아 옷도 영영 보여줄 사람이 없게 되었다. 나는 그 물건들을 여전히 모두 가지고 있다. 모두 조심스럽게 싸서 우리 집 다락방에 넣어두었는데, 언젠가 내가 죽고 나면 집을 치우러 온 누군가가 그것들을 발견하고는 잠시 어리둥절해할 것이다. 박스 안을 살펴보는 것조차 귀찮아하지 않는다면 말이다.

잭은 특별히 행복해 보이지도, 슬퍼 보이지도 않았다. 그는 그냥 피곤해 보였다. 나는 그가 아기 코너 통로를 왔다 갔다 하면서 무언가를 찾아 선반을 살피는 모습을 지켜봤다. 그에게 다가가 도와줄까 생각하기도 했다. 어쩌면 그게 가장 자연스러운 반응이었는지 모른다. 그러나 이제 나와 잭의 관계는 자연스러울 수 없고, 앞으로도 절대 자연스러울 수 없을 터였다. 그래서 나는 통로 끝에 있는 할인 빵 코너 뒤에 몸을 숨기고, 그가 물건을 집어 들고 잠시 살펴보다가 얼굴을 찌푸리며 다시 내려놓는 모습을 가만히 지켜보기만 했다.

그들의 결혼식 날을 결코 잊을 수 없을 것이다. 그레이스의 아름다웠던 드레스, 그들의 서약, 그들이 서로를 바라보던 눈빛.

잭의 새 아들 리언은 이제 곧 첫돌을 맞이할 터였다. 잭은 여전히 알리사에 대해 생각할까? 분명 그렇겠지. 그 기억 때문에 여전히 힘들어하겠지. 아무리 발버둥 쳐도, 아무리 조심해도, 자신이 낳은 아이의 목숨조차 지킬 수 없었다는 과거가 분명 그를 여전히 괴롭힐 것이다. 모든 것을 다 가진 것 같았던 순간에 삶의 비극이 찾아와 자신을 때리고, 무너뜨리고, 갖은 노력 끝에 얻어낸 보물들을 망가뜨릴 수 있다는 사실 때문에 그는 여전히 두려울 것이다. 아이를 잃은 부모에게 과연 무슨 말을 해줄 수 있겠는가? 무슨 말을 해서 그들을 위로하겠는가? 그건 그 아이가 내 손주라 하더라도 마찬가지다.

그들에게는 해줄 수 있는 말이 없고, 그 사실은 아무리 말해도 변하지 않는다.

나는 사려던 우유와 신문을 집어 들었다. 계산대로 향하는데 잭이 바로 앞에 있는 통로 끝에서 돌아 나왔다. 나는 그와 거의 부딪칠 뻔했다.

"아, 이런." 내가 말했다.

잭은 고개를 들고, 사과의 제스처로 손을 들어 보이며 미안하다는 말을 웅얼거리더니, 다소 과장된 몸짓으로 내 앞에서 카트를 치워주고는 계속 앞으로 걸어나갔다.

나는 몸을 돌려 그가 카트 위로 몸을 구부린 채 생각에 잠겨 통로 끝으로 걸어가는 모습을 지켜봤다. 아주 짧고 우스운 순간이긴 하지만, 나를 눈앞에 두고도 알아보지 못한 그를 보면서 혹시 나의 외형도 내면만큼이나 변해버린 것은 아닐까 생각했다. 아니면 어딘가 좀 이상하고, 상했고, 비정상적으로 보이는 사람과는 눈을 마주치지 않으려 하는 인간의 본능과 관련 있는 것은 아닐까 생각했다. 그 본능 때문에 우리는 기차역의 노숙자나 버스에서 혼잣말하는 사람, 번화가를 배회하며 레스터에 있는 집으로 돌아가려면 정확히 5파운드 16펜스가 필요하다며 돈을 빌려달라고 하는 여자를 외면한다. 가끔은 나도 언제든지 그런 사람들 중 한 명이 될 수 있다는 생각이 들 때가 있다.

가끔은 내가 뭐든지 될 수 있다고 생각될 때가 있다.

13

댄

이제는 게시물이 매일 올라온다. 말도 안 되는 꾸며낸 거짓말이, 한 번도 공개한 적 없는 또 하나의 사진이 매일 이 시간마다 올라온다. 저녁 7시. 코코를 재우고 나오는 그 시간에 게시물은 정확히 올라온다. 우리가 그 사칭 계정을 발견한 이후 벌써 세 개째다. 사진이 올라올 때마다 쓰린 상처에 누군가 소금을 뿌리는 것 같다. 글의 내용은 매번 전보다 더 섬뜩하고 소름 끼친다. 내 생각이 이상한 건지 모르겠지만 만약 게시물에 명확하게 롤 플레이라는 점을 명시하는 #rp 태그가 달려 있고, 작성자가 자신이 쓰는 글이 픽션이라는 점을 분명하게 밝혔다면 이렇게까지 소름 끼치지는 않았을 것 같다. 물론 화나고 불쾌하긴 할 것이다. 여전히 범죄는 범죄니까. 그러나 적어도 작성자가 무엇을 하고자 하는지, 무엇을 원하는지, 무엇을 목적으로 하는지는 좀 더 이해할 수 있었을 것 같다.

지난 사흘간은 정말 깨어날 수 없는 악몽 속에 사는 것 같았다. 아침에 눈을 뜨는 순간부터 시작된 그 악몽은 온종일 나를 지배했고, 나는 그 악몽에서 도저히 벗어날 수가 없었다.

이제는 집을 나설 때마다 뒤를 돌아보고, 주변의 차 안을 살피고, 낯선 사람을 노려본다. 어제 저녁은 작업복을 입은 남자가 우리 집 뒷문에 볼트를 하나 더 박고, 현관문에 런던 바London bar(현관문 프레임에 D자 모양의 보강용 바를 달아 잠금 장치를 더 안전하게 만드는 장치)를 설치하는 모습을 지켜보며 보냈다. 그러고 나서도 그 열쇠공이 과연 믿을 수 있는 사람인지 생각하느라 지난밤을 뜬눈으로 지새웠다.

이 게시물을 올리는 사람, 윈터의 노트북을 훔쳐 간 사람이 우리 집 안까지 들어왔었다. 부엌에 있는 물건을 만졌다. 그리고 우리 소유의 물건을 가져갔다.

그는 그 노트북에 있던 모든 사진을 가지고 있다. 클라우드에 올라가 있는 모든 사진을. 내밀한 사진, 개인적인 사진, 우리 딸의 사진 모두를 가지고 있다.

그리고 이제는 그것을 인터넷에 한 장씩 올리고 있다.

누군가 코코의 사진들로 가짜 계정을 만들었다는 사실을 알게 된 그날 밤, 에미는 아이린과 바로 대책 회의에 돌입했다. 아이린이 대단한 이유 중 하나는 단 한 순간도 전화를 못 받는 때가 없다는 점이다. 에미가 전화를 하면 그녀는 언제나 신호음이 세 번 울리기 전에 받았다. 아이린도 분명 잠을 자거나 식사를 하거나 화장실에 가는 때가 있을 터였다. 물론 그녀가 그런 일을 하는 모습은 전혀 상상이 되지 않는다.

에미는 아이린과 스피커폰으로 통화하고 있었다. 그녀는 와인 잔을 손에 들고 부엌을 서성거렸고, 나는 노트북을 들고 소파에 앉아 있었다.

아이린은 에미에게 계속해서 경찰이 과연 뭘 어떻게 해줄 수 있겠냐고 묻고 있었다. 우리가 노트북 도난 사건을 신고했을 때 그들이 얼마나 도움이 되었던가? 인스타그램 측도 마찬가지다. 과거에 우리가 불만 사항을 제기했을 때 그쪽에서 빠르게 대응해준 적이 있던가?

에미가 대답을 하지 않는 걸 보니 아이린도 답변을 바라고 한 질문은 아닌 듯했다.

부엌을 서성거리는 에미를 보며 내 역겨움과 분노는 더해만 갔다. 내 분노는 이제 이런 짓을 한 사람뿐 아니라 에미, 아이린, 그리고 어쩌면 나 자신에게도 향해 있었다.

어제 올라온 사진, 그러니까 에미와 내가 사칭 계정을 발견한 이후 두 번째로 올라온 사진이 지금까지 올라온 모든 게시물 중 최악이었다. 그 사진을 보는 순간 나는 급소를 찔린 것 같았다. 그 게시물을 읽다 보니 진짜로 구토할 것 같았고, 내가 앉아 있던 부엌 의자 위로 몸을 구부리고 먹은 저녁을 다 토해낼 뻔했다.

"또 인사드려요!!" 게시물의 첫 문장 끝에는 두 개의 느낌표가 달려 있다(이 계정에 올라오는 글들이 에미를 비롯한 인스타맘들이 글 쓰는 방식과 상당히 유사하게 작성되었다는 점은 나도 인정할 수밖에 없다. 억지 은유, 숨 가쁜 열정, 천진난만한 투박함, 그리고 앞 철자를 똑같이 맞춘 단어의 나열들. 이 계정의 팔로워들이 이 글의 작성자가 진짜 인스타맘이라고 속을 만도 했다). 나는 글의 마지막까지 읽고 나서 진정한 역겨움을 느꼈다.

글은 '로지'가 몇 가지 검사를 받기 위해 지금 병원에 입원해 있으며, 때때로 아픈 검사도 받아야 했지만 용감하게 잘 이겨냈다는 내용이었다.

"이런, 어떡하면 좋아요." 첫 댓글은 이렇게 시작되었다. "검사 결과가 잘 나오길, 로지가 어서 낫길 바라요." 두 번째 댓글은 자신의 아이가 아팠던 경험을 길게 늘어놓았다. 세 번째 댓글은 머리에 붕대를 감고 입에 온도계를 물고 있는 이모지 하나와 키스 모양 이모지 여러 개였다.

글과 함께 올라온 사진은 지난여름에 내가 찍은 것이다. 우리 집 뒷마당에서 코코가 새 자전거를 타고 유아용 수영장 주변을 빙글빙글 돌고 있는 모습이다.

우리 딸.

내 딸.

사진의 주인공은 지금 위층 자기 방에 있는 사다리가 달린 작은 침대에 누워 〈겨울왕국〉 이불을 덮고 〈겨울왕국〉 베갯잇에 머리를 대고 잠들어 있는 진짜 소녀다. 방바닥에는 장난감이 흩어져 있고, 벽에 붙어 있는 어린이집에서 그린 그림들은 바람이 불거나 누군가 문을 열 때마다 물결처럼 흔들린다. 내가 마지막으로 확인했을 때, 아이는 엘사 인형을 꼭 껴안고 곤히 잠들어 있었다. 코코는 지금도 왜 친구들이 있는 예전 어린이집에 가면 안 되는지 이해하지 못하고 있다.

그 계정을 발견한 지 사흘이 지난 오늘, 나는 이제 5분이나 10분에 한 번씩 계정을 확인하고 있다. 기존 게시물을 다시 읽고, 새롭게 달린 댓글과 최신 팔로워를 샅샅이 확인한다. 나는 미치기 일보 직전이다.

오늘도 정확히 7시가 되자 새로운 게시물이 올라온다.

에미와 나는 각자 휴대폰을 꼭 쥔 채 거실 소파 반대쪽 끝에 앉아 있다. 그녀는 새로운 사진을 보자마자 숨을 날카롭게 들이쉰다. 나는 화면을 응시한다.

"이건 또 무슨 미친 짓거리야?" 내가 묻는다.

사진 속 코코는 병실 침대에 누워 슬픈 표정을 짓고 있다. 아이 뒤로 링거가 보인다. 이건 내가 한 번도 본 적이 없는 사진이다. 언제, 어디에서 찍은 사진인지도 얼른 이해되지 않는다. 몇 분이 흐른 뒤에야 나는 사진 속의 링거가 코코의 팔에 꽂혀 있지는 않다는 사실을 발견한다. 그래도 답을 알고 싶지 않은 질문들이 내 머릿속을 빙빙 돈다. 뇌가 천천히 가동되며 그 사진이 언제, 어디서, 누구에 의해, 무슨 목적으로 찍힌 것인지 조금씩 파악하기 시작한다. 그동안 나는 점점 더 불쾌감과 분노, 역겨움을 느낀다. 에미가 이런 짓을 하다니. 에미가 우리 딸에게 이런 짓을 하다니. 에미가 우리 딸에게 이런 짓을 할 생각을 하다니.

사진 밑에 적힌 글은 몇 번을 반복해서 읽은 후에야 그 뜻을 이해할 수 있다. 글쓴이는 이번 글은 쓰기 힘들었다는 말로 글을 시작한다. 그리고 오늘이 얼마나 힘든 하루였는지, 그래도 로지가 얼마나 용감하고 쾌활하게 이 상황을 이겨내고 있는지, 자신들이 얼마나 그 아이를 자랑스럽게 생각하고 있는지에 대한 이야기가 이어진다. 또한 이 글을 보는 모든 사람이 로지를 생각하고 로지를 위해 기도해주고 있다는 사실이 얼마나 큰 힘이 되는지와 곧 모두에게 일일이 감사 인사를 드리고 싶다는 이야기가 이어진다.

글은 이렇게 마무리된다. "현재로서는 일단 검사 결과를 기다려보려고 합니다. 장차 어떻게 될지는 너무 깊게 생각하지 않으려고 해요."

도대체 이게 무슨 의미인가? 나는 에미에게 계속해서 묻는다. 이걸 읽어봐. 대체 이게 무슨 의미야?

화면 빛을 받아 푸르게 빛나는 에미의 얼굴은 핼쑥하고, 입은 일자로 굳게 다물어져 있다. 화면을 읽으며 그녀는 손목의 팔찌를 빙글빙글 돌린다. 돌리고 또 돌린다.

"나도 모르겠어." 그녀가 말한다.

그녀는 손으로 입가를 긁더니 손톱을 물어뜯는다. "나도 모르겠어, 댄." 그녀가 다시 말한다.

처음으로 내 아내가 진심으로 겁에 질린 것처럼 보인다.

내가 뭔가를 더 했어야 했다. 뭔가를 더 할 수 있었다. 내가 어떻게 해야 할지 알았더라면, 무슨 말을 해야 할지 알았더라면, 누구에게 도움을 청해야 할지 알았더라면, 그레이스가 아직 살아 있을지도 모른다. 이 생각이 나를 괴롭게 한다.

나는 그녀와 대화해보려고 노력했다. 의사를 만나보자고도 했고, 어떻게든 그녀가 밖으로 나가 무언가를 하고, 친구를 만나고, 다른 사람들과 함께하도록 만들려고 노력했다. 잠깐 산책을 나가 신선한 공기만 마시고 오는 것도 좋았다. 그러나 내가 그런 제안을 할 때마다 그레이스는 나를 멍하니 쳐다보며 아무 말도 하지 않았다. 그녀에게 말을 걸면 때때로 그녀는 내가 거기에 있다는 사실을 완전히 잊어버린 것 같았다. 마지막 몇 주간 그녀는 볼 때마다 더 수척하고 더 피곤해 보였다. 눈 밑에는 다크서클이 자리 잡았고 볼은 파리했다. 몸이 몹시 안 좋아 보였다. 완전히 삭발한 머리 때문에 더 그래 보였다. 나는 그녀를 만날 때마다 머리를 아주 약간만이라도 다시 기르면 어떠냐고 묻곤 했다. 그때마다 그녀는 화를 냈고, 나는 결국 아무 말도 하지 않게 되었다.

예전에 우리 딸의 머리카락은 무척 길고 아름다웠다.

나는 빨리 좋은 가격에 집이 팔려 그레이스가 다른 곳으로 이사하고 새 삶을 시작하길 바라는 수밖에 없었다. 그녀가 나와 자신의 친구들과 조금 더 가까운 곳으로, 좀 더 추억이 적은 곳으로 이사하길 바랐다.

그 주말에, 그 마지막 주말에 그레이스는 평소보다 기분이 괜찮아 보였다. 그녀와 마지막으로 통화했던 금요일 밤, 이웃에 대한 우스꽝스러운 이야기를 해주자 그녀는 심지어 소리 내 웃기까지 했다. "엄마, 사랑해요." 전화를 끊기 전에 그녀가 말했다.

나는 일요일 오후에 그녀의 집으로 차를 마시러 가겠다고 했고, 그녀는 알겠다고 했다.

나는 그 집의 열쇠를 가지고 있었다. 그녀나 잭이 열쇠를 잃어버리거나 문을 잠그고 밖으로 나와버릴 경우에 대비해서, 아니면 내가 대신 택배를 받아주거나 수리공에게 문을 열어줘야 할 상황에 대비해서 언제나 여분의 열쇠를 가지고 있었다. 물론 그레이스가 집에 있을 때는 그 열쇠를 사용하지 않았다.

그날 나는 약 15분 동안 벨을 누르며 기다렸다.

현관으로 들어가며 그레이스의 이름을 크게 불렀다. 그레이스가 집에 있는지 확인하기 위해 거실 안을 들여다보았다. 부엌 안도 확인했다. 위층으로 올라가 침실 문을 열고 안을 들여다보았다. 화장실 문도 열어보려는데, 마치 문이 잠겨 있는 것 같았다. 그런데 다시한번 어깨로 힘을 주며 밀어보니 문이 조금 열렸다. 문 반대편에 무언가가 쌓여 있어서 문이 열리는 걸 막고 있는 것 같았다. 좀 더 밀자문이 조금 더 열렸다. 조금 더 힘을 주어 밀자 문 밑에 무언가가 끼어있는 게 보였다. 그건 그레이스의 스웨터 소매였다. 나는 스웨터를잡아당겨봤지만 문 밑에 꽉 끼어 움직이지 않았다. 다시 문을 세게밀었다. 문이 1~2센티미터 정도 더 열렸다. 나는 다시 그레이스의 이름을 불렀다. 그러나 아무 대답도 없었다.

검시관은 그레이스의 사망 시각이 토요일 늦은 오후라고 했다. 토요일 아침에 그녀는 장을 보러 갔고, 협동조합에서 빵과 우유를 샀다. 가게를 나서며 그녀는 옛 직장 동료와 마주쳤고, 잠시 발걸음을 멈추고 함께 이야기를 나누다가 나중에 한번 만나자는 이야기도 했다고 한다. 기분은 무척 좋아 보였다. 그러나 그날 오후, 그녀는 반쯤 마신 차를 부엌 싱크대 위에 올려두고, 화장실로 가서 닫아놓은 변기 뚜껑 위에 모든 준비물을 늘어놓았다. 그리고 목욕물을 받은 후, 자신의 삶을 끝냈다. 그녀의 나이 서른두 살이었다.

에미

인스타그램의 인증 배지(인스타그램 계정의 이름 옆에 표시되는 파란색 체크 표시로 계정이 공인. 유명인 또는 브랜드의 공식 계정으로 인증받았음을 의미한다)에 대해 말해주고 싶은 게 있다. 인스타그램이 당신의 성공을 기리며 수여해주는 그 파란 체크 표시를 당신도 알고 있을 것이다. 나와 내 인스타 무리 엄마들이 알파맘이라는 것을 알려주는 그 은근한 상징.

그런데 막상 위기가 닥쳤을 때는 그 배지가 아무런 힘도 발휘하지 못한다는 걸 이번에 알게 됐다.

그 사칭 계정의 존재를 안 직후 아이린은 인스타그램에 직접 연락을 취했다. 내 계정은 인증받은 계정이고 그들이 내 유료 파트너십과 해시태그 광고를 통해 돈을 버는 기업이니만큼, 우리는 인스타그램이 우리의 요청에 긴급하게 대응해주길 기대했다. 우리가 겪은 일은 워낙 심각하고 걱정스러운 일이고, 그 사칭 계정은 볼 때마다 소름이 끼칠 만큼 끔찍했기 때문에 인스타그램 측에서 바로 뭔가 조치를 취해줄 거라고 생각했다. 아이린이 인스타그램의 인플루언서 관계 담당자에게 처음에는 이메일을, 이후에는 점점 더 짜증 섞인 음성 메시지를 보내 누군가 우리의 사진을 훔쳐 사칭 계정을 운영하고 있으며, 올리는 글 내용도 위협적이라는 사실을 알렸으므로 그 계정이 곧 폐쇄 조치될 거라 믿었다.

그러나 그들은 아무런 조치도 취하지 않았다. 응답조차 하지 않았다.

아이린은 경찰의 도움도 크게 기대하지 말라고 했다. 물론 사칭 계정 운영자가 윈터의 노트북 도둑과 동일인일 수도 있지만, 아직까지 경찰에겐 그 사람이 누구인지 알 만한 단서가 전혀 없지 않은가? 단순히 우리의 클라우드를 해킹한 사람일 가능성도 있지 않은가? 사칭 계정 운영자는 소름 끼치는 스토커일 수도, 혹은 그저 실력 좋은 해커일 수도 있는 상황이다. 게다가 나는 인터넷에 가족사진을 올리는 걸로 먹고 사는 사람이다. 팔로워 중 누군가가 내가 올린 사진을 저장하고 공유하고 캡처하고 인쇄해서 참배라도 했다 한들 과연 누가 뭐라 할 수 있겠는가? 내가 원한 사진이 아닌 다른 사진을 누군가가 마음대로 인터넷에 올렸다고 경찰한테 징징거려봤자 그들이 얼마나 신경 쓰겠는가?

물론 문제의 요점은 그게 아니다. 문제는 그 사진들을 훔친 사람이 우리 삶에 직접 손을 뻗을 정도로 우리에게 집착하고 있다는 사실이다. 그는 얼굴 없는 악플러도, 이름 없는 안티도 아니다. 그는 살아 있는 인간이고, 내 실제 가족과 사적인 추억을 자신의 것인 양 강탈해서 마음대로 공개된 장소에 게시하고 있다.

이런 일은 조금이라도 이름이 알려진 사람이라면 누구나 겪을 수 있는 일이라는 점을 되새겨야만 속이 메스꺼운 것을 조금이나마 참을 수 있다. 조금이라도 유명세가 있는 사람치고 인터넷에 자신에 대한 불쾌한 글이나 사진 한 장 없는 사람이 과연 있을까? 어쩌면 내가 만난 모든 인스타맘의 자녀들은 다들 자신을 사칭하는 롤 플레이 계정 하나쯤은 있는지도 모른다. 다만 나는 그 계정을 직접 보는 불운을 겪었을 뿐일지도 모른다.

"최대한 그 생각을 하지 않으려고 노력해봐요." 아이린이 뒷좌석을 향해 몸을 돌려 손바닥으로 내 무릎을 살짝 두드리며 말한다. "기분 전환이 될지 모르니 좋은 소식 하나 전해줄게요. BBC3 제작진한테 어제 전화가 왔는데 거의 결정을 했다나 봐요. 그쪽에선 특히 에미의 이야기를 듣고 정말 많이 감동받았대요. 아무래도 에미가 될 것 같아요."

녹음실에 도착하자 히로 블라이스가 우리를 맞아준다. 페미니스트인 그녀는 인스타그램에 시를 쓰는 시인이기도 하고, '헤비 플로 Heavy Flow'(생리량이 많은 날이라는 뜻이 있다)라는 팟캐스트의 진행자이기도 하다. 금발에 무척 예쁜 얼굴과 가냘픈 체격을 가진 그녀는 흰색 스카프를 두르고 흰색 배꼽티와 밑단이 넓은 찢어진 청바지 위에 술이 달린 녹색 카프칸(아랍 국가 남자들이 허리에 벨트를 매고 입는 긴 옷. 여자들이을 걸친 채 녹음실 곳곳에 샐비어 잎사귀를 태워 향을 피우고 있다.

"샛별 같은 그대여, 어서 오세요. 여러분을 환영하는 의미로 지금 기운을 맑게 하는 향을 피우는 중이랍니다." 그녀는 고약한 향이 나는 화재 위험 물질을 가리키며 우리를 방음실 안으로 안내한다. 안에는 해나, 벨라, 수지, 세라가 이미 도착해서 커다란 마이크 앞에 앉아 있다. "산딸기 잎차 좀 내올게요. 그리고 바로 시작합시다."

나는 수지와 세라 사이에 앉아 녹음을 앞두고 으레 그러듯이 잠시 정신을 집중하는 시간을 가진다. 이때는 모든 잡생각, 고민, 걱정, 두려움을 한쪽으로 치워두고, 앞으로 30분가량 눈앞의 할 일에만 집중할 준비를 한다. 마티니를 잘 만드는 것 외에 어머니가 가르쳐준 몇 안 되는 유용한 기술 중 하나가 바로 태연자약한 척하는 것이다.

어머니가 말하길, 그녀의 방법은 머릿속에 큰 상자가 하나 있다고 상상하고, 생각하고 싶지 않은 모든 것을 거기에 넣은 후 뚜껑을 닫아버리는 거였다. 그러고는 얼굴에 미소를 띠고 하던 일을 계속하면 되었다.

"그게 정말 건강한 방식일까요?" 한번은 내가 물었다. "상자가 꽉 차면 어떻게 되는 거예요? 아니면 상자에 넣기에 너무 큰 일이 생기면요?"

어머니는 더 큰 상자를 상상하라고 대답했다.

히로가 #예이데이스 로고가 새겨진 머그잔들에 뜨거운 차를 담아 쟁반에 받쳐 돌아온다. "그럼 녹음 시작할까요?"

나는 엄지손가락을 들어 보인다.

"혈맹의 자매들이여, 그리고 애청자 여러분, 모두 반갑습니다." 그녀는 우리 모두에게 서로 손을 잡으라는 사인을 보낸다. "이번 주 헤비 플로는 월경의 축복을 책임지는 세계적인 친환경 기업 가디스 고블릿Goddess Goblets에서 언제나처럼 후원해주셨습니다. 지구 환경을 진심으로 생각하는 여성들을 위한 이 기적의 생리컵은 현재 네 가지 색상으로 출시되어 있고요, 한정판으로 로즈골드 색상도 나와 있습니다. 식기세척기 사용도 가능하니 많이 많이 이용해주세요.

오늘 이 자리에는 육아의 판도를 완전히 바꿔온 다섯 명의 엄마들이 나와 있습니다. 여러분은 현대 사회에서 엄마가 된다는 것의 의미를 재정의한 진정한 영웅들이십니다. 본격적으로 대화를 나눠보기에 앞서, 제가 쓴 시 한 편을 낭독하려고 합니다. 제목은 '창조의 피'입니다." 히로는 잠시 멈춤 버튼을 누른다. "시 낭독 부분은 음향 때문에 화장실에서 사전 녹음 해두었어요. 그건 나중에 삽입될 거예요." 그녀가 설명한다.

아이린은 생리컵에 코라도 박고 죽고 싶은 표정이다.

"자 여러분, 그럼 첫 번째 질문 드리겠습니다. 여러분의 첫 생리 경험담 좀 부탁드려도 될까요?" 히로는 진지한 표정으로 묻는다.

@the_hackney_mum 계정을 운영하는 세라가 자리에서 벌떡 일어날 것처럼 마이크 앞으로 몸을 내민다. "저의 현명한 어머니께서 늘 말씀하시길, 여성의 월경은 우주가 여성에게 허락한 선물이라고

하셨어요. 어머니께서는 제 자궁은 인간의 생명이 자라는 정원이고, 매달 있는 월경은 그 정원의 꽃에 물을 주는 과정이라고 하셨죠. 제가 열한 살 때 첫 생리가 찾아왔는데, 그때 어머니는 생리 축하 파티 겸 저를 꽃꽂이 수업에 데려가주셨어요. 우리 딸 이졸데도 곧 첫 생리를 맞게 되겠죠. 저희는 벌써 이졸데의 생리 축하 파티를 계획하고 있답니다. 아마도 꽃다발 대신 화관을 만들면서 보내게 될 것 같아요."

이 모든 건 물론 헛소리다. 90년대의 다른 모든 엄마들처럼 세라의 엄마도 세라에게 흡수력이 그다지 좋지 않고 중간에 푸른색 접착제 한 줄이 붙어 있는 싸구려 생리대 한 팩을 건네주며 이번 주에는 수영장에 가지 말라고 말했을 뿐이다. 그렇지만 세라의 가짜 첫 생리 경험담에 감명받은 탐팩스(미국의 생리용 탐폰 상표명)가 그녀에게 연락을 취해왔고, 그 결과 불쌍한 이졸데는 생리를 시작하는 즉시 흰색 원피스를 입고 머리에는 붉은 장미 화관을 쓰고 해시태그 광고 촬영을 해야 하는 신세가 되었다. 물론 쫙 달라붙는 옷을 입고 해변에서 롤러스케이트를 타는 광고보다는 낫겠지만 말이다(탐팩스는 몸에 달라붙는 운동복 차림의 여성이 해변에서 롤러스케이트를 타는 내용의 광고를 방영한 적이 있다).

"대지의 여신을 그렇게 기릴 수 있다니, 정말 감동적이에요. 최고예요, 정말. 그럼 또 질문을 하나 해볼게요. 여러분들은 서로의 생리주기가 언제인지 알고 있나요? 저는 생리주기라는 게 너무 신기한 것 같아요. 생리야말로 여성의 힘의 근원이자, 여성의 정체성 그 자체잖아요? 그래서 저는 한 달 내내 생리 일지를 쓴답니다. 생리의 모든 과정을 세세하게 기록해두고 싶거든요. 여성들이 자신의 호르몬 작용에 대해 솔직하게 이야기하는 게 정말 중요하다고 생각해요." 히로가 말한다.

"정말 그래요." 나는 오글거림을 간신히 참으며 고개를 끄덕인다. 매달 휴지로 닦아 변기에 넣어 물을 내려버리는 그 물질이 여성의 정체성이라니. 그런 생각을 토대로 하나의 브랜드를 구축한 사람이 있다는 게 믿기지 않는다.

"아시다시피 저희는 솔직함을 아주 중요하게 생각해요." 나는 진지한 표정으로 말을 이어간다. "저희는 각자의 영향력을 활용해 다른 여성들을 격려하고, 그들도 자신만의 진실을 말할 수 있도록 돕고 싶거든요." 나는 세라와 수지의 손을 좀 더 꽉 잡는다. "물론 저희들은 어느새 생리주기도 똑같아졌어요. 학교 다닐 때 제일 친한 친구들이랑 그랬던 거 다들 기억하시죠? 제 자궁마저도 이 친구들을 정말 사랑하나 봐요." 나는 소리 내어 웃는다.

그 순간 문득 떠오르는 생각 하나가 있다. 혹시 코코의 사진을 올리는 사람이 이들 중 한 명은 아닐까? 나를 인스타그램에서 몰아내면 그들에게 돌아갈 몫이 더 많아지는 건 사실이다. 생각해보니 그 가짜 계정의 존재를 알려준 사람이 수지 아니었던가? 혹시 저들이 함께 작당한 일은 아닐까? 저들 중 누군가가 우리 집에 몰래 침입까지 하는 건 상상하기 어렵지만, 돈을 주고 사람을 썼다면? 완전히 불가능한 일은 아닌 것 같다.

이봐, 에미, 대체 무슨 생각을 하는 거야?

그 가짜 계정에 대해 나는 생각보다 더 불쾌함을 느끼고 있었는지도 모른다.

"생리 때가 다가오면 나타나는 신체 변화에는 어떻게 대처하시나요? 여러분들도 아시다시피 제가 #생리긍정 해시태그 캠페인을 시작한 이유는 여성이 생리 때 찾아오는 자신의 신체적 감각을 소중히 여기고 기념하는 것이 가장 급진적인 자기 돌봄 방식이라고 생각했기 때문이거든요. 가부장제는 여성의 생리를 무슨 질병처럼 취급하려 하지만, 저는 여성들이 이것을 긍정적으로 받아들이고 즐겨야 한다고 생각해요. 예를 들면 지금 제가 하고 있는 월장석 목걸이는 생리통을 진정시키는 효과가 진통제보다 낫다는 게 증명되었답니다. 제 엣시(수공예 제품이나 중고 상품이 주로 거래되는 전자상거래 플랫폼) 사이트에서도 구매 가능하니 프로필의 링크를 참고해주세요." 히로는 미소 지으며 자신의 목걸이를 가리킨다. "청금석도 마찬가지로……."

그녀가 자신의 마법 원석에 대한 설명을 지루하게 늘어놓는 동안, 나는 아이린을 곁눈질한다. 그녀는 자신의 휴대폰을 확인하더니 눈을 크게 치켜뜨고는 내게 밖으로 나가자고 눈짓한다. 히로는 여전히 바지 주머니에 양배추 잎을 넣어두면 누릴 수 있는 힐링 효과에 대해 설명하고 있다. 아이린은 '미안해요'라고 입 모양으로 말하고, 우리는 함께 조용히 문을 닫고 복도로 나온다. 아이린이 내 팔을 꼭 붙잡는다.

"BBC에서 연락이 왔어요." 아이린이 말했다. "다시 전화해달라는 메시지예요. 잠시만요."

그녀는 나를 복도에 홀로 남겨둔 채, 휴대폰 수신이 좀 더 잘되는 곳을 찾아 걸어간다. 얼마 후 그녀는 환한 미소를 지으며 돌아온다. "합격이에요, 에미. 드디어 TV 프로그램의 고정 진행자가 된 거예요. 제작진이 에미의 진솔함에 완전히 반했다고 하네요. 에미가 마지막에 보낸 그 영상이 정말 대단했나 봐요."

"그쪽으로 보내기 전에 안 봤어요?" 나는 믿을 수 없다는 표정으로 묻는다.

"시간이 없었어요! 지금 보여주세요. 도대체 무슨 내용이었길래 저렇게 극찬인지 저도 한번 봐야겠네요."

나는 휴대폰을 꺼내 동영상을 찾아 재생한다. 영상 속의 나는 화장을 하지 않은 맨얼굴에, 안색을 더 칙칙하고 지쳐 보이게 하는 회색 티셔츠 차림이다. 나는 시선을 아래로 향한 채, 아기 침대 옆 안락의자에 앉아 베어의 곰 인형 하나를 손에 움켜쥐고 있다.

"안녕하세요. 저는 에미 잭슨이라고 합니다. 많은 분들이 저를 마마베어로 알고 계시죠. 저는 오늘 여러분과 함께 나누고 싶은 이야기가 있습니다. 저는 지금까지 솔직함을 기반으로 저만의 플랫폼과 팔로워 기반을 구축해왔습니다. 그렇지만 저에게는 지금까지 세상을 향해 솔직하게 말하지 못했던 이야기가 하나 있습니다.

오늘 이 이야기는 오랜 망설임 끝에 여러분께 털어놓기로 결심했답니다. 바보같이 들리겠지만 그간 부끄럽기도 하고, 창피하기도 했거든요. 그렇지만 이제는 이야기해야 할 것 같아요. 여러분이 모르는 제 삶의 큰 부분이, 제 자신의 큰 부분이 있다는 게 더 이상은 견딜 수 없어요. 이걸 부정하면 할수록 제가 품었던 세 명의 작은 생명체의 존재를 부정하는 것처럼 느껴져요. 그들의 존재는 마치 지금도 살아 있는 것처럼 저한테 중요한데도 말이죠.

저는 지금까지 세 번의 유산을 했답니다. 그런데 그 고통과 죄책감, 그리고 절박함은 아무리 시간이 지나도 없어지지 않네요. 기분이 좋다가도, 아니 좋진 않아도 가슴이 저릴 정도로 슬프진 않은 기분이었다가도, 어느 순간 갑자기 견딜 수 없는 큰 슬픔이 몰려오곤 해요. 우리 가족이 될 수 있었던 세 명의 아이들이 그냥 사라져버렸다는 게 믿기지 않아요. 첫 번째 유산은 임신 12주 만에 일어났죠. 계류유산이라고 하더라고요. 피도 나지 않았고, 아무 감각도 느껴지지 않았어요. 우리 부부는 손을 잡고 심장 소리를 들을 기대에 부푼 마음으로 첫 검진을 받으러 갔었죠. 그렇지만 아무 소리도 들을 수 없었답니다. 초음파를 해주는 사람들의 표정은 또 어찌나 무정하던지요. 그 사람들이야 이런 일을 거의 매일 보니까 그랬겠지만요.

그러다가 또 한 번 아이를 잃게 되었어요. 노퍽에 주말을 보내러 가서 해변을 걷는데 갑자기 피가 비치기 시작했어요. 그렇게 두 번째 아이를 보냈답니다. 세 번째 아이도 20주 만에 보내야 했고요. 왜 자꾸만 유산이 되는지는 아무도 모른다고 했어요. 저를 제일 힘들게 했던 건 헛된 희망이랍니다. 테스트기에 파란색 줄이 보일 때마다 스멀스멀 생겨나는 그 희망은 아무리 없애버리려 해도, 한밤중이면 제 꿈에 나타나서 아기를 안고 누워 있는 기분은 어떨지 상상하게 만들었죠. 이제는 저에게 베어와 코코가 있기에, 더 이상 이런 일로 슬퍼하면 안 될 것 같은 기분에 그동안 입을 다물어왔는지도 모르겠어요. 아니면 도대체 어떻게 말을 꺼내야 할지 몰라서 지금껏 아무 말도 못 한 것일 수도 있겠죠. 어쩌면 이런 기분을 표현할 수 있는 말이란 건 존재하지 않는지도 모르겠어요. 제가 아는 사실은 제가 할 수 있는 건 다 해봤다는 거예요. 어쩌면 여러분께 제 이야기를 털어놓고, 다른 여성들도 자신의 이야기를 털어놓을 수 있도록 돕는 것이 저에겐 유일한 치유의 길인지도 모르겠습니다."

화면이 어둡게 페이드아웃되고, 검은 화면 위로 내 목소리만 재생된다. 나는 내 영상 편집 실력에 약간의 자부심을 느끼며 아이린의 얼굴을 슬쩍 보고는 다시 휴대폰으로 시선을 돌린다.

"유산에서 마마베어가 되기까지, 유산에 대한 개인적이고 솔직한 이야기가 곧 BBC3에서 펼쳐집니다."

14

댄

나는 에미가 상처 입고 창백한 얼굴로 병상에 누워 잠들어 있는 코코의 사진을 찍을 생각을 했다는 게 믿기지 않는다. 온전히 에미의 입장이 되어 그녀의 시각으로 이 사건을 바라보고 그녀의 생각을 이해해보려 애쓴다.

그러나 그건 불가능하다.

솔직히 말하면, 그녀의 생각을 이해하고 싶은지조차 확신이 서지 않는다.

지금까지 단 한 순간도 에미를 떠나거나 우리의 결혼 생활을 정리하고 싶다는 생각은 해본 적이 없다. 그러니까 화가 머리끝까지 치밀었을 때 몇 분 정도 그런 생각을 한 걸 제외하고, 정말 심각하고 진지하게 그녀와 헤어질 생각을 해본 적은 단 한 번도 없다. 그건 우리가 아이를 낳기 전에도 마찬가지였다. 그녀를 떠나서 내가 뭘 하겠는가? 어디를 가겠는가? 원룸 같은 곳에서 살면서 온종일 과자 부스러기나 먹으며 인터넷만 들여다보겠지. 가끔 우스갯소리로 집 나가는 이야기를 할 때면 나는 늘 그렇게 이야기하곤 했다. 솔직히 말하면 나는 그녀가 없는 삶 자체가 상상이 되지 않는다.

그렇지만 지난 24시간 동안 나는 몇 번이나 냉정하고 차분한 분노 속에서 에미를 떠나면 어디서 어떻게 생활해야 할지에 대해 진지하게 생각했다. 코코를 데리고 가면 그게 무엇을 의미할지, 아들을 데려가면 무엇이 필요할지에 대해 상상했다. 몇 번이나 당장 부엌으로 가서 에미에게 떠난다고 말하고 싶었지만, 그녀가 혼자 베어와 코코를 책임지는 상황이 싫어서 가까스로 참을 수 있었다. 그녀가 내 아이들을 본인이 마음이 동할 때마다 소품처럼, 액세서리처럼, 동정심을 유발하는 도구처럼 사용하는 것은 참을 수 없었다.

내가 과민 반응하는 걸까? 나는 그렇게 생각하지 않는다.

우리는 오늘 저녁에 에미의 새로운 TV 프로그램을 축하하기 위해 단둘이 외식을 하기로 했다.

하지만 오늘은 정말 그럴 기분이 아니다.

그녀는 외출하기 전 복도 거울에 비친 우리의 모습과 레스토랑의 메뉴판 사진을 찍어 인스타 스토리에 올린다. 다음으로 에미는 자신이 주문한 칵테일과 애피타이저, 그리고 반대편에 앉아 인상을 쓰고 있는 내 모습을 찍는다. 지난 몇 년간 나는 이런 것에 너무나 익숙해져 평소에는 딱히 거슬린다고 생각하지도 않았다. 하지만 오늘은 이 모든 게 갑자기 섬뜩하게 느껴진다. 그녀가 이 중에 어떤 사진을 인터넷에 올릴지는 나도 모른다. 최근 며칠간 나는 아내의 인스타그램 계정은커녕, 아내의 눈도 똑바로 쳐다보지 못하고 있다.

에미는 나에게 헤비 플로 팟캐스트 녹화에 대해 이야기하다가 휴대폰을 들고 히로 블라이스가 생리에 관한 시를 낭송하는 영상을 틀어 보여준다. 그러나 나는 전혀 웃지 않는다.

웨이터가 우리의 애피타이저를 치울 때쯤, 처음 주문했던 맥주를 다 마신 나는 맥주를 한 병 더 주문한다.

계속해서 내 머릿속을 맴도는 생각은 내가 전에는 인터넷에 올린 우리의 삶만이 가짜라고 생각했다는 사실이다.

"아이들을 도린에게 맡겨둔 거, 괜찮겠지?" 에미는 살짝 불안한 미소를 지으며 말한다.

아내의 이런 질문에 남편이 어떻게 대답해야 하는지는 분명하다. 데이트 도중에 상대방이 이런 질문을 한다면 뭐라고 대답해야 하는지 모르는 사람은 없다.

그렇지만 나는 어깨를 한번 으쓱해 보이고는 맥주를 한 모금 마신다. 그래서 누가 외출하자고 했어? 솔직히 이렇게 말하고 싶다.

웨이트리스가 다가와 맥주를 한 병 더 마시겠냐고 묻고, 나는 그러겠다고 한다. 에미는 내가 마시던 병이 아직 비지 않았다고 지적하고, 나는 3분의 1 정도 남아 있던 맥주를 몽땅 들이켠 후 다시 한 병을 주문한다.

에미가 도린에게 별일 없는지 묻는 문자를 보내자 도린은 거의 즉시 답장을 보낸다. 30분 전에 베어의 방에서 잠결에 내는 것 같은 울음소리가 잠깐 들리긴 했지만 지금은 모두 고요하다고 한다.

우리는 도린을 찾은 것이 얼마나 행운인지에 대해 몇 마디 진부한 이야기를 나누고는 다시 침묵에 빠진다. 나는 베어가 태어난 후 아내와 단둘이 외식을 하거나 함께 외출한 것은 오늘이 처음이라는 사실을 깨닫는다. 이 와중에도 에미가 오늘 정말 아름다워 보인다는 사실은 인정할 수밖에 없다. 그녀는 화장을 꼼꼼하게 하고, 머리를 틀어 올리고, 예전에 잡지사에 다닐 때 입던 스타일의 세련된 원피스를 입고 있다. 인스타맘도 가끔은 화려하게 꾸미고 외출하는 것이 허용된다. 다만 이렇게 외출할 기회가 얼마나 드문지, 오랜만에 신은 하이힐 때문에 발이 얼마나 아픈지에 대해 자책하는 듯한 글이 사진에 반드시 동반되어야 한다. #빅뉴스를 앞두고 축하하기 위한 특별한 자리라는 것과, 집에 갔더니 애가 안 자고 울고 있었고, 다음 날 온종일 #어른의두통에 시달리면서 전날 외출했던 걸 후회했다는 이야기도 빼먹으면 안 된다.

집에 별일이 없다는 것을 확인한 에미는 다시 자신이 맡을 TV 프로그램 이야기로 돌아간다. 나는 반쯤 귀를 기울이며 고개를 끄덕인다. 물론 나도 아내의 성공이 기쁘다. 이건 정말 대단하고 엄청난 뉴스다. 다만 왜 이 주제의 프로그램 진행을 아내에게 맡겼는지가 의아할 뿐이다. 우리 부부가 실제로 겪은 일도 아니지 않은가? 전문가를 초빙해서 함께 출연하는 것인가? 아니면 에미가 의사나 유산 경험이 있는 여성을 만나 인터뷰하는 것인가? 이러한 내 질문에 에미는 아직 제작진과 세부적인 사항까지 논의하지는 않았다고 대답한다.

디저트를 주문할 시간이 되자, 우리가 저녁 외출을 거의 하지 않는 이유가 생각난다. 우리는 둘 다 너무 졸려서 눈이 반쯤 감긴 상태다. 계산할 시간이 되자 나는 눈을 뜨기조차 힘들다. 레스토랑의 조명이 점점 어두워지다가 갑자기 다시 밝아지는 것 같은 기분이 이어진다. 우리 사이의 대화도 어느 순간 뚝 끊기고, 에미는 휴대폰 메시지를 확인하고 있다. 내가 계산을 하는 동안 우리는 동시에 하품을 하고는 계산대 직원에게 사과한다.

나는 휴대폰으로 시간을 확인한다. 8시 47분이다.

"식사 정말 맛있었어." 밖에서 함께 우버 택시를 기다리며 그녀가 말한다.

나는 그녀의 어깨에 팔을 두르고 살짝 힘을 준다. 그러나 아무 말도 하지 않는다.

"기사가 지금 어느 길로 오고 있는 거지?" 에미가 휴대폰으로 기사의 이동 경로를 확인한다.

나는 휴대폰을 꺼내 코코의 사칭 계정을 확인한다.

그녀는 고개를 돌리지 않고도 내가 무엇을 하는지 이미 알고 있다.

"또 뭐 올라온 거 있어?"

오늘 저녁 7시경에 올라온 사진 이후에 아직 새로 올라온 것은 없다. 오늘 올라온 사진 속의 코코는 TV 앞 소파에 누워 에미의 스웨터를 곰 인형이나 베개처럼 꼭 껴안은 채 잠들어 있다. 사진 밑에는 매일의 소중함을 놓치지 말고, 아이와 함께하는 모든 순간을 소중히 여기라는 내용의 글이 적혀 있다. 93개의 '좋아요'와 거의 마흔

개에 달하는 댓글이 달려 있다.

그 계정에 올라오는 사진과 글의 내용은 날이 갈수록 더 섬뜩하고, 더 생생하고, 더 자세하고, 더 감상적이 되어가는 중이다. 그들이 가지고 있는 사진이 수백 장도 아닌, 수천 장이라는 사실이 나를 괴롭힌다. 거기에는 코코가 자는 모습, 목욕하는 모습, 수영복을 입고 정원에서 노는 모습이 찍힌 사진도 있다. 그 사진들은 나날이 더 섬뜩하게 느껴지는 글과 함께 매일 한 장씩 인터넷에 공개되고 있다. 작성자는 코코의 운명을 알려줄 검사 결과가 곧 나올 예정이니 자신들을 위해 기도해달라고 한다.

나는 그들을 죽이고 싶다.

차가 잠시 신호에 멈춘 동안 기사는 우리에게 즐거운 시간 보냈는지, 창문을 닫는 게 좋은지, 음악을 틀어주길 원하는지 등을 묻는다. 그러는 내내 내 머릿속에는 오로지 한 가지 생각뿐이다.

이런 짓을 하는 작자가 누구든지 간에, 그 사람을 죽이고 싶다.

분명히 해두고 싶은 게 있다. 나는 그냥 수사학적으로 말하는 게 아니다. 진심으로 그 사람을 죽이고 싶다. 내 감정은 누군가 당신의 아이에게 해를 끼쳤거나, 해를 끼치려고 할 때 당신이 느끼는 그 감정이다. 당신이 유아차를 밀고 가는데 고정 기어로 개조한 자전거를 탄 얼간이가 신호등의 빨간불을 무시하고 맹렬하게 달려오다가, 횡단보도 안까지 쳐들어와 15센티미터 차이로 간신히 유아차를 피해 지나갈 때 당신이 느끼는 그 감정이다. 당신이 아이의 손을 잡고 슈퍼마켓 주차장을 지나는데 당신과 아이 쪽으로 차를 빠르게 후진시키는 그 멍청이에게 당신이 느끼는 그 감정이다.

내 손이 그들에게 닿을 수만 있다면, 가족을 해치려는 놈들에게 가장이라면 응당 느껴야 할 의분을 모두 실어 주먹을 날리고 싶다.

그놈들이 이런 짓을 하는 이유라도 짐작할 수 있다면 이렇게까지 화가 나지는 않을 것 같다. 도대체 이런 짓을 통해 무슨 이득이나 쾌감을 얻는다는 말인가? 차라리 금전을 위한 사기 행각이나 영국의 의료 보건 체계가 제공하지 않는 최첨단 수술 비용과 항공료를 충당할 크라우드 펀딩 수법이라면, 이렇게까지 화가 나지는 않을 것 같다. 아니, 화는 나겠지만 기분 나쁜 지점이 조금 다를 수 있을 것 같다.

차가 우리 집이 있는 길목으로 들어서자 에미는 내 손등을 쓰다듬으려다가, 내 손이 무릎 위에서 주먹을 꽉 쥐고 있는 걸 발견한다.

"그 빌어먹을 놈들, 내가 죽여버릴 거야." 내가 말한다.

에미는 별다른 반응 없이 몸을 앞으로 숙여 기사에게 차를 어디에 세우면 되는지 알려준다. 그녀의 손은 여전히 내 손등 위에 놓여 있다.

"정말이야." 내가 말한다. "신에게 맹세코, 정말이라고."

집 앞에서 차가 멈추고, 기사는 실내등을 켜서 우리가 물건을 두고 내리지 않도록 돕는다. 갑자기 환해진 조명 아래서 나와 에미는 서로를 마주 본다. 가혹하리만큼 밝게 내리비치는 조명 밑에서 에미의 얼굴은 피곤해 보인다. 이마에는 주름이 졌고 눈도 약간 부은 것 같다. 그녀의 표정은 읽기 힘들다. "누구를?" 그녀의 목소리는 조용하지만 짜증과 약간의 경멸까지 담고 있다. "도대체 누굴 죽일 건데, 댄?"

나는 그녀를 잠시 응시하다가 시선을 돌린다. "감사합니다." 그녀가 기사에게 말한다.

내가 외투 주머니에서 열쇠를 찾는 동안 우리 사이에 잠시 침묵이 흐른다. 서로의 숨결이 허공을 맴돌지만 둘 중 누구도 입을 열지 않는다.

나는 최대한 조용히 문을 열고 에미에게 먼저 들어가라고 손짓한 후, 거실에서 머리를 내미는 도린에게 손을 들어 인사한다. 그녀는 미소를 지으며 나를 향해 두 개의 엄지손가락을 들어 보이고, 나도 거기에 화답한다. 나는 소리를 내지 않기 위해 복도 서랍장 위에 열쇠를 조용히 내려놓는다. 도린이 우리에게 즐거운 시간 보냈냐고 묻고, 에미는 음식도 맛있었고 정말 멋진 시간을 보냈다고 대답한다. 에미가 도린을 배웅하고 현관문을 조용히 닫는다. 그녀는 나에게 부엌에서 물 한잔 마시고 자러 가겠다고 말한다.

그녀가 부엌으로 사라진 뒤, 나는 모든 창문이 잠겨 있는지 확인하고 모든 문들이 잠겨 있는지 확인한 후, 다시 한번 모든 창문을 확인한다. 그리고 이를 닦고 소변을 본 뒤 물을 내리려다가, 아이들이 잠들어 있다는 사실을 기억하고 동작을 멈춘다(오래된 파이프 소리가 아이들을 깨울 수 있기 때문이다). 나는 현관문을 다시 한번 덜컥거리며 보조 잠금장치까지 잘 잠겨 있는지 확인한다.

내가 위층으로 올라왔을 때는 침실 조명이 이미 꺼진 후이고, 에미는 문 앞에 서 있는 나에게 등을 보인 채 이불을 덮고 누워 있다. 나는 양말과 청바지를 벗으며 넘어지지 않으려고 매트리스를 손으로 붙잡는다. 그리고 입고 있던 티셔츠와 브이넥 스웨터를 머리 위로 한 번에 벗는다.

나는 멀리서 들려오는 경찰 헬리콥터 소리와 고속도로의 사이렌 소리를 들으며 잠에 빠진다.

바로 그때 전화벨이 울리고, 지옥문이 열린다.

코코는 정말 사랑스러운 아이처럼 보인다. 가끔 뽐내기를 좋아하고, 고집이 좀 세긴 하지만 전반적으로 착한 아이다. 생각이 깊고, 온화하고, 성품이 좋고, 이기적이지 않다. 부모를 닮은 건 아닐 테고 대체 누굴 닮은 걸까. 나는 그 아이가 작은 괴물일 거라고 예상했었다. 항상 입에 사탕을 물고 다니며 고래고래 소리를 지르다가 사진 찍을 때만 멈추는, 관심병에 공주병까지 있는 그런 부류의 아이일 거라 생각했었다. 그러나 내가 보기에 코코는 전혀 그런 아이가 아니다.

사실 코코는 그 누구보다도 그레이스를 닮았다. 그레이스처럼 상냥하고, 친절하고, 관대한 성품을 가지고 있다. 코코는 놀이터에서 놀다가도 누가 넘어지면 제일 먼저 달려가 일으켜주는 아이다. 심지어 외모도 그레이스와 많이 닮았다. 미끄럼틀을 타고 내려가거나, 그네를 타며 열심히 발을 움직이거나, 그냥 뛰어다니며 노는 코코를 곁눈질하다 보면, 마치 오래전 그레이스가 어렸을 때로 잠시 돌아간 것 같은 착각에 빠지게 된다.

코코가 얼마나 에너지 넘치는 아이인지, 얼마나 달리기를 좋아하고 소리 지르며 어딘가에서 뛰어내리길 좋아하는 아이인지 보고 나니, 그 애가 마마베어의 소품 노릇을 하는 걸 얼마나 지루해할지 짐작할 수 있다. 그 많은 사진 촬영 스케줄. 카메라 앞에서 노는 척하기. 즐거운 척하기. 아이가 잠자리에 들 시간이 훌쩍 지난 시간에 열리는 수많은 행사에 끌려다니기. 그 애가 자라서 어린 시절을 되돌아보면 무엇을 기억할까? 코코의 추억은 실제로 일어난 일 그대로일까, 아니면 에미가 인터넷에 게시한 버전일까?

내가 이런 말을 하면, 그레이스는 잔뜩 얼굴을 찌푸리며 그건 정말 구시대적인 생각이라고 말하곤 했다.

도린. 코코를 돌봐주는 도우미의 이름이었다. 우리는 동네 공원이나 버스에서 종종 마주쳤고, 한번은 집 밖의 거리에서 마주치기도 했다. 그러다가 서로를 향해 고개를 끄덕여 인사하는 사이가 되었다. 두어 번은 소리 내어 인사하기도 했다. 어느 날은 연못 앞 벤치에 나란히 앉기도 했다. 코코는 오리에게 먹이를 주다가 까르르 웃기도 하고, 오리 떼가 떨어진 빵 조각을 먹으려고 너무 가까이 몰려오면 소리를 지르며 도망가기도 했다.

"몇 살인가요?" 내가 물었다.

도린은 나에게 코코의 나이를 알려주었다.

"손녀인가요?"

도린은 고개를 흔들었다.

"제 손주는 아니에요. 제가 봐주는 아이죠."

그녀는 자신이 원하는 만큼 손주들을 자주 만나지는 못한다며 둘은 맨체스터에, 하나는 노리치 근처에 산다고 말했다. 그러고는 나의 손주들에 대해 물었다.

나는 나 또한 어린 손녀를 원하는 만큼 자주 보지 못한다고, 그건 딸도 마찬가지라고 말했다

우리는 함께 신세 한탄을 했다

"코코야." 그녀가 말했다. "연못에 너무 가까이 가면 안 돼."

코코는 뒤를 돌아보며 알았다는 표시로 고개를 끄덕였다.

"알겠어요!" 아이가 소리쳤다.

도린은 코코를 향해 엄지손가락을 들어 보였다.

"어쩜 저리 착할까." 내가 말했다.

코코가 내 얼굴을 알아봤는지는 확신할 수 없다. 만약 알아봤다 해도 아이는 아무 말도 하지 않았다. 그렇지만 코코가 내 얼굴을 빤히 쳐다보며 나를 어디서 봤는지, 내가 누구인지를 떠올리려는 듯 얼굴을 살짝 찌푸리는 걸 나는 알아챘다. 그 순간 오리 한 마리가 코코의 겉옷에 부리를 대고 킁킁거렸고, 코코는 깜짝 놀라 비명을 지르며 멀리 도망갔다.

이제 모든 것이 제자리를 잡았다. 필요한 모든 물건이 그 집에 있고, 나는 모든 게 잘 작동하는지 확인하고 또 확인했다. 혹시 몰라 '매매' 푯말을 집 옆의 쓰레기통 근처로 치워두었다. 내가 먹을 음식도 냉장고 안에 충분히 채워두었는데, 금방 상하지 않는 음식들로만

준비했다. 주방 찬장 안에는 멸균우유와 커피도 충분히 넣어두었다. 나는 머릿속으로 모든 계산을 마쳤고 각 단계를 실행해보았다. 스스로에게 정말 이 일을 해낼 수 있는지, 마음의 준비가 되었는지 물었다. 나는 그레이스를 떠올리고, 알리사를 떠올렸다. 그리고 내 대답이 무엇인지 확신했다.

이제는 적당한 때를 기다리기만 하면 된다.

에미

모든 게 전형적인 〈메일 온 선데이〉《데일리 메일》의 일요일판 기사처럼 진행된다.

토요일 밤 9시 30분, 당신의 모든 것을 낱낱이 파헤친 머리기사를 내겠다는 전화가 걸려온다. 그들은 당신에게 답변을 요청하지만, 정말로 당신이 답변하리라 기대하는 건 아니다. 그건 다음 날 타블로이드지 맨 앞면에 당신이 얼굴이 도배될 거라는 사실을 사전에 경고해주는 일종의 예의상 전화에 가깝다. 그 시점에는 이미 더 이상 피해를 줄일 방안도, 그 끔찍한 기사를 내릴 방법도 없다. 이 모든 걸 나는 경험으로 알고 있다. 잡지사에서 일할 때 회사의 덜 떨어진 아트 디렉터가 할리우드 여배우의 몸매를 보정하다가 실수로 팔꿈치를 한 개 더 그려 넣는 바람에 한바탕 소동을 겪었기 때문이다.

댄이 전화를 받는 순간부터 뭔가 심각한 문제가 발생했다는 걸 느낄 수 있다. 그는 유쾌하게 "여보세요?"라는 말로 전화를 받았지만 곧바로 훨씬 심각한 목소리로 "예"라고 대답한다.

'누구야?' 나는 눈썹을 치켜올리며 입 모양으로 묻는다. 댄은 나를 무시한다.

"그렇군요." 그가 전화기에 대고 말한다.

댄의 표정은 잔뜩 굳어 있고, 얼굴을 너무 찌푸려서 두 눈썹이 거의 서로 맞닿아 있다. 나는 팔꿈치로 그를 살짝 찔러보지만 그는 나에게 등을 보이며 돌아선다.

"빌어먹을, 도대체 무슨 일인데 그래?" 나는 낮은 목소리로 날카롭게 묻는다.

그는 나를 향해 손등을 휘저으며 조용히 하라는 신호를 보낸다. 앉아서 전화를 받던 그는 이제 서 있다. 한 손으로는 전화기를 들고, 다른 한 손으로는 귀를 막고 있다.

"네, 듣고 있습니다." 거울을 통해 우리의 시선이 마주친다.

"아니요." 그는 내 시선을 피하지 않으며 말한다. "할 말 없습니다. 할 말 없고요. 한마디만 할게요. 우리 가족 좀 내버려두세요."

그런 다음 그는 전화기를 침대 위로 세게 내던진다. 전화기는 매트리스 위에서 튕겨 나가 뱅글뱅글 돌다가 방구석으로 사라진다.

"댄?

그가 나를 향해 돌아선다. 지금까지 한 번도 본 적이 없는 표정을 짓고 있다.

"내가 이 상황을 제대로 이해한 건지 말해줘, 에미." 그가 속삭임을 간신히 넘어선 목소리로 말한다. "너의 가장 친한 친구가, 학창 시절부터 붙어 다녔던 단짝 친구가, 우리 결혼식에서 신부 들러리를 서주었던 친구가 세 번의 유산을 고백하는 이메일을 보냈어. 세 번. 그런데 너는 그녀에게 전화는커녕, 문자 한 통 보내지 않았어. 그녀보다 인터넷의 낯선 사람들에게 시간을 더 많이 할애하고 응원을 보냈지. 그런데 그것도 모자라 네가 전혀 모르는 주제를 다루는 다큐멘터리 진행자 자리를 따내려고 그 친구의 이야기, 그녀의 실제 인생을 훔쳐서 네 것으로 위장한 거야? 아니, 우리의 것으로 위장한 거야?"

댄은 말을 멈추고는 고개를 흔든다. "도대체 어떤 미친 인간이 그런 짓을 하지, 에미?"

나는 입을 벌린 채 그를 멍하니 쳐다본다. 그건 내가 한 짓이 아니다. 적어도, 그럴 의도는 아니었다. 그건 오디션을 위한 연기에 불과했다. 제작진에게만 보이려고 만든 영상 아니었던가. 도대체 그게 어떻게 유출된 거지? 폴리가 어떻게 그걸 봤다는 거지? 누가 그녀에게 보낸 거야? 나는 이런 말들을 하고 싶다. 그러나 입이 떨어지지 않는다.

"이런 빌어먹을 맙소사." 댄은 손바닥을 이마에 대고 미간을 주무르며 말한다. "갈수록 태산이네, 진짜."

'그래 댄, 네 말대로 갈수록 태산이야.' 나는 생각한다. 지난 과세 연도에 받은 인세와 대출권을 모두 합쳐봤자 7파운드 10펜스밖에 되지 않는 남편을 데리고 사는 것도 모자라, 이런 수모까지 겪어야 하다니. 남편은 내가 번 돈으로 리스본에서 긴 주말을 보내고, 마라케시에서 겨울 휴가를 보내고, 몰디브에서 두 주간 휴양을 즐길 때는 별 불만이 없어 보였다. 대출금을 갚고, 보육비를 지불하고, 전기세를 내기 위해 나는 점점 더 많이 보여달라고, 더 발가벗으라고, 또한 겹의 피부를 벗겨내라고, 더 드러내고 더 공유하라고 달달 볶아대는 대중이 지배하는 업계에서 매일 뒹굴고 있다. 인터넷의 생판 모르는 사람의 값싼 호기심이 동하는 15초를 붙잡으려고 매일 애를 쓰고 있다.

그때 내 휴대폰이 울린다. 모르는 번호다. 나는 그것을 응시하다가 잠시 눈을 감는다. 다시 눈을 떴을 때는 모든 게 사라져 있길 바라면서. 휴대폰은 잠시 멈췄다가 다시 울리기 시작한다. 이번에는 아는 번호다. 아이린이다.

"방금 〈메일 온 선데이〉 측과 통화했어요. 피해를 최소화하려면 지금 할 일이 너무 많아요, 에미." 그녀는 사무적인 말투로 말한다. "다른 모든 건 나중에 처리하면 돼요. 에미는 지금 당장 폴리에게 연락해서 그녀가 한 말이 거짓말이었다고 얘기하도록 설득하세요. 방법은 상관없어요. 그녀는 당신의 친구잖아요. 지금 당신이 어떤 위험이 처해 있는지, 당신의 가족과 아이들에게 어떤 피해가 갈지를 깨닫게 해줘요."

댄은 여전히 혼잣말을 중얼거리고 있고, 나는 그를 내버려둔다. 폴리는 의외로 신호음이 가자마자 전화를 받는다.

"에미, 축하할 일이 많다고 들었어." 그녀의 목소리에는 가시가 돋쳐 있다.

"폴리." 나는 떨리는 목소리로 입을 뗀다. "내가 널 사랑하는 거 알 잖아. 나는 결코 너에게 상처 주고 싶지 않았어. 정말 미안해. 그 이 메일에 대해선⋯⋯."

"드디어 전화해서 그 얘기를 꺼내주니 고맙네, 에미. 내가 너에게 정말 소중한 존재가 맞긴 한가 봐. 너희 부족이라도 된 것 같아. 너 희는 서로를 그렇게 부른다며? 코코의 생일 파티에 갔을 때 보니까 그러더라고." 그녀는 잠시 말을 멈춘다. "그러면 네가 추장이라도 되 는 거야?" 그녀는 차갑게 웃는다.

"나 세 번 유산하고 어떻게 지내는지 걱정돼서 전화한 거 맞지? 나는 그 이야기를 너한테 할까 말까 정말 고민 많이 했어. 예전에 네 가 낙태했던 것 때문에 행여나 죄책감을 느낄까 봐, 네가 임신했을 때는 마음의 부담이 될까 봐, 네가 출산했을 때는 그렇잖아도 바쁜 데 짐이 될까 봐 걱정했지. 그게 아니면 혹시 다른 이야기 하려고 전 화한 거야? 생각해보니까 재밌다. 네가 나한테 먼저 전화한 건 진짜 몇 년 만인 것 같아."

그녀는 말을 이어간다. "사실 네가 굳이 전화를 안 한 이유도 이 해가 되긴 해. 네가 인터넷에 올리는 사진만 봐도 네 최신 소식을 얼 마든지 확인할 수 있으니까 말이야. 나도 네 팔로워나 팬처럼 그렇 게 하면 되는 거잖아? 그런데 너는 한 번이라도 내가 어떻게 지내는 지, 뭐 하며 사는지 궁금해한 적 있니? 그냥 안부차 연락해볼 생각 은 한 적 있어? 하긴, 답을 이미 아는데 굳이 이런 질문을 왜 하는지 모르겠다. 그거 아니? 내가 코코의 파티에 굳이 가겠다고 했던 이유는 거기에 가야 너를 만날 수 있을 것 같아서였어. 그런데 그런 파티에 오는 사람들은 정말 최악이더라, 에미. 너도 그걸 모르는 건 아니지? 그날도 다들 내가 별로 중요하거나 유용한 사람이 아니라는 걸 알아채는 순간 어찌나 나를 무시하던지. 그게 지겨워서 그 기자랑 대화하기 시작한 거야."

"내 기사를 쓴 사람을 내 파티에서 만났다고? 그게 누군데?" 내가 묻는다.

"제스 왓츠. 너와 〈선데이 타임스〉 인터뷰를 했던 그 프리랜서 기자. 내가 그날 혼자 서 있는 게 불쌍했는지 먼저 다가와서 내 연락처를 물어보더라고. 기사를 쓰다 보면 이래저래 영어 교사의 인터뷰를 따야 할 때가 많다면서. 그런데 네가 새 TV 프로그램 진행을 맡게 됐다는 기사가 뜨고 나서 그녀가 진짜로 나한테 연락을 해왔어. 〈메일 온 선데이〉에 송고할 너에 대한 기사를 쓰고 있다면서 내 인터뷰를 좀 따도 되냐고 묻더라고. 자신이 네 이야기에 얼마나 감동받았는지, 너와 같은 일을 겪은 여성들이 자신의 아픔과 슬픔에 대해 터놓고 이야기할 수 있도록 돕는 게 얼마나 중요한 일인지에 대해 늘어놓더라. 그러더니 네가 언제나 지금처럼 용감한 사람이었냐고 묻더라고. 내가 도대체 무슨 말인지 모르겠다고 하니까 BBC가 자기한테 이메일로 보내준 동영상을 나한테도 보내주겠다고 했어. 그걸 보면 자신이 쓰려는 기사의 문맥이 이해될 거라면서 말이야. 난 그걸 처음부터 끝까지 다 봤어, 에미. 내 기분이 어땠을지 상상이

가니?"

나는 아무 말도 하지 않는다.

"정말로 궁금해서 묻는 거야, 에미. 우리가 함께한 그 긴 세월에도 불구하고, 난 정말로 모르겠어. 내 기분이 어땠을지 너는 상상이 되니? 아니면 인터넷에 올라오는 네 사진들처럼 너도 이차원적인 존재가 되어버린 거야?"

"다 설명할게, 폴리. 내가 생각이 정말 짧았어. 감독이 나한테 개인적인 경험담을 들려달라고 했을 때, 네 이야기가 떠올랐어. 정말 깊은 인상을 주는 이야기였고, 사람들이 관심을 가져야 할 주제라고 생각했어." 말을 하는 와중에도 내가 말을 더듬고 있다는 게 느껴진다.

"그건 네 경험담이 아니잖아, 에미. 너에겐 그런 결정을 내릴 권한이 없어. 그 죽은 아기들은 네 아기들이 아니라 내 아기들이었어. 나는 그 기자에게 네 낙태 경험을 이야기할 생각은 아주 잠시라도 하지 않았어. 그건 너를 위해서도, 댄을 위해서도, 코코나 베어를 위해서도 아니야. 그건 그 이야기가 너의 사적인 이야기이기 때문이야. 나는 그 누구도 다른 사람의 사적인 경험을 마음대로 공개할 권한이 있다고 생각하지 않아.

그거 알아? 난 그래도 항상 너를 믿었어. 지금까지 늘 그랬어. 네가 갑자기 약속을 취소하거나 지각을 해도, 난 한 번도 화내지 않았어. 끝없이 올라오는 너의 '멋진 친구들' 사진과 '인생을 바꿔준 엄마들' 이야기를 읽으면서도 속상해하지 않으려고, 그럼 나는 뭘까

하는 생각은 하지 않으려고 노력했어. 그렇지만 그 영상은…… 그건 너무 심하잖아, 에미. 이후에 그 기자가 나한테 다시 전화했을 때, 도저히 더 이상은 참을 수 없었어. 진실을 말해야만 했어. 그랬더니 그 기자도 그러더라. 어쩐지 너와 댄을 인터뷰하던 그날 네가 좀 이상하게 느껴졌다고 했어. 모든 게 뭔가 너무 차갑고 현실에서 동떨어진 것 같았다고. 네 이야기들도 좀 인위적이고 부자연스럽게 느껴졌다고 하더라. 너에게는 그 모든 게 그냥 말일 뿐이니까 그랬겠지. 너희 부류들이 '콘텐츠'라고 부르는 그거 말이야. 모두에게 공개되고 누구나 읽을 수 있는 게 아니면 너에게는 아무런 의미도 없잖아. 너는 이제 진짜 사람 같지가 않아, 에미. 포즈 취한 사진과 허풍스러운 글이 이제 너란 존재 그 자체인 것 같아. 빌어먹을 가짜야, 넌. 이번 일로 뭔가 좀 깨닫길 바라."

"나 많이 깨달았어, 폴리. 정말이야. 그렇지만 이 기사가 나가면 내가 어떻게 될지 너도 알지?"

"정말 미안해, 에미. 그런데 솔직히 말해서, 네가 어떻게 되든 난 이제 관심 없어."

그녀는 전화를 끊는다.

나는 휴대폰을 손가락으로 더듬으며 그녀에게 왓츠앱 메시지를 보내야 할지를 잠시 고민한다. 진실을 말할까. 내가 벼랑 끝에 서 있었다고 말할까. 출산한 지 얼마 되지 않아 내 뇌가 스트레스에 취약했다고 말할까. 그녀에게 용서를 빌고, 나는 여전히 그녀가 아는 어린 시절의 그 친구라고 설득할까. 그렇지만 그건 진실이 아니다. 그리고 폴리가 그걸 모를 리 없다.

　곧이어 나는 @justanothermother에게 벌어졌던 일과 스크린 캡처가 한 인간의 인생을 얼마나 망쳐놓을 수 있는지를 기억해낸다.

옛 친구가 털어놓는 인스타맘의 진실

"그녀는 내 죽은 아기들을 훔쳐 갔어요."

　그 기사는 이런 제목을 달고 나왔다.

15

"에미가 그래도 된다고 했어요." 그레이스는 내게 이 말만 반복했다. "자기도 어린 딸 코코와 항상 그렇게 했었다고 했는걸요." 나는 그녀에게 보건소의 공식 조언이 적혀 있는 링크를 보내거나 다른 방법을 써보자고 설득했지만 소용없었다. 그레이스는 자신이 할 수 있는 모든 방법을 다 써봐도 아무런 효과가 없었다고 했다. "당신이 엄마한테 말씀드려봐, 잭." 그녀가 이렇게 말하면 사위는 미안한 표정만 지을 뿐이었다.

그레이스에게 그 티켓을 사준 걸 나는 지금도 너무나 후회하고 있다. 그건 그레이스의 생일 선물이었다. 티켓은 25파운드였고, 같이 산 마마베어 맨투맨은 45파운드였다(나는 선물로 봉투만 내미는 건 별로 좋아하지 않았다). 믿을 수 없을 만큼 비싼 가격이었지만 그레이스의 생일이었기에 돈이 아깝다는 생각은 들지 않았다. 그레이스는 그 옷을 받자마자 입어보더니 오후 내내 입고 있었다. 그녀는 티켓을 냉장고 문에 붙여두었고, 두 주 내내 냉장고에서 우유나 버터를 꺼낼 때마다 들뜬 기분을 느꼈다고 했다. 마마베어와 함께하는 저녁 시간.

입장 시간은 7시 반. 강연과 질의응답, 다른 아이 엄마들과도 만날 수 있는 기회. 스파클링 와인 한 잔 무료 제공. 그레이스는 6시 45분에 강연장에 도착했다. 아직 행사장 세팅이 끝나지 않아서 그녀는 주변 거리를 두어 번 왔다 갔다 하다가, 결국 모퉁이 펍에서 와인 한 잔을 마시고 들어갔다고 했다. 그 행사를 앞두고 에미는 한 주 내내 팔로워들을 직접 만날 수 있는 기회를 갖게 되어 얼마나 기쁜지에 대해 포스팅했다. 길퍼드(런던 남서부에 있는 근교 지역)에 가는 것은 처음이라고도 했다.

그레이스는 자기만의 시간을 보낼 자격이 있었다. 알리사가 태어난 이후 그녀가 혼자 외출한 것은 처음이었다. 내가 아이를 봐주러 가겠다고 자주 제안했지만 그레이스는 그럴 필요 없다고 했다. 알리사는 정말 귀엽고 온순한 아기였고, 그레이스와 잭은 아기에게 완전히 빠져 있었다. 유일한 고민은 그레이스가 알리사를 재우려고 눕히기만 하면 아기가 빽빽 울어대기 시작하는 것이었다. 알리사는 얼굴이 시뻘게지고 목에서 꺽꺽대는 소리가 날 때까지 고래고래 소리를 질렀고, 울면 울수록 더 흥분할 뿐 결코 울음을 멈추지 않았다. 잭이 있을 때는 그래도 견딜 만했다. 그는 알리사를 아기 띠로 안아 조금 재웠고, 그레이스도 그때마다 잠깐씩 눈을 붙일 수 있었다. 그러면 밤에 못 잔 잠을 낮에 조금씩 채울 수 있었다. 문제는 잭이 언제나 함께 있어줄 수는 없었다는 것이다. 그는 아침에 출근해야 했고, 자주 전국으로 출장을 다녔다. 교대 근무를 하는 나도 병원 일정에 따라 오전이나 오후, 아니면 저녁에 잠깐씩 아기를 봐줄 수 있었지만,

매일 밤은커녕 매 주말마다 봐주지도 못했다. 그레이스는 절대 누워서 자지 않으려 하는 아기와 함께 홀로 긴 밤을 견뎌야 했다. 아기는 그레이스가 TV를 보며 품에 안고 있으면 잘 잤지만, 소파 옆 아기 바구니에 내려놓으려고만 하면 두 눈을 번쩍 떴다. 그레이스가 아기를 안고 침대에 앉아 어둠 속에서 몇 시간씩 흔들어주고 목소리를 들려주면 겨우 잠이 들곤 했다. 그러나 아기 침대에 눕히려고만 하면 다시 몸이 뻣뻣해지며 바로 잠에서 깼다. 그레이스와 잭은 알리사를 안전하게 옆에 두고 재우려고 사이드카처럼 침대 옆에 부착시키는 아기 침대도 샀다. 알리사는 그 안에 딱 5분 누워 있었다. 그들은 포대기도 사용해보고 온갖 조명, 창문 블라인드, 백색소음기, 쿠션 등을 시도해봤지만 아무 소용이 없었다. 그 무엇도 효과가 없었다.

그날 행사에서 돌아온 그레이스가 현관 안으로 들어서자마자 내게 제일 먼저 한 말은 자신이 에미에게 조언을 구했다는 얘기였다. 그녀는 에미에게 코코가 어렸을 때 재우기 힘들었던 적이 있는지, 아기와 침대에 함께 누워 잔 적이 있는지 질문했다고 했다.

"그랬니?" 내가 말했다.

그때까지만 해도 난 마마베어의 이름만 알 뿐 그녀가 누구인지 잘 몰랐다. 다만 그레이스가 그녀를 정말 재미있고 현명하고 훌륭하고 솔직한 사람이라고 생각한다는 것만 알 뿐이었다.

"그랬더니 그녀가 뭐라던?" 나는 물었다.

그날의 대화는 내 기억 속에 아직도 생생하게 각인되어 있다. 나는 내가 복도에 서 있던 자리와 계단 아래 그레이스가 서 있던 자리를 정확하게 기억하고 있다. 그레이스는 걸옷을 벗어 팔에 걸치고 있었다.

"에미도 코코가 처음 태어났을 때는 침대에서 항상 같이 잤다고 했어요. 상식적인 예방 조치만 잘 취하면 괜찮다고 하더라고요. 수세기 동안 전 세계 대부분의 문화권에서 일반적으로 아기를 재우던 방식이라고 했어요. 지금은 코코가 자기 방에서 잘 자기 때문에 부부만 한 침대를 쓰는데 가끔은 코코가 그리울 때가 있대요."

"흠⋯⋯." 내가 말했다.

그때 내 머릿속에 떠오른 생각은 이것이다. 도대체 이 마마베어라는 여자는 누구이고, 무슨 자격으로 이런 조언을 하는 걸까? 이런 종류의 일을 한 적이 있거나 훈련을 받은 사람인가? 전직 조산사 같은 사람인가?

그레이스에게 이 질문을 하려는 찰나, 위층에서 알리사가 또다시 울어대기 시작했다.

그레이스는 한숨을 내쉬었다.

"알리사가 오늘은 좀 어땠어요?" 그녀가 물었다.

"조금 안절부절못하긴 했지." 내가 말했다. "두어 번 정도 자다 깼어. 내가 달래고 우유를 먹였더니 결국에는 다시 잠들더구나." 이 말에서 핵심은 '결국'이었고, 두어 번은 사실 좀 줄여서 말한 것이었다.

내 말에 오해가 없길 바란다. 나는 그레이스가 얼마나 힘들었을지 충분히 공감한다. 겨우 잠든 아기를 아주 작은 소리 하나가, 온도의 변화가, 기압의 변동이 깨울 수 있다는 사실은 정말 사람을 미치게 만든다. 항상 불안하고, 어디에선가 아기의 울음소리가 들려오는 것만 같다. 매일 밤, 매시간, 매분 몸은 더 피곤해지고 지쳐간다. 이 시간이 영영 끝나지 않을 것 같고, 스스로가 너무나 무기력하게 느껴진다. 마음속에서는 원망이 치밀어 오른다. 환경을 원망하고, 배우자를 원망하고, 때로는 아기를 원망한다.

그 일이 있고 나서도 나는 단 한 번도, 단 한 순간도 그레이스를 탓한 적이 없다. 그레이스는 결코 고의적으로 아기를 다치게 할 사람이 아니었다. 실제로 오랫동안 고민하고 또 고민했다. 인터넷을 검색하고, 의사와 상담하고, 나와 친구들에게 조언을 구했다. 아기와 침대에 함께 누워 자게 되면 무엇이 위험하고 어떤 안전 조치가 필요한지 철저하게 조사했다. 그녀가 결정을 내리기까지는 시간이 오래 걸렸다. 아무래도 안 되겠다고 생각하게 만드는 기사를 읽었다가도, 전혀 문제없다고 생각하게 만드는 기사를 읽었다. 결국 그녀가 마음을 정하게 만든 건 에미였다. 그 사실에는 반론의 여지가 없다. 그레이스가 자신을 위해, 그리고 아기를 위해, 그러한 결정을 내려야겠다고 마음먹게 한 사람은 에미였다.

그날, 나에게 전화를 걸어 무슨 일이 있었는지 말해준 사람은 잭이었다.

그는 그날도 거실 소파에서 자고 있었다고 했다. 아기와 아내가 한 침대를 쓸 수 있도록 하기 위해 그는 꽤 오랫동안 그렇게 해왔을 것이다. 그가 눈을 떴을 때는 토요일 아침 6시였는데, 그때도 알리사의 울음소리가 들리지 않는 게 이상하게 느껴졌다고 그는 나중에 내게 이야기했다. 침실에서는 아무런 소리도 들리지 않았다. 그가 휴대폰으로 시간을 확인한 후, 잠시 눈을 감았다가 다시 떴을 때는 7시 반이었다. 7시 반이라니! 아기와 아내가 있는 방에서는 여전히 아무런 소리도 들려오지 않았다.

물론 그가 나에게 전화했을 때 이렇게 차분하게 상황을 설명한 건 아니었다. 내가 사건의 전말을 알게 된 건 한참 뒤였다. 그날 내가 그의 전화를 받았을 때 반대편에서 들려오는 소리는 잭이 말을 할 수 없을 정도로 크게 흐느끼는 소리와 배경에서 들려오는 울부짖는 소리뿐이었다. "그 애가 죽었어요." 잭은 이 말만을 겨우 내뱉었고, 처음에 나는 그가 알리사와 그레이스 중 누구를 말하는지조차 알 수 없었다.

잠에서 깬 잭은 소리를 내지 않으려고 조심스럽게 복도를 지나 침실 문 앞에 가서 삐걱거리는 소리가 나지 않도록 천천히 손잡이를 돌렸다. 그리고 문이 자체의 무게로 스르르 열리도록 내버려두었다. 한 손에는 알리사에게 먹일 미지근한 우유병을 들고 있었고, 다른 손에는 커피 한 잔을 들고 있었다. 문손잡이를 돌리기 위해 그는 그중 하나를 바닥에 내려놓아야 했고, 침대가 보일 만큼 문이 완전히 열렸을 때는 아직 몸을 반쯤 구부린 상태였다.

나중에 그는 그때의 상황을 나에게 상세하게 묘사해주었다. 나는 우리에게 어떤 일이 일어난 것인지 최대한 자세하게 알아야 했다. 그는 누군가에게 그 이야기를 털어놓음으로써 마음의 진정을 얻는 듯했다. 그러나 그레이스는 그 이야기를 듣는 것을 못 견뎌 했고, 우리가 그 이야기를 나눌 때마다 산책을 하러 가겠다며 문을 쾅 닫고 나가버렸다.

그가 처음 본 건 아직 잠들어 있는 그레이스의 모습이었다. 그는 그녀가 너무나 평온해 보였다고 했다. 커튼 주변으로 햇빛이 쏟아져 들어오고 있었고, 그녀는 똑바로 누워 곤히 잠들어 있었다. 지난 몇 달 동안 그레이스가 이렇게 편안하고 푹 자는 것처럼 보인 적은 없었다고 했다. 임신 후반기에 몸이 힘들어 잘 자지 못했던 것까지 계산하면, 그레이스가 숙면을 취한 것은 거의 1년 만인 듯했다. 모든 건 전날 밤에 그가 아내와 아기에게 인사하며 키스했을 때의 모습 그대로였다. 알리사가 그레이스에게 기대서 잘 수 있고, 그레이스가 아기 위로 구르거나 짓누를 수 없도록 놓아두었던 쿠션은 원래 위치에 잘 자리 잡고 있었다. 담요는 위로 밀려 올라오지 않도록 침대 모서리에 잘 끼워져 있었다.

그런데 잭의 말에 따르면 그가 문가에서 본 알리사의 모습은 그가 더 가까이 다가서거나 커튼을 열기 전에도, 뭔가 이상했다. 아기가 누워 있는 모습도, 미동 하나 없는 것도, 멍든 것처럼 시퍼렇게 질려 있는 피부색도, 얼룩덜룩한 작은 손도 모든 게 부자연스러웠다.

처음에는 그림자라고 생각했지만, 더 가까이 다가가자 알리사의 목에 뭔가가 있는 게 분명히 보였다. 어두운 무언가가 아기의 목을 감싸고 있었다.

그건 그레이스의 머리카락이었다.

그녀의 길고 굵은 머리카락이 아기의 목을 감싸고 있었다.

이후 검시관들이 알리사가 어떻게 사망했는지 우리에게 설명할 때, 잭은 차마 듣지 못하고 밖으로 나가 복도에 서 있었다. 그레이스와 나는 자리를 지켰다. 나는 그녀의 손을 꼭 잡고 있었고, 우리는 둘 다 흐느끼며 알리사의 사인에 대한 검시관의 상세한 설명을 들었다. 그들은 알리사가 그레이스에게 더 가까이 몸을 기대려고 여러 번 꿈틀댔던 것 같다고 했다. 그리고 아기가 몸을 꿈틀댈 때마다 알리사의 턱 밑에 놓여 있던 그레이스의 긴 머리카락이 아기의 목을 점점 더 옥죄어갔다. 시간이 지날수록 아기의 기도는 더욱 막히고 뇌에 전해지는 산소량도 점점 줄어갔지만, 그 모든 과정이 너무나 느리게 진행되어서 아기도 그레이스도 잠에서 깨지 않았다. 알리사는 너무 어려서 몸부림을 치지 못했고, 그레이스는 너무 곤히 잠들어 있어서 이런 상황을 전혀 알아차리지 못했다. 이런 일이 종종 발생하기 때문에 전문가들은 아기와 함께 잘 때는 엄마에게 머리카락을 뒤로 묶으라고 조언한다고 했다. 사전 조사를 철저히 한 그레이스가 이런 사실을 몰랐을 리 없다. 그녀는 그날 밤 머리 묶는 걸 깜빡했거나, 아니면 머리를 묶었지만 자는 사이에 풀린 게 틀림없다. 나는 그레이스와 그날 밤에 대한 상세한 이야기는 한 번도 나누지 않았다. 그 아이에게 도저히 할 수 없는 질문들이 있었기 때문이다.

잭은 그날 아침에 그레이스를 깨우는 것이 자신의 인생에서 가장 힘든 일이었다고 했다. 알리사는 오랜 시간 동안 움직이거나 숨을 쉬지 않은 게 분명했다. 아기의 목 뒤를 만져보니 돌처럼 차가웠기 때문이다. 그레이스는 여전히 미소를 머금고 곤히 잠들어 있었다.

잭이 그녀의 팔에 손을 얹고 이름을 부를 때에도 그녀는 여전히 미소 짓고 있었다. 그가 그녀의 어깨를 가만히 두드리며 이름을 부르자 그녀는 잭의 이름과 알리사의 이름을 부르며 혼잣말을 했다. 그리고 눈을 떴다.

그는 나에게 이 이야기를 서너 번 정도 해주었다. 그리고 이 대목에서 언제나 주체할 수 없이 무너지곤 했다.

산책에서 돌아온 그레이스는 문을 열고 안으로 들어와 잠시 침묵을 지키며 우리의 이야기가 끝났는지 확인하곤 했다. 그리고 이야기가 끝난 게 확실해지면 다시 뒷문을 열었다가 쾅 소리가 나게 세게 닫곤 했다.

우습게도 나는 한동안 에미가 그레이스에게 한 조언에 대해 완전히 잊고 있었다. 에미를 원망하지도 않았다. 그러나 그 일이 있고 나서 두 달 정도 지났을 때, 직장에 출근해 직원 휴게소에서 교대 근무를 기다리며 차를 마시다가 우연히 마마베어의 이름을 들었다. 눈을 들어보니 TV에서 〈루즈 우먼〉 토크쇼가 나오고 있었고, 에미가 거기에 출연하고 있었다. 공교롭게도 그날 토크쇼의 주제는 아기와 엄마가 한 침대에서 자는 것이었다. 모든 출연진이 자신의 경험담을 이야기하고 있었는데. 에미는 어깨를 으쓱하더니 자신은 한 번도 아기와 한 침대에서 잔 적이 없기 때문에 별로 아는 바가 없다고 말했다.

그 순간 나는 분노로 머리가 이상해지는 것 같았다. 이미 이상해진 것 같기도 했다. 뇌가 부글부글 끓는 것 같았고, 분명 눈을 뜨고 있었지만 망막 뒤로 휘어진 깃털 같은 무늬가 왔다 갔다 하는 모습만 보일 뿐 아무것도 눈에 들어오지 않았다.

그러나 그녀의 웃음소리, 에미 특유의 그 인위적인 웃음소리만큼은 기억에 각인되어 있다. 그녀는 까르르 웃더니, 여느 때와 마찬가지로 모든 아이 엄마는 자신에게 가장 잘 맞는 방식대로 육아하면 된다는 말을 번드레하게 늘어놓았다. 자신은 완벽한 엄마도, 모든 것을 잘하는 엄마도 아니라는 말도 잊지 않았다. 그 웃음소리는 자신을 믿고 신뢰할 만큼 멍청한 팔로워들을 향한 비웃음 같았다. 그 웃음은 그들과 그레이스를 향한, 알리사를 향한, 우리를 향한 비웃음이었다.

나는 그 여자에게 내가 하려는 일에 대해 아무런 유감이 없다.

에미

나쁜 유명세란 없다는 말이 있다. 직접 겪어보니 그 말을 정말로 실감하게 된다.

간밤에 9만 명의 새로운 팔로워가 생겨났고, 내 이름은 트위터 실시간 트렌드를 장악했다. 내 기사는 국내 주요 일간지는 물론이고, 필리핀에서 이탈리아까지 아우르는 국제 뉴스 웹사이트에서도 보도되었다. 다른 타블로이드지와 주말 신문에서는 내 해명 기사를 싣고 싶다며 인터뷰 요청이 몰려왔다. 그들이 나름대로 큰돈이랍시고 제시한 금액은 내가 평상시에 받는 해시태그 하나짜리 광고료만큼도 되지 않는 액수였지만 말이다.

안타깝게도 BBC3는 그들 중 한 명이 아니었다.

〈유산에서 마마베어까지〉 프로그램의 운명을 논의하기 위해 모여든 BBC 중역들의 수를 보고 아이린도 놀라움을 감추지 못한다. 회의실은 마마베어의 실물을 보기 위해 모여든 중년 남자들로 바글바글하다. 그들은 다음번에 런던 서부의 부촌에서 열리는 모임에 가면, 지인들을 모아놓고 마마베어를 실제로 본 이야기를 하며 잘난 체할 것이다. 나는 마치 서커스단의 원숭이라도 된 듯한 기분이 든다. 자, 자, 모두 모이세요! 여기 돈독 오른 인터넷 아줌마가 폭삭 망하는 모습 구경하러 오세요!

TV 시리즈 감독이라기에는 나이가 너무 어려 보이는 조시는 여전히 프로그램을 원래 계획대로 만들어보려고 총력을 기울이는 중이다. 그러나 얼마 가지 않아 그의 노력은 부질없음이 드러난다.

"이봐요, 에미. 우리가 이해할 수 없는 건 이거요. 도대체 왜 본인이 경험도 해보지 못한 주제의 프로그램 진행을 맡으려고 한 거요? 이럴 거면 차라리 제러미 클라크슨(영국 자동차 전문 프로그램 〈톱 기어〉의 진행자)을 기용해서 유산 경험담을 이야기해달라고 할 걸 그랬소." 빳빳한 청바지에 슈프림 맨투맨 티셔츠를 입은 남자가 껄껄 웃으며 말한다. 그는 내게 자신을 소개하지 않았지만 모두가 그를 데이비드라고 부르는 걸로 보아 그게 그의 이름인 듯했다. "게다가 제러미 클라크슨이 몸값도 더 싸고 말이오."

"제 말이 그거예요." 나는 고개를 저으며 눈에 눈물이 그렁그렁 맺히게 놔둔다. "이렇게 심각한 일에 대해 제가 거짓말을 할 리가 있겠어요? 폴리는 제가 유산한 일에 대해 전혀 몰라요. 그게 문제였어요. 저는 사실 제 사적인 이야기를 다른 사람한테 하는 걸 좋아하지 않아요. 물론 팔로워들과 많은 것을 공유하려 늘 노력하지만, 이 아픔만큼은 혼자 간직하고 싶었거든요. 폴리도 제 비밀을 몰랐을 뿐이에요. 아무에게도 말하지 않았으니까요."

그 순간 데이비드가 너털웃음을 터뜨린다. 너무 심하게 웃느라 처음에는 목구멍에서 아무런 소리도 나지 않는다. 나는 그가 심장마비라도 걸린 게 아닌지 진지하게 걱정된다. "이봐요, 우린 바보가 아니에요. 당신의 인생 중 100만 명의 애 엄마들에게 팔지 않은 부분이 한 조각이라도 있긴 합니까? 그러니까 우리도 당신을 고용하려 한 거 아니요?"

나는 말없이 아이린을 쳐다보며 눈빛으로 도움을 요청한다. 이번 일이 터진 후 아이린은 단 한 번도 내게 왜 평소처럼 잘 만들어낸 가짜 경험담이 아닌 폴리의 진짜 경험담을 도용했냐고 묻지 않았다. 솔직히 말하면 나도 내가 왜 그랬는지 모르겠다. 그 영상을 찍을 때 나는 스스로를 대본을 읽는 여배우라고 생각했던 것 같다. 내 입에서 나오는 말이 무엇인지는 큰 의미가 없었다. 내게 주어진 과제, 그러니까 감독이 듣고 싶어 하는 말을 하는 게 중요했다. 나는 그저 선택받고 싶었고, 그들이 나를 마음에 들어 하기를 바랐다. 내가 실제로 프로그램 진행을 맡게 되어 국영 TV에 나와 그 이야기를 다시 해야 하는 상황까지는 미처 생각해보지 못했다. 하지만 폴리가 보게 될 줄 알았더라면 절대 그런 영상을 만들지 않았을 것이다. 그들이 그걸 그 기자에게 보낼 줄 내가 어떻게 알았겠는가?

그 기사 제목을 보고 흥분한 내가 인스타그램 계정을 영구 삭제하려는 걸 저지한 사람은 아이린이었다.

그 기사를 실은 첫 신문이 가판대에 도착하기도 전에 그녀는 우리 집에 와 있었고, 개인 비서 중 한 명을 빅토리아역에 있는 WH스미스(영국의 서점 및 소매업체 체인점)에 보내 밖에서 기다리고 있다가 갓 나온 신문을 받아 사진을 찍어 보내게 했다.

동틀 무렵 그녀와 내가 우리 집 부엌에 앉아 두 번째로 내린 커피를 마시고 있을 때, 카운터 위에 올려둔 아이린의 휴대폰이 덜거덕거렸다. 그녀는 휴대폰을 집어 들고 흘끗 보더니 내게 건넸다. 그녀의 표정은 읽을 수 없었다.

그 기사가 내 눈앞에 나타났다. 그 끔찍한 제목. 폴리와 그녀의 남편이 슬프면서도 화난 표정을 짓고 있는 사진. 내가 코코의 생일 파티 때 특별 제작한 벽화 앞에서 머리를 뒤로 젖히며 웃음을 터뜨리고 있는 사진. '행복했던 시절'에 함께 찍은 나와 폴리의 사진.

나를 바라보는 댄과 아이린의 시선이 느껴졌다. 그 순간 나는 그냥 마마베어를 죽여버리고 싶었다. 당분간 인스타그램 앱을 휴대폰에서 지우거나 한동안 인터넷을 사용하지 않는 차원이 아니라, 그녀를 땅속 깊은 곳에 묻어버리고 다시는 부활할 수 없게 만들어버리고 싶었다. 그래봤자 누가 슬퍼하겠는가? 나도, 댄도 아니다. 대부분의 팔로워는 얼마 지나지 않아 내 경쟁자 중 한 명에게 자신의 충성심을 바칠 것이고, 마마베어는 영원히 사라질 터였다.

삭제 버튼을 만지작거리며 고민하는 나를 아이린이 설득했다. 그녀는 먼저 내가 내야 할 위약금이 얼마인지 상기시켰고, 내가 더 이상 그들의 화장지, 티셔츠, 자동차 등을 홍보해줄 수 없게 됐다는 사실을 알게 된 대형 브랜드들이 나를 고소할 거라고도 했다. 게다가 지금 내가 자폭해봤자 도대체 누구에게 도움이 되겠는가? 폴리도 아니고, 내 가족도 아니다.

댄이 여전히 나를 탓하고 비난하고 대놓고 꼴 보기 싫어하는 동안, 아이린은 일요일 내내 나와 함께 우리 집 부엌에 앉아 어떻게 하면 이 구덩이에서 빠져나올 수 있을지, 어떻게 하면 도저히 변명할 수 없는 일에 대한 변명거리를 만들어낼 수 있을지 고민해주었다. 너무 지치고 수치스러웠던 나는 아이린이 하자는 대로 힘없이 따르는 것 외에는 할 수 있는 게 없었다.

어떤 경우에도 폴리의 경험담을 일부러 도용했다고 인정할 수는 없었다. 마마베어의 콘셉트는 진솔함이기 때문이다. 처음에 아이린은 이번 일을 마마베어가 마음씨가 지나치게 좋고 오지랖이 넓다 보니 저지른 일로 설명해보자고 했다. 다른 아이 엄마들의 시련, 싸움, 고뇌를 함께 짊어지다 보니 다른 이의 고통을 자신의 고통과 구별할 수 없게 된 경우로 포장해보자는 거였다. 그러다가 그녀는 더 좋은 묘책을 생각해냈다.

"에미는 진실을 말하고 있어요." 아이린이 얼음처럼 차가운 목소리로 말한다. "영상 속에 나오는 이야기는 폴리의 경험담이 맞아요. 그렇지만 그건 정말 의도치 않은 실수였어요. 에미가 폴리의 이메일을 읽으며 찍은 영상은 연습 삼아 찍은 거였어요. 조명이나 각도 같은 것이 괜찮은지 확인하려 했던 거죠. 에미는 자신의 진짜 경험담으로는 도저히 연습할 수 없었어요. 왜냐하면 매번 울음이 터져 나왔기 때문이었죠. 에미는 자신의 이야기를 하다 보면 감정이 너무 격해져 한 번 이상은 찍을 수 없다는 걸 알았어요. 그런데 안타깝게도 에미의 개인 비서인 윈터가 그만 연습 영상을 방송국에 보내 버린 거예요. 인간이라면 누구나 할 수 있는 실수였던 거죠." 그녀는 스스로에게 만족한 듯 의자에 등을 기댄다.

"저희는 그런 사실을 까맣게 모르고 있었어요. 게다가 그 동영상을 다른 사람과 공유하실 줄은 더더욱 몰랐죠. 저희도 〈메일 온 선데이〉의 전화를 받고 나서야 알게 됐는걸요. 에미는 유산의 아픔을 진짜로 겪은 사람이에요. 그 고통을 그녀보다 더 잘 이해하는 사람은 없어요. 그러니 이번 프로그램 진행을 맡는 일에도 동의한 거죠."

"분명히 그럴 만한 이유가 있을 거라고 생각했어요!" 기쁜 기색을 감추지 못하는 조시는 약간 불쌍해 보이기까지 한다. "에미, 모두에게 진실을 알려요. 인스타그램에 올려보는 건 어때요?"

"당신은 당신 하고 싶은 대로 하시오, 에미." 데이비드는 마치 내 이름에서 안 좋은 맛이 나기라도 하는 양 얼굴을 잔뜩 찌푸린 채 말한다. "어쨌든 우리는 방송은 그대로 진행하되, 진행자만 @ivfandangels로 교체한다고 발표할 거요. 그리고 다른 이들과 마찬가지로 당신의 행동에 크게 실망했기 때문에 앞으로도 마마베어와 함께 일할 계획은 없다고 발표할 생각이오."

"그게 외부의 시선으로 볼 때 어떻게 보일까요, 데이비드? 당신들이 그렇게 나오면 에미도 언론 인터뷰를 할 수밖에 없어요. 지금 신문사마다 에미의 독점 인터뷰를 따내고 싶어 혈안인 거 아시죠? 우리는 당신들이 유산이라는 큰 아픔을 겪은 아이 엄마 두 명을 경쟁시킨 것도 모자라, 에미가 정말로 하고 싶어 하는 일을 미끼로 그녀의 영혼까지 탈탈 털어 갔다고 말할 거예요. 그게 사실이니까요. 게다가 그녀에게 그런 일을 강요한 사람이 남성 감독과 남성 프로듀서, 남성 직원들이었다는 사실도 말할 수밖에 없고요." 아이린은 데이비드가 뭐라고 대답할지 진심으로 궁금해하는 것처럼 보인다. "이렇게 말하니까 에미가 당신들에게 정말 교묘하게 당한 것 같죠? 꽤 큰 스캔들로 발전할 여지도 있겠고요?"

아이린은 그들이 그녀의 말의 무게를 충분히 느끼도록 잠시 말을 멈춘다.

종이를 뒤적이고, 목소리를 가다듬고, 낙서를 하는 모습은 보이지만 그 누구도 다른 사람과 눈을 마주치지 않는다. 회의를 시작한 지한 시간 만에 처음으로 데이비드마저 할 말을 잃은 듯하다.

"이렇게 합시다." 아이린이 주변을 둘러보며 말한다. 이 작은 체구의 여자가 자기 나이의 두 배는 되는 한 무리의 남자들을 완전히 휘어잡고 있다. 그건 정말 볼만한 광경이다. 아이린의 위기 대처 능력은 타의 추종을 불허한다.

"이번 프로그램을 에미에게 맡기고 싶지 않다면, 그렇게 하세요. 대신 아무 조건 없이 서로 헤어지는 겁니다." 그녀는 단호한 목소리로 말한다. "모든 과정은 제가 관리할게요."

모두가 서로의 눈치를 보느라 회의실 안에는 침묵만 흐른다.

결국 데이비드가 가장 먼저 입을 연다.

"그럽시다. 알아서 하시고, 대신 우리는 이번 일에 더 이상 끌어들이지 마시오. 그리고 오늘 당장 처리하시오." 말을 마친 그가 의자에서 갑작스럽게 일어난다. "인스타 피플이라면 지긋지긋하니 오늘은 이만합시다."

아이린의 사무실로 돌아가기 위해 그녀와 함께 리젠트 거리를 걷는 동안 나는 아이린이 처음부터 그 프로그램 일을 살려보려는 의도가 없었음을 깨닫는다. 어차피 그 일은 그녀에게 큰돈을 벌어다 주지도 못할 터였다. 그녀의 관심 사항은 오직 하나, 자신의 밥줄을 살리는 것이었다.

"좋아요, 에미. 이제 당신이 해야 할 일을 알려줄게요." 그녀는 자신의 사무실 책상 뒤에 앉아, 마치 가방에 넣어둔 담배를 들킨 여학생을 쳐다보는 교장 선생님처럼 나를 위아래로 훑어본다. "에미, 솔직하게 말할게요. 이건 타협 불가능한 조건이에요. 제가 하자는 대로 하지 않으면 다른 에이전트를 찾아보는 게 좋을 거예요."

"저거 보이세요?" 그녀는 우리가 사무실로 걸어 들어올 때부터 전화기를 붙잡고 있던 자신의 비서를 가리킨다. "일요일에 그 기사가 나온 후부터 에미와 계약한 브랜드들에서 오는 전화가 끊이지 않고 있어요. 벌써 계약을 해지한 회사들도 꽤 있고, 아직 해지하지 않은 회사들도 해지를 심각하게 고려하고 있어요. 팔로워는 문제가 아니에요. 어차피 그들은 충성도가 높아서 에미가 인스타 라이브로 살인을 한다 해도 언팔하진 않을 거예요. 문제는 돈이에요, 에미. 이 문제를 제대로 해결하지 않으면 우린 더 이상 돈을 벌 수 없어요. 에미는 이제부터 이렇게 해야 해요. 우선 그럴듯한 이유를 만들어서 사과문을 올리고, 상황이 정리될 때까지 휴식기를 갖는 거예요. 그렇게 하지 않으면 이제 다시는 에미에게 광고가 들어오지 않을 거예요."

그녀의 계획은 간단하다. 우선 나는 내가 스크린세이버로 사용하는 사진, 즉 코코가 갓 태어난 베어를 안고 있는 사진을 인스타그램에 올린다. 그 사진은 내가 폴리에게 보내는 공개 사과문과 함께 올라갈 것이다. 사과문은 아이린이 BBC에 말한 버전의 설명이 주를 이루되, 그래도 개인적인 사유로 프로그램에서 하차하겠다는 내용이 될 것이다. 나에게 유산 경험이 있다는 건 거짓말이 아니고, 그건 댄을 제외한 그 누구에게도 말한 적 없는 나만의 비밀이었으며, BBC에 실수로 보낸 영상은 연습용으로 찍은 것이었고, 관계자 외에 다른 사람이 그 영상을 보게 되리라고는 전혀 예상하지 못했으며, 어쨌든 친구를 속상하게 하고 상처 준 일에 대해서 깊이 후회하고 있다는 게 내 사과문의 요지가 될 터다.

그리고 며칠 후, 다른 게시물이 하나 더 올라오게 될 것이다. 이번에 올라갈 사진은 내가 카메라 밖으로 걸어나가면서 불안한 표정으로 뒤를 돌아보는 모습이 될 것이다. 이 사진과 함께 올라갈 글의 내용은 다음과 같다. 나는 이번 일을 계기로 인스타그램이 나에게 어떤 의미인지 깊게 생각해보게 되었으며, 출산한 지 얼마 되지 않았는데 일에 너무 빨리 복귀하려 한 게 문제였던 것 같다. 커리어를 놓치고 싶지 않은 욕심에 아기를 돌보면서 일을 병행하다 보니 너무 무리했던 것이다. 출산 후 잠시 외부 세계를 차단하고 아기에게 집중하는 시간을 가졌어야 했는데, 그러지 못한 것을 후회한다. 그래서 이제는 스스로에게 솔직해져야 할 시간이 왔다. 잠시 휴식기를 가지며 나 자신과 솔직하고 열린 대화를 하고, 내 불안을 관리하고, 나와 가족을 위한 미래의 계획을 세우는 시간을 가지려 한다.

아이린은 내가 휴식기를 보낼 디지털 디톡스 쉼터를 벌써 찾아두었다. 내가 아직 모유 수유 중이기 때문에 쉼터 측에서도 베어를 데려가는 데 동의했다고 한다. 그리고 내가 인스타그램 게시물에 쉼터의 이름을 언급하는 조건으로 모든 게 무료로 제공된다고 한다. 한때 잘나갔던 IT 회사 임원이 영적인 각성 후 세웠다는 이 쉼터는 5일 동안 전화 신호도 잡히지 않는 외딴 오두막에 사람들을 가둬놓고 자기 성찰과 자기 돌봄의 시간을 갖게 하는데, 요즘 번아웃 증후군으로 고통받는 유튜버들 사이에서 인기라고 한다. 솔직히 말하면 더 이상은 알고 싶지도 않다. 그래도 그런 곳에 한동안 박혀 지내면서 그간 겪었던 수치, 부끄러움 그리고 다른 사람에게 준 상처에 대해 천천히 생각해보는 시간을 갖는 건 나쁘지 않을지도 모른다.

나는 쉼터로 가는 길에 차 안에서 마지막 인스타 스토리를 올릴

것이다. 베어를 옆자리에 앉혀두고, 눈물을 흘리며 사전에 준비해
둔 멘트대로 휴식기를 통해 내 마음과 생각을 치유하는 시간을 갖
길 바란다고 말할 것이다. 더 좋은 엄마, 더 좋은 아내, 그리고 폴리
에게뿐 아니라 나를 필요로 하는 수십만 명의 여성들에게 더 좋은
친구가 될 수 있는 방안을 찾고 싶다고 말할 것이다.

그 후, 나는 인터넷에서 사라진다.

댄

이런 상황에서는 어떻게 행동해야 하는가? 아내가 믿을 수 없는
사람이라는 걸 알게 됐을 때, 그녀가 타인처럼 느껴지는 이 감정이
결혼 생활을 하다 보면 누구나 한 번쯤 겪게 되는 것인지, 아니면 내
가 진짜 소시오패스와 결혼했기 때문인지 확신할 수 없는 이런 때
에 당신이라면 어떻게 하겠는가? 현 시대를 살아가는 아빠이자 남
편이자 여성의 권익 신장을 지지하는 남자로서 당신은 어떤 선택을
하겠는가?

나는 내가 어떤 선택을 했는지만 말할 수 있다.

나는 내가 어떻게 해볼 수 있을 것 같은 작은 과제 하나를 선정했
다. 그리고 다른 모든 것들은 나중에 생각하기로 하고, 오로지 그 일
에만 전념했다.

에미는 아이린과 통화하거나 미팅을 마치고 돌아오면 항상 내게

기사가 터진 후 언론의 동향이 어떤지, 그녀와 계약을 해지하겠다고 공표한 브랜드 파트너가 어디인지, 가장 최근에 자신의 기사를 게시한 뉴스 매체나 웹사이트가 어디인지 이야기해주었다. 나는 그녀의 이야기가 끝나고 나면 짜증스럽고 인내심을 잃은 목소리로 똑같은 질문을 했다. "그래서 그 사칭 계정에 대해서는 어떻게 할 계획이래?"

그 괴상한 짓거리를 일컬어 '병원 롤 플레이'라고 한다는 걸 최근에야 알게 되었다. 그 미친놈들은 아픈 아이의 사진을 도용해서 다른 이름으로 가짜 계정을 만들고 사람들에게 기도를 부탁한다는 둥, 아이가 용감하게 병마와 맞서 싸우고 있다는 둥의 글을 올린다. 그 계정에는 자주 등장하는 조연들도 있고 작은 줄거리도 있으며, 가끔씩은 생일 파티나 병원 뜰 산책, 아프기 전 사진처럼 쾌활한 내용의 게시물도 올라온다. 기사를 검색하다 보니 여러 사례를 찾을 수 있었다. 미국 일리노이주에서는 한 부부가 친척들과 만든 채팅방에 올린 투병 중인 자녀의 사진을 그들의 사촌 중 한 명이 도용해서 인터넷에 올려왔다는 사실을 최근에 알게 되었다고 했다. 그 기사에 첨부된 사진들을 보니 가슴이 미어지는 것 같았다. 일곱 살 난 어린 소녀가 항암 치료를 마치고 털모자를 쓴 채 용감하게 웃는 사진도 있었고, 바싹 마른 모습으로 간호사의 팔에 힘없이 기대어 있는 사진도 있었다. 생일 케이크 앞에서 찍은 사진도 있었는데, 오렌지색 촛불이 비춘 아이의 얼굴은 피곤으로 깊게 주름져 있었다. 그런 짓을 하던 사촌은 결국 잡히고 말았는데(그는 소녀의 사진을 더 보내달라고 너무 자주 조르다가 결국 꼬리를 잡히고 말았다), 그가 만든 가짜 계정에는 미국, 영국, 유럽, 일본을 비롯한 세계 각지에서 모여든 팔로워 1만 1,000여 명이 있었다고 한다.

코코의 사진으로 이런 짓을 하는 사람이 우리가 아는 사람일 수도 있다는 사실은 생각만으로도 너무 끔찍하다.

매일 저녁 7시가 되면 또 하나의 사진이 올라온다. 에미가 마마베어 계정에는 절대 올리지 않을 사진이 전 세계에 또 한 번 공개되는 것이다. 수영복 차림으로 해변에 서 있는 코코. 정원에서 호스를 가지고 노는 코코. 잠옷을 입고 엄마가 읽어주는 동화책 이야기를 듣고 있는 코코. 감기에 걸려 담요를 덮고 TV 앞에 앉아 있는 코코. 내 무릎을 베고 잠들어 있는 코코. 이 사적이고 내밀한 사진들이 어느새 의사도 잘 모르는 수수께끼 질병으로 고통받는 한 용감한 소녀가 날이 갈수록 쇠약해지고 있다는 이야기를 하는 사진들로 둔갑했다.

이 이야기가 어느 방향으로 전개되고 있는지를 생각하다 보면 기도가 수축하고 배가 꽉 조여드는 것 같은 느낌에 시달린다.

그 계정에 올라오는 게시물마다 댓글이 달리고, 또 달리고, 또 달린다. 사람들은 '용감한 꼬마 아가씨 로지'가 어서 낫길 바란다는 댓글을 남긴다. 누군가는 꽃다발, 핑크색 하트, 웃는 얼굴, 흔드는 손, 아픈 얼굴, 입술 이모지를 남긴다. 다른 아이 엄마들(진짜 엄마인지 아닌지는 아무도 모를 일이지만)이 자신의 경험담을 적어놓기도 한다. 자신들이 아는 약초 요법을 적어놓는 사람도 있고, 로지가 다니는 병원이 어딘지 알려주면 꽃과 선물을 보내고 싶다고 하는 사람도 있다.

내가 다는 모든 댓글은 5초 정도 지나면 바로 삭제된다. 매일 저녁마다 같은 과정이 반복된다. 나는 이 사진의 글은 사실이 아니고 이 계정은 가짜이며, '로지'는 내 딸이고 법적 대응을 하겠다는 댓글을 단다. 그러나 그런 댓글은 쓰는 즉시 사라진다. 결국 나는 워드 파일에 메시지를 미리 작성해놓았다가, 복사해서 붙여넣기를 반복하고, 또 반복한다. 나는 그 계정을 인스타그램에 신고하고, 또 신고하지만 언제나 같은 답변만 되돌아올 뿐이다. '귀하가 명의 도용으로 신고한 계정을 검토한 결과 커뮤니티 가이드라인을 위반하지 않는 것으로 확인되었습니다.'

결국 먼저 인내심을 잃은 사람은 에미다. 그녀가 방을 가로질러 와 노트북을 세게 닫아버리는 바람에 내 손가락이 끼일 뻔한다.

나는 의자를 돌려 분노에 찬 표정으로 그녀를 올려다본다. 그녀는 내 시선을 피하지 않는다.

"이렇게 해서 도대체 뭘 얻겠다는 거야, 댄?"

내가 이런 행동을 통해 이루고자 하는 건 그들을 열받게 하는 것이다. 그들이 그 짓거리를 통해 느끼는 변태적인 쾌감을 망쳐놓기 위해 내가 할 수 있는 모든 걸 하고 싶다. 아니면 그냥 뭐라도 하고 싶은 건지도 모른다.

에미는 이제 그만 자러 가겠다고 한다. 그녀는 자신이 내일 오전 11시쯤에 출발해야 하고, 도린이 9시에 코코를 데리러 올 거라고 나에게 다시 한번 알려준다. 그리고 코코의 간식을 챙겨주고 재우는 걸 도와주러 오실 수 있는지 어머니께 여쭤봤냐고 묻는다. 나는 내가 알아서 하겠다고, 생선튀김 몇 개 오븐에 돌리고 아이 이불 덮어주는 것쯤은 혼자서도 할 수 있다고 대답한다. 그리고 아이 잠옷이 어디에 있는지도 알고, 코코가 부드러운 수건을 좋아한다는 것도 알고 있다고 말한다. 에미가 지낼 쉼터의 전화번호도 알고 있으니 진짜 비상 상황이 발생하면 전화하겠다고도 말한다.

그녀는 침실로 올라올 때 가능하면 자신을 깨우지 않았으면 좋겠다고 말하고, 나는 곧 올라가겠다고 말한다.

나는 에미의 발소리가 계단 모퉁이를 돌 때까지 기다렸다가 부엌으로 건너간다.

@Ppampamelaf2PF4. 코코의 사진을 도용하는 계정 이름이다.

처음 봤을 때는 아무 의미 없는 알파벳의 나열이라고 생각했다. 하지만 찬찬히 생각하다 보니 어머니 집의 와이파이 비밀번호가 생각났다. 언젠가 어머니 집에 갔을 때 와이파이 비밀번호를 알려달라고 했더니, 어머니는 종이에다 이런저런 조합을 적어주며 한번 입력해보라고 했다. 그 조합들은 sjsuejackson이나 suejackson SUEEJACKS 같은 것들이었다(댄의 어머니 이름인 Sue Jackson을 다양하게 조합한 알파벳의 나열이다). 어머니는 그렇게 해봐도 안 되면 뒤에 느낌표를 붙여서 다시 입력해보라고 했다.

그것을 생각해낸 이후로는 코코의 사진을 도용해 올리는 인간이 엄청난 인터넷 기술을 보유한 작자도 아닌 것 같다는 생각이 들기 시작했다. 그 인간의 이름은 분명 팸Pam이나 패멀라Pamela가 틀림없었고, 성은 F로 시작하는 게 확실했다.

처음에는 에미에게 이 이야기를 해서 그녀의 의견을 들어보고, 이 가설을 인스타그램 측과 경찰, 그리고 변호사에게도 전달하라고 말하려 했다.

그러다가 또 다른 생각 하나가 떠올랐다. 그건 일종의 직감이라고 할 수 있다.

다른 때 같았으면 부엌으로 들어가자마자 카운터 위에 떡하니 올려져 있는 윈터의 새 노트북을 보고 엄청난 짜증을 느꼈을 것이다. 그 노트북은 지난번에 도난당했던 위치에 또 그대로 놓여 있다. 부엌 창문으로도 그 노트북의 모습이 그대로 보인다. 이건 마치 도둑에게 가져가라고 유혹하는 것과 다름없다.

이번에는 그나마 비밀번호를 모두 적어놓은 포스트잇을 붙여놓진 않았으니 다행이라고 여겨야 하는 건지도 모른다. 내가 필요한 비밀번호를 입력하는 데는 많은 시간이 걸리지 않는다. 우리처럼 결혼한 지 오래된 사람들은 서로가 자주 사용하는 비밀번호가 무엇인지 이미 잘 알고 있다. 꽤 오랫동안 에미의 비밀번호는 우리의 이름과 결혼기념일을 붙여 쓴 것이었다.

물론 도난 사건 이후로는 모든 비밀번호를 바꿔야 했지만 말이다.

에미의 주소록에 접속하기 위한 새 비밀번호는 베어의 이름과 생일이다. 그 주소록에는 마마베어 맨투맨이나 #예이데이스 머그잔을 주문했던 사람들과 #그레이데이스 행사에 참석했던 사람들의 이름과 주소가 모두 적혀 있다. 그 주소록에 얼마나 많은 이름들이

들어 있는지, 비밀번호를 입력한 후에도 주소록이 완전히 열리기까지지는 약간의 시간이 걸린다.

내 직감이 무엇인지 조금 설명하자면 이렇다.

나는 꽤 오랫동안 에미의 팬과 안티들의 심리를 진정으로 이해하려면 쇠렌 키르케고르가 확립한 철학 개념인 '르상티망ressentiment'에 대한 이해가 있어야 한다고 생각해왔다. 프리드리히 니체가 처음 사용해서 의미를 확장한 이 단어는 주로 자신의 열등감이 외부 대상, 즉 자신이 질투하면서도 선망하는 다른 사람에게 투영되는 현상을 의미한다. 그 상대는 자신이 은밀하게 동경하는 사람일 수도 있고, 자신이 되고 싶거나 될 수도 있었다고 생각하는 사람일 수도 있다. 만약 나에게도 그런 기회가 주어졌더라면, 그 사람 같은 기회가 주어졌더라면, 나도 그렇게 살 수 있었을 텐데. 에미 같은 사람은 자신과 비슷하지만 성공한 사람이기에 선망의 대상이 되기도 하고, 같은 이유로 질투의 대상이 되기도 한다. 팬과 안티 사이의 경계는 생각보다 훨씬 얇은 것이다.

팬과 안티는 모두 에미의 게시물을 강박적으로 읽는다. 그래서 에미와 아이린은 에미의 팔로워 중 몇 퍼센트 정도가 의식적 혹은 무의식적인 안티인지를 종종 가늠해보기도 한다. 안티들은 에미의 게시물이 짜증 난다면서도 최근 게시물까지 줄줄이 꿰고 있고, 에미를 증오한다면서도 휴대폰으로 그녀의 사진을 굳이 찾아본다. 아이린이 언제나 에미에게 강조하는 것은 팬이라 하더라도 자신이 무시당했다거나 속았다는 느낌을 받으면 한때 동경하고 동일시했던 대상에게서 순식간에 등을 돌릴 수 있다는 사실이었다. 이럴 때 르상티망의 개념을 이해하면 인간의 억압된 질투의 감정이 어떻게 괴상한 방식으로 표면화될 수 있는지도 이해할 수 있다.

솔직히 말해 지금은 나조차도 에미에 대해 꽤 복잡한 감정을 가지고 있다.

지난 며칠간 우리는 폴리 사건을 어떻게 수습해야 하는지, 그리고 그 사건을 대중과의 관계에서 어떻게 다뤄야 하는지에 대한 이야기를 많이 주고받았다. 에미와 아이린은 수없이 많은 회의와 전화 통화를 하며 대응책을 논의했다. 에미는 그들이 고안해낸 계획을 나에게 세세하게 알려주었고, 나는 부엌 구석에 앉아 맥주를 마시며 고개를 끄덕이기도 하고, 간간이 그녀가 쓰고 있는 사과문의 교정을 봐주거나, 적절한 단어를 찾아주거나, 어조를 체크해주었다. 에미가 작성한 사과문의 특징은 자신의 실수를 최대한 모호한 표현으로 인정하면서도, 정확히 무엇을 잘못했는지에 대해서는 말하지는 않는다는 것이었다. 그런 것보다는 에미가 그 일에 대해 얼마나 회한을 느끼고 있는지에 초점이 맞춰져 있다. 동시에 조금은 다른 사람의 잘못 때문에 일어난 일이기도 하다는 사실을 넌지시 암시한다.

에미와 나는 아직도 그녀가 한 일과 그 이유에 대해 허심탄회하게 대화를 나누지 못한 상태다. 솔직히 말하면 나는 그녀가 스스로 잘못했다고 생각하는지조차 확신하지 못하고 있다. 폴리는 예전부터 우리와 자주 술도 마시고 함께 어울리던 사이였다. 나는 그녀의 전 남자 친구와 정말 친하게 지냈었다. 그녀의 현재 남편도 좋은 사람이다. 너무 자주 만나거나 일대일로 대화를 나누지만 않는다면 말이다. 나와 에미가 함께했던 세월 동안 폴리는 언제나 우리 삶의 일부였고, 그녀와 에미가 함께한 시간은 거의 평생에 가까웠다. 나는 폴리에게 개인적으로 연락해서 직접 사과하고 자초지종을 이야기해보는 게 어떠냐고 에미에게 말해봤지만 다음과 같은 대답이 돌아올 뿐이었다.

"왜? 그것도 폴리가 신문사에 팔아넘기라고?"

이번 일을 겪으면서 내가 할 일이라고는 그저 입 다물고 아내와 아이린이 일을 수습하도록 조용히 빠져주는 것이었다. 이건 우리의 생계가 걸린 일이었다. 우리가 먹는 밥과 베어의 기저귓값, 코코의 풀타임 돌봄 비용, 이 모든 게 달려 있는 문제였다.

그렇지만 에미가 생계를 위해 하는 일은 내 인생 그 자체이기도 했다.

에미와 나 같은 젊은 맞벌이 부부들은 때에 따라 한쪽이 임시적으로 운전석에 앉아 있는 것 같은 기분을 느끼는 때가 있다. 우리 부부의 지난 몇 년을 돌아보면, 나는 사이드카처럼 에미에게 일방적으로 끌려다니는 듯한 기분을 느낄 때가 많았다. 물론 운전석에 앉은 사람을 전적으로 신뢰할 수만 있다면 그건 그렇게 큰 문제는 아니다.

가끔 에미와 처음 데이트하던 시절을 떠올리곤 한다. 함께 식사하고, 긴 산책을 하고, 공원 벤치에서 진한 키스를 나누고, 농담을 하고, 친밀한 순간을 나누던 그때를 생각하다 보면 그중 정말로 진실했던 순간이 어느 정도나 될지 궁금해진다. 에미는 내가 언급하는 영화마다 내 팔을 꽉 붙들며 자신도 그 영화를 너무나 재밌게 봤다고 말하곤 했다. 그리고 내가 언급하는 책마다 자신도 그 책을 정말 좋아한다고 말하곤 했다.

때때로 우리가 함께했던 지난 8년을 되돌아보면 미래를 향한 문이 쾅 닫혀버렸고, 무대 전체가 전율하고 있는 듯한 느낌이 든다.

가끔은 우리의 결혼 생활이나 미래에 대한 생각을 잠시 멈추고 다른 무언가에 집중하게 해주는 그 사칭 계정의 존재가 다행스럽게 느껴질 뻔한 때도 있다. 물론 그럴 뻔했다는 것이지, 진짜로 그렇다는 이야기는 아니다.

팸 F. 패멀라 F. 패미.

나는 와인 한 잔을 따르고, 부엌 아일랜드 식탁으로 스툴을 끌고 와 윈터의 노트북 앞에 자리 잡고 앉는다.

에미의 주소록에는 F로 시작하는 성을 가진 사람이 300명 정도 된다. 나는 F로 시작하는 성을 P로 시작하는 이름과 조합해서 검색해본다.

18명의 이름이 명단에 뜬다.

나는 이번에는 F로 시작하는 성을 'Pam'으로 시작하는 이름과 조합해서 검색해본다.

하나의 이름만 뜬다.

패멀라 필딩.

이름을 클릭하자 집 주소와 이메일 주소가 뜬다.

내가 옳았다. 내 직감이 맞았다. 그 짓거리를 해온 사람은 악플러도 안티도 아니었다.

그 사람은 에미의 빌어먹을 팬이었다.

16

에미

나는 인스타그램 경력 초기 때부터 여행 협찬만큼은 대부분 정중하게 거절해왔다. 5성급 호텔에서의 하룻밤, 고급 스파 숙박권, 인스타맘 친구들과 시골 저택에서 보내는 생일 주말, 최고의 스위트 룸, 시식 메뉴(레스토랑에서 한 끼 식사로 제공되는 여러 가지 요리를 소량으로 모아 코스로 내놓는 것), 마사지, 키즈 클럽, 육아 도우미 등 인스타 스토리나 포스팅, 그들이 웹사이트에 올릴 수 있는 간단한 인용문에 대한 대가로 이런 협찬들은 늘 쏟아져 들어온다. 때로는 정말 솔깃한 제안이 들어올 때도 있다. 그러나 나는 모든 선택에 신중에 신중을 기한다. 어쩌다 승낙한다 하더라도 비키니를 입고 뽐내며 찍은 사진이라든가, 호화로운 서비스를 받는 사진과 함께 '우리 정말 운이 좋죠? 그동안 아이 키우느라 고생했는데 이 정도 호강은 누릴 만하죠?' 같은 글을 올리는 건 최대한 지양한다.

내 인스타 무리의 멤버들만 봐도 여행 협찬에 혈안이 되어 있고,

그들의 피드에는 #협찬여행 사진이 가득하다. 어떤 이들은 짐 싸는 게 힘들다든가, 시차 적응이 고생스럽다든가, 아직 어린 쌍둥이 아이들과 한 방을 써야 한다든가, 아이가 눈을 좋아하지 않는다든가, 유당불내증이 있어서 아이스크림을 먹지 못한다는 식의 불평하는 글을 올리기까지 한다. 일주일간 떠나는 무료 여행에 대해 불평하는 것은 마치 로또에 당첨된 후 돈을 받으러 은행까지 가야 한다고 불평하는 것과 똑같다는 걸 정말 모르는 걸까?

그랬던 내가 덥석 받아들인 협찬 여행이 와이파이도 안 되고 비건 음식만 나오는 곳이 될 줄이야. 앞으로 5일간 함께 시간을 보내야 할 사람들을 상상하니 짜증이 밀려온다. 나는 이 쉼터의 콘셉트 자체가 너무 끔찍해서 아이린에게 자세한 사항은 아예 묻지도 않았다. 내가 그 쉼터에 대해 아는 건 아기를 위한 시설이 전혀 없기 때문에 알아서 모든 준비물을 챙겨 가야 한다는 것뿐이다. 그래서 나는 아침 내내 엄청난 양의 짐을 싸고, 또 싸야 했다. 카시트, 휴대용 아기 침대, 암막 블라인드, 백색소음기, 유축기, 우유병, 소독기, 물티슈, 기저귀, 잠옷, 접이식 목욕통, 수건, 온도계, 아기 띠, 유아차. 내가 방마다 돌아다니며 물건들을 챙겨 몇 번씩이나 현관문 앞에 가져다 놓으며 욕지거리를 내뱉자 댄은 조용히 일하겠다며 근처 카페로 가버렸다. 도린은 코코를 데리고 도서관에 간 참이었다.

그들은 나와 베어가 택시를 타고 떠나는 것을 배웅하기 위해 거의 같은 시간에 돌아온다. 댄은 코코 앞에서 내게 작별 키스를 하면서도 나와 눈을 마주치지 않는다. 그는 베어를 안아 들고 머리카락에 코를 댄 후 꼭 껴안는다. 나는 코코를 안아 내 옆구리에 앉힌다.

"우리 코코, 엄마 없는 동안 도린이랑 아빠 말 잘 들을 거지? 엄마 금방 돌아올게. 엄마 오면 우리 재밌는 데 다녀오자. 포트넘 앤드 메이슨에 아이스크림 먹으러 가는 건 어때? 다음 주에 거기에서 아주 멋진 파티가 열린대." 코코를 다시 바닥에 내려놓는 나를 댄이 노려본다.

"젠장, 에미." 그가 낮은 목소리로 쏘아붙인다. "집에 오자마자 애를 데리고 론칭 행사에 가겠다고? 일주일만 좀 전 세계에 우리 집안일을 알리는 걸 멈출 순 없어?"

내가 미처 대답을 하기도 전에 택시의 경적이 울린다. 물론 댄이 답변을 기대하고 질문한 게 아니라는 건 나도 알고 있다. 그는 베어를 도린에게 넘겨주더니 택시로 다가가 카시트를 설치한다. 택시 기사는 말없이 우리의 짐을 트렁크에 싣는다.

이 쉼터의 위치에 대해 내가 아는 건 차가 안 막히면 집에서 두 시간 정도 걸린다는 것과, 너무나 외진 곳에 있어서 내 휴대폰도, 휴대폰을 압수당할 경우에 대비해 여행 가방 안에 몰래 넣어놓은 백업 휴대폰도 신호가 잡히지 않을 가능성이 크다는 것뿐이었다.

"도착지 주소는 아시죠?" 나는 기사에게 묻는다.

"예, 사모님." 그는 대답하며 뒷좌석 문을 열어 댄이 베어를 카시트에 태울 수 있게 한다. 내가 차에 타는 동안 댄은 마지막으로 베어의 솜털 같은 머리카락 냄새를 맡는다.

"잘 가, 꼬마야. 곧 다시 만나자. 아빠는 널 사랑해." 댄은 여전히 나와 눈 마주치기를 피하며 아들에게 손을 흔든다. 베어의 미소를 보니 베어도 아빠에게 인사를 하고 있거나, 아니면 즉시 차를 멈추고 기저귀를 갈아야 할 시간이라는 걸 알려주는 듯하다. 댄은 도린이 없는 주말 내내 혼자서 코코를 돌보는 게 힘들 때를 제외하면 나를 그리워할 일은 전혀 없을 것이다. 페어스 박사는 지금 같은 상황에서는 우리 부부가 5일간 서로 연락하지 못하는 곳에서 떨어져 지내보는 것도 나쁘지 않을 거라고 했다.

집으로부터 점점 멀어지는 차 안에서 나는 모든 준비물을 잘 챙겼는지, 그리고 비상용 초콜릿의 양도 충분한지 다시 한번 확인하기 위해 가방 안을 샅샅이 살펴본다. 몇 분 지나지 않아 베어는 잠에 빠지고, 잘 때 내는 특유의 끙끙거리는 소리를 낸다. 우리는 그 소리 때문에 베어를 태어난 지 4주 만에 부부 침실에서 내쫓아 아기방에서 재워야 했다. 이렇게 작은 아기가 자면서 이렇게 큰 소리를 낼 수 있다는 게 지금도 놀라울 따름이다.

기사가 몇 번 정도 나와 대화를 시도하지만, 나는 자고 있는 베어를 가리키며 손가락을 입술에 가져다 대고 미안하다는 듯이 어깨를 으쓱한다. 나는 편한 자세를 취하고 마지막 휴대폰 삼매경에 빠진다. 택시는 원활한 교통 흐름을 따라 치즈윅을 지나 강을 건너고, 리치먼드를 지나 다시 한번 강을 건넌다. 인터넷상에서는 모든 게 아이린이 예측대로 돌아가고 있다. 내 인스타 무리의 멤버들은 나를 지지하지도 손절하지도 않은 채, 묵묵히 침묵을 지키며 나를 둘러싼 싸움판을 방관하고 있었다. 어느 쪽으로 분위기가 흐르는지에 따라 자신들에게 유리한 선택을 하려는 것처럼 보였다. 나의 가장 충성스러운 팬들이 나서서 가장 공격적인 악플러들과 맞서 싸우고 있다. 우리는 벌써 며칠째 그들이 자기들끼리 댓글로 싸우는 모습을 지켜보는 중이다. 지나치게 도를 넘은 댓글은 윈터가 삭제하고 있다. 가장 중요한 건 대부분의 브랜드들이 내 설명을 믿고 내 사과를 받아들인 것 같다는 사실이다. 계약을 해지하겠다는 전화도 한결 줄어들었다.

아이린에게서 내가 잘 출발했는지, 그리고 인스타 스토리를 올릴 준비가 됐는지 확인하는 문자가 온다. 나는 곧 올리겠다고 대답한다. 차가 점점 더 시골스러운 도로로 접어들자 나는 거울을 꺼내 든다. 검은색 터틀넥 스웨터를 입은 화장기 없는 얼굴은 창백하면서도 깊이 뉘우치는 듯한 모습이다. 잠시 감정 잡는 시간을 가진다. 눈가가 촉촉해지는 것이 느껴지자 녹화 버튼을 누르고 먼저 카메라로 베어를 비춘다.

"저도 베어처럼 잘 잘 수 있다면 얼마나 좋을까요. 하지만 지난 며칠간 있었던 일 때문에 요즘 저는 거의 뜬눈으로 밤을 지새우고 있답니다." 나는 조용한 목소리로 속삭이며 휴대폰을 돌려 내 얼굴을 비춘다. "저는 여러분들을 실망시켰어요. 이 꼬마도 실망시켰고요. 요즘 제 상태는 최고와는 거리가 머네요. 이 아이가 태어난 후, 저는 인스타그램에서 잠시 벗어나 충분한 회복 기간을 가졌어야 했어요. 자기 돌봄의 중요성을 진지하게 생각했어야 했어요. 그래야 베어를 돌볼 수 있고, 여러분을 돌볼 수 있을 테니 말이에요. 그런데 저는 한꺼번에 너무 많은 일들을 하려고 했고, 너무 정신없이 살다 보니 그만 큰 실수를 저지르고 말았네요."

나는 심호흡을 하고, 슬픈 표정을 지으며 잠시 창밖을 바라본다.

"잠시 여러분들과 친절함에 대해 이야기하는 시간을 갖고 싶었어요. 인스타그램 커뮤니티는 정말 멋진 곳이죠. 그렇지만 때론 우리가 서로를 조금씩만 더 참아줄 수 있다면 어떨까요? 서로가 쓰러졌을 때, 더 때리기보다는 일으켜 세워줄 수 있다면 어떨까요? 별생각 없이 악플을 달고, 글을 쓰고, 디엠을 보내는 대신, 그것이 다른 사람에게 어떤 결과를 가져올 수 있는지 생각하는 시간을 갖는다면 어떨까요? 확실한 건, 저는 앞으로 꼭 그렇게 하겠다는 거예요."

나는 녹화를 멈추고 잠시 휴식을 취한다. 차는 점점 더 외진 시골길로 접어들고 있다. 생각해보니 30분 넘도록 길가에 집이 하나도 보이지 않았던 것 같다. 멀리 철제 헛간 몇 개와 양 몇 마리, 불타버린 캠핑카, 브렉시트에 대해 손글씨로 쓴 현수막이 건초 더미에 걸쳐져 있는 것을 본 게 다다. 나는 인기라는 신기루에 대해, 자녀를 향한 부모의 무조건적인 사랑에 대해, 단 한 번도 나를 의심하지 않고 언제나 지지해준 남편에 대해 이야기하는 감성적인 영상 몇 개를 더 찍는다. 그리고 이제 마지막 인사를 한다.

"여러분들도 아시다시피 저는 당분간 휴식기를 갖고, SNS라는 게 저에게 어떤 의미인지에 대해 진지하게 생각하는 시간을 가져보려 합니다. 제가 구두 블로거로 이 세계에 처음 발을 내디뎠을 때만 해도, 지금처럼 100만 명의 엄마들과 소통하게 되리라고는 꿈에도 몰랐죠. 저는 이곳에서 정말 멋진 경험을 많이 했습니다. 저는 그 소중한 경험을 결코 잃고 싶지 않아요. 그렇지만 제 가족이 힘들어하는 것도 원하지 않아요. 우리 가족은 인플루언서의 삶이라는 신세계를 아직도 배워나가는 중이고, 직접 경험해보면서 지식을 쌓아가고 있는 중이랍니다. 그렇지만 지금은 이 여정에 잠시 쉼표를 찍고, 지친 발을 쉬고 숨을 고를 때인 것 같아요. 저와 베어는 지금 디지털 디톡스 쉼터에 입소하러 가는 길이랍니다. 저는 당분간 SNS를 완전히 끊고, 이 꼬마 녀석과 시간을 보내며 서로에 대해 알아가는 시간을 가지려고 해요. 이 마법 같은 시간은 한번 지나면 되돌릴 수 없으니까요. 그렇죠?"

여기까지 찍고 보니 이미 디엠이 셀 수 없이 많이 와 있다. "에미, 가장 자신답게 사세요!" "당신은 우리에게 정말 많은 것을 주었어요. 우리는 당신과 함께합니다!" "우리를 떠나지 말아요, 마마베어, 우리는 당신이 필요해요!" "정말 감동적인 이야기 고맙습니다. 당신은 나에게 많은 영감을 주는 멋진 사람이에요! 포옹과 무지개를 보냅니다!"

그때 이상한 메시지 하나가 흘러 들어온다. "네 자신이 부끄럽지도 않니? 네가 영원히 없어져버렸으면 좋겠어."

'흥, 안됐지만 난 5일 뒤에 돌아올 거야.' 나는 스토리를 하이라이트에 저장해서 나의 잠적으로 상실감을 느낄 팔로워들이 앞으로 5일간 그 영상을 보며 마음을 달랠 수 있게 한다.

"거의 다 왔습니다." 기사의 말에 베어가 깜짝 놀라며 눈을 뜬다.

우리는 관목이 우거진 길로 접어들고 있다. 이곳은 아이린의 말처럼 정말 시골스러운 곳이다. 이곳에 몇 명의 사람이 입소해 있는지, 누가 이곳을 운영하고 있는지 나는 알 길이 없다. 혹시 해그리드는 아니겠지? 차에서 내려 집으로 다가가자 현관의 불빛이 켜지며 한 여자가 나타난다. 성긴 백발을 틀어 올리고 털실 방울이 달린 카디건과 코듀로이 바지를 입은 그녀는 아무리 봐도 전 IT 기업 임원으로는 보이지 않는다.

"에미, 환영해요. 당신이 이곳에 입소하게 되어 정말 기뻐요. 어서 들어와서 편하게 앉아요. 이곳이 앞으로 5일 동안 에미의 안식처가 될 테니까요. 머릿속 스위치를 끄고 세상으로부터 단절될 수 있는 곳이죠." 그녀는 나를 향해 두 팔을 활짝 벌리며 말한다.

택시 기사가 우리를 도와 집 안으로 짐을 옮겨주었고, 그녀는 그것을 복도에 두라고 알려준다. 기사가 요금을 말하자 그녀는 현금으로 지불한다. 우리는 트렁크를 다시 한번 확인하고, 혹시 놓고 내린 물건이 없는지 뒷좌석도 다시 확인한다. 그러고 나서 그녀는 손을 흔들며 기사를 보낸다.

"룸으로 안내해드리기 전에 먼저 짐 안에 휴대폰이나 노트북을 숨겨 오시지 않았는지 확인해야 해서요." 그녀가 소리 내어 웃는다. "일단 여기 좀 앉으세요. 소파 뒤에 베어를 눕힐 수 있는 아기 바구니가 있어요. 정말 예쁜 아기네요."

테이블 위에는 이미 그녀의 차가 놓여 있다. 그녀는 무늬가 있는 도자기 찻주전자에서 차를 따라 나에게 내밀고, 비스킷이 담겨 있는 접시를 가리킨다. 집 안은 마치 시골 아낙네가 꾸민 것처럼 장식되어 있다. 벽난로 위에는 하트 쿠션을 안고 있는 곰 인형이 놓여 있고, 벽에는 '집을 마음의 고향으로 만드는 건 사랑입니다'라고 적힌 촌스러운 나무 장식품이 걸려 있다. 발밑에 깔려 있는 흑백 러그는 인스타그램에 자체 계정이 있을 정도로 유명한 디자인의 모조품이다.

나는 회색 벨벳 안락의자에 앉아 차를 한입 가득 마신다. 내 손에 들린 머그잔에 #그레이데이스 글귀가 적혀 있는 걸 보고 약간 놀란다.

그리고 그 후로는 아무런 기억도 나지 않는다.

모든 게 너무 쉬웠어. 그래서 놀랐지. 이 모든 게 너무나 간단했어. 그동안 몰래 너를 따라다니며 너의 집을 엿보고, 너희 가족의 개인별 동선을 파악하고, 너의 일상을 외워두었던 게 큰 도움이 되었지. 계획을 세우기 가장 어려웠던 부분은 어떻게 너를 이 집 안으로 끌어들이느냐였지. 나는 여러 아이디어를 조합해 계획을 정밀하게 계산해보느라 정말 많은 시간을 보냈어. 공원에서 코코를 납치한 후 단서를 남겨서 너를 이 집으로 끌어들일까도 생각해봤고, 네가 출연하는 행사에 갔다가 너와 베어를 차로 집에 데려다주겠다고 해볼까도 생각했지. 아니면 인터넷에 너에 대한 악플을 끈질기게 달아서 네가 내 정체를 알아내고 나를 직접 찾아오게 만들까도 생각해봤지. 사실 그게 제일 간단해 보이는 방법이긴 했어. 아니면 익명으로 너에게 여러

장의 편지를 써볼까도 생각해봤고…….

그러나 결국 전화 세 통이면 해결될 문제였어. 네가 인스타그램에 디지털 디톡스 쉼터의 이름을 발표하자마자 나는 무엇을 해야 할지 알았지.

그 모든 과정이 참 너답더구나, 에미. 그렇지 않니? SNS 휴식기를 갖겠다고 공표하는 그 순간에도 자신이 가는 쉼터를 SNS로 홍보하는 그 행동 말이야. 자기 성찰과 자숙의 시간을 무료 휴가와 결합시키다니, 정말 대단해.

5일간이라니, 아주 완벽했지. 마치 내가 계획하기라도 한 것처럼 모든 게 딱 맞아떨어지는 순간이었어. 운이 좋으면 뭔가 잘못되었다는 걸 누군가가 알아차리기까지 며칠은 걸릴 터였지. 설령 알아차린다 하더라도 상관없었어. 너와 이곳, 그리고 너와 나 사이에는 아무런 접점도 없으니까. 우리의 접점을 아는 유일한 사람은 그 택시 기사뿐이지. 그렇지만 그 기사를 대체 어떻게 찾아낼 수 있겠어?

첫 번째 전화는 어젯밤에 걸었어. 네가 간다던 그 쉼터에 전화를 걸었지. 내가 에미 잭슨의 개인 비서라고 소개하자 아무도 나를 의심하지 않았어. 나는 에미의 입소 일정을 확인하려고 전화했다고 말한 후, 그쪽에서 차를 보내주는 게 맞느냐고 물었어. 그랬더니 당연히 그렇다고 대답하더군. 이미 모든 게 예약되어 있다면서 말이야. 그러면서 나에게 모든 일정을 다시 한번 확인하고 싶으냐고 묻길래 나는 괜찮다면 그러고 싶다고 했지. 차가 에미의 집에 오전 11시에 도착하기로 되어 있다는 걸 확인한 후 나는 고맙다는 인사와 함께 전화를 끊었어.

두 번째 전화는 오늘 아침 일찍 걸었지. 어제 통화한 그곳으로 말이야. 어제 통화한 그분이 맞느냐고 물으니 그렇다고 하더군. 뭐가 필요하냐고 묻길래 나는 정말 죄송하다는 말과 함께 아이가 아프다고 했지. 어제부터 열이 나더니 잠을 한숨도 못 자고, 방금 또 토를 했다고 말했어. 병원 문 여는 시간을 기다렸다가 응급 예약을 잡아보려고 한다면서 에미의 입소 연기가 가능한지 물었지. 갑자기 취소해서 죄송하다는 말과 함께 말이야. 에미와 베어가 이번 여행을 정말 많이 기대했었다는 말도 덧붙였지.

그들은 상황을 이해한다며 걱정 말라고 했어. 나는 에미의 일정표를 보고 곧 다시 연락드리겠다고 했어. 그들은 에미에게 행운을 빈다는 말과 함께 베어가 어서 낫길 바란다고 전해달라고 하더군. 그리고 자신들이 예약해둔 차량 회사에 연락해서 사정을 설명하고 취소해주겠다고 했어.

세 번째로 전화한 곳은 인근에 있는 콜택시 회사였어. 오늘 오전 11시에 런던에서 픽업 서비스를 해달라고 했지. 어떤 차를 보내줄 수 있냐고 물었더니 푸른색 프리우스를 보내주겠다고 하더군. 나는 딱 좋다고 말했지. 그리고 그들이 픽업할 사람의 이름이 에미 잭슨이라고 일러주었어. 아기와 동행하기 때문에 짐이 많을 거라고도 했지. 도착지 주소를 묻길래 이곳의 주소를 불러주고, 오는 길을 대략 알려주었어. 집으로 올라오는 진입로를 찾으면 그냥 길 따라 계속 올라오시면 돼요. 제가 나와 있을게요. 잘 오고 계신지 계속 확인하고 있을게요.

네, 요금은 현금으로 드리죠. 얼마인가요? 준비해놓겠습니다.

요즘에는 사람들이 모르는 사람 차에 너무 쉽게 올라타는 것 같아. 그렇지 않니? 우리는 그들의 정체를 전혀 의심하지 않고, 원하는 목적지까지 그들이 무사하게 데려다줄 거라 믿지.

그렇게 너는 여기까지 오게 됐어.

현관까지 걸어 올라오는 동안에도, 집 안으로 들어오는 동안에도 너는 여기가 네 목적지가 맞나 의심하는 표정이었어. 좀 더 화려한 곳을 예상했겠지. 이런 가정집 같은 곳일 줄은 몰랐겠지. 네가 홈페이지로 본 사진과는 너무 다르다고 생각하는 게 느껴졌어. 집 안의 물건들, 그레이스의 취향이 담긴 장식품을 둘러보던 네 시선이 슬쩍 비웃음으로 변하는 것도 난 놓치지 않았지.

그 반쯤 억누른 비웃음이 내가 이 모든 일에 대해 혹시라도 가지고 있었을 망설임을 단번에 날려주더구나.

네가 마신 차 안에 들어 있던 건 프로포폴이었어. 보통 근육이완제나 진정제로 처방되는 약물인데 약간의 역행성 기억상실 효과도 있지. 너는 차를 딱 세 모금 마시고는 말하던 도중에 잠들어버렸어. 기억상실 효과 때문에 너는 아마 그것도 전혀 기억하지 못할 거야.

나는 곧 너에게 벌어질 일을 차근차근 설명해주려고 해. 너에게도 스스로의 운명을 알 자격은 있을 테니까.

프로포폴은 일단 너를 기절시켜 위층까지 옮기기 위한 용도였어. 중간에 층계참에 앉아 한참 쉬어야 하긴 했지만 나는 헐떡거리면서도 무사히 너를 위층까지 데려와 침대에 눕힌 후 링거를 꽂을 수 있었지. 링거는 미다졸람을 투여하기 위한 용도였어. 이번 일을 계획하면서 제일 구하기 힘들었던 게 미다졸람이었지. 병원에서 사용 후 폐기한 유리병에 남아 있는 잔량을 모으고 모아 냉장고에 비축해두는 일은 꽤 많은 인내심이 요구됐지만 난 결국 해냈어. 이번 일을 어떻게든 성공적으로 해내야 했으니까. 병원에서 이 약물을 그렇게 까다롭게 관리하는 데는 다 이유가 있어. 미다졸람은 정말 강력한 근육이완제이자 항불안제거든. 그래서 보통은 수술받는 환자에게 투여하는 약물이지. 그냥 기절시키는 게 목적이 아니라 인간이 공황 상태에 빠지고, 반항하고, 도피하려는 자연스러운 본능을 억제하는 물질이거든.

이상적인 상황이었다면, 그러니까 이 모든 게 영화나 TV에서 일어나는 일이었다면 너에게 링거를 꽂고 침대에 눕혀놓은 후 그냥 유유히 사라지면 모든 게 끝이었을 거야. 그렇지만 현실은 그렇게 간단하지 않지. 그 이유는 내가 전에도 설명했을 거야. 난 네가 죽기를 원치 않거든. 그러니까 마취를 하고 오랜 시간을 그냥 내버려두면 안 돼. 모든 게 내가 의도한 대로 이루어지려면 당분간은 나도 여기에 너와 함께 머물면서 간간이 너를 체크해야 해. 물론 너와 계속 함께 있을 필요는 없어. 솔직히 말해 앞으로 너에게 어떤 일이 벌어질지 알고 있는 나로서는 너랑 같은 방에 계속 있는 건 좀 꺼림칙해. 그래서 난 주로 아래층에 머물거나, 아니면 정원을 거닐면서 시간을 보낼 예정이야. 그러다가 여섯 시간에 한 번씩 돌아와 너의 혈압을 재고 호흡은 괜찮은지, 기도가 폐색될 위험은 없는지만 확인하면 되는 거야.

간간이 혈액 내 이산화탄소 농도도 확인해야 하고. 한 번씩 투여량을 늘리고, 링거를 조정해주기만 하면 되지. 어쨌든 너무 걱정할 거 없어, 에미. 나는 전문가니까. 아니, 전문가였으니까. 널 아주 잘 돌봐줄게. 네가 필요할 때를 대비해서 산소도 충분히 준비해두었다고. 이제 네 손가락에 클립만 꽂으면 모든 준비는 끝나는 거야.

네가 누워 있는 그 방이 내 딸의 방이라고 이야기했던가? 그 침대는 딸의 침대라고 이야기했던가?

네가 지금 정신을 차리고 있었다면, 약에 취하지 않았다면, 너에게 닥쳐올 미래에 대해 심한 두려움을 느낄 능력이 있었다면, 지금 가장 알고 싶은 게 무엇인지 나는 알아. 걱정 마. 베어는 네 곁을 떠나지 않을 테니까.

너는 이제 모든 준비가 끝났으니 이제 난 내려가서 베어를 바구니에서 꺼내 이리로 데려올게. 두려워하지 마. 난 네 아기를 해치지 않아. 난 그 아이를 네 옆에 그냥 뉘어놓을 거야. 네가 여기 있는 내내 베어도 네 곁에 있을 거야. 침대는 엄마와 아기가 같이 자도 될 만큼 충분히 크니까 걱정하지 마. 베어는 아무 데도 가지 않아. 나는 그 아기에게 절대 아무런 짓도 하지 않을 테니까.

내 생각에는 이틀 정도면 충분할 것 같아. 길어야 사흘이지. 에미, 나라고 해서 이런 일을 즐기는 건 아니라는 걸 알아줬으면 해. 분명 의심의 순간도 찾아올 거고, 양심이 나를 괴롭히는 때도 있겠지. 이모든 것을 그만두고 싶은 충동이 압도적으로 찾아올 때도 있을 거야. 그럴 때면 나는 당장 위층으로 올라가 너에게 모든 게 끝났다고 말하고 싶은 충동을 참느라 의자 팔걸이를 꽉 붙잡고 앉아 있어야 하겠지. 그래서 난 귀마개도 준비해두었고, 음악 시디와 카세트테이프도 준비해놨어. 대부분 그레이스가 어렸을 때 듣던 아바나 비틀스 노래들이야.

사인은 아마 탈수가 될 거야. 건강한 성인은 음식 없이는 3주까지도 버티지만 물 없이는 사흘에서 나흘 정도만 버틸 수 있거든. 그런데 아기는? 그 절반도 버티지 못하겠지.

그 일이 진행되는 내내 너는 네 아기 바로 곁에 누워 있을 거야.

난 나흘 정도 너를 재워놓으려고 해. 넉넉하게 말이야. 그러고서 너에게 마지막 미다졸람을 투여할 거야. 일반 투여량의 반 정도, 그러니까 열두 시간짜리면 될 것 같아. 그런 다음 다른 장치들은 다 치우고, 지금 쓰고 있는 이 편지를 잘 접어서 봉투에 네 이름을 적은 후 아래층 테이블 위에 올려놓을 거야. 그리고 난 사라질 거야.

네가 눈을 뜰 때쯤이면 아마 아침이겠지. 해가 뜰 때 그 방에 들어오는 아침 햇살은 언제나 참 멋지단다.

네가 알아두어야 할 게 있어, 에미 잭슨. 난 악마도, 미치광이도 아니야. 나는 네 아기가 괴로워하는 걸 지켜보고 싶지 않고, 불필요한 고통을 주고 싶은 마음도 없어. 그 애가 죽을 때 난 거기에 있고 싶지 않아. 그 애를 쳐다볼 용기가 있을지도 잘 모르겠고. 난 감정이 없는 사람이 아니야. 네가 잠에서 깨어 정신이 혼미한 상태로 낯선 천장을 쳐다보다가, 낯선 침대에 누워 있다는 사실을 깨닫고는 깜짝 놀라 아기를 찾아 손을 뻗는 그 순간 기분이 어떨지, 어떤 고통을 느낄지 나는 너무나 쉽게 상상할 수 있어.

그다음에 일어날 일을 나는 굳이 보고 싶지 않아. 네 심장이 무너지는 순간, 네가 그 아이와 함께 누렸던 모든 행복한 기억이 이제는 참을 수 없을 만큼 고통스러운 상실의 흔적으로만 영원히 남게 되리라는 걸 깨닫는 그때. 지난 며칠간, 그 마지막 시간 동안 아기가 겪었을 고통을 깨닫고 네가 언제 끝날지 모르는 울음을 터뜨리는 그 순간 말이야.

난 그 모든 과정을 생생하게 기억하고 있어. 내 딸이 그 모든 감정을 차례차례 겪는 걸 지켜봤으니까.

그렇지만 사람은 자신의 행동의 결과를 언제나 직면해야 한다고 생각해. 그래서 내가 떠난 이후에 어떤 일이 벌어질지 억지로 상상해봤어.

난 네가 아직 정신이 혼미한 채로 눈물을 흘리면서 아래층으로 비틀거리며 내려가다가 카펫 끝에 발이 걸려 넘어지는 모습을 상상해봤어.

네가 가슴에 담요로 싼, 그러나 이제 너무나 차가워져버린 무언가를 꼭 껴안고 있는 모습을 상상해봤어. 그건 네가 영원히 결코 놓을 수 없는 존재겠지.

잭한테 들은 이야기가 하나 있어. 구급차를 타고 이동하는 와중에도 그레이스가 알리사를 꼭 붙들고 도무지 놓으려 하지 않아서 의료진들이 아이를 잠깐만 놓아달라고 오랜 시간 설득해야 했다고 하더라. 그레이스는 알리사가 추울까 봐, 추위를 느낄까 봐 걱정돼서 어쩔 줄 몰라 했다더군. 잭에게 담요를 가져오라고 시키고는, 그가 움직이지 않자 소리를 지르기 시작했대. 그레이스는 결국 의료진들에게 알리사를 넘겨주면서도 아기에게 걱정하지 말라고, 엄마가 여기 있다고, 모든 게 괜찮아질 거라고 끊임없이 중얼거렸다고 해.

나는 네가 계단 밑 거실에 서서 겁에 질린 얼굴로 주변을 둘러보며 내가 정말로 사라졌는지, 이 집에 너 외에 다른 이가 정말 아무도 없는지 확신할 수 없어 주저하는 모습을 상상해봤어.

그리고 거실 테이블 위에 놓여 있는 편지 봉투를 발견하고는 방을 가로질러 그쪽으로 가 편지를 열어보는 네 모습을 상상해봤어. 너는 선 상태로 편지를 읽으며 다 읽은 페이지를 하나씩 하나씩 바닥으로 떨어뜨리겠지.

그제야 너는 깨닫게 될 거야. 이런 일이 왜 벌어졌는지. 그리고 이 작품의 진짜 악당이 누구인지.

네가 날 만든 거야, 에미. 날 이렇게 만든 건 너야. 너는 내가 이런 짓을 할 수 있게 만들었어.

내가 짊어진 짐, 이 회한과 고통, 슬픔, 분노를 나는 너무 오랫동안 짊어져왔어. 이제 이것도 마지막이라 생각하니 기쁘구나. 이건 복수가 아니야. 처음부터 목적은 복수가 아니었어. 이건 정의를 위한 거야. 모든 일이 끝나면 나는 눈을 감고, 이제야 모든 것이 순리대로 이루어졌다는 사실에 안도감을 느끼며 쉬고 싶어.

잘 가, 에미.

댄

나는 일주일 내내 그 장면을 상상하고 또 상상한다. 베어와 에미를 배웅하면서도, 그들을 보내고 텅 빈 집 부엌에 앉아 일을 하면서도, 코코의 식사를 준비하고 목욕을 시키고 자기 전에 책을 읽어주면서도, TV를 보면서도, 내가 보고 싶은 프로그램을 보고 먹고 싶은 음식을 양껏 먹으면서도 머릿속엔 오직 그 생각뿐이다. 다음 날 카페에 앉아 노트북을 두드리다 간간이 에미에게서 온 메시지가 있는지 확인하면서도, 그녀의 완벽한 침묵에 은근히 감탄하면서도(나는 그녀가 외부와의 연락 차단에 이렇게 진지하게 임할 줄은 몰랐다), 코코에게 엄마가 어디에 갔는지, 언제 돌아오는지 설명하면서도 여전히 그 생각을 하고 있다. 아침에 코코와 함께 만화영화를 보며 도린이 오기를 기다리면서도, @Ppampamelaf2PF4의 계정에 내 딸의 사진이 또 올라오는 것을 지켜보면서도, 도린에게 토요일에 코코를 맡아줄 수 있는지 다시 한번 확인하면서도 내 머릿속은 그 생각으로 꽉 차 있다. 기차표를 예약하고, 역에서 패멀라 필딩의 집까지 가장 가까운 길을 검색하고, 구글 지도를 켜서 패멀라 필딩의 집을 찾아보면서도 나는 여전히 그 생각을 하고 있다. 밤에 침대를 혼자 차지하고 잠들 때도, 아침에 눈을 뜨자마자 코코가 자신이 일어날 준비가 됐다는 걸 알리기 위해 구슬픈 목소리로 나를 부르는 소리를 들으면서도 머릿속에서는 그 생각이 떠나지 않는다.

오늘은 토요일이고, 날씨는 맑다. 나는 도린에게 코코를 데리고 운하를 따라 산책을 좀 하다가 스케이트장 옆에 있는 실내 놀이터에서 놀다 오는 게 어떠냐고 묻는다. 그 정도면 오전 시간은 때울 수 있을 것 같다. 도린에게 현금을 좀 주며 점심은 밖에서 먹고 오후에는 도시에 있는 농장에 다녀와도 좋을 것 같다고 하자 그녀도 코코도 매우 좋아한다.

내 계산에 따르면, 오늘 내가 처리해야 할 일은 여섯 시간 정도 걸릴 것 같다.

코코와 도린이 나간 후, 나는 5분 정도 시간을 두었다가 집을 나선다. 오늘 내가 할 일에 대해서는 에미에게도 말하지 않았다. 모든 일을 성공적으로 처리한 후에 말하는 게 좋겠다고 생각했기 때문이다. 아니면 아예 아무 말도 하지 않고 있다가 그녀가 가짜 계정이 사라진 것을 눈치채거나, 도난당했던 노트북이 다시 돌아온 것을 발견했을 때 깜짝 놀라게 해줄까도 생각 중이다.

많은 작가들이 그러하듯, 나도 스스로에게 유능한 탐정 기질이 있다고 생각할 때가 있다.

지하철역으로 걸어가는 내내 나는 패멀라가 문을 여는 순간 그녀에게 뭐라고 말할지 상상해본다.

안녕하세요, 팸? 저는 댄이라고 합니다. 오늘 제가 찾아온 이유는 당신에게 더 이상 제 가족을 건드리지 말라고 경고하기 위해서입니다.

물론 나는 사전에 인터넷으로 패멀라 필딩의 사진을 검색해봤다. 검색 결과 영국에 그 이름을 가진 사람은 열다섯 명 정도 있었다(검

362

색 결과에는 18세기 문학에 대한 책 몇 권도 있었다). 그중에 가짜 계정을 운영하거나 내가 찾아낸 주소에 사는 사람이 있는지는 알 길이 없었다. 사진만 봐서는 딱히 정신이 이상해 보이는 사람도 없었다.

나는 기차가 출발하기 15분 전에 리버풀스트리트역에 도착한다. 개찰구 옆으로 헬멧을 쓰고 형광 조끼를 입은 경찰관 두 명이 보인다. 나는 왠지 모를 죄책감에 그들과 눈을 맞출지 말지 잠시 고민한다.

솔직히 말하면 이번 원정을 떠나면서 무기를 가지고 갈지 말지를 잠시 고민했다. 망치라든가 커터 칼, 가위 같은 것 말이다. 물론 진짜로 흉기를 휘두르려는 건 아니다. 다만 내가 이 일을 얼마나 심각하게 생각하고 있는지 보여주고 싶을 뿐이다. 가위를 그 집 문틀에 쑤셔 넣거나, 망치로 현관문 중앙에 있는 창문을 깨부수거나, 칼로 바퀴 달린 쓰레기통 타이어를 찢어놓는 상상을 여러 번 했다. 마지막으로 총을 구할 수 있는 방법이 있는지 45분 정도 생각하다가 간신히 정신을 차렸다. '미쳤구나.' 나는 생각했다. '완전히 미친놈이 따로 없구나.'

토요일 오전 시간이라 열차 안은 비교적 한산하다. 평소에 타지 않는 노선이라 그런지 나는 시골 풍경(적어도 내가 시골스럽다고 생각하는 풍경)이 생각보다 빨리 등장하는 데 놀란다. 사무실 건물들과 빅토리아풍 테라스 하우스와 새로 지은 고층 건물들은 곧 시야 밖으로 사라지고, 열차는 이제 골프장과 말이 뛰노는 들판을 따라 달리고 있다.

열일곱 개의 정류장을 지나는 동안 나는 속이 뒤틀리는 것을 간신히 참으며 창밖을 바라본다. 기차는 드문드문 자리 잡은 농장 건물과 철제 헛간들, 그리고 검은 플라스틱으로 싼 무언가가 놓여 있는 들판을 지난다. 지나는 마을은 모두 비슷해 보인다. 거대한 아스다(영국의 대형 마트 체인점) 건물, 다층 주차장 건물, 트램펄린이 있는 정원들이 보인다. 하늘에는 구름이 낮게 깔려 있어서 금방이라도 비가 내릴 것 같다.

나와 같은 역에서 내리는 사람은 모자에 털이 달린 파카를 입고 양손에 비닐봉지를 든 키가 큰 노파 한 사람뿐이다. 정말이지 영국은 우울한 나라다. 커피숍은 문을 닫았고, 대합실은 잠겨 있고, 인적 없는 승강장에는 바람이 휘몰아치고 있다. 살짝 흔들리는 유리문을 간신히 열고 나오니 밖에는 황량한 택시 승강장이 하나 있고, 아스팔트 위로는 먼지와 햄버거 포장지가 바람에 휘날린다.

나는 구글 거리 뷰로 이 길을 벌써 여러 번 걸어봤기 때문에 이곳에 무엇이 있는지 잘 알고 있다. 기차역에서 나와 역 앞에 있는 커피 가판대와 이탈리안 레스토랑을 지난다. 파니니가 그려진 광고판이 붙어 있는 레스토랑은 전형적인 90년대 이탈리안 레스토랑 같다. 파운드랜드(모든 물건을 1파운드에 파는 영국의 할인점 체인)와 펫 숍, 테스코 메트로, 그리고 코스타가 있는 길을 따라 쭉 걷다 보니 유리 없는 버스 정류장이 나온다. 그 앞에 있는 횡단보도에서 좌회전해서 도서관을 지나면 긴 길을 따라 늘어선 테라스 하우스가 나온다.

예상대로 여기까지 걸어오는 데 도보로 15분 정도가 걸렸다. 집은 밖에서 봤을 때는 지극히 평범해 보인다. 앞뜰에는 쓰레기통 두 개가 놓여 있고, 잔디가 길게 자라 있다. 창문은 반투명 유리로 덮여 있다.

그 집 앞에 도착한 나는 전혀 주저하지 않는다. 인터넷에 내 딸의 사진을 올려온 그 사람에게 내가 하고 싶은 말을 속 시원히 쏘아붙이고, 수치심을 주고, 공포심을 느끼게 하고, 그 짓거리를 당장 그만두게 하는 것을 벌써 몇 주째 단단히 별러왔다. 한 주 내내 나는 지금 이 순간을 상상하고, 또 상상했다. 내가 문을 어찌나 세게 두드렸는지 스스로도 놀랄 정도다.

그리고 나는 기다린다.

1분이 지난다. 그리고 2분이 지난다.

한참이 지나도 아무 인기척이 나지 않자 나는 집에 아무도 없는 건 아닌지 불안해지기 시작한다. 오늘이 토요일인데도 불구하고 여기까지 오는 내내 내가 문을 두드릴 때 패멀라 필딩이 집에 없을 거란 생각은 전혀 해보지 않았다.

나는 그녀가 가게 같은 곳에 갔다가 돌아오는 것은 아닌지 계속해서 거리를 주시한다. 한두 사람이 집 앞을 지나가긴 하지만 아무도 나에게 관심을 두지 않는다.

모든 희망을 버리려는 찰나, 집 안에서 인기척이 난다. 거실로 보이는 곳 입구에서 하얀 형체 하나가 나타나더니, 천천히 움직이는 것이 보인다. 물결무늬가 있는 현관문 유리창 너머로 형체가 점점 더 뚜렷해진다.

그림자는 현관문 앞까지 왔다가, 문이 잠겨 있는 것을 확인하고는 다시 사라진다. 그가 열쇠를 찾아 복도 서랍장 위에 놓인 그릇을 더듬는지 덜그럭거리는 소리가 들린다. 그는 결국 열쇠를 찾는다. 그가 문을 열기까지는 또다시 3~4분 정도가 걸린다.

"무슨 일이오?"

문을 연 남자는 70대로 보이는 노인이다. 그는 낯선 나를 보더니 몸을 곧게 펴고 바지를 쓸어내리고는 카디건 옷깃에서 토스트 부스러기 같은 것을 털어낸다. 이 남자가 코코의 사진을 도용해서 인터넷에 올린 사람은 아닌 것 같다. 우리 집에 무단 침입해서 아내의 노트북을 훔쳐 간 사람일 리도 없다. 그는 영국 왕립 군단Royal British Legion(영국군에 복무한 전현직 군인들과 그 가족들을 돕는 자선단체)을 위해 모금하러 다니는 평범한 할아버지처럼 보인다.

그는 의아한 표정으로 나를 바라본다.

"안녕하세요." 나는 말한다. "여기가…… 그러니까…… 패멀라 필딩이 여기 살고 있나요?"

"그렇소만……." 그가 나를 위아래로 훑어본다. "누구시오?"

내가 진짜 탐정이었다면, 신분 위장을 위한 그럴듯한 얘기를 사전에 마련해두었을 것이다.

"친구예요." 나는 결국 이렇게 대답한다. "직장 동료죠."

운 좋게도 그 순간 비가 쏟아져 내리기 시작한다. 거센 빗발이 쓰레기통을 두드리는 소리가 울려 퍼진다. 그는 나를 한번 쳐다보고는 비가 내리는 밖을 바라본다.

"아무래도 잠깐 들어오시는 게 좋겠소." 그가 잠깐 생각한 후에 말한다.

안으로 들어서니 복도에 신발이 줄지어 늘어서 있고, 그 옆에는 슬리퍼가 몇 켤레 놓여 있다. 짙은 갈색 카펫은 두꺼우면서도 부드럽다. 나는 신발을 벗어 다른 신발들 옆에 가지런히 놓아둔다.

"팸." 그는 비슷한 카펫이 깔려 있는 계단 위를 향해 부른다.

"난 에릭이라 하오." 그는 힘없는 손을 내밀어 악수를 청한다. 나도 그에게 내 이름을 알려준다. 그는 전혀 아는 기색을 보이지 않는다. "거실은 이쪽이라오." 그가 말한다.

그는 계단 아래에서 발걸음을 멈추고, 난간 위에 한 손을 올리며 또다시 팸의 이름을 부른다. 위층 어딘가에서 변기 물 내리는 소리가 울려 퍼진다.

"차 한잔 마시겠소?"

나는 좋다고 말한 후, 설탕은 넣지 말고 우유만 넣어달라고 한다. 그리고 거실에 자리를 잡고 앉는다.

거실에서는 평소에는 사용하지 않는 손님용 공간 같은 분위기가 물씬 풍긴다. 손님이 자주 찾아오는 공간이 아니라는 것도 느낄 수 있다. 소파에 엉덩이를 대는 순간부터 온몸이 소파에 깊숙이 파묻히기 시작한다. 등받이에 있던 거대한 담요가 어깨 위로 툭 떨어진다. 소파에 완전히 앉자 커피 테이블이 내 무릎 사이로 보이고, 등이 발목 높이까지 내려와 있다.

이런 자세로는 상대방을 효과적으로 압도하기 어려울 것 같다는 생각이 든다. 나는 커피 테이블을 잡고 몸을 일으킨 후, 테이블 위의 냅킨을 만지작거리며 좀 더 전략적인 위치를 찾아 거실 안을 헤맨다.

결국 소파 팔걸이 부분에 걸터앉는다.

"팸." 에릭이 계단 위를 향해 세 번째로 부른다. 아까보다 좀 더 힘 있는 목소리다. "여기 너를 만나러 온…… 사람이 있다."

거실 문 앞을 지나가던 그는 나를 향해 눈썹을 치켜들어 보인다. 그는 팸이 자기만의 세계에서 사느라 통 밖에 나오지 않는다고 말한다.

"내가 부르면 들린다고는 하는데, 정말로 들리는 건지 잘 모르겠소." 그가 말한다. "겉옷을 좀 벗고 기다리겠소?" 그가 묻는다.

나는 괜찮다고 대답한다.

그는 추우면 벽난로에 불을 뗄 수도 있으니 말해달라고 한다.

나는 알겠다는 의미로 엄지를 들어 보인다.

"설탕은 하나만 넣어달라고 했소?"

"아뇨, 설탕은 안 넣어주셔도 됩니다." 나는 그에게 다시 말한다.

계단을 내려오는 발걸음 소리가 들린다. 발소리는 계단 맨 밑에서 잠시 머뭇거린다. 거울을 보며 머리를 매만지는 걸까? 그녀는 거실로 들어오면서 부엌에 있는 남자에게 뭔가를 말하느라 그쪽을 바라본다. 이후 그녀는 시선을 돌려 나를 본다. 그리고 발걸음을 멈춘다

"안녕, 패멀라." 내가 말한다.

그녀는 굳은 얼굴로 재빨리 몸을 돌려 거실 문을 닫는다. 그리고

다시 나를 향해 돌아선다.

"내가 여기에 왜 왔는지는 잘 알고 있겠지?" 그녀는 빠르게 고개를 한 번 끄덕인다.

"나를 이렇게 실제로 만날 거라곤 생각 못 했지?"

그녀는 고개를 흔든다.

"나를 봐." 내가 말한다.

그녀는 시선을 들어 나와 잠시 눈을 마주친 후, 곧바로 다시 바닥을 바라본다.

부엌에서는 노인이 콧노래를 부르며 차를 끓이고 있다. 스푼이 머그잔에 부딪치고 찬장 문이 열리는 소리가 들린다.

"아버지시니?" 내가 묻는다.

그녀는 다시 고개를 젓는다. "할아버지예요."

패멀라 필딩은 열일곱 살 정도 된 소녀다.

그녀가 내게 제일 먼저 한 말은 자신이 사진을 훔치지 않았다는 것이다. 나는 누가 훔친 것인지 묻는다. 그녀가 아는 사람? 학교 친구? 나는 그녀가 아직 학교에 다니는 학생이 맞는지 묻는다.

"대학생이에요." 그녀가 웅얼거리며 대답한다.

그녀는 버스에서 흔히 보는 평범한 소녀 같은 모습이다. 살짝 반짝거리는 검은 머리칼을 계속해서 귀 뒤로 넘기고 있다. 양 귓불에는 단추 크기의 보석 귀걸이를 하고 있다. 얼굴에는 두껍게 바른 파운데이션 아래로 드문드문 여드름 자국이 보인다.

"어디에 있니?" 내가 묻는다. "노트북 말이야."

그녀는 노트북은 가지고 있지 않다고 대답한다. 노트북에 대해서는 아는 게 없고, 사진은 인터넷으로 구입했을 뿐이라고 한다.

"인터넷이라니, 무슨 소리야? 다크 웹 같은 걸 말하는 거야?"

그녀는 나를 멍하니 쳐다본다.

"그냥 웹사이트예요." 그녀가 말한다. "인터넷 커뮤니티 같은 데요."

"무슨 커뮤니티인데?"

그녀는 입고 있던 스웨터의 소매를 만지작거린다.

"롤 플레이 하는 사람들끼리 정보를 공유하는 커뮤니티예요. 서로 조언을 하거나 비법을 나누기도 하고요. 인플루언서들에 대해 이야기하기도 하고, 팔로워 늘리는 방법에 대해 이야기할 때도 있고요."

"예를 들면 다른 사람 사진을 도용해서 아픈 척하는 거?"

"그런 셈이죠."

그때 그녀의 할아버지가 차를 내온다. 우리 사이의 긴장감을 느꼈는지 모르겠으나, 그는 전혀 내색하지 않는다. 그는 통 안에 무슨 비스킷이 있는지 하나하나 설명한다. 패멀라의 입가가 초조하게 움찔거린다. 설명을 마친 그는 거실을 나가면서 문을 살짝 열어놓는다. 우리는 그것을 쳐다보기만 할 뿐, 누구도 문을 닫으러 자리에서 일어나지 않는다.

나는 지금 내가 상당히 기묘한 상황에 처해 있다는 사실을 알고 있다. 그리고 최대한 목소리를 높이거나 화를 내지 않으려고 노력하고 있다. 그건 쉽지 않은 일이다.

"그러니까 그 인터넷 커뮤니티라는 곳 말이야." 내가 말한다. "이름이 뭐라고 했지?"

그녀는 이름을 나에게 알려주고, 나는 철자를 알려달라고 한다.

"공개된 커뮤니티야, 아니면 비공개야?"

"공개된 부분도 있고, 비공개인 부분도 있어요."

"그러니까 그 커뮤니티에서 누군가가 너에게 그 사진들을 팔았다는 거지?"

그녀는 고개를 끄덕인다.

"그 사람이 누구야?" 내가 묻는다. "닉네임이 뭔데?"

"모자 장수요." 그녀가 말한다.

"모자 장수?《이상한 나라의 앨리스》에 나오는 그 모자 장수?"

그녀는 무슨 말인지 모르겠다는 표정이다.

"그 사람 프로필이 모자 사진이었어요." 그녀가 말한다.

"그 사람에 대해서 아는 게 뭐야? 아무것도 몰라? 돈은 어떻게 보냈어?"

"페이팔로 보냈어요." 그녀가 중얼거린다.

"보여줘봐."

그녀는 마지못해 주머니에서 휴대폰을 꺼내 잠금을 해제하고 나에게 보여준다.

"이 중에 어떤 거야? 이체한 내역이?"

그녀가 가리킨다.

"확실해?"

그녀는 고개를 끄덕인다.

"네가 돈을 입금한 계정이 이거야? 모자 장수가 이 계정으로 입금하라고 했어?"

그녀가 다시 고개를 끄덕인다.

그녀가 돈을 입금했다는 계정주의 이름은 윈터 에드워즈라고 되어 있다.

'윈터라고?'

내 머리가 상황을 제대로 파악하기까지는 몇 분이 걸린다.

나는 패멀라에게 인터넷 커뮤니티에서 그녀에게 사진을 팔았다는 사람이 그 사진을 얻게 된 경로나 판매하는 이유를 설명한 적이 있는지 묻는다. 그냥 돈을 벌기 위해서였는지, 아니면 질투심이나 원한 때문인지, 아니면 혹시 우리가 그녀에게 뭔가 잘못을 저지른 게 있다고 생각하는 건지 묻는다.

패멀라는 어깨를 으쓱한다.

"굳이 안 물어봤어요."

"그럼 넌? 넌 대체 왜 이런 짓을 하는 거지?" 나는 그녀에게 묻는다. "난 그게 이해가 안 가. 뭐가 재미있는 거야?"

"저도 모르겠어요."

"일단 그 계정을 폐쇄하고, 사진들은 모두 지워. 전부 다. 지금 내 앞에서 당장 해. 그렇게 하면 경찰은 부르지 않으마. 네 할아버지께도 이야기하지 않을게. 그렇지만 다시는 이런 짓을 하지 않겠다고 약속해야 해. 그리고 왜 이런 짓이 하고 싶어지는지에 대해 상담을 좀 받도록 해라. 너희 가족 상황이 어떤지는 잘 모르겠다만 말이다. 상담받고 싶은 생각이 있으면 내가 상담사 연락처 정도는 알아봐줄 수 있어."

그녀는 아주 작은 목소리로 알겠다고 대답한다.

"너도 이게 얼마나 괴상망측한 짓거리인지는 알고 있지?"

"그런 것 같아요."

"그런 것 같다고? 남의 사진을 도용해서 멋대로 이야기를 지어내고, 전 세계가 볼 수 있도록 인터넷에 올리는 행동이 정상적이라고 생각하는 거야? 너는 상대방의 허락도 받지 않았고, 상대방은 네가 이런 짓을 하는지 전혀 알지도 못하잖아. 이건 정말 역겨운 짓이야. 미친 짓이라고."

긴 침묵이 이어진다.

그녀는 고개를 숙이고 머리카락으로 얼굴을 가린 채 카펫만 뚫어져라 보고 있다. 겨우 입을 열었을 때는 목소리가 너무 작아서 나는 무슨 말인지 얼른 알아듣지 못한다.

"뭐라고?" 내가 말한다.

"뭐가 다르냐고 물었어요." 그녀가 말한다.

"뭐가 다르냐니? 뭐랑 비교하고 있는 거야?" 내가 묻는다.

그녀의 대답을 기다리는데 내 휴대폰이 울리기 시작한다. 처음에는 무시하려 하지만 주머니 속 휴대폰은 진동을 멈추지 않는다. 결국 휴대폰을 꺼내 발신자를 확인한다. 아이린이다. "뭐죠?" 나는 퉁명스러운 목소리로 전화를 받는다. "에미 일이에요"라고 대답하는 그녀의 목소리에서 떨지 않고 차분함을 유지하려는 노력이 느껴진다.

"댄." 그녀가 말한다. "에미에게 무슨 일이 일어난 것 같아요."

에미

나는 아마도 죽어가고 있는 것 같다.

이 말을 이미 했던가?

꽤 오랜 시간 동안 나는 여러 무늬가 소용돌이치다가 내 눈꺼풀 안쪽으로 사라지는 모습을 바라보며 내가 깨어 있는 건지, 잠들어 있는 건지 알아내려 애쓰는 중이다. 또한 때로는 댄, 때로는 엄마, 때로는 아이린, 때로는 전혀 낯선 사람과 머릿속으로 나누는 대화의 내용을 이해하려 애쓰는 중이다. 정신을 똑바로 차려보려 하지만 마치 다리가 마비된 상태로 걷는 것 같다. 무언가를 기억해냈다고 생각한 순간 바로 잊어버린다. 예를 들면 내가 여기에 어떻게 왔는지, 내가 있는 곳이 어디인지, 그런 생각들 말이다.

내가 사고를 당했었나? 나에게 무슨 일이 생겼던가? 정신이 조금 명료해지는 순간이면 내가 어느 병상에 누워 있는 것 같은 느낌이 든다. 가끔은 내가 혼자가 아니고 누군가가 나를 내려다보며 뭔가를 확인하고, 나에게 연결해놓은 기계를 약간씩 조정하고, 가끔씩 삐 소리를 내는 모니터를 점검하는 게 느껴진다. 때로는 그들의 목소리가 들리기도 하고, 쯧쯧거리거나 중얼거리거나 뭔가를 이리저리 옮기는 소리도 들린다. 때때로 내 머리와 어깨를 움직이거나 베개를 조정하는 게 느껴지기도 한다.

물론 이 모든 게 꿈이거나 상상일 수도 있다. 모든 감각이 차단된 상태로 어둠 속에 혼자 너무 오래 있다 보면 정신이 속임수를 쓰기도 한다고 댄이 언젠가 말했다. 장거리 트럭 운전수들은 며칠째 운전대를 잡고 있다 보면 어둠 속에서 무언가 갑자기 소용돌이치며 튀어 나오는 모습을 보기도 한다. 오랫동안 근처에서 꽤 큰 소리로 아바의 히트곡 모음집이 반복 재생되고 있다. 어찌나 많이 들었는지 곡의 순서도 외울 지경이다.

그리고 오랫동안 정말 가까이서 아기 울음소리가 크게 들려오고 있다. 처음에는 베어가 틀림없다고 생각했지만, 내가 지금 있는 곳을 생각해보면 그럴 리가 없다. 다른 사람의 아기가 틀림없다. 같은 병동에서 근처의 병상을 쓰는 사람의 아기가 틀림없다. 그렇지만 아기는 무척 힘들어하는 것 같고, 베어와 울음소리가 정말 비슷하다. 어찌나 내 아기 같은지 젖으로 부풀어 오른 내 가슴이 욱신거린다. 아기는 울고, 또 운다. 아주 가끔 숨을 들이쉬기 위해 잠시 멈추는 시간을 제외하고, 달랠 길 없는 울부짖음이 벌써 몇 시간째 끊임없이 이어지고 있는 것 같다.

왜 아무도 아기를 달래지 않는 거지? 난 그걸 이해할 수 없다. 왜 아무도 아기를 진정시키거나, 안아주거나, 복도로 데리고 나가 잠시 걷거나, 다른 병실로 잠깐 데려가지 않는 걸까? '이리 주세요.' 나는 이렇게 말하고 싶다. '제가 해볼게요. 트림은 시켰죠? 우리 막내도 배에 가스가 차면 그런 소리로 울거든요.'

이 와중에도 나는 머릿속으로 이 모든 일에 대한 긴 포스팅을 작성하고 있다. 먼저 병원에서 얼마나 나를 잘 돌봐주고 있는지, 의료진이 얼마나 유능한지, 영국의 국가 의료 시스템이 얼마나 잘되어 있는지에 대해 쓴다. 그리고 나서 지금 내가 얼마나 목이 마른지에 대해, 그리고 계속해서 울어대는 아기를 누가 좀 어떻게 해줬으면 좋겠다고 쓴다. 그러나 어느 순간 내가 게시물을 진짜로 쓰고 있는 게 아니라, 존재하지도 않는 누군가를 향해 머릿속으로 구술하고 있음을 깨닫는다. 그리고 그러는 내내 아기는 울고, 또 울어댄다.

그러다 어느 순간 울음소리가 뚝 그친다. 아기들이 지칠 때까지 울고 또 울다가 결국 울음을 그칠 때 찾아오는 그 갑작스러운 침묵 속에서 나는 이 모든 게 실제 상황인지, 주변에 정말로 아기가 있는지, 내가 있는 곳이 병실이 맞는지 의심하기 시작한다.

시간이 흐르고, 침묵은 계속된다.

나는 정말 다행이라고 생각한다.

그 순간, 아기가 다시 울기 시작한다.

에필로그

댄

그날의 전화 통화를 마치 어제 일처럼 생생하게 기억한다. 나는 거리를 초조하게 서성거리며, 아이린이 한 말의 의미를 이해하려고 애쓰고, 또 애쓰고 있었다. 아이린이 이미 모르겠다고 대답한 것을 나는 묻고 또 물었다. 내 머리가 현실을 받아들이지 못하고 있는 것 같았다. 에미와 베어가 쉼터에 가지 않았다고? 쉼터 측에서는 자신들이 차를 보낸 적이 없다고 했다. 그러니까 지난 72시간 동안 내 아내와 아들을 본 사람도, 아내에게서 연락을 받은 사람도 없다는 것이었다.

그 이후의 기억은 더 흐릿하고 여러 조각으로 나뉘어 있어 잘 기억나지 않는다.

기차를 타고 돌아오면서 도린에게 전화를 걸어 너무 놀라지 말라고 말한 것은 기억난다. 도린은 자신이 코코에게 간식을 먹이고 목욕시켜 재운 후, 내가 집에 올 때까지 아이와 함께 있겠다고 했다. 그 순간 기차가 터널 안으로 들어가고, 우리의 통화는 갑자기 끊겼다.

받지 않을 걸 알면서도 에미에게 전화하고, 또 전화하던 것도 기억난다. 에미가 쉼터에 있는 히피 같은 사람들 몰래 숨겨서 가지고 있겠던 휴대폰으로도 전화해보지만, 둘 다 음성사서함으로 넘어가버렸다.

내가 아이린에게 내 행선지를 말했는지, 그리고 런던에 도착하는 시간을 알려주었는지는 전혀 기억나지 않는다. 그러나 이야기한 게 틀림없다. 왜냐하면 리버풀스트리트역에 도착했을 때 그녀가 개찰구 옆에서 나를 기다리고 있었기 때문이다.

그녀는 자신이 병원 측과 통화했고 에미의 어머니가 뇌진탕 징후 없이 안정을 잘 취하고 있다는 이야기를 해주었다.

아이린이 쉼터에 간 에미에게 급하게 연락을 취하려고 했던 이유는 바로 그것이었다. 그녀의 어머니 버지니아가 응급실에 실려 갔던 것이다. 버지니아는 메이페어에 있는 멤버십 클럽에서 열린 한 정판 진gin 론칭 행사에 참석했다가, 로비 계단에서 넘어져 대리석 바닥에 머리를 부딪친 후 바로 기절했다고 했다. 나는 아이린과 택시에 올라타 가장 가까운 경찰서로 향하는 동안 그 이야기를 전해 들었지만 솔직히 말해 머리에 하나도 들어오지 않았다. 차가 막힐 때마다 아이린은 몸을 앞으로 내밀어 기사에게 어느 길로 가야 할지를 지시했고, 차는 갑작스럽게 유턴하거나 바로 다른 길로 우회했다. "버지니아와는 30분 전에 통화했어요." 아이린이 말했다. "신발이 불편해서 넘어진 거라고 끝까지 우기시네요." 아이린은 내게 말하는 도중에도 휴대폰에서 눈을 떼지 않고 끊임없이 무언가를 스크롤했다. "여기예요." 택시가 경찰서에 도착하자 그녀가 고개를 들며 말했다. "도착했어요." 우리는 안으로 들어가 안내 데스크에 용건을 이야기했다. 누군가 진술을 받으러 오기를 기다리며 아이린은 우리가 앞으로 해야 할 일과 자신이 이미 취해둔 조치를 나에게 하나하나 설명했다. 그러나 나는 그녀의 말을 거의 듣고 있지 않았다. 들었다 하더라도 그 말을 이해할 정신이 없었다.

내 머릿속엔 오로지 에미와 베어가 실종되었다는 생각뿐이었다.

경찰이 오자 나는 에미가 타고 간 차를 봤다는 이야기부터 했다. 그 차가 우리 집 앞에 멈추는 것과, 에미가 그 차에 올라타는 것과, 그 차가 멀리 사라지는 것까지 모두 지켜봤다고 말했다. 경찰은 나에게 차를 묘사해보라고 했다. 나는 우버 기사들이 흔히 몰고 다니는 파란색 차였다고 했다. 프리우스 같아 보이긴 했는데, 내가 운전을 안 하다 보니 정확하게는 알 수 없었다. 경찰은 내게 기사의 얼굴을 봤냐고 물었고, 나는 잘 보지 못했다고 대답했다. 번호판도 잘 기억나지 않았다. 경찰은 아내의 표정은 어땠냐고 물었다. 아내가 차에 타면서 기분이 언짢거나, 뭔가 걱정거리가 있어 보이진 않았냐는 것이다. 나는 그렇지 않았다고 대답했다. 그렇지만 아내는 그 차가 쉼터에서 보내준 것이라고 생각하고 있지 않았던가. 나는 그 사실을 경찰에게 상기시켜주었다. 그녀는 누가 중간에 전화해서 그 차를 취소했을 줄은 꿈에도 몰랐고, 자신이 누구의 차에 올라탔는지도 모른 채 떠난 것이다. 경찰은 나에게 아내와 마지막으로 나눈 대화를 기억하냐고 물었다.

나는 기억한다고 대답했다.

아내가 내게 마지막으로 한 말은 더플백에 베어의 기저귀 세트를 넣었는지, 그리고 그걸 트렁크에 잘 실었는지 물은 것이었다. 내가 그렇다고 대답하자 그녀는 다시 한번 확인해달라고 했고, 나는 방금 두 번 확인했다고 말했다. 그녀는 알았다고 말한 후 차 문을 쾅 소리 나게 닫았다. 그렇지만 코트 자락이 문 사이에 걸리는 바람에 다시 문을 열었다가 닫아야 했다. 차가 멀어지는 동안 그녀는 뒤돌아보지 않았다.

갑자기 이제 다시는 아내를 볼 수 없을지도 모른다는 생각이 들었다. 안전벨트를 매려고 몸을 반쯤 돌린 채 이리저리 움직이는 희끄무레한 실루엣이 아내의 마지막 모습일지도 몰랐다.

경찰은 에미가 가기로 되어 있던 쉼터에 대해서 질문했고, 나는 아는 대로 대답했다. 그들은 아내와 연락이 끊기고 이렇게 시간이 지날 때까지 왜 신고하지 않았냐고 물었다. 나는 이미 한 답변을 하고 또 해야 했다.

"그러니까 아내한테 아무런 연락이 안 오는데도 전혀 이상한 점을 못 느끼셨단 말이죠?"

나는 다시 말했다. "아까도 말씀드린 것처럼, 앞으로 이틀은 더 연락이 닿지 않을 거라고 생각했다니까요."

이러는 와중에도 내 머릿속을 계속해서 맴도는 생각은 실종된 사람들이 대부분 48시간 안에는 나타난다는 통계 수치였다. 나는 런던으로 돌아오는 기차 안에서 실종 신고는 어떻게 하는지, 이런 상황에서 경찰은 어떤 조치를 취하는지 검색해봤고, 그때마다 이 통계 수치가 눈에 띄었다. 대부분의 사람들은 그 통계를 보고 안심했을 것이다.

그렇지만 에미와 베어는 실종된 지 벌써 사흘이나 지났다.

경찰은 에미가 혼자 머리를 식히려고 잠시 잠적했을 가능성이 제일 크다고 했다. 그런 일은 종종 있는 일이라고도 했다. 그들은 내게 부부의 공동 계좌에서 인출한 흔적이 있는지 확인해봤냐고 물었다. 그녀가 집에서 이런 난리가 난 줄도 모른 채, 지금쯤 한적한 남서부 지역에 있는 스파에서 아주 행복한 시간을 보내고 있을지도 모른다는 것이었다.

아이린은 그럴 리 없다는 표정이었다.

만약 에미가 애거사 크리스티처럼 잠적할 계획이 있었다면, 분명히 사전에 자신과 상의하고 일정을 조정했을 거라고 생각하는 게 틀림없었다.

그건 반박하기 어려운 논리였다.

경찰은 에미가 우울증을 겪고 있었는지, 자해 충동에 시달린 적이 있거나 낮은 자존감 때문에 힘들어한 적이 있었는지, 산후우울증 증상을 보인 적이 있었는지 등을 자세히 물었다.

나는 단호하게 고개를 흔들었다.

경찰은 최근 며칠간 내가 어디서 무얼 했는지에 대해서도 자세히 물었다. 나는 그들이 한 질문의 의미를 한참 후에야 이해할 수 있었다.

그들은 내게 혹시 우리 부부가 재정적인 문제를 겪고 있지는 않았는지, 그녀가 다른 남자를 만나고 있을 가능성이 있다고 생각하는지 물었다.

"이보세요. 지금 여러 가지 가능성 중에 가장 그럴듯한 것부터 제거해나가려고 이런 질문들을 하신다는 건 잘 알겠어요. 그렇지만 제 말 좀 들어보세요. 제 아내는 도망가거나 잠적한 게 아니에요. 그녀는 납치당한 거라고요. 그 기사가 납치한 거예요. 그놈을 찾아야 해요. 아내의 인스타그램 계정을 한번 보세요. 거기에 사진도 있고 영상도 있어요. 그녀는 5일 동안 쉼터에 간다고 생각하고 있었다니까요. 주변 사람들 모두에게 그렇게 말했다고요. 전혀 이상한 행동은 없었어요."

나는 그들에게 에미의 계정을 보여주려 했지만 경찰서 안에 있는 컴퓨터의 반 이상은 SNS 사용이 차단되어 있었다. 다른 두 대의 컴퓨터는 아예 전원이 들어오지 않았다. 결국 아이린이 자신의 휴대폰을 꺼내 들고, 인터넷 수신이 끊기지 않는 위치를 간신히 찾아 그들에게 에미의 계정을 보여주었다.

아이린이 에미의 계정에 접속해서 에미가 받아온 디엠들을 보여주자, 경찰은 비로소 우리가 하는 말을 진지하게 받아들이기 시작했다.

"이것 좀 보세요." 아이린은 에미가 받은 수많은 메시지를 스크롤하며 경찰에게 보여주었다. 대부분은 에미를 향한 찬양 일색이었지만, 등골이 오싹해지고 불쾌감이 뚝뚝 떨어지는 메시지들도 적지 않았다. 그런 메시지들은 대부분 익명으로 작성되었지만, 익명이 아닌 것도 많았고, 위협적이고 모욕적인 단어들이 반복해서 등장했다. 아이린은 그중 하나를 클릭해서 보낸 이의 프로필을 보여주었다. 프로필 사진의 주인공은 화이트 와인 한 잔을 들고 햇볕이 잘 드는 발코니에 서 있는 유쾌해 보이는 중년 여성이었다. 그녀가 에미에게 보낸 메시지는 에미가 형편없는 엄마이며, 포도를 자르지 않고 코코에게 먹이다니 애가 죽어도 싸다는 내용이었다. 프로필 사진도 없고, 사진도 팔로워도 없는 익명 계정의 주인은 에미에게 그녀의 가족 전체가 (내 가족 전체가) 자동차 사고로 죽어버렸으면 좋겠다는 메시지를 보냈다. 좀 더 아래로 스크롤해보니 자신의 고환을 뒤에서 찍은 사진을 보낸 남자도 있었다. 그가 어떻게 그 각도로 사진을 찍었는지 알아내기까지는 잠시 시간이 걸렸다. 그다음에는 에미를 향한 근거 없는 비난과 심술이 담긴 인신공격성 메시지가 줄을 이었다. 공격 대상은 에미의 머리색부터 우리 아이들의 이름에 이르기까지 끝이 없었다.

그건 정말로 지옥의 한 버전을 엿본 느낌이었다. 너무나 많은 분노와 악의, 질투, 증오가 그곳에 있었다.

"그녀는 한 번도 제게……." 내가 말했다. "전 정말 몰랐어요."

나는 잠깐 이 모든 것을 받아들이기 위한 시간이 필요하다고 말했다. 그렇지만 곧 아무리 많은 시간을 갖는다 해도 불가능하다는 것을 깨달았다.

아이린이 보여주는 화면에는 에미에게 계속해서 개똥 사진을 보내는 여자도 있었다. 회색 동그라미 안에 희끄무레한 실루엣만 보이는 프로필의 계정주는 에미에게 직접 만나 정신 건강에 대해 토론하자고 집요하게 요구하고 있었다. 모유를 한 병 보내달라고 하는 남자도 있었다.

에미는 이 중 누군가의 손에 붙들려 있을 수도 있었다. 에미와 베어, 내가 세상에서 제일 사랑하는 사람들. 태어난 지 이제 겨우 8주 된 내 아들은 아직 스스로 머리를 들거나 돌리지도 못하고, 제대로 미소 지을 줄도 모른다. 세상에서 가장 무력하고, 예쁘고, 순하고, 천진난만한 생명체다. 그리고 내 아내. 내가 평생을 함께하기로 약속한 여자. 만나는 순간부터 내 아내가 되리라는 걸 알았던 사람. 그간 있었던 모든 일에도 불구하고 그녀는 여전히 내 가장 친한 친구였다.

나는 에미를 떠나보내면서 내가 마지막으로 한 말이 '사랑해'나 '보고 싶을 거야'나 '다녀와서 우리 다시 잘 대화해보자'가 아닌, 그녀의 짐에 대해 퉁명스럽게 던진 말이라는 사실을 깨달았다.

참으로 오랜만에 아내를 떠올리며 복잡해진 우리의 삶이나 우리를 싸우게 만들었던 문제, 우리가 과연 결혼 생활을 유지할 수 있을까에 대한 생각을 하지 않았다.

그 대신 에미를 처음 만난 밤을 떠올렸다. 그녀의 미소와 웃음소리를 생각했다.

우리가 처음 데이트하던 날, 함께 동물원에 갔다가 돌아오는 길에 나란히 손을 잡고 운하를 따라 걷던 그 여름 저녁 하늘의 색을 떠올렸다.

우리만 아는 농담과 세상 그 누구도 이해하지 못할 비밀 이야기, 베어와 코코가 나중에 크면 우리 가족만의 언어라는 걸 알게 될 여러 구호나 별명들을 떠올렸다.

우리의 신혼여행과 첫날밤을 떠올렸다. 우리는 그날 해변의 바에서 술을 너무 많이 마신 나머지 서로를 부축해서 호텔로 돌아와야 했다. 다음 날 아침에 눈을 떠보니, 우리는 외출복 차림 그대로 장미 꽃잎과 동물 모양으로 접어놓은 수건 사이에 얼굴을 처박은 채 침대에 엎드려 있었다. 나는 에미가 코코를 임신했다는 사실을 처음 알게 된 날의 아침도 떠올렸다. 그날 흘렸던 기쁨의 눈물과 테스트기를 든 채 나를 힘껏 껴안던 에미의 두 팔을 기억했다. 나는 그날 이후 우리가 TV 앞에서 보냈던 수많은 밤들과 넷플릭스, 병원 검진, 초음파검사, 무알코올 맥주로 점철되었던 그해 겨울을 떠올렸다. 코코가 태어나던 날, 처음으로 아기를 품에 안던 순간 빛나던 에미의 얼굴을 떠올렸다. 아기를 데리고 집으로 돌아온 날의 오후, 처음으로 우리 둘이서 아기를 돌보면서 무엇을 어떻게 해야 할지 몰라 허둥대던 때의 두려움을 기억했다.

적어도 그때는 누군가와 그 두려움을 함께 나눌 수 있었다.

경찰은 바로 다음 날 아침에 기자회견을 열겠다고 했다. 그들은 에미와 베어와 내가 함께 미소 지으며 찍은 사진이 있는지 물었다.

나는 그들에게 찾아보면 하나 있을 것 같다고 대답했다. 그들은 자신들의 질문이 얼마나 아이러니한지 깨닫지 못한 듯했다.

나는 아이린과 함께 경찰서를 떠났다. 우리가 당연히 우리 집으로 가고 있다고 생각했고, 택시에 탄 지 10분이 지나서야 다른 방향으로 가고 있다는 사실을 깨달았다.

나는 "이봐요"라고 말하면서 자리에서 돌아앉았다.

"가만히 있어요, 댄." 아이린이 말했다. "지금은 시간 낭비할 때가 아니에요."

그녀는 경찰서를 나서기 전에 에미의 계정에 게시물을 하나 올렸다고 했다. 에미가 실종되었다는 사실을 알리고, 그녀가 탑승한 차량, 기사, 에미가 입고 있던 복장 등을 묘사하고, 에미와 베어를 본 사람이 있는지 묻는 간단명료한 글이었다.

아이린의 집에 도착하기까지는 15분 정도 걸렸다. 가는 내내 우리는 둘 다 휴대폰에서 시선을 떼지 못했다. 한번은 기사가 우리에게 말을 걸어볼 요량으로 친절한 질문을 던졌다가 둘 다 대답을 하지 않자 혼잣말로 투덜거리는 소리를 듣기도 했다. 우리는 그에게 신경 쓸 겨를이 없었다. 마마베어 계정에 아이린이 올린 게시물에는 스크롤할 수 없을 정도로 빠르게 댓글이 달리고 있었다. 대부분은 에미가 안전하길 바라고, 그녀에게 사랑을 보내며, 자신들이 그녀를 위해 기도하고 있다는 내용의 길고 장황한 댓글이었다. 약 5분 정도 지나자 이 모든 게 '조작!!!!'이라고 주장하는 수많은 댓글도 생겨났다. 약 10분 정도 지나자 이 상황에 대해 근거 없는 추측성 댓글을 다는 온갖 사람들도 생겨났다.

때론 인터넷이 인류애에 대한 우리의 믿음을 완전히 사라지게 만들기도 한다.

한편 우리가 아이린의 집에 도착했을 때는 누군가가 에미의 인스타 스토리에서 도로 표지판을 발견하고, 이를 확대한 후 지역명의 끝부분이 'enham'으로 끝난다는 것을 발견한 상태였다. 한동안 그 표지판에 써 있는 지역 이름이 무엇인지에 대한 갑론을박이 벌어졌는데, 처음에는 첼트넘Cheltenham이라는 의견이 우세했지만, 곧 누군가가 트위크넘Twickenham인 것 같다고 말했다. 에미가 인스타 스토리를 게시했을 때의 시간대를 계산해보면 트위크넘일 가능성이 더 높다는 데 모두의 의견이 모아졌다.

아이린의 차는 그녀가 사는 건물 옆에 주차되어 있었다. 나는 그전에 그녀의 집을 본 적이 없었다. 그녀의 집은 베이스워터 지역에 있는 아르데코 양식의 건물에 있었다. 현관문에는 놋쇠 손잡이가 달려 있고, 대리석 책상이 있는 로비에는 늘 직원이 상주하는 곳이었다. 그녀의 차는 엷은 푸른색 2인승 MG 클래식 카였다. 차 안에서는 오래된 담배 냄새가 강하게 풍겼다.

우리가 A316 도로를 탈 때쯤에는 이미 날이 어두워지고 있었다. 코코는 도린에게 맡겨두기로 했다. 도린과 통화했을 때 코코는 이미 잠들어 있었고, 도린은 아침까지 있어줄 수 있다고 했다. 아이린과 나는 치즈윅을 지나 강을 건넜다. 리치먼드를 지날 때쯤, 에미의 팔로워 중 한 명이 에미의 인스타 스토리 배경에 보이는 주유소가 A309 도로에서 템스 디턴 마을로 진입하기 직전에 있는 주유소가 분명하다고 했다.

그의 말이 맞는다면 우리가 옳은 방향으로 가고 있는 게 틀림없었다.

다른 누군가가 영상 속의 주유소가 그 주유소가 맞는지 어떻게 확신할 수 있냐고 물었다.

그러자 그는 영상 속 주유소의 앞마당에 보이는 인부복 차림의 마네킹을 지목했다. 우는 얼굴로 팔을 흔들고 있는 그 마네킹의 머리에는 눈의 띄게 큰 흠집 자국이 있었고, 비바람으로 얼굴색이 바래 있었다. 그는 그게 자신이 말한 주유소에 있는 마네킹이 분명하다고 했다. 그는 또한 영상에는 보이지 않지만 그 주유소의 반대편 길 건너에는 피시 앤드 칩스 식당과 문구점, 창문에 신문지를 잔뜩 붙인 문 닫은 중국 식당이 있을 거라고 했다.

우리에겐 그 정도 근거면 충분했다.

아이린과 나는 이동하면서 거의 대화를 나누지 않았다. 그녀는 운전대를 잡고 있었고, 나는 인터넷에서 오가는 대화를 읽느라 정신이 없었다.

이제 인터넷에서는 에미를 찾기 위한 온갖 연대가 이루어지고 있었다. 자발적이었는지 아니면 아이린의 부탁 때문인지는 모르겠지만 에미의 인스타 무리 모두가 어느새 각자의 계정에 에미를 찾아달라는 게시물을 올려 도움 요청을 확산시키고 있었다. 스코틀랜드 사람들, 웨일스 사람들, 미국 사람들도 에미를 위한 온라인 수색에 동참하기 시작했다. 그건 정말 운이 좋은 일이었다. 미국 애리조나에 살고 있는 한 재외국인이 에미의 다음 인스타 스토리 배경에 등장하는 나무들과 녹지를 보고 A307 도로에 인접한 클레어몬트 공원 같아 보인다고 했기 때문이다. 그녀는 영상을 자세히 보면 멀리서 호수가 반짝이는 것도 보인다고 했다.

그 글을 읽는 순간 좌측으로 클레어몬트 공원의 이름이 적힌 내셔널 트러스트(영국 내의 다양한 자연환경과 문화유산을 지키기 위해 설립된 재단) 표지판이 나타났다. 몇 분이 흐르자 공원 진입로를 표시하는 표지판이 하나 더 나타났다.

차가 달리는 동안 주변의 풍경은 점점 어두워지고 있었다. 운전을 시작한 지 벌써 한 시간 반이 지나고 있었다. 에미의 마지막 인스타 스토리는 그녀가 사라지던 날 오후 12시 40분에 올라왔다. 영상 속 그녀가 탄 차는 간선도로를 벗어나 양옆으로 생울타리가 쳐져 있고 그 옆으로 도랑이 흐르는 좁은 길로 들어서고 있었다. 인스타 스토리에는 "빌어먹을, 대체 여기가 어디람?"이라는 캡션이 적혀 있었다. 에미가 행방불명된 지금, 에미의 영상에 나오는 풍경과 동일한 풍경을 통과하는 기분이란 정말 심란하기 짝이 없었다. 만약 에미에게 뭔가 나쁜 일이 생긴 거라면, 지금 내가 보고 있는 이 영상이 뉴스마다 등장하게 될 것이었다. 끔찍한 사고나 잔혹한 범죄에 희생된 사람이 마지막으로 목격된 CCTV 영상처럼, 대중의 호기심을 자극하고 그들의 시선을 사로잡기 위해 그 영상이 사용될 거라 생각하니 가슴이 미어질 것 같았다.

차라리 몸값을 요구하는 쪽지라도 받고 싶은 심정이었다.

"저기예요." 좁은 길로 진입하는 갈림길을 지나는 순간 내가 급하게 말했다.

아이린은 세게 브레이크를 밟고, 뒤를 돌아보며 차를 후진시켰다.

"확실해요?" 그녀가 물었다.

나는 고개를 끄덕였다.

우리는 함께 양옆으로 생울타리가 늘어선 길고 좁은 길을 내려다보았다. 나는 그 길을 일시정지 해둔 휴대폰 속 영상과 다시 한번 비교해보았다.

"여기가 맞아요." 내가 말했다.

그 길은 아무리 기분이 좋은 날이라도 운전하기 꺼려지는 전형적인 시골길이었다. 휴가를 맞아 놀러 가는 길에 종종 맞닥뜨리게 되는 그런 길은 너무 좁아서 반대편에서 차량이 달려오기라도 하면 꼼짝없이 둘 중 하나가 후진해서 게이트 옆 좁은 공간이나 도로가 살짝 넓어지는 공간으로 비집고 들어가 대기할 수밖에 없었다. 그러다가 렌터카에 흠집이 생기거나 도랑에 뒷바퀴가 박혀버릴까 봐 신경이 곤두서게 만드는 그런 길이었다.

아이린은 이제 시간당 80킬로미터 정도의 속도로 달리고 있었다. 양옆으로 늘어선 나무의 가시들이 그녀의 차 페인트를 긁어대고, 가지들이 사이드 미러를 두드리는 소리가 들렸다.

우리는 여러 개의 틈이 있는 생울타리와 빈 들판처럼 보이는 곳을 향해 열려 있는 게이트 몇 개를 지났다. 그렇게 10분 정도 달리자 드디어 집 하나가 나타났다. 그 집으로 향하는 길목으로 진입하며 아이린은 차를 거의 멈춰 세웠고, 우리는 함께 그 집을 바라보았다. 불은 꺼져 있었고, 집 앞에는 차가 세워져 있지 않았다.

"여기일까요?" 그녀가 말했다.

"나도 모르겠어요."

우리는 계속해서 앞으로 운전해 나아갔다. 구부러진 길을 따라 2분 정도 직진하다 보니 눈앞에 게이트 하나가 나타났다. 나는 먼저 차에서 내렸다. 게이트는 닫혀 있었고, 반대편으로 경사진 들판이 보였다. 게이트의 가장 낮은 가로대에 올라서면 들판 끝으로 작은 개울이 보였다. 근처에 있는 나무들 사이에서는 산비둘기 지저귀는 소리가 들렸다. 들판 중앙에 세워진 철탑과 철탑 사이에 연결된 전깃줄에서 희미하게 윙윙대는 소리가 났다.

나는 아이린을 향해 뒤돌아보며 고개를 저었다.

이제 트랙터가 아닌 자동차가 이 길을 따라 갈 수 있는 방향은 딱 한 군데밖에 없었다.

아이린은 다시 차를 돌렸다.

에미와 베어가 여기에 있었고, 바로 이 길을 지나가며 이 덤불들을 봤을 거라고 생각하니 기분이 이상했다. 에미는 어느 지점에서부터 뭔가 잘못되었다고 느꼈을까? 여기가 그녀의 목적지가 아니라는 사실을 언제부터 눈치챘을까? 그 생각이 나를 가장 괴롭게 했다. 그녀는 어떻게든 베어를 보호하려 했을 것이다. 그녀는 도망치려고 했을까? 아니면 납치범과 대화를 시도하거나 협상하려 했을까?

그 집으로 향하는 길목을 반쯤 지났을 때, 아이린이 집의 차고 문이 살짝 열려 있는 것을 발견했다.

그녀는 전조등을 켠 상태로 차를 집 앞에 세웠다. 나는 차가 완전히 멈추기도 전에 차 문을 열고 내리려는 자세를 취했다. 그 집은 기존의 집 건물 옆으로 차고를 증축하고, 그 위로 침실을 하나 더 얹은 구조였다. 나무로 만들어진 차고의 낡은 이중문은 페인트가 벗겨져 있었다. 나는 문 하나를 잡아 연 후, 나머지 하나도 열어젖혔다.

냉장고 하나와 시멘트 바닥에 깔린 기름 자국이 있는 네모난 카펫을 제외하면 차고는 텅 비어 있었다. 타일이 깔린 계단 두 개를 밟고 올라서니 집 내부로 연결된 문이 나타났다. 손으로 문을 잡아 열어보니 스르륵 열렸다.

뒤에서 아이린이 누군가와 통화하는 소리가 들렸다. 아마도 경찰인 듯했다.

집 내부로 들어서자마자 나타난 방은 어두컴컴해서 무슨 창고 같았다. 뒤뜰을 향해 난 반투명 유리 창문으로는 빛이 조금밖에 들어오지 않았다. 여기저기 의자가 쌓여 있고, 테이블은 천으로 덮여 있었다. 한쪽에는 플라스틱 박스가 잔뜩 쌓여 있었다. 나는 전등을 켜보려 했지만 스위치를 찾을 수 없었다. 방 가운데로 길처럼 난 공간이 있었고, 어둠 속을 이리저리 더듬으며 그 공간을 따라 걷다가 문손잡이를 찾아 문을 열었다.

"에미?" 나는 작은 소리로 속삭였다.

집은 적막에 싸여 있었다. 휴대폰에 손전등 기능이 있다는 것을 기억해내고 주머니에서 휴대폰을 꺼냈다. 내가 서 있는 곳은 거실이었다. 내 앞으로 소파 하나와 안락의자 두 개가 놓여 있었고, 그 뒤로 부엌으로 향하는 듯한 문이 보였다. 오른편에는 식탁이 하나 있었는데, 열지 않은 편지 봉투 하나만 놓여 있었다. 왼편에 2층으로 향하는 계단이 보였다.

"에미?"

나는 휴대폰으로 부엌 주변을 이리저리 비춰보았지만, 별다른 건 발견하지 못했다. 부엌에는 유리 창문이 달린 뒷마당으로 통하는 문이 있었고, 싱크대 위에는 접시 하나가 놓여 있었다. 거실과 마찬가지로 부엌에 있는 커튼은 모두 굳게 닫혀 있었다. 집 바깥쪽에서 아이린이 내 이름과 에미의 이름을 부르며 서성이는 소리가 들렸다. 바로 그때, 나는 문 옆에 놓여 있던 무언가를 발견했다.

그건 에미의 신발이었다.

그것을 본 순간 나는 큰 소리로 아내의 이름을 부르며 정신없이 계단을 뛰어 올라가기 시작했다. 한 번에 계단을 세 개씩 밟고 올라가다 계단이 반쯤 꺾인 부분에서는 벽에 세게 부딪치기도 했다. 그래도 멈추지 않고 어둠 속을 맹렬히 달렸다. 계단 꼭대기에 다다랐을 때, 마지막 계단에 운동화가 걸리는 바람에 하마터면 굴러떨어질 뻔했다. 목이 부러지지 않은 게 다행이었다. 2층에 도착하자마자 처음 문을 연 곳은 화장실이었다. 나는 욕조를 확인하고 샤워 커튼을 젖혀 안을 살펴봤다.

거기에는 아무것도 없었다.

두 번째로 열어본 방은 벽이 분홍색으로 칠해져 있었고, 천장의 전등갓은 열기구 모양으로 꾸며져 있었다. 기구 아래의 작은 바구니에는 곰 인형이 타고 있었다. 한쪽 구석에는 아기 침대가 놓여 있었고, 침대는 비어 있었다.

세 번째로 열어본 방은 커튼이 쳐져 있는 침실이고, 한가운데 침대가 놓여 있었다. 나는 한발 뒤로 물러섰다. 끔찍한 냄새가 났다. 아래층에서는 아이린이 어두운 거실을 서성거리며 여기저기 부딪치고 욕지거리를 내뱉는 소리가 들렸다.

"여기예요." 나는 목소리를 크게 내보려 하지만 목이 너무 바싹 말라 소리가 제대로 나오지 않았다.

방 한구석에는 의약품 같은 것이 들어 있는 링거가 깜박이는 모니터에 연결되어 있었다. 링거에는 튜브가 꽂혀 있고, 그것이 침대 위 담요 아래에 있는 무언가에 연결되어 있는 것이 실루엣으로 보였다.

오물. 내가 처음 맡은 냄새는 그것이었다. 오래된 오물 냄새가 코를 찔렀고, 구토 냄새도 났다.

나는 귀를 기울였다. 숨소리가 들리지 않았다. 휴대폰으로 두꺼운 갈색 모직 담요 위를 비췄지만 아무 움직임도 느낄 수 없었다.

"에미?" 내가 말했다. 아무런 대답이 없었다.

나는 전등 스위치를 찾아 불을 켰다. 그리고 두 발짝 앞으로 나아가 담요를 열어젖혔다.

에미가 입을 벌린 채 등을 대고 누워 있었고, 팔에 무언가가 꽂혀 있었다. 그녀는 매우 창백했고, 입고 있는 옷과 침대 시트는 오물로 홍건했다.

"아이린!" 나는 소리쳤다. "여기예요!"

나는 아마도 구급차를 부르라고 소리쳤던 것 같다. 그리고 다른 방을 확인해보라고도 소리쳤던 것 같다.

보이스카우트에서 배운 맥박 확인하는 방법을 기억해내려 애썼다. 그러나 아무것도 느껴지지 않았다. 에미의 피부는 차갑고 축축했다.

그러나 바로 그때, 희미한 맥박이 느껴졌다. 너무나 희미해서 처음에는 내 심장 소리가 손끝에서 고동치는 걸 착각한 게 아닐까 하고 생각했을 정도였다.

그녀는 완전히 혼절한 상태였다.

나는 부드럽게 그녀의 뺨에 손을 댔다. 아무런 반응도 없었다.

그녀 위로 몸을 구부리고 그녀의 이름을 부르며 어깨를 흔들었다. 그래도 아무런 반응이 없었다. 나는 그녀를 더 세게 흔들고, 조금 일으켜보려고 했다. 그녀의 머리가 앞으로 푹 숙여졌다. 엄지손가락으로 그녀의 눈꺼풀을 들어 올려봤다. 그녀는 아무런 저항도 하지 않았다. 나는 휴대폰 불빛을 그녀의 눈에 가져다 대고 눈꺼풀 안을 비춰보았다.

그 순간, 그녀가 아주 희미한 신음 소리를 냈다.

그때 문가에 서 있는 아이린이 눈에 들어왔다. 그녀는 그 문턱을 넘어야 할지, 다음에는 무엇을 해야 할지 갈팡질팡하는 것처럼 보였다. 그녀는 에미가 괜찮은지 물었다.

"살아 있어요." 내가 말했다. "확실히 살아 있어요."

"베어는요?" 그녀가 물었다.

나는 고개를 저었다.

"여기에 없어요." 내가 말했다.

그때 베개 위에 하얀 토사물이 흘러 있는 것이 눈에 들어왔다. 그 토사물은 에미의 머리카락에도 묻어 있었다. 나는 그녀의 팔을 들어 튜브가 꽂혀 있는 위치를 확인했다. 약품이 들어 있던 용기는 이제 텅 비어 있었다.

"베어? 베어?"

아이린이 우당탕거리며 복도의 다른 방문을 열어젖히고, 찬장 문을 열고, 침대 밑을 들여다보고, 옷장 안을 살펴보는 소리가 들렸다.

에미는 알 거라고 나는 생각했다. 에미가 우리에게 무슨 일이 있었던 건지 말해줄 수 있을 거야. 누가 이런 짓을 한 건지, 베어는 어디에 있는지 그녀가 다 말해줄 수 있을 거야. 나는 손가락이 어깨에 파고들도록 그녀를 꽉 잡고 아까보다 더 세고 다급하게 흔들었다.

에미는 또 한 번 작은 신음을 내뱉었다. 입술이 바싹 말라 갈라져 있었다. 얼굴은 핼쑥하고, 겨우 숨을 쉬고 있는 것 같았다. 그렇지만 그녀는 살아 있었다.

"에미? 에미, 내 말 들려?"

그녀의 입술에서 알아들을 수 없는 소리가 새어 나왔다.

혀가 부어서 욱신거리는 듯 보였다.

"에미, 베어는 어디 있어? 베어는 어떻게 된 거야, 에미?"

에미를 침대에서 들어 올리려고 그녀의 다리를 침대 옆으로 내려 일으켜 세우려고 한 순간, 나는 에미에게 내 아들이 어디에 있는지 더 이상 물을 필요가 없다는 걸 깨달았다.

내 아들은 에미 옆 매트리스 위에 몸을 웅크린 채 누워 있었다. 얼굴은 잿빛이었고, 아무런 움직임도 없었다. 너무 작고 아무런 움직임도 없어서 나는 베어가 거기에 있다는 걸 전혀 눈치채지 못했던 것이다. 하마터면 아기 위에 무릎을 꿇고 앉을 뻔했다.

지금까지 베어가 이렇게 작아 보인 적은 없었다.

내가 베어를 안아 들었을 때, 아기는 너무 가벼워서 마치 속이 빈 껍질 같았다.

베어는 두 눈을 꼭 감은 채 입을 벌리고 있었다. 거의 보라색으로 보일 만큼 새파랗게 질린 입술은 잔뜩 부어 있었다. 나는 아기를 안고 아기의 코에 귀를 가져다 대봤지만 숨소리가 들리지 않았다. 아기의 손목과 목을 계속 만져보며 희미한 맥박의 흔적이라도 찾으려고 애썼다. 그러나 아무것도 느껴지지 않았다.

그것은 단연코 내 인생에서 최악의 순간이었다.

아이린이 여전히 문가에 서서 나에게 뭐라고 말을 하고 있었지만, 그건 마치 넓은 강을 가로질러 울부짖는 바람 너머로 들려오는 누군가의 목소리처럼 들렸다.

베어의 눈꺼풀을 열고 그 안으로 빛을 비추었을 때, 내가 본 것은 판매대 위에 올려놓은 생선처럼 둔하고 생기 없는 눈동자였다.

에미

댄은 언제나 이 대목에서 잠시 낭독을 멈춘다. 책을 닫고, 심호흡을 하고, 눈을 감는다. 마치 그 순간을 다시 경험하기라도 하듯이. 마치 감정에 휩싸여 어찌할 바를 모르는 것처럼.

낭독회를 위해 설치해둔 천막 밑에는 적어도 300명의 사람들이 모여 있는 것 같다. 그들은 단 한 명도 빼놓지 않고 모두 숨을 죽이고 있다.

댄은 주변을 둘러보다가 아까 마시던 물잔을 발견하고는 물을 한 모금 마신다. 그는 여전히 엄지손가락을 아까 낭독을 중단한 부분에 끼워놓은 상태다. 그가 가슴에 들고 있는 책 뒤표지에 우리 가족 사진이 보인다. 사진 속의 우리는 손을 맞잡은 채 의미심장한 눈길로 서로를 바라보고 있다.《이 작은 네모들 안에서: 진실의 맨얼굴》, 마마베어와 파파베어 지음. 이 책은 출간 6개월 만에 50만 부가 팔렸다.

"죄송합니다." 그가 청중의 머리 위 허공과 천막 지붕 쪽 어딘가를 바라보며 약간 갈라진 목소리로 말한다. 그는 물잔을 내려놓고 목을 가다듬는다.

맙소사. 그는 요즘 아주 연기가 물이 올랐다.

청중석의 모든 사람은 걱정과 동정이 어린 표정으로 그를 바라보고 있다. 내가 예전에 강연을 다닐 때, 입장료를 지불하고 온 아이 엄마들에게 육아의 고통에 대해 이야기할 때 봤던 것과 똑같은 표정들이다. 젠장, 댄이 나보다 잘하는 것 같기도 하다. 남편을 바라보고 있는 사람들 중 십중팔구는 눈에 눈물이 고여 있다. 서너 번째 줄에 앉은 여성은 큰 소리로 코를 풀고 있다. 맨 앞줄에 앉은 여자애는 어깨를 떨며 흐느끼는 친구를 한 팔로 감싸 안고 있다.

방금 댄이 눈물을 훔치는 듯한 몸짓을 취한 것 같은데, 맞나? 그렇다면 그건 이번에 새로 추가된 디테일이다. 그는 언제부터 그렇게 하려고 계획하고 있었을까? 두 주 전에 에딘버그에서 했던 낭독회에서는 분명 하지 않았던 몸짓이었다.

오해 없길 바란다. 댄이나 나나 그 책을 쓰면서 그 대목이 가장 힘들었던 것은 사실이다. 그때의 끔찍한 기억을 강제로 소환해야 했기 때문이다. 물론 나는 그때의 일은 물론이고, 병원으로 옮겨진 뒤의 일도 잘 기억나지 않는다. 그 끔찍한 집에서 있었던 일은 댄의 기억에는 영원히 각인되어 있지만, 나에게는 희미한 기억으로만 남아 있다.

그 악취 나는 침대에서 내가 처음 눈을 떴을 때, 그리고 병실에서 다시 정신을 차렸을 때, 나는 제일 먼저 베어를 찾았다고 한다. 나는 그 방에서 처음 눈을 떴을 때 보았던 빛, 낯선 천장 그리고 댄의 얼굴을 기억하고 있다. 댄은 나에게 의사가 최선을 다해 치료하고 있다고 했다. 베어는 심각한 영양실조와 탈수 증상으로 굉장히 약해진 상태였다. 구급차가 금방 와서 다행이지, 댄과 아이린이 한두 시간만 늦었어도 아기는 굉장히 위험할 뻔했다고 한다.

그 여자의 차는 그 집에서 90분 거리에 있는 남해안 어딘가의 주차장에 버려진 채로 발견됐다고 한다. 자동차 수납함 안에는 그녀의 결혼반지가 들어 있었고, 앞좌석 바닥에는 신발이 놓여 있었다. 계기판 위에서 병원 직원용 주차장 카드 한 장이 발견되었는데, 거기에 적혀 있던 그 여자의 이름은 질이라고 했다.

"그 악몽 같은 시간들을 보내며 저는 SNS 속 그 작은 네모들을 얼마나 저주했는지 모릅니다. 거의 200만 명까지 늘어난 팔로워들에게 계속해서 파파베어로서 제 일상을 공유하는 게 정말 옳은 일인지 진지하게 고민했죠. 물론 그 끔찍한 사건 이후로 아내는 모든 SNS 활동을 중단하기로 결정했고, 저는 그녀의 결정을 존중합니다. 그러나 작가인 저는 제 안의 어둠을 마주하고 감정과 생각을 정리하기 위해 제가 할 수 있는 유일한 일을 하기로 결심했습니다. 그건 바로 제 이야기를, 아니, 우리 이야기를 글로 쓰는 것이었습니다. 그래서 저는 아름답고 현명한 아내와 함께 이 책을 쓰기로 했습니다. 이 책을 쓰는 데 많은 도움을 주신 재능 넘치는 편집자에게도 감사드립니다." 그는 무대 왼쪽에 서 있는 편집자를 향해 미소 지으며 말한다. 그녀의 손에는 아주 비싸 보이는 프라다 핸드백이 들려 있다.

"우리가 겪어야 했던 모든 일을, 그 사람이 우리 가족에게 했던 나쁜 짓을 모두 SNS의 탓으로만 돌릴 수 있다면 한결 마음이 편해질 수도 있습니다."

댄은 고개를 젓더니 입술을 깨문다.

"솔직히 말하면…… 이건 나쁜 생각이긴 하지만…… 그 여자가 더 이상 이 세상에 존재하지 않고, 더 이상 우리 가족을 해칠 수 없다는 사실이 제 마음을 안심시켜주는 건 사실입니다.

그렇지만 이 책을 쓰면서, 감사하게도 이제 〈선데이 타임스〉와 〈뉴욕 타임스〉 베스트셀러가 된 이 책을 쓰면서 제가 깨달은 사실이 하나 있습니다. 그건 우리가 정말로 도움이 필요했을 때, 온라인 공동체가 우리에게 아낌없는 도움의 손길을 내밀었다는 것입니다. 저는 그 과정에서 인터넷에는 질처럼 아무 이유 없이 사람을 해치는 나쁜 사람들도 있지만, 얼굴도 모르는 사람에게 친절을 베푸는 따듯한 사람들이 훨씬 많다는 사실을 알게 되었습니다."

나는 천막 이곳저곳을 둘러본다. 뒤쪽에 있는 VIP 구역에서는 어머니가 프로세코 와인을 한 잔 더 마시려고 약간 휘청거리며 손을 내밀고 있다. 나는 청중을 바라보며 그들이 진실을 안다면, 그들이 그 미친 여자가 자신의 딸과 손녀의 죽음을 내 탓이라고 생각하는 이유를 안다면 과연 어떤 생각을 할지 궁금해진다.

나조차도 꽤 오랫동안 그 이유를 알지 못했다. 댄은 내가 어느 정도 기운을 되찾은 뒤에야 그 이야기를 나에게 털어놓았다. 계약서를 검토하며 단련된 독수리 같은 눈으로 거실 테이블 위에 놓여 있던 그 갈색 봉투를 가장 먼저 발견한 사람은 아이린이었다. 경찰이 도착하기 전, 댄이 베어의 축 늘어진 몸을 붙잡고 비명을 지르는 동안, 아이린은 내 이름이 적혀 있는 것을 확인하고는 슬그머니 그 봉투를 자신의 주머니에 넣었던 것이다.

내 에이전트는 정말 어떤 상황에서도 흔들리지 않는 여자다.

아이린은 그 이후에도 두 주가 넘도록 댄에게 그 편지 이야기를 꺼내지 않았다. 그녀는 아마도 그 전에 이번 사건에 대중이 어떻게 반응할지, 상황이 우리에게 유리하게 돌아갈지 불리하게 돌아갈지를 먼저 가늠해보고 싶었던 것 같다. 우리의 효용 가치를 먼저 평가해보고 싶었던 것이다. 그녀는 이번 사건으로 내가 인스타그램의 유명인이 아니라, 진짜 유명인이 되어가는 과정을 지켜보았다. 인도네시아 라디오 방송국, 호주 토크쇼, 미국 케이블 뉴스에서도 섭외 요청이 쏟아져 들어왔고, 〈뉴스나이트〉, 〈파노라마〉(BBC에서 방영하는 시사 다큐멘터리 프로그램), 심지어 〈엘런 쇼〉에서도 인터뷰 요청이 쇄도했다.

무엇보다도 아이린의 시선을 사로잡은 건 세계적인 인지도를 얻은 후 댄의 반응이었다. 사람들은 소설가 출신의 탐정이 가족을 죽음의 위협으로부터 구하기 위해 서배스천 폭스(이언 플레밍의 007 시리즈의 배턴을 이어받아 새로운 제임스 본드 소설을 쓴 영국의 소설가)와 셜록 홈즈를 반반 섞어놓은 듯한 영웅으로 변신한 스토리에 열광했고, 이에 대한 뉴스 기사가 끝없이 쏟아져 나왔다. 아이린이 매체에 댄의 10년 전 작가 프로필 사진을 준 것이 그의 인기 상승에 분명 도움이 되었을 것이다. 이러한 세계적 관심을 댄이 어떻게 생각하느냐고? 그는 이 모든 순간을 마음껏 즐기고 있었다.

댄과 아이린이 나에게 질이 타이핑한 편지를 보여주고, 내가 그녀의 실체와 그녀가 어떤 인생을 살아왔는지를 알게 되었을 무렵에는 댄이 이미 나의 납치 사건을 바탕으로 인터넷의 어두운 실상에 대한 탐구를 주제로 한 회고록을 출판사에 제안한 상태였다. 그 책에서 질의 개인적인 범죄 동기는 다루지 않을 예정이었다.

그러나 윈터의 동기는 다루고 또 다루어졌다. 댄은 윈터가 한 일에 대해서 한동안 나에게 말하지 않았다. 솔직히 말하면 내가 그에게 윈터가 왜 병문안을 오지 않았냐고 물을 때까지도 그는 도난당한 사진들에 대해서는 까맣게 잊은 듯했다. 윈터가 도둑 사건을 위장하다니, 게다가 그 사칭 계정에 대해 댄이 폭발할 때마다 끝까지 포커페이스를 유지하다니, 그녀는 내가 생각했던 것보다 훨씬 똑똑하다는 걸 인정할 수밖에 없다. 물론 그 바보가 사진을 판 돈을 자신의 실명 페이팔 계정으로 받는 실수를 저지르긴 했지만 말이다.

윈터는 자신이 처음에는 작은 것에만 손을 댔다고 했다. 그녀는 마마베어에게 선물로 들어온 물건 중에서 없어져도 내가 모를 만한 것들만 가져다가 이베이에 팔았다고 했다. 그러다가 점점 더 일이 커졌다. 2,000파운드짜리 아크네 재킷과 버버리 부츠가 사라진 것을 기점으로 내가 뭔가 눈치채기 시작한 것을 감지한 윈터는 자신의 도난 흔적을 감추기 위해 창문을 깨고 노트북을 훔쳤던 것이다. 이후 베켓이 그녀를 집에서 쫓아내고, 신용카드 빚이 산더미처럼 쌓여 어쩔 줄 몰라 하던 윈터는 훔친 노트북 안에 있는 마마베어의 사진들을 팬들을 위한 스페셜 콘텐츠로 팔아야겠다는 데까지 생각이 미치게 되었다. 그녀는 나를 위해 모니터링하던 그 커뮤니티에 내 사진들을 팔았다. 어차피 우리가 가지고 있던 여분의 사진을 팔았을 뿐이라고 생각했고, 그래서 그때는 그게 그렇게 큰 잘못이라고는 생각하지 못했다고 말했다.

우리의 책은 패멀라 필딩과 인터뷰한 내용도 심도 깊게 다루고 있다. 그녀가 가정과 학교에서 어떤 문제를 겪고 있었는지, 인터넷에서 어떤 위안을 찾을 수 있었는지, 그녀가 정교하게 만들어낸 가정의 환상은 어떤 모습이었는지에 대해 아예 한 챕터를 할애하고 있다. 나는 이제 그녀에게는 동정심밖에 느끼지 않는다. 그건 댄도 마찬가지인 것 같다.

우리는 오랜 고민 끝에 그간 있었던 모든 일을 고려할 때, 내가 SNS에 영광스럽게 컴백하는 일은 사람들이 받아들이기 힘들어할 것이라는 결론을 내렸다. 그보다는 계정 이름을 @the_papabare로 바꾸고, 댄이 내 계정과 팔로워들을 이어받아 책도 홍보하고, 상상하기 힘들 만큼 끔찍했던 기억으로부터 우리 가족이 조금씩 회복해가는 과정을 기록하는 것이 좋을 터였다. 게다가 ITV, Sky, NBC 등 여러 방송사에서 프로그램 진행 요청이 쏟아져 들어오는 통에 아이린은 프로그램 진행자로서의 내 커리어가 곧 수직 상승할 것을 알고 있었다. 내가 병원에서 퇴원할 때쯤, 아이린은 이미 〈마마 베어 Mama Bare〉라는 이름의 가족 토크쇼 진행 요청을 잠정적으로 수락한 상태였다.

다행히 댄은 내가 상상했던 것보다 이 모든 일을 훨씬 더 잘해내고 있었다. 그는 SNS에 글을 쓸 때는 누군가가 그의 IQ를 20 정도 떨어뜨리거나, 머리 위로 벽돌을 떨어뜨렸다고 상상하며 쓰면 잘 써진다고 농담하길 좋아한다. 게다가 대중은 그에게 훨씬 관대하게 군다. 게시물에 달린 댓글들은 온통 하트나 윙크하는 이모지로 도배되어 있고, 디엠들은 언제든지 스토커 살인마로부터 자신을 구해 줘도 좋다는 끈적한 내용으로 가득하다.

그들이 질의 진짜 범죄 동기를 알았더라면 댄이 200만 명의 팔로워를 확보할 수 있었을까? 아마 아닐 것이다. 그렇지만 그 여자의 딸이 정말로 내 조언을 들어서 그렇게 된 것인지 대체 누가 확신할 수 있단 말인가? 그녀는 맘카페나 다른 인플루언서에게 들은 조언대로 행동한 것일지도 모른다. 물론 그녀와 그녀의 아이에게 일어난 일은 나도 유감스럽게 생각한다. 하지만 대체 왜 내가 죄책감을 느껴야 하는가? 나는 단 한 번도 어떤 분야의 전문가를 자처한 적이 없고, 육아 전문가인 척을 한 적도 없다. 내가 지은 죄가 있다면 그건 오직 하나, 사람들이 듣고 싶어 하는 말을 해주었다는 것뿐이다.

아이린은 이런 지저분한 이야기는 댄에게나, 나에게나 브랜드적으로 득 될 일이 없다고 판단했다. 그래서 그녀는 댄의 책에서 질의 존재는 최대한 모호하게 처리해서, 아무런 동기 없이 사람들을 위협하는 인터넷 귀신이 현실화된 것 같은 모습으로 표현하는 게 좋겠다고 말했다. 내가 놀란 건 댄이 생각보다 이러한 제안에 금방 동의했다는 사실이었다. 그는 잠시 생각하더니 그런 식으로 쓰는 게 사람들에게 더 공감을 불러일으키는 이야기가 될 거라고 말했다. SNS 시대를 배경으로 벌어지는 추리극 같은 이야기를 통해 독자에게 시의적절하게 온라인에서의 행동을 성찰하게 하고, 일상 저편에 언제나 도사리고 있는 위험을 상기시켜줄 수 있기 때문이다. 물론 이건 나와 댄이 우리의 이야기에서 흠집 없는 영웅으로 등장하기 위해 꼭 필요한 조치이기도 했다.

그런 면에서 봤을 때 폴리가 책을 위한 인터뷰를 거절한 건 차라리 잘된 일인지도 몰랐다. 그녀가 병문안을 왔을 때 나는 여전히 링거와 삑삑거리는 모니터에 달린 튜브를 꽂은 채 잠들어 있었다. 그녀는 꽃과 카드를 가져왔고, 카드에는 나와 베어가 무사해서 다행이라고 적혀 있었다. 내가 여러 번 이메일을 보내고 전화를 했음에도 불구하고, 그날 이후로 그녀에게서 소식을 들을 수 없었다.

댄도 차라리 잘됐다며, 폴리에 관한 이야기는 최대한 간접적이고 암시적으로 표현하는 게 좋겠다고 했다. 이건 우리뿐 아니라 폴리를 위한 일이라고도 했다.

그는 스토리텔링은 자신의 전문 분야이니, 자신이 주도하도록 맡겨달라고 했다.

책이 50만 부나 팔린 걸 보면, 그의 생각은 틀리지 않았던 것 같다.

나는 무대 위에 서 있는 그를 바라본다. 요즘 그는 그 어느 때보다도 10년 전 프로필 사진 속의 자신과 닮아 보인다. 나는 약간의 설렘을 느낀다.

"이런 모든 일이 일어났음에도 불구하고, 저와 아내는……." 그는 사인본 책이 쌓여 있는 가판대와 징징거리는 코코 사이에 서 있는 나를 가리킨다. "정말 감사할 일밖에 없다고 생각합니다." 300여 명이 나를 보기 위해 목을 길게 빼는 것이 보인다. 여기저기서 탄성이 들려오고, 몇몇은 박수를 치기까지 한다. 그들은 임신 6개월 차에 접어든 내 배를 본 것이다.

낭독회가 열리던 내내 무대 앞에 서 있던 도린이 이제 베어가 무대 위 아빠의 무릎 위로 기어 올라가도록 허락해준다. 우리의 사랑스러운 아들은 이제 두 돌을 몇 개월 앞두고 있고, 어디 하나 나무랄 데 없을 만큼 건강하고 활기 넘치게 성장하고 있다.

관객들이 다시 앞을 바라볼 때, 눈가가 촉촉하지 않은 사람은 한 사람도 없다.

죽은 채로 살아간다는 건 생각보다 훨씬 더 어려운 일이다.

내가 말하는 건 법적인 사망, 즉 실종 및 사망 추정의 상태를 의미한다.

예를 들면 책 낭독회에 가고 싶어도, 예전처럼 그냥 전화해서 티켓을 예매하고 신용카드로 결제할 수 없다.

요즘 나는 거의 현금만으로 살아가고 있다. 나는 현금만 사용할 수 있고, 그 현금은 거의 바닥났으며, 하루 벌어 하루를 근근이 살아가고 있다.

가끔은 유혹에 시달린다. 평생 벌어 모은 자산이 은행 계좌에 그냥 쌓여 있다는 사실이 견디기 힘들다. 가끔은 내가 돈을 인출하면 어떤 일이 벌어질지 궁금하다. 지난 18개월 동안 내가 지냈던 장소를 본다면, 입에 풀칠하기 위해 내가 해야만 했던 일이 무엇인지 안다면 당신도 그런 유혹을 느낄 것이다.

나는 정말로 그러려고 했었다. 그게 내 계획이었다. 내가 목표한 바를 이뤘다는 사실을 확인하는 순간 그 계획대로 움직이려 했었다.

단지 시간이 조금 더 필요했을 뿐이었다. 몇 시간만 더 주어졌어도 끝낼 수 있었다. 반나절이면 충분했다. 내가 마지막으로 에미와 베어를 확인했을 때, 그들은 미동도 없이 누워 있었고 침대에서는 아무런 인기척도 느껴지지 않았다.

나는 물론 에미의 인스타그램 계정도 주시하고 있었다. 그녀의 실종을 알리는 게시물도 보았고, 사람들이 모여들어 그녀를 찾기 위해 그녀의 영상에서 실마리를 찾아가는 과정도 모두 지켜보았다. 그들은 자신들이 아는 정보들을 모두 모아 그곳으로 오는 경로를 찾아내고 있었고, 점점 더 가까워지고 있었다.

모든 일이 너무 빨리 진행됐고, 모든 것이 너무나 빨리 무너져버렸다.

해안가에 도착했을 때, 나는 정말로 계획을 실행에 옮길 생각이었다. 차를 주차하고, 마치 수영이라도 하러 가는 사람처럼 결혼반지를 빼고, 휴대폰과 지갑을 수납함 안에 넣었다. 그곳은 예전부터 차를 몰고 지나갈 때마다 항상 눈여겨보던 장소였다. 해류와 저류를 조심하라는 표지판이 잔뜩 세워져 있었기 때문이었다. 썰물 때가 되면 회색빛 해변이 수평선까지 뻗어 있는 것처럼 보이다가도, 물이 들어오기 시작하면 순식간에 사라지는 황량하고 섬뜩한 장소였다.

계획을 실행하는 건 정말 쉬운 일이었을 것이다. 나는 어둠이 깔리고 조수가 바뀌는 시간에 맞춰 그 장소에 도착했다. 이제 모래 위로 걸어 나가 하염없이 걷기만 하면 됐다.

나를 멈춰 세운 건 삶에 대한 열망도, 두려움도 아니었다.

그건 내가 그레이스와 알리사를 또다시 실망시켰다는 생각과, 정의가 아직 실현되지 않았다는 생각이었다.

이 사건이 SNS에서 어떻게 다루어지고 있는지 지켜보던 나는 네가 이전과는 비교할 수 없을 만큼 유명해지리라는 걸 알 수 있었다.

나는 너를 파괴하려 했지만, 반대로 너와 네 가족을 커다란 뉴스거리로 만들고 말았다. 에미는 피해자였고, 댄은 영웅이 되었다. 아침 방송에 나와 네가 겪은 시련을 이야기하는 네 모습이 벌써 눈에 선하다. 너는 소파에 앉아 댄과 손을 잡고 있겠지. 이 사건을 통해 가족이 얼마나 더 가까워졌는지에 대해서도 이야기하겠지.

해안가 저편을 바라보며 온 힘을 다해 소리를 질렀던 기억이 난다. 강한 바람이 나를 강타하며 내 비명 소리를 죽였고, 모래와 비가 내 겉옷에 후드득 떨어지는 것을 느낄 수 있었다. 눈물에 젖어 차갑고 축축해진 얼굴로 나는 계속해서 소리를 질렀다. 나중에는 소리가 나오지 않아 아프고 따끔거리는 목으로 기침을 하다가 울고, 또 기침을 했다.

지금껏 살면서 내 영혼까지 집어삼키는 듯한 이런 분노는 느껴본 적이 없었다. 분노의 끝은 나 자신과 모든 사람, 그리고 모든 것을 향해 있었다. 그 책에서 네가 나를 어떻게 묘사했는지 알기 전에도 나는 이미 완전한 절망감에 휩싸여 있었다.

스토커. 외톨이. '진짜 범행 동기가 무엇인지 영원히 알 수 없을' 사람. 너는 나를 이런 단어들로 표현했다. 내가 너에게 남긴 편지의 내용은 그 책에 한 번도 등장하지 않았다. 내가 한 일을 내 딸의 자살이나 내 손녀의 죽음과 연결시키는 부분은 한 군데도 없었다. 그런 이야기 대신 그 책에는 사람들이 대중의 관심을 받는 사람에게 얼마나 질투심을 느끼는지, 너와 댄이 얼마나 순진했는지, 이번 사건을 통해 얼마나 많은 것을 깨달았는지에 대한 위선적인 헛소리만 가득했다. 그다음은 내가 왜 그런 짓을 했는지 도저히 이해할 수는 없지만, 그럼에도 불구하고 너희가 언젠가는 나를 용서할 수 있길 바란다는 속이 뒤집히는 소리가 이어졌다.

오늘 오후 여기에 도착했을 때, 나는 그 책을 한 권 사고 싶은 충동에 시달렸다. 강연이 끝나면 다른 사람들과 함께 줄을 섰다가, 너희들에게 사인을 받을까도 생각해봤다. 어차피 너희는 내 얼굴을 알아보지 못할 것이다. 에미는 프로포폴에 너무 취했었기 때문에 내 얼굴을 기억하지 못할 테고, 이틀 동안 뉴스에 내 사진이 도배되다시피 했어도 댄이 나를 알아보기는 쉽지 않을 것이다. 나는 헤어스타일과 옷 스타일을 바꾸었고, 안경을 쓰고 있다. 뉴스 보도에는 내 병원 직원 카드에 있는 사진이 계속 등장했지만, 그건 찍은 지 몇 년 지난 사진인 데다가 화질도 좋지 않고 빛이 바래 있었다. 타블로이드지 중 하나는 '악의 얼굴'이라는 제목으로 그 사진을 게재했다. 다른 신문사 하나는 인터넷 어딘가에서 오래전 휴가지에서 찍은 우리 가족사진을 찾아 게재했다. 그건 1995년경에 마요르카에서 휴가를 보내고 있는 나와 조지, 그리고 그레이스의 사진이었다. 사진 속 우리는 휴양지 옷차림으로 활짝 웃고 있었다. 지금 나는 돈트 북스(영국의 서점 체인) 에코백을 들고, 긴 치마에 청록색 리넨 셔츠를 입고, 샌들을 신고 있다. 지금 내 모습은 그 사진들 속 모습과는 딴판이다. 지금 모여 있는 사람들은 모두 나와 비슷한 차림이다.

그렇다 하더라도, 굳이 지금 그런 무의미한 위험을 감수할 필요는 없다.

나는 이미 오늘 내가 계획한 목표를 모두 달성했다. 낭독회가 진행되던 내내, 질의응답 시간 내내, 나는 너에게서 6미터도 떨어지지 않은 곳에 앉아 있었다. 네 번째 줄에 앉아 선글라스를 쓰고 프로그램 북을 든 채 너를 쳐다보며, 댄의 낭독을 들었다. 그곳에서 나는 네가 이 세상에 끼친 모든 고통과 피해, 상처를 다시 떠올렸다. 그리고 이게 끝이 아니라고 스스로에게 말했다.

에미, 조만간 우리는 다시 만날 거야. 우리의 시선이 마주쳐도 너는 시선을 돌리고 나를 돌아보지 않겠지.

나는 버스에서 네 옆에 앉아 있는 여자일 수도 있고, 지하철에서 너를 스치고 지나간 여자일 수도 있다. 나는 슈퍼에서 네가 먼저 카트를 밀고 지나가도록 길을 양보한 사람일 수도 있다. 나는 에스컬레이터에서 너를 스쳐 지나가거나, 기차 맞은편에 앉아 네 아이들에게 재미있는 표정을 지어 보이며 과자를 줘도 되냐고 묻는 사람일 수도 있다. 붐비는 지하철 승강장에서 인파에 밀려 당신들 바로 뒤에 몸을 붙이고 사과하는 사람일 수도 있다. 나는 가파른 계단에서 네 유아차를 대신 들어주겠다고 하는 사람일 수도 있고, 네 남편과 아이가 차가 쌩쌩 지나가는 횡단보도 앞에 서 있을 때 바로 뒤에 서 있는 사람일 수도 있다. 실수로 네 아이가 타고 있는 자전거를 팔꿈치로 쳐서 차가 다니는 도로로 밀어버린 사람일 수도 있다. 공원에서 마주쳐도 전혀 눈에 띄지 않는 사람일 수도 있다. 네가 다른 아이들을 돌보느라 새로 태어난 아기가 누워 있는 유아차로부터 잠시, 아주 잠시 눈을 떼는 그 순간을 기다리는 사람일 수도 있다.

조만간.

감사의 말

무척 추웠던 수영장이 있고, 침실 창문으로 당나귀 우는 소리가 들려오던 휴가지에서 우리의 어린 딸과 친한 친구들과 함께 휴가를 보내던 때에 이 책이 탄생했습니다. 줄거리를 들어주느라 고생한 수전 헨더슨과 얼리샤 클라크, 그리고 우리에게 맛있는 음식을 제공해준 매트 클로즈에게 감사드립니다.

우리가 실제로 글을 쓰도록 잔소리하고, 《투 더 라이온스To The Lions》와 《더 데드 라인The Dead Line》을 통해 어떻게 써야 하는지에 대한 빛나는 예시를 보여준 홀리 와트에게 감사드립니다. 캐서린 자비, 당신은 우리가 이 책을 어떻게든 끝내야 한다는 잔소리를 결코 멈추지 않았죠. 그것에 대해 감사드립니다. 플롯에 대한 당신의 진주 같은 지혜와 책 전반에 대한 열정, 그리고 이 책을 검토해준 독수리 같은 눈에 대해 감사드립니다. 카즈 페어스, 당신의 훌륭한 제안과 피드백에 감사드립니다. 우리의 첫 독자가 되어준 레슬리 맥과 이어와 주 라팔레트에게도 감사드립니다. 주, 우리는 당신을 언제나 그리워합니다.

이 프로젝트가 결실을 맺는 데는 많은 사람의 노력과 친절, 그리고 관대함이 절대적으로 필요했습니다.

폴은 수년간 아낌없는 도움과 조언, 우정, 격려, 지지를 보내준 것에 대해 카라 하비, 도로시아 깁스, 플로렌스 깁스, 세라 잭슨, 줄리아 조던, 루이즈 조이, 에릭 랭글리, 데이비드 맥앨리스터, 브랜 니콜에게 감사드립니다. 또한 서리에 있는 멋진 동료들인 클레어 사전트, 올리 시어스, 제인 블리토스, 존 블리토스, 그리고 케티 블리토스에게도 감사드립니다.

콜레트는 재닛, 더글라스와 마틴 라이언스, 재키 카나바와 조엘 키츠밀러, 레이첼 로더, 앨릭스 위그널, 클레어 퍼거슨, 에이미 리틀, 케이트 아포스톨로프, 마크 스미스, 사가 샤, 엘리너 오캐럴, 타냐 펫사, 베벌리 처칠, 조 리, 셸리 랜달다운, 그리고 생일이 같은 롭분에게 감사드립니다.

실제로 글을 쓸 시간을 확보해준 케런, 린다, 클레어, 앤와라, 소라야, 탁미나, 스테이시, 멜, 션, 샤미마, 그리고 셀리나에게도 감사드립니다.

샘 맥과이어와 애멀리 크랩, 계속해서 멋진 이야기를 써주세요. 언젠가는 당신의 책을 사고 싶습니다.

우리 둘 다 감사드리고 싶은 분들이 있습니다. C&W의 에이전트 에마 핀(우리를 그녀에게 보내준 수전 암스트롱에게 감사드립니다. 그들보다 더 유능하고 현명한 팀은 상상할 수 없으며, 그들을 만난 것은 정말 행운이었습니다), ICM의 힐러리 제이컵슨(이 책이 출간되기까지 당신의 열정적인 응원은 정말 탁월했습니다), 커티스 브라운사의 루크 스피드, C&W 판권팀의 제이크 스미스보즌켓과 그의 팀에게도 감사드립니다. 에 미와 댄을 언젠가 화면으로 만나볼 수 있다는 생각으로 설레게 해준 로리 맥도널드에게도 감사드립니다. 의학 관련 조언을 해주신 리베 카 마틴 박사, 멋진 사진을 찍어준 얼리샤 클라크와 애닉 울퍼스, 그 리고 시간을 들여 격려해준 트레버 돌비에게도 감사드립니다.

이 책을 훌륭하게 편집해준 샘 험프리스와 세라 스타인, 맨틀사의 모든 분들(특히 서맨사, 앨리스, 로지), 하퍼 콜린스사의 모든 분들(얼리 샤, 고마워요!), 그리고 많은 격려와 지지로 초안을 검토해준 네트갤 리사의 모든 분들께도 감사드립니다

우리 딸 버피에게도 매우 특별한 감사를 전합니다.

라이크, 팔로우, 리벤지

초판 1쇄 인쇄 2022년 12월 26일
초판 1쇄 발행 2023년 1월 2일

지은이 엘러리 로이드
옮긴이 송은혜
펴낸이 신경렬

상무 강용구
기획편집 최장욱
마케팅 박수진
디자인 박현경
경영기획 김정숙 김태희
제작 유수경

편집 박나래
표지 본문 디자인 소요디자인

펴낸곳 ㈜더난콘텐츠그룹
출판등록 2011년 6월 2일 제2011-000158호
주소 04043 서울시 마포구 양화로 12길 16, 7층(서교동. 더난빌딩)
전화 (02)325-2525 ㅣ **팩스** (02)325-9007
이메일 longest@thenanbiz.com ㅣ **홈페이지** www.thenanbiz.com

ISBN 979-11-5879-199-5 03840